LES HÉRITIÈRES DE LA SALAMANDRE

DU MÊME AUTEUR

CHEZ LE MÊME ÉDITEUR

La Forge au Loup, 2001, nouvelle édition 2015
La Cour aux paons, 2002, nouvelle édition 2011
Le Bois de Lune, 2003, nouvelle édition 2015
Le Maître ardoisier, 2004
Les Tisserands de la Licorne, 2005
Le Vent de l'aube, 2006, nouvelle édition 2019
Les Chemins de garance, 2007, nouvelle édition 2017
La Figuière en héritage, 2008, nouvelle édition 2014
La Nuit de l'amandier, 2009
La Combe aux Oliviers, 2010
Les Bateliers du Rhône, 2012
La Maison du Cap, 2016
Edition collector *La Combe aux Oliviers* suivi de *La Nuit de l'amandier,* 2017
A travers la nuit et le vent, 2018
La Fontaine aux Violettes, 2019
La Maison de Charlotte, 2020

CHEZ RTL ÉDITIONS

Les Dames du Sud, 1986

AUX ÉDITIONS OMNIBUS

Les Dames de Meuse, 2012
Romans de ma Provence, 2014
La Provence comme ils l'ont aimée, 2019

AUX ÉDITIONS CALMANN-LÉVY

Le Moulin des Sources, 2010
Le Mas des tilleuls, 2011
La Grange de Rochebrune, 2013
Retour au pays bleu, 2013
Le Fils maudit, 2014
Les Sentiers de l'exil, 2015

(*suite en fin d'ouvrage*)

Françoise Bourdon

LES HÉRITIÈRES DE LA SALAMANDRE

Roman

TERRES DE FRANCE

Les Presses de la Cité

Les personnages et les situations de ce récit sont purement fictifs. Toute ressemblance avec des personnes ou des situations existant ou ayant existé serait entièrement fortuite et indépendante de la volonté de l'auteur.

92, avenue de France – 75013 Paris
ISBN 978-2-258-19499-1
Dépôt légal : octobre 2021

Cet adage se transmet de père en fils pour définir les conditions de vie des trois premières générations arrivées au Banatais.

Les premiers trouvèrent la mort
Les seconds trouvèrent la faim
Les troisièmes trouvèrent le pain.

Pierre GONZALVEZ,
L'Etonnant Destin
des Français du Banat

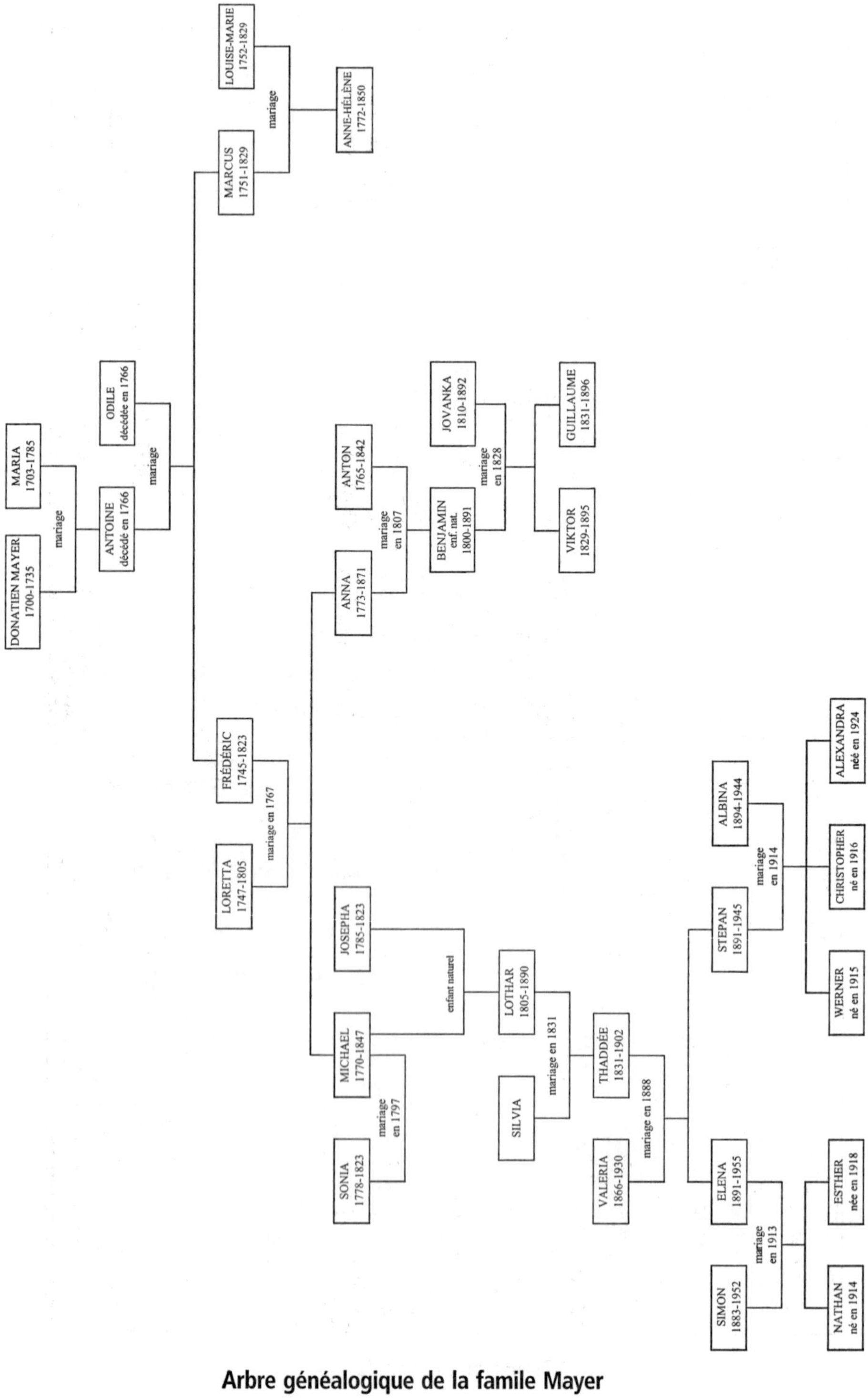

Arbre généalogique de la famile Mayer

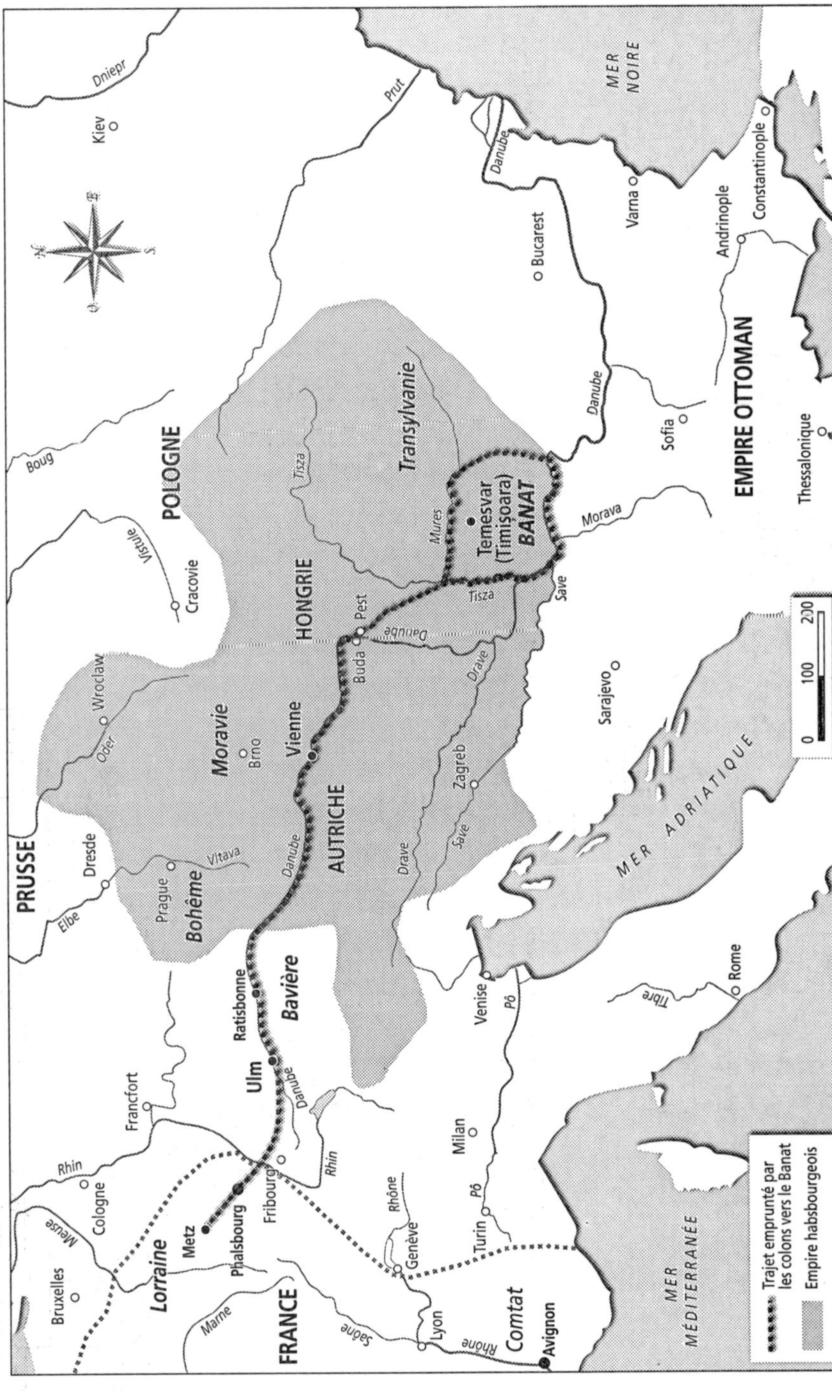

L'Europe au XVIIIe siècle

A maman.
Pour toujours.

Prologue

Grande-Bretagne, 1965

La journée était douce, comme souvent en juin. Elle avait nagé avant le déjeuner, en appréciant la lumière si particulière qui illuminait la baie. Elle aimait Penzance, où elle venait en famille avant la guerre. C'était un endroit où elle se sentait bien, contrairement au Yorkshire, trop brumeux à son goût. Henry l'avait pris comme une offense personnelle. Cependant, Henry pouvait parfois se montrer mauvais joueur. Plus encore depuis qu'ils avaient décidé de se séparer.

Esther avait déjeuné sur la terrasse, une salade, du pain et du fromage avec une tasse de thé. Au loin, la mer était presque étale.

Elle s'octroya une petite sieste dans le salon. Elle était d'humeur paresseuse, malgré le travail qui l'attendait. Lucy, son aide-ménagère, repassait dans la lingerie. Esther aimait la quiétude de sa maison, choisie pour sa vue sur la baie et son jardin. C'était son refuge, entre deux tournées. Dommage qu'Henry n'ait pas compris son besoin d'indépendance.

Fébrile – comme chaque fois qu'elle pensait à Henry –, elle se leva de son fauteuil pour allumer le téléviseur récent dont elle avait fait l'acquisition sur le conseil de son agent James Clavell.

« Tu verras, Esther, lui avait-il dit. Tu vas vite devenir passionnée par cette fenêtre ouverte sur le monde. »

C'était vrai. Elle appréciait tout particulièrement les émissions consacrées au jardinage ainsi que les documentaires. Elle guettait un reportage dédié au musicien Cole Porter mais s'était trompée quant à l'horaire. Le documentaire diffusé traitait d'un village du sud de la France. Elle écouta d'une oreille distraite jusqu'au moment où un mot connu – Banat – l'interpella. Elle se pencha légèrement en avant, attentive soudain.

Le reportage expliquait que des réfugiés banatais avaient été accueillis dans le village de La Roque-sur-Pernes, situé dans le Vaucluse.

Jamais entendu parler, pensa Esther.

En revanche, elle savait que sa mère était originaire du Banat. Elle l'entendait encore évoquer, avec une pointe de mélancolie, le domaine de La Salamandre, sa galerie couverte, et les champs de blé courant vers l'horizon. Et puis, apparut sur l'écran le visage aux traits purs d'une jeune femme. Elle portait une simple robe de toile, ses cheveux étaient attachés en queue de cheval. Elle était santonnière.

— Je viens du Banat, une région au sud-est de l'Europe, partagée entre trois pays, la Roumanie, la Serbie et la Hongrie, déclara-t-elle dans un anglais scolaire.

Elle raconta, en quelques phrases, qu'après avoir participé à la renaissance du village, elle avait appris son métier auprès d'une vieille dame héritière d'une lignée de santonniers.

— Cela m'a permis de me reconstruire, moi aussi, dit-elle simplement.

Son témoignage émut Esther. Elle sursauta lorsqu'elle lut sur un bandeau l'identité de la jeune femme.

« Alexandra Mayer ». Mayer… n'était-ce pas le nom de jeune fille de sa mère ?

Vite, elle nota sur un carnet « Alexandra Mayer, La Roque-sur-Pernes, Vaucluse », et téléphona à son frère, médecin à Londres.

— Allô… Nathan, lança-t-elle d'une voix pressante. Il faut qu'on se voie.

La Roque-sur-Pernes, 1965

Pour se rendre à L'Atelier d'Alex, il fallait grimper une ruelle pentue bordée de murets de pierres sèches avant de pousser une porte en bois de noyer sculpté et de pénétrer dans une vaste pièce carrelée de tomettes.

Assise à sa table, Alexandra vérifia d'un coup d'œil qu'elle disposait de tout son matériel et entreprit de peindre les derniers santons sortis du four l'avant-veille. Pour ce faire, elle avait effectué de longues recherches aux archives d'Avignon ainsi qu'à la bibliothèque Inguimbertine de Carpentras. Elle tenait en effet à rester le plus proche possible des vêtements portés au long du XIXe siècle. Une question de respect, un acte d'amour vis-à-vis du village qui les avait accueillis, ses compatriotes et elle.

Ne pense pas au passé, s'exhorta-t-elle.

Elle se l'était promis à son arrivée en France. Cependant, à certains moments, les souvenirs affluaient et il lui était difficile de les chasser. Comme tous les exilés, Alexandra était partagée entre le désir d'oublier et celui de sauvegarder ses racines. Elle savait cependant que son retour en France lui avait permis de surmonter les ombres du passé. Que serait-elle devenue si elle était restée à La Salamandre ?

Elle frissonna. Elle n'aurait jamais voulu mener la vie de sa propre mère, Albina, prisonnière au domaine de par sa seule volonté. Elle s'occupait des bêtes, confectionnait les fromages et les confitures, lavait, repassait, cuisinait, nettoyait, sans relâche. Le soir, épuisée, elle montait se coucher à vingt et une heures au plus tard et s'écroulait dans son lit. Albina n'avait pas de vie personnelle, elle trimait à longueur de temps pour la ferme, alors qu'elle n'était même pas née à Saint-Michel. Le dévouement et l'abnégation de sa mère suscitaient l'admiration d'Alexandra, tout en agissant sur elle comme un repoussoir. Elle-même n'avait jamais été attirée par les tâches ménagères. Durant la Seconde Guerre, elle avait rejoint les partisans à dix-sept ans et avait très vite manifesté des dispositions pour le tir. Cette période l'avait assez marquée, ainsi que le calvaire des Banatais, pour qu'elle désire quitter sa région natale.

Elle se leva, marcha jusqu'à la fenêtre. Le regard filait, vers un paysage boisé, avant de se perdre dans le ciel.

Alexandra aimait son pays d'accueil. Elle y avait trouvé une sérénité inconnue. Certes, elle songeait souvent au passé, sans pour autant regretter son choix.

Le carillon de la porte de l'atelier tinta. Alexandra reconnut la silhouette de son amie Martine, une brunette pétillante.

— Bonjour, ma belle ! lança celle-ci. Je t'ai apporté des brassadeaux.

Alexandre s'avança à sa rencontre.

— Merci. Tu sais comme je les apprécie.

Elle ne put résister au désir de goûter son péché mignon, des anneaux de pâte à la fleur d'oranger, échaudés puis passés au four. Martine lui avait expliqué que, traditionnellement, on les bénissait pour la fête des Rameaux.

— Délicieux !

— Je te donnerai ma recette.

Alexandra hocha la tête.

— Ça me permettra de devenir une vraie Provençale. Avec le temps, peut-être…

Elle rougit aussitôt après avoir prononcé cette phrase. Le temps n'arrangeait rien, elle était bien placée pour le savoir.

PREMIÈRE PARTIE

Les pionnières du Banat

La vie est un court exil.

PLATON

1

1965

S'agissait-il d'un coup de folie ? s'interrogea Esther, se laissant aller au sentiment de détente procuré par le décollage du Constellation.

C'étaient ses avions de ligne préférés, qui offraient le meilleur confort. Le personnel de bord était aux petits soins pour Esther Leavers, la pianiste de renommée internationale.

Son frère Nathan n'avait pas compris sa démarche.

« C'est le passé », avait-il déclaré fermement.

Ils s'étaient retrouvés dans la maison d'Hampstead, achetée par leurs parents en 1934, peu après leur arrivée à Londres. Esther, à l'époque, souffrait d'horribles crises d'angoisse. Les scènes de guerre civile, les combats de rue à Vienne, leur déracinement l'avaient profondément marquée.

Comme chaque fois, Esther avait éprouvé un pincement au cœur en pénétrant dans la demeure de style Queen Anne où rien n'avait changé.

« Pas le temps, pas envie », marmonnait Nathan lorsqu'elle le lui faisait remarquer.

Machinalement, Esther se rapprocha du piano de sa mère, un Bösendorfer, sur lequel elle avait fait ses premières gammes. Elle souleva le couvercle, effleura quelques touches avant de froncer les sourcils.

— Il a besoin d'être accordé.

— Plus personne ne l'utilise, répondit Nathan.

Il l'avait écoutée d'un air distrait tandis qu'elle lui racontait le reportage télévisé. Elle avait vite compris qu'il ne se sentait pas réellement concerné.

« Esther, voyons, pourquoi t'emballer ainsi ? lui avait-il reproché. Cette fille fait peut-être partie de notre famille, mais tu n'as pas la moindre certitude. C'est si loin, tout ça !

— Il s'agit de nos racines », avait-elle glissé.

Mais, de toute évidence, son frère n'avait pas envie de s'y intéresser.

« Fais comme tu l'entends, Esther. Pour ma part, je n'ai pas l'intention de courir après des chimères. »

A peine arrivé à Londres, Nathan avait décidé qu'il n'avait plus aucune attache à Vienne.

De son côté, Esther avait rencontré Henry Barry à l'issue d'un concert et ils s'étaient mariés très vite, alors qu'elle venait d'être invitée à donner un récital à la Royal Academy of Music.

A vingt et un ans, elle avait pressenti qu'une

nouvelle existence s'offrait à elle et avait avancé, sans plus se poser de questions. C'était pour elle le moyen de surmonter ses angoisses.

L'amour d'Henry lui avait permis de s'épanouir, même si elle s'était sentie doublement exilée dans le Yorkshire. Henry exploitait le domaine familial hérité de ses parents. Une grande demeure, un véritable royaume des courants d'air, la lande tout autour, des moutons à perte de vue... un monde totalement inconnu pour la citadine née à Vienne. Heureusement, elle avait reçu de nombreuses propositions de concert et sa carrière avait décollé, au grand dam d'Henry. Il ne supportait pas ses absences, ni sa notoriété croissante.

Elle s'était obstinée durant près de dix ans à tenter de sauver leur mariage, sans pour autant renoncer à sa passion.

La musique était vitale pour elle, elle l'avait annoncé d'emblée à celui qui n'était encore que son fiancé.

La tête appuyée contre le dossier de son siège, Esther ferma les yeux juste un petit moment. Elle se réveilla alors que l'avion amorçait sa descente sur Marseille. Etonnée d'avoir si bien dormi, elle se redressa et sourit à l'hôtesse qui lui demandait aimablement si le vol avait été agréable. Un soleil radieux lui donna la sensation d'être en vacances.

Elle loua une voiture après s'être acquittée des formalités de débarquement. Elle était déjà venue participer au festival d'Aix-en-Provence et connaissait la région.

Il lui fallut un peu de temps, cependant, pour s'habituer à la conduite à droite. Elle aurait pu prendre un taxi, ou louer une voiture avec chauffeur mais elle tenait à son indépendance. Le soleil de la fin juin illuminait le paysage. Elle suivit à la lettre l'itinéraire repéré sur les cartes de la région, prit la direction d'Apt puis de Carpentras. Londres et l'Angleterre lui semblaient tout à coup très loin. Des vendeurs proposaient au bord de la route des paniers de cerises. Elle s'arrêta pour en acheter. « Des cerises du Ventoux », lui précisa-t-on, la mine gourmande. Elles étaient délicieuses.

Elle découvrit La Roque-sur-Pernes en fin de journée. Un village perché, empreint de charme, des ruelles caladées, bordées de maisons étroites, à plusieurs niveaux. Une paix bienfaisante imprégnait le site, qui paraissait à mille lieues de sa vie trépidante habituelle.

Elle gara la voiture en bas du village, se mit en quête d'un hôtel. On lui conseilla de se rendre à Fontaine-de-Vaucluse, à une dizaine de kilomètres. Déçue, elle tergiversa avant de se décider. Elle était lasse, elle ne ferait rien de bon ce soir, mieux valait s'installer à Fontaine-de-Vaucluse, cité touristique.

Séduite par le site, elle dénicha un hôtel en bord de Sorgue, une rivière aux eaux limpides, fit honneur à la truite et à la salade de mesclun servies en terrasse avant de regagner sa chambre.

Epuisée, elle s'endormit aussitôt après s'être glissée sous les draps fleurant bon la lavande.

Au réveil, elle se demanda pourquoi elle s'était lancée dans cette aventure. Alexandra n'avait peut-être aucun lien avec la famille de sa mère.

Le meilleur moyen de le savoir, c'est de lui rendre visite ! se dit-elle.

Elle entendait encore sa mère lui confier : « Toi et moi, ma chérie, avons les pieds bien ancrés dans la réalité. Nous sommes les pragmatiques de la famille. »

Dix ans après sa mort, Elena lui manquait encore. Rebelle, dynamique, indépendante, elle lui avait appris à tout tenter, précisément parce qu'elle était une femme.

« Même et surtout si ton mari n'est pas d'accord, avait-elle insisté. Tu es maîtresse de ton destin. »

Chère Elena, sans qui la vie avait perdu une partie de ses couleurs !

Esther observa son reflet dans le miroir de la salle de bains. Elle ressemblait plus à sa mère qu'à son père. Artiste tourmenté par les affres de la création, Simon Leavers était souvent resté en retrait derrière sa flamboyante épouse journaliste. En avait-il souffert ? Il n'était pas du genre à s'apitoyer sur son propre sort.

Esther se détourna du miroir en réprimant un petit soupir. C'était si loin, à présent…

Elle prit une longue douche tiède, choisit des vêtements légers en lin, et descendit pour le petit déjeuner. Il faisait bon sur la terrasse, à l'ombre d'un immense platane. La Sorgue s'écoulait paisiblement, et son bruit charmait Esther. Elle se demanda quelle musique pouvait le mieux restituer cette sensation, et songea à *Gaspard de la Nuit* de Ravel, trois poèmes pour piano qu'elle aimait particulièrement.

Les croissants étaient délicieux, le thé un peu trop infusé à son goût, comme souvent en France.

Esther prit son temps. Elle avait à la fois hâte et un peu peur de rencontrer la santonnière de La Roque-sur-Pernes. Comme s'il s'était agi d'un rendez-vous reporté depuis des lustres…

2

1965

Ayant décidé de se présenter directement à l'atelier de la santonnière, Esther n'éprouva plus le moindre doute en se retrouvant face à elle.

Celle-ci ressemblait tant à sa mère, Elena, que c'en était troublant, infiniment.

— Mon Dieu ! s'écria la pianiste.

Elle se cramponna à la longue table en bois patiné tandis que la jeune femme, inquiète de la voir si pâle, lui proposait un verre d'eau.

Esther déclina son offre d'un geste de la main.

— Merci, c'est juste si… surprenant. Oh ! Je ne me suis pas présentée. Je m'appelle Esther, et je crois, non, je suis sûre, que nous sommes parentes. Votre père était Stepan, n'est-ce pas ?

Alexandra ne chercha pas à dissimuler sa surprise.

— En effet. Esther… donc, vous êtes la fille d'Elena, la jumelle de mon père.

Les deux femmes échangèrent un regard perdu.

— Asseyez-vous, s'empressa Alexandra. Parlez-vous le français ? Je l'avoue, mon anglais n'est pas génial.

Elle s'exprimait avec une pointe d'accent.

Elle parut à Esther aussi solaire que dans le reportage. Ses cheveux, couleur de feuille d'automne, encadraient un visage aux traits ciselés de madone. Ses yeux très bleus, légèrement en amande, ses lèvres pleines accentuaient sa beauté.

Spontanément, sa cousine avança de deux pas et la serra dans ses bras.

— Oui, je me débrouille en français, reprit-elle dans cette langue. Vous savez, je suis née à Vienne, j'ai vécu à Londres à partir de seize ans, j'ai eu une éducation assez… cosmopolite.

Elle se mit à rire.

— Je suis si heureuse !

Alexandra, de son côté, donnait l'impression de rester un peu sur la défensive. Esther sourit.

— Je peux te tutoyer, d'accord ? Je débarque dans ta vie et je te saoule de paroles. Désolée, c'est la joie.

— Il va nous falloir un peu de temps, déclara Alexandra avec prudence.

Elle secoua la tête.

— C'est incroyable, ces retrouvailles ! Comment… ?

— Un reportage de la BBC, expliqua Esther. J'ai lu ton nom, je me suis dit que je devais vérifier si nous appartenions à la même famille et… me voilà !

Cette fois, Alexandra se détendit.

— Tu dois être aussi impulsive que moi ! Et... d'où viens-tu ?

— De Cornouailles, après avoir effectué un détour par Londres pour prévenir mon frère.

— Il me reste un frère à moi aussi, déclara Alexandra. Il m'a rejointe au village il y a une douzaine d'années. Notre aîné, Werner, est mort il y a longtemps.

Esther exhala un soupir.

— Il me semble que nous avons des siècles à rattraper. Ma mère m'a souvent raconté des anecdotes sur la famille Mayer. Je suppose que ton père agissait de même.

Le visage d'Alexandra se ferma.

— Mon père... c'est compliqué, dit-elle d'un ton neutre.

Esther s'obstina.

— Il est encore en vie ?

— Il est mort après la guerre, répondit la jeune femme après avoir marqué une hésitation. Mais, de toute manière, nous n'avions plus de relations depuis longtemps.

C'était exprimé de telle façon qu'Esther comprit : elle n'aurait pas d'autre explication. Peu lui importait pour l'instant.

— Si nous allions déjeuner ? suggéra-t-elle.

— Je t'invite.

Alexandra entraîna Esther vers une maison de

village aux volets verts à laquelle on accédait par une volée de marches en pierre.

La pièce de vie ouvrait sur une terrasse minuscule, ombragée par une glycine.

— Installe-toi, proposa Alexandra.

Assise sur un siège en rotin, Esther admira la vue sur les monts boisés. Elle se sentait complètement dépaysée et, en même temps, heureuse d'être là. Sa cousine l'intriguait. Esther percevait chez elle une force maîtrisée, ainsi qu'une certaine défiance. Comment s'en étonner ? Elles n'avaient pas vécu la même enfance, Esther avait évolué dans un milieu protégé et échappé avec les siens à la tragédie de l'invasion nazie. Fatalement, Alexandra et elle ne partageaient pas les mêmes souvenirs.

— Je me rappelle avoir vécu mon départ de Vienne comme un arrachement, déclara Esther d'une voix lointaine, comme si elle était la première étonnée de se livrer à ce genre de confidence.

— Moi, je voulais partir à tout prix, fit Alexandra. Fuir ce pays de malheur…

Elle secoua la tête. Ses cheveux coulèrent dans son dos. De nouveau, Esther fut frappée par sa ressemblance avec sa mère.

— Tomates du jardin ! lança sa cousine, joyeuse, en apportant un saladier sur la desserte.

— Quelle chance ! Tu jardines toi-même ?

— Bien sûr. J'ai changé de vie depuis que je me suis installée ici.

Son père ne l'aurait pas reconnue, lui qui lui

reprochait souvent de « ne pas être une vraie femme » car elle se désintéressait de la maison comme du jardin.

Je ne dois pas penser à lui, se dit-elle fermement.

Elle dressa la table en un tournemain. Nappe ronde, assiettes en grès d'un bleu profond, verres et couverts très simples.

— Je ne possède pas d'argenterie, prévint Alexandra avec un sourire d'excuse.

Esther se mit à rire.

— Que crois-tu ? Que nous avions un majordome à Londres ? Chez mes parents, l'atmosphère était bohème et moi, du moment que j'ai mon piano, le reste m'importe peu.

Elle forçait le trait, naturellement, car, au fil des années, sa notoriété allant croissant, elle s'était accoutumée à un certain confort, plutôt agréable.

— De toute manière, reprit-elle, les Mayer n'ont jamais vraiment roulé sur l'or.

— Le domaine, La Salamandre, était important au siècle dernier. Par la suite…

Alexandra esquissa une moue.

— Ma mère m'a souvent parlé de La Salamandre avec nostalgie, glissa Esther.

— C'était une autre époque. Sers-toi, Esther.

De toute évidence, Alexandra ne souhaitait pas en dire plus.

Pourtant, sa cousine refusait d'en rester là.

— Nos ancêtres étaient des pionniers, dans leur genre, fit-elle remarquer. Partir à l'aventure au milieu du XVIIIe siècle sans savoir ce qui les attendait au bout du chemin... Imagines-tu ?

Alexandra garda un silence prudent. Lorsqu'elle reprit enfin la parole, ce fut pour déclarer :

— C'est Frédéric Mayer qui s'est lancé le premier, il y a deux siècles. Ça me donne un peu le vertige.

Les deux femmes échangèrent un sourire.

Esther pensa qu'Alexandra abaissait enfin sa garde.

A moins qu'il ne s'agisse d'une illusion ?

3

Pays messin, 1767

Il faut partir, pensa Maria, penchée sur son chaudron dans lequel chauffait la soupe aux herbes.

Le lard manquait, encore une fois. Malgré ses efforts, leurs maigres réserves étaient déjà épuisées. La ferme, jadis orgueil de sa famille, ne suffisait plus à les faire vivre depuis la succession de catastrophes qui s'était abattue sur eux. Deux années de mauvaises récoltes, une épidémie de dysenterie, une autre de variole, des épizooties frappant le bétail avaient provoqué de nombreux décès.

Maria pleurait son fils, Antoine, et sa belle-fille, Odile, morts tous deux l'an passé à quelques jours d'intervalle.

Ce printemps-là, le glas sonnait sans répit dans leur village messin de Saint-Michel. On avait enterré aussi bien des enfants que des vieillards, des hommes dans la force de l'âge ou des jeunes filles. Maria se signa. A soixante-quatre ans, elle estimait avoir largement fait son temps et aurait préféré mourir à la place de son fils. Dieu n'avait pas voulu d'elle. Elle s'y résignait mal.

Heureusement, ses petits-fils, Frédéric et Marcus, avaient été épargnés.

« La mort frappe au hasard », lui avait confié le père Madelin, qui officiait à la paroisse de Saint-Michel depuis des lustres.

Maria aurait aimé se révolter mais elle était accoutumée depuis l'enfance à endurer les tragédies. Elle avait perdu son époux, Donatien, dit le Grand, alors qu'il avait à peine trente-cinq ans. Depuis, elle se battait pour sauvegarder la ferme, leur seul bien avec un cochon, deux mules et des acres de terres.

C'était de la bonne terre, jadis, pourtant, mais plusieurs saisons extrêmes – hivers très froids, étés caniculaires – avaient fait chuter le rendement. Leurs voisins n'étaient pas mieux lotis, tant s'en fallait. La misère régnait en Lorraine.

La porte s'ouvrit brusquement, faisant tressaillir Maria.

Elle se retourna, sa louche à la main, et sourit à l'aîné de ses petits-fils.

— Frédéric, tu me parais bien pressé !

Aussi grand que son défunt époux, il était large d'épaules, avait un visage ouvert, éclairé par des yeux bleus.

Il s'approcha de la cheminée devant laquelle se tenait Maria, tendit les mains vers les flammes.

— Il fait encore diablement froid.

Sa grand-mère lui jeta un regard chargé de reproche.

— Ne jure pas ! Dis-moi... es-tu allé voir Pierre Mosse ?

Frédéric opina du chef.

— Vous aviez raison, grand-mère. Il va partir pour les confins.

Maria perçut l'hésitation dans sa voix.

— Tu connais mon avis, déclara-t-elle.

De nouveau, Frédéric hocha la tête.

— Vous estimez que nous devrions nous exiler, nous aussi. Mais vous êtes déjà âgée, même si...

— Même si je m'acquitte encore de nombreuses tâches, c'est bien cela ?

Le sourire de Maria s'accentua. Un sourire étonnamment juvénile pour une vieille dame, songea son petit-fils.

— C'est d'ailleurs pour cette raison que nous ne devons pas tarder. Lorsque je serai devenue impotente, il sera trop tard.

Ils échangèrent un regard incertain, comme s'ils avaient souhaité se jauger l'un et l'autre.

— Tu sais que c'est la meilleure solution, insista Maria.

Elle émit un drôle de rire, un peu cassé.

— Naturellement, si c'est à cause de Thérésia

que tu hésites, tu sais aussi que tu peux l'épouser avant de partir.

Frédéric soupira.

— Thérésia n'acceptera pas forcément. Elle est...

Il cherchait le mot juste. Sa grand-mère éclata de rire.

— C'est une fille sans honneur qui te mène par... la pudeur m'interdit de dire par quoi exactement, mais tu le sais aussi bien que moi.

— Vous n'avez pas le droit ! protesta-t-il avec véhémence.

— Tsst, tsst, fit Maria. Un peu de respect, jeune homme ! Cette fille n'est pas pour toi.

— Vous n'êtes pas à ma place !

Ils s'affrontèrent du regard. La première, Maria détourna les yeux.

— Après tout, fais bien comme tu l'entends, du moment que nous partons ! lança-t-elle.

Cette fois, Frédéric s'inclina.

— Je vais en discuter avec Marcus. Et avec Thérésia, ajouta-t-il d'un air de défi.

Maria lui tourna le dos pour allonger sa soupe.

— Ne perds pas de temps, dans ce cas, lui recommanda-t-elle.

A seize ans, Marcus Mayer était presque aussi grand que son aîné. Mince, il avait un visage aux traits fins, le front déjà marqué de deux rides. Il effectuait sa part des travaux de la ferme, sans se plaindre mais sans réel enthousiasme car seuls les chevaux le passionnaient. Il rêvait d'avoir un élevage, ce qui lui paraissait totalement impossible. En tout cas, il n'avait aucune chance de réaliser ce rêve à Saint-Michel. Aussi se réjouit-il à la perspective de quitter leur village. Le Banat, et ce même s'il ne parvenait pas à le situer sur une carte, symbolisait pour lui l'aventure. De plus, le fils de Pierre Mosse, Jérôme, était son ami. Ils ne seraient pas séparés.

— Je viens avec toi, naturellement ! dit-il à son aîné.

Thérésia fut plus longue à se décider. Elle était belle, et enjouée. De longs cheveux sombres, des yeux verts, un corps à se damner... Frédéric était fou d'elle, et son pouvoir sur lui la grisait. Tous deux se connaissaient depuis l'enfance. Il désirait l'épouser, elle se faisait prier. Plusieurs jeunes hommes de Saint-Michel la courtisaient et elle s'en amusait.

— Tu m'imagines partant sans toi ? lança Frédéric avec une pointe de reproche.

Thérésia et lui s'étaient retrouvés comme souvent à la sortie du village, derrière le lavoir. Il l'avait embrassée, de plus en plus fiévreusement, la ployant vers lui.

Elle se dégagea vivement.

— De toute manière, tu partiras, quoi que je décide ! répliqua-t-elle, boudeuse.

— Je ne puis faire autrement, avoua-t-il.

En sa présence, il avait le sentiment d'être encore un adolescent.

Thérésia secoua ses boucles brunes.

— Mais pourquoi m'obliger à quitter ma famille, mes amis ? Ce n'est pas juste.

Son père, Grégoire Wirth, possédait les meilleures terres de Saint-Michel et n'avait pas trop souffert des aléas climatiques. Leur situation n'était pas aussi critique que celle des Mayer, tant s'en fallait.

— Si tu m'aimes… glissa-t-il.

Elle tapa du pied.

— Tu ne me convaincras pas avec ce genre d'argument. L'amour… comme si cela impliquait tous les sacrifices de la terre… Je n'ai pas une vocation de martyre, moi !

— Non, tu es seulement une délicieuse pécheresse.

Il l'attira à lui et elle se laissa faire, en esquissant un sourire moqueur.

— Donne-moi une seule bonne raison de t'accompagner, fit-elle.

— Je t'offrirai un domaine au Banat. Ton domaine. Les conditions sont très avantageuses pour nous : Sa Majesté Marie-Thérèse d'Autriche nous propose des acres de terres, une exonération d'impôt durant dix ans, du matériel agricole, des chevaux et une somme non négligeable pour nous installer. Imagines-tu ? Un homme travailleur peut faire fortune en quelques années.

— C'est à voir.

Elle secoua la tête.

— Quand partirais-tu ?

— Le printemps approche. C'est la meilleure saison pour un tel voyage. Nous devrons prendre la route dans moins de deux semaines.

Elle sursauta.

— Décidément, tu as perdu la raison ! Nous n'aurons jamais le temps de préparer un mariage digne de ce nom !

— Peu importe. C'est toi que je veux, Thérésia. Toi seule.

Elle se coula dans ses bras. Il était bel homme, le plus séduisant des garçons de Saint-Michel, et elle aimait ses caresses. Peut-être même l'aimait-elle.

Lorsqu'il regagna la ferme une heure plus tard, Frédéric était persuadé d'avoir convaincu la jeune fille.

4

Saint-Michel, 1767

La ferme des Mayer, bâtie au début du XVIIe siècle, avait résisté à la guerre de Trente Ans et à un début d'incendie. Maria y était entrée pour la première fois près de cinquante ans auparavant, anxieuse à la perspective de rencontrer les parents de son promis, Donatien. Rencontre qui avait renforcé ses appréhensions. Si son futur beau-père s'était montré plutôt aimable, son épouse avait d'emblée tenu à affirmer son statut de maîtresse de maison.

Grande, bien charpentée, Jeanne Mayer faisait peser sur la nouvelle venue son regard sombre. Elle n'avait pas esquissé un sourire, et Maria avait perçu la contrariété de Donatien. Plus tard, il avait tenté de la réconforter.

« Ma mère n'est pas une femme liante. Il faut dire qu'elle a eu des malheurs. »

Maria avait acquiescé, sans chercher à en savoir

plus. Elle avait déjà compris que sa belle-mère la considérait comme une intruse.

Elle n'avait pas de dot, venait d'une famille de huit enfants où l'on avait toujours tiré le diable par la queue. Pas de quoi se réjouir pour la fille unique d'un marchand de grains !

Bravement, Maria avait refusé de se laisser décourager. Donatien et elle s'aimaient, n'était-ce pas ce qui comptait ? Elle était solide, et le travail ne lui faisait pas peur.

Au fil des années, son beau-père lui avait manifesté affection et respect. De son côté, Jeanne ne s'était attendrie que le jour où Maria avait donné naissance à un fils, Antoine. Ce jour-là, elle s'était emparée du nourrisson. Maria l'avait mal vécu. Donatien ne l'avait pas défendue. « Elle est maîtresse chez elle », avait-il répondu d'un ton las. Maria avait alors insisté pour qu'ils quittent la ferme. Cette fois encore, son mari avait refusé. Ils n'avaient pas d'argent, leurs gains étant investis chaque année dans le cheptel. Liée à la ferme, ligotée même, Maria avait beaucoup pleuré avant de redresser la tête et d'oser s'opposer à Jeanne. Les premiers temps, elle avait mené un combat quotidien, donnant son point de vue, réclamant le droit de s'occuper de son fils, se battant pied à pied pour ne rien céder. Après avoir froncé les sourcils, toisé l'insolente, sa belle-mère s'était un peu amadouée. Jusqu'au jour où, victime d'une attaque, elle était restée paralysée.

Contrainte à l'immobilité, Jeanne était devenue dépendante de sa bru, qui faisait sa toilette, lui donnait à manger, se chargeait des tâches les plus délicates.

Humiliée, désespérée, Jeanne ne s'était pas adoucie – non, c'était impossible – mais avait cessé de mépriser Maria. Une sorte de modus vivendi s'était établi entre les deux femmes, jusqu'à la mort de Jeanne, survenue un matin de printemps. La veille, elle avait confié à sa belle-fille : « Je prie le Seigneur pour qu'Il me rappelle à Lui. C'est trop dur d'être ainsi réduite à l'impuissance. »

Monsieur le vicaire était venu bénir le corps, et Jeanne avait eu une belle messe d'enterrement, comme elle l'aurait souhaité. Ce jour-là, Maria avait pleuré sincèrement, sur l'amitié qui aurait pu les lier. Elle-même avait perdu sa mère à l'âge de douze ans et était prête à aimer sa belle-mère. Cela ne s'était pas fait. Maria en avait gardé une impression d'inachevé.

Elle soupira. C'était si loin, désormais ! Mais elle n'avait pas oublié et, quand Antoine leur avait présenté son Odile, elle lui avait réservé le meilleur accueil. Toutes deux s'étaient bien entendues, chacune ayant son domaine d'activité réservé.

Maria, bras croisés, contempla la cheminée éteinte. Elle ne pouvait imaginer symbole plus frappant. Ils n'habitaient plus la ferme, celle-ci avait perdu son cœur battant.

Ils emportaient bien peu de choses, en vérité !

Chacun sa malle, contenant quelques hardes et les souvenirs auxquels ils étaient le plus attachés.

Pour Maria, la bible familiale, un crucifix, son chapelet, quelques vêtements, son chaudron et ses marmites, du linge, son édredon, ses draps et torchons de chanvre. Marcus gardait avec lui les livres de son père, consacrés aux chevaux et à l'histoire de Metz. Quant à Frédéric... Maria n'avait même pas osé aborder le sujet avec lui.

Frédéric souffrait. A vingt-deux ans, il connaissait son premier chagrin d'amour et refusait que son frère et sa grand-mère le réconfortent.

Maria n'avait pas vraiment été surprise d'apprendre que Thérésia refusait de l'épouser. La fille du plus gros fermier de Saint-Michel préférait se faire courtiser par Marceau, le fils du marchand de vin. « On reste entre gens ayant du bien », avait commenté Maria en apprenant la nouvelle. Elle n'en avait pas dit plus pour ne pas accabler son petit-fils. Si, au fond d'elle-même, elle se sentait soulagée – en effet, elle était persuadée que Thérésia, coquette, aurait fait le malheur de Frédéric –, elle avait mal pour lui.

Pourquoi, se disait-elle, aimait-on celui ou celle qui avait le pouvoir de vous faire souffrir ? Donatien l'avait déçue à plusieurs reprises, sans pour autant être un mauvais époux. Maria s'était résignée. Les femmes des générations précédentes avaient agi de même. Eternel sort du sexe faible... Les différents prêtres s'étant succédé à Saint-Michel tenaient toujours le même discours : la femme devait être soumise à l'homme, le père, puis l'époux. Cette règle ne souffrait pas de dérogation, même si elle révoltait Maria.

Elle saisit son châle de laine grise accroché à un clou, s'en enveloppa. Le voyage serait long et pénible, une véritable expédition en chariot. Dieu merci, ils partaient en même temps que la famille de Pierre Mosse. C'était rassurant. Elle ne reverrait jamais la ferme de Saint-Michel. Elle en franchit le seuil, sans jeter un regard en arrière.

Le matin même, elle s'était recueillie une dernière fois sur les tombes de son époux, d'Antoine et d'Odile. Son cœur s'était déchiré. A son âge, elle ne reviendrait pas.

Pourtant, elle n'avait pas vraiment peur. L'avenir se devait d'être plus lumineux, le destin leur devait bien cette revanche. N'avaient-ils pas déjà assez souffert ?

— Grand-mère, vous ne fermez pas la porte ? s'étonna Marcus.

Maria éclata de rire.

— Nous avons tout emporté, les voleurs n'ont plus que nos quatre murs.

Frédéric l'aida à grimper à l'arrière de la charrette. Son frère et lui avaient installé une sorte de siège avec des planches, rembourré par une paillasse. Maria affirma qu'elle était une véritable princesse.

— Cramponnez-vous bien, lui recommanda Marcus.

De nouveau, Maria sourit.

— N'aie pas peur, vous ne me sèmerez pas en route !

L'émotion les étreignit à l'instant du départ. Frédéric fit claquer sa langue. Les deux chevaux, achetés à prix d'or, se mirent en route.

Personne ne se retourna. Le cœur de Frédéric manqua un battement lorsqu'il aperçut la silhouette familière au bord du chemin. Thérésia portait une robe rouge, réchauffée d'un châle multicolore. On dirait une Tzigane, pensa-t-il. Pourtant, il ne pouvait s'empêcher de se rappeler leurs étreintes dans l'écurie, ces moments durant lesquels il l'avait fait gémir de plaisir, son corps voluptueux, fait pour l'amour. Comment avait-elle pu se détourner de lui ? Elle lui adressa un baiser du bout des doigts, comme une ultime provocation.

Il l'ignora, le regard fixé sur le hameau au bout du chemin, où ils allaient rejoindre la famille Mosse.

— Tu regretteras vite d'être parti ! lui lança Thérésia. Tu le regrettes peut-être même déjà !

Jamais, se dit-il. Il ne voulait plus penser à celle qui l'avait trahi. Sa grand-mère, son jeune frère et lui partaient pour le Banat où il avait bien l'intention de vivre mieux.

Loin de Saint-Michel et de ses rêves brisés.

5

Avril 1767

Frédéric et Marcus cheminaient souvent à pied afin de soulager leurs chevaux. Lourdement chargée, la charrette progressait lentement, trop lentement à leur gré. Il y aurait bientôt une semaine qu'ils étaient partis et ils allaient seulement atteindre Phalsbourg. Pierre Mosse avançait au même train. Deux jours auparavant, ils avaient essuyé de fortes pluies, à croire que le ciel tout entier se déversait sur leurs têtes. Il avait bien fallu s'arrêter, attendre que le déluge se calme, faire sécher les vêtements, panser les chevaux…

Depuis, une mauvaise toux épuisait Maria, ce qui inquiétait ses petits-fils. Elisabeth Mosse, toujours dévouée, lui avait fait boire des décoctions d'herbe, sans grand résultat jusqu'à présent. Maria affirmait qu'elle se portait bien, malgré sa pâleur et sa fatigue.

Frédéric et Pierre prévoyaient de s'arrêter quelques jours à Phalsbourg, lieu de rassemblement pour les familles lorraines se dirigeant vers le Banat. Le convoi ainsi constitué prendrait ensuite la direction d'Ulm, au bord du Danube. Frédéric avait suivi le tracé du parcours sur la carte de Pierre Mosse. La distance lui paraissait parfois irréalisable. Il aurait aimé posséder la foi de sa grand-mère, inébranlable. Et lui se posait beaucoup trop de questions à propos d'un Dieu qui avait laissé s'abattre tant de malheurs sur la Lorraine. Il n'osait pas évoquer ce sujet avec les siens. Etant de nature réservée, il avait tendance à se refermer sur lui-même depuis la trahison de Thérésia. Il serra les poings. Plus jamais il n'accorderait sa confiance à une femme !

Jérôme Mosse, le fils de Pierre, dont la charrette menait le convoi, vint rejoindre les deux frères.

— Mon père vous fait dire que nous devrions atteindre Phalsbourg avant la nuit, annonça-t-il.

A dix-sept ans, il était plus petit et plus râblé que Marcus. Très souriant, il avait un visage avenant éclairé par des yeux verts et une crinière blonde attachée sur la nuque.

— Voilà une excellente nouvelle, commenta Frédéric. Grand-mère pourra prendre un peu de repos.

La doyenne du convoi, comme Elisabeth Mosse la nommait, était respectée de tous. A son âge, n'était-ce pas une folie de s'être embarquée dans pareille aventure ? Pourtant, personne n'aurait eu l'idée de la critiquer.

Annette, la sœur cadette de Jérôme, vint les rejoindre. Elle attirait la sympathie avec son visage rieur criblé de taches de rousseur et ses cheveux blond-roux rassemblés en une grande natte.

— On va s'arrêter, enfin ! s'écria-t-elle avec la vivacité de ses quinze ans. Père vient de me raconter que la ville de Phalsbourg était corsetée de remparts. C'est l'œuvre d'un certain monsieur Vauban.

— Oui, pour protéger la frontière est du royaume sous le règne de Louis XIV, appuya Frédéric.

Le soir, Pierre et lui devisaient longtemps, échangeant leurs connaissances.

— J'espère qu'on nous laissera entrer sans difficulté, ajouta-t-il.

Marcus haussa les épaules.

— Ils ont tout intérêt !

— Vraiment ? ironisa son frère. N'oublie pas que nous quittons la Lorraine, sans espoir de retour.

C'était curieux de dire ça, pensa-t-il, mais cela correspondait à la réalité. Ils ne reviendraient pas à Saint-Michel. Il ne reverrait pas Thérésia.

Il éprouvait un pincement au cœur chaque fois qu'il songeait à elle. Il croyait depuis si longtemps qu'ils étaient faits l'un pour l'autre ! Il n'avait jamais regardé une autre femme, jamais. Pour lui, elle était l'Unique.

Pauvre idiot ! se morigéna-t-il.

Trop fier pour parler d'elle avec son frère ou sa

grand-mère, il gardait par-devers lui son chagrin, et celui-ci lui rongeait l'âme. Son regard se durcit. Maudite soit-elle !

— Nous ne sommes pas les seuls à partir, reprit Marcus.

— Nous saurons ce qu'il en est d'ici une heure ou deux, transigea Jérôme. J'ai faim, ajouta-t-il sans transition.

Marcus, Frédéric et Annette se mirent à rire.

— Tu as toujours faim, mon frère ! lança Annette.

Ils étaient jeunes, et vivaient une véritable aventure.

Dieu fasse qu'ils ne soient pas trop vite déçus ! pria Elisabeth, qui venait de les rejoindre pour aller prendre des nouvelles de Maria. Elle-même redoutait l'inconnu, en s'efforçant de ne pas le laisser voir. Son époux avait décidé de tenter l'aventure, et elle le soutiendrait quoi qu'il arrive. De toute manière, se disait-elle, la situation ne pourrait être pire qu'en pays messin. Au fil des années, elle avait appris à ne pas se laisser décourager.

— Nous étions beaucoup plus tranquilles avant l'arrivée de maître Rambourg, grommela Marcus.

Les Mosse et les Mayer « campaient » depuis deux semaines au pied des remparts de Phalsbourg. Plusieurs familles les avaient rejoints. Parmi elles, maître Rambourg, un instituteur, qui avait aussitôt proposé de faire la classe, et le père Senneville, bel homme aux cheveux noirs âgé d'une quarantaine d'années. Ils attendaient encore deux familles avant de se mettre en branle.

L'inaction pesait à Marcus – ou, plutôt, l'absence d'activité physique. Maître Rambourg les saoulait de lectures philosophiques et avait entrepris de leur apprendre l'allemand, dont ils auraient besoin très vite. Frédéric venait assister à ses cours, et se montrait doué. Marcus, lui, avait l'impression d'être totalement obtus. Il préférait, et de loin, s'occuper des chevaux ou rôder autour de la charrette des Rambourg. L'instituteur était en effet le père d'une jeune beauté de quinze ans, Louise-Marie. Marcus était tombé sous son charme dès le premier jour. Malheureusement, la belle l'ignorait et paraissait beaucoup plus attirée par son aîné qui ne se rendait même pas compte de sa présence. Une situation exaspérante pour Marcus !

— Marcus ! Maître Rambourg te réclame ! héla Annette.

Levant les yeux au ciel, il se dirigea sans se presser vers le coin de l'enclos, sous un mirabellier, choisi par l'instituteur pour leur dispenser son savoir. Annette, Jérôme, les enfants Basler, Pauline, la fille des Schwartz, et Louise-Marie étaient déjà assis en tailleur sur l'herbe. Marcus se faufila auprès de Louise-Marie et lui demanda ce que son père avait dit.

— Chut ! lui intima-t-elle, d'un ton sans réplique.

Blessé, il s'enferma dans un silence boudeur.

Décidément, il n'avait guère de dispositions pour l'étude !

Pendant ce temps, l'instituteur scrutait les visages des adolescents lui faisant face. Il avait conscience du caractère ingrat de sa mission. Dès leur arrivée au Banat, ses élèves lui fausseraient compagnie. Leurs parents auraient besoin d'eux pour les aider aux travaux des champs. Les garçons bâtiraient les fermes et les filles accompliraient les tâches réservées aux femmes. Il pourrait seulement faire la classe aux plus jeunes, comme les petits Basler, qui buvaient ses paroles. Dieu merci, d'autres familles viendraient les rejoindre. Il sèmerait les graines de la lecture et de l'écriture. Il le fallait.

A ce prix seulement leur future colonie au Banat serait viable.

6

Donaueschingen, 1767

Je ne vais tout de même pas mourir avant d'avoir atteint notre Terre promise ! songea Maria.

Elle était de plus en plus lasse. Sa toux l'épuisait, et les remèdes concoctés par Elisabeth ne la soulageaient pas vraiment. Ballotté par les cahots, son corps était perclus de douleurs.

Elle refusait de se plaindre, cependant, ou de gémir sur son sort. Elle avait incité ses petits-fils à se lancer dans cette aventure, à elle d'en assumer les conséquences. Le temps était au beau, ce qui lui laissait espérer une amélioration de sa santé. Elle voyait bien que les siens s'inquiétaient à son sujet et s'en irritait. Elle n'avait pas l'intention de trépasser. Pas encore.

Elle savait qu'elle avait son rôle à jouer sur les terres du Banat. Cependant, elle souffrait de ne même plus avoir la force de cuisiner pour ses garçons. Heureusement, Elisabeth Mosse était une femme de cœur et les invitait à partager leurs repas. Or cette situation ne pouvait s'éterniser, Maria avait sa fierté ! D'autant qu'elle imaginait les réflexions dans leur dos…

Plusieurs familles venues de Lorraine les avaient rejoints à Phalsbourg. Comme souvent, elles étaient d'origines diverses. Une certaine Henrietta, forte en gueule, menant son époux à la baguette, agaçait particulièrement Maria. Il y avait aussi une veuve d'environ vingt-cinq ans, Marguerite, qui voyageait en compagnie de sa sœur et de son beau-frère. Ses cheveux roux dépassaient de son bonnet blanc et elle plantait son regard vert dans le regard de son interlocuteur, sans baisser les yeux. Les dames du convoi chuchotaient à l'envi à son sujet. Depuis des siècles, on se défiait des veuves, plus encore que des jeunes filles : elles connaissaient la vie et possédaient l'art d'attirer les hommes mariés dans leur lit.

Le père Senneville avait beau les inciter à faire preuve de charité chrétienne, les femmes restaient sur leur position. Marguerite n'était pas la bienvenue parmi elles.

Maria laissa filer son regard en direction du Danube, qui symbolisait pour elle leur progression vers l'est. Des bouleaux et des saules se reflétaient dans les eaux claires. Elle se sentit brusquement bien loin de Saint-Michel.

Avait-elle eu raison de quitter la ferme ? Ses

petits-fils seraient-ils capables de se débrouiller si elle venait à leur manquer ?

Une silhouette la rejoignit près de son tabouret. Un parfum poivré l'enveloppait.

— Maria, vous me faites peine, ainsi solitaire.

Elle sourit au père Senneville, qui la fixait.

— Ne vous inquiétez pas pour moi, mon père. Je ne m'ennuie jamais. Je récite une neuvaine ou bien je brode. Mes yeux y voient encore bien, j'ai cette chance.

— Rendez-en grâce à Dieu.

Maria soutint le regard indéfinissable du prêtre.

— Je sais ce que j'ai à faire, mon père, répondit-elle vivement.

Elle aurait été incapable de dire pourquoi, il suscitait en elle un sentiment de malaise. Elle regrettait déjà le père Madelin en qui elle avait toute confiance. Elle se reprocha cette pensée aussitôt après l'avoir formulée. Elle n'avait pas le droit de porter de jugement. Pourtant, ce prêtre la dérangeait. Etait-il trop jeune ? Avait-il des manières trop mielleuses ?

Il s'esquiva après l'avoir saluée d'un bref signe de tête révélant son déplaisir.

Maria soupira.

Décidément, ma pauvre vieille, il faut toujours que tu aies la langue trop bien pendue ! se dit-elle.

Ses épaules, son dos et ses jambes lui faisaient mal. Elle aspirait à un véritable lit mais aurait préféré s'arracher un membre plutôt que de l'avouer. Maudit orgueil !

Elle éprouva du soulagement en reconnaissant Frédéric qui se rapprochait de leur carriole. Il était beau gars, songea-t-elle avec une pointe de fierté.

Il se pencha vers elle.

— Venez nous rejoindre, grand-mère. Madame Mosse vous réclame.

— Hé ! De quelle utilité lui serai-je ?

— Vous êtes notre doyenne. A ce titre, vous avez droit à tous les égards.

— Sottise ! protesta-t-elle. Elle a pitié de moi, voilà tout. Ce que je ne supporte pas.

Le regard de Frédéric fonça. Exactement comme celui de son père lorsqu'il était en colère.

— Vous êtes beaucoup trop fière, grand-mère, permettez-moi de vous le dire. Nous avons quitté notre pays pour réaliser un rêve, et vous nous avez soutenus. Nous formons une sorte de famille, et devons nous serrer les coudes.

— Ce sont des mots, mon garçon. Nous n'appartiendrons jamais à la même famille. Avec les Mosse, encore... mais cette Henrietta... pour qui se prend-elle avec ses grands airs ?

Frédéric ne put s'empêcher de sourire.

— Grand-mère, vous déparlez !

— J'en ai bien peur, mon garçon, acquiesça-t-elle. C'est le souci qui me ronge. Qu'allez-vous devenir, ton frère et toi, avec moi qui ne suis plus bonne à grand-chose ?

— Vous allez vous remettre. Vous êtes forte.

Elle émit une sorte de coassement, qui s'acheva en quinte de toux.

— Flatteur ! Tu ne m'ôteras pas de l'idée que je dois penser à votre devenir. Il faut que tu te maries, Frédéric.

Il sursauta.

— Grand-mère ! Ce n'est pas le moment ! Je ne fréquente personne, d'ailleurs.

Son regard blessé lui disait qu'elle n'avait pas à s'aventurer sur ce terrain : la trahison de Thérésia était trop récente.

Maria secoua la tête d'un air obstiné.

— Ce n'est pas une question d'inclination, tu le comprends bien, mais de devoir. Marcus et toi avez besoin d'une femme pour vous nourrir, laver votre linge, cuire le pain, rapiécer vos vêtements, et porter tes enfants, Frédéric. Le nom des Mayer doit se perpétuer.

— Laissez-moi du temps.

— C'est hors de question ! Le temps presse, te dis-je, je ne suis pas immortelle.

— Nous prendrons une servante une fois arrivés au Banat.

— Une servante seule chez deux frères célibataires ? J'entends déjà cette chère Henrietta lancer ses sous-entendus fielleux ! Et, à mon avis, le père Senneville ne sera pas en reste. De plus, avec quoi comptes-tu la payer ? Nous n'aurons pas d'argent de trop. Non, crois-moi, j'ai bien tourné et retourné le problème dans ma tête, la seule solution est que tu prennes femme.

Frédéric pâlit de colère.

— Je refuse, grand-mère. A présent, pardonnez-moi, je dois rejoindre nos amis.

Il s'éloigna à grands pas, visiblement furieux.

Contrariée, Maria le suivit des yeux.

— Je n'ai pas le choix, Seigneur, souffla-t-elle. Dieu sait que je n'ai pas d'autre solution.

Le Danube, venu de la Forêt-Noire, évoquait encore un torrent de montagne, alimenté par la fonte des neiges. Assise jambes pendantes à l'arrière de la carriole conduite par son père, Louise-Marie contemplait le paysage d'un air rêveur. Elle avait tant rêvé du départ et éprouvait à présent comme de la déception. Le voyage était si long ! Ils avançaient à une vitesse d'escargot et n'avaient même pas parcouru le sixième du chemin ! Qu'allaient-ils trouver au bout du voyage ? Son père n'avait-il pas idéalisé le Banat ?

Elle le connaissait, prompt à s'emballer, pour finalement se lasser et déclarer forfait. Sous son apparence rieuse, l'adolescente dissimulait une nature tourmentée. Depuis la mort de sa mère, survenue six ans auparavant, elle avait vu son père ivre mort, l'avait entendu maudire Dieu et tous les saints. Elle espérait que personne ne se rendrait compte de son goût pour l'alcool, là-bas, au Banat et n'osait confier son souci à quiconque. Certes, elle s'entendait bien avec Jérôme, Annette et Marcus, mais ignorait jusqu'à quel point elle pouvait leur faire confiance. Depuis la mort de sa mère, elle avait pris le pli de se charger de la maisonnée, malgré son jeune âge, et de sauvegarder les apparences. Elle se défiait du père Senneville, dont le regard fixe la mettait mal à l'aise. Heureusement, ils ne venaient pas du même village et il n'avait certainement pas entendu parler des excès de l'instituteur. Ou, à tout le moins, elle l'espérait. De nouveau, elle pria pour demander un nouveau départ, une nouvelle vie. A quinze ans, elle avait l'impression d'avoir déjà connu le pire.

7

La Roque-sur-Pernes, 1965

— Ta salade de tomates était délicieuse, et j'ai beaucoup aimé le goût du basilic.

Esther sourit à sa cousine.

— C'est un véritable petit paradis ici. Raconte… comment les Banatais sont-ils venus dans le Vaucluse ?

Alexandra lui présenta des petits fromages de chèvre avant de répondre et d'expliquer qu'après la guerre, les Banatais avaient connu une véritable diaspora. Situation qu'ils avaient déjà vécue en 19, suite à la Conférence de la paix de Paris. La question de l'avenir du Banat était cruciale. Celui-ci devait-il rester une province hongroise ou bien devenir partie intégrante de la Roumanie ? Appartenir à la nouvelle Yougoslavie ou être partagé entre les puissances émergentes ?

Alexandra conclut :

— Il fut finalement décidé par le traité de Trianon

de 1920 que la Serbie recevrait l'ouest du Banat, la Roumanie en obtiendrait la majeure partie dont la région de Temesvar et que la Hongrie en conserverait une petite parcelle.

« Nous avons dû subir cette décision jusqu'à la guerre de 39-45 puis être à nouveau écartelés en 45.

« Mon frère Christopher a été fait prisonnier par les Russes, en tant que combattant nazi. Imagines-tu ça ? Il a toujours été pacifiste et n'a jamais partagé les théories du IIIe Reich.

La jeune femme se troubla.

— Ma mère était alors déjà morte de désespoir.

— Et ton père ?

De nouveau, Alexandra se ferma.

— Je préfère ne pas parler de lui, comme de notre frère aîné, répondit-elle froidement.

Esther n'insista pas.

— Nous ne pouvions plus rester là-bas, reprit Alexandra. Trop de tragédies, et la région tout entière qui explosait. Il fallait fuir. Nous sommes partis sur les chemins. Une pitoyable armée de réfugiés…

« Pourtant, malgré le temps passé, les Banatais n'avaient jamais oublié leurs origines lorraines. Un certain Jean Lamesfeld, représentant notre communauté, a contacté Robert Schuman, qui était député de la Moselle puis président du Conseil des ministres en 47. Monsieur Lamesfeld a fait alors confectionner plusieurs poupées en habit traditionnel du Banat, et en envoya une au président

Schuman grâce à l'intermédiaire de militaires. Il avait caché une lettre sous le tablier de la poupée, lettre dans laquelle il faisait appel à Schuman de la part de ces anciens Lorrains afin de mettre leur énergie « à la disposition de la France ». Cette lettre émut tant Robert Schuman qu'il répondit très vite à Jean Lamesfeld et mena campagne pour le retour en France des Banatais.

« Certains villages dépeuplés de France ont accepté d'accueillir ces émigrés. La Roque-sur-Pernes était l'un de ceux-là. Le village comptait près de trois cent cinquante habitants au XIXe siècle et moins de cent en 1939. Il ne restait plus que dix-sept âmes à La Roque après la guerre. Sur six cent quatre hectares de terres cultivables, cinquante seulement étaient encore cultivés en 1950. Le maire, monsieur Delebecque, cherchait désespérément à faire revivre son village. Il est entré en contact avec monsieur Lamesfeld et tous deux ont œuvré ensemble à l'accueil des Banatais.

— Quelle histoire incroyable ! s'écria Esther.

Alexandra sourit.

— C'est certainement à cause de ces poupées – comme tu peux t'en douter, le costume banatais était pratiquement identique au costume lorrain – que j'ai eu envie de devenir santonnière. De toute manière, je désirais changer radicalement de vie.

Cette fois, Esther se garda bien de poser une seule question. Elle se rappelait, quand son père l'emmenait pêcher dans la vallée du Test, à l'automne.

« Amorce, et laisse venir, lui avait-il conseillé. Ne bouge plus d'un cil. »

Il y avait longtemps qu'elle n'avait pas songé à son père de façon aussi précise.

Alexandra reprit :

— L'installation ici n'a pas été toujours simple. Nous, les Banatais, avions vécu des moments très durs. Nous restions aussi des étrangers. On nous a appelés « les Boches » à notre arrivée. Nous étions peu nombreux à savoir parler le français.

— Où l'avais-tu appris ?

— Grâce à ma mère, d'origine roumaine. Elle était aussi très francophile.

— Elle avait tant de dons, poursuivit-elle, visiblement émue. Elle était passionnée de littérature, de musique avec une prédilection pour Mahler, elle cousait à merveille et elle s'était retrouvée à végéter sur le domaine, à proximité des chevaux qui lui inspiraient une crainte irraisonnée bien que son père en élevât.

— J'aurais aimé la connaître, glissa Esther, sincère.

Alexandra opina du chef.

— Je pense que vous vous seriez bien entendues. Avec le piano comme trait d'union… Personnellement, je n'en joue pas, précisa-t-elle.

Elle repoussa une mèche de cheveux en arrière.

— Ça me paraît toujours totalement fou, de

nous retrouver ainsi... mais dans la famille, nous ne sommes pas habitués à des parcours de vie linéaires, réfléchit Esther à voix haute.

— C'est le moins qu'on puisse dire ! Tiens, goûte-moi ces framboises. Elles viennent de mon potager. Je vis pratiquement en autarcie ici, excepté pour le poisson et la viande. Je me rends alors au marché de L'Isle-sur-la-Sorgue.

Esther aurait aimé lui poser une foule de questions, tout en redoutant de commettre quelques impairs. Pas si facile, se dit-elle, de reprendre contact avec une parfaite inconnue, même si sa cousine se montrait chaleureuse.

Elle fit honneur aux framboises puis au café accompagné de financiers aux amandes.

Elle sourit.

— Je suis repue ! Merci pour ton accueil, Alexandra. Je vais rentrer à mon hôtel et appeler mon frère Nathan. Il devrait pouvoir m'envoyer quelques photos de famille.

— Ça me ferait plaisir. Tu sais, mon père ne parlait pratiquement jamais de tes parents.

Esther sourit.

— Ça ne m'étonne guère ! Mon père était juif et le choix de ma mère de l'épouser a provoqué un vrai scandale. Ton père et ma mère n'ont jamais renoué, je suppose que leurs caractères étaient trop différents. De plus, ma mère était indépendante.

— Tout ce dont mon père avait horreur, glissa Alexandra, moqueuse.

Esther se leva pour l'aider à débarrasser. La cuisine, assez petite, était fonctionnelle avec ses meubles en bois clair et son carrelage jaune d'or.

— Je suppose que tu as tout fait toi-même.

— Mon frère Christopher m'a aidée. Je te le présenterai, Esther. Il habite à la sortie du village.

— Il a donc pu venir en France, lui aussi.

— En effet. Nous avons eu beaucoup de chance.

Le regard d'Alexandra s'assombrit. Esther devait l'apprivoiser avec prudence.

— Je t'invite à Fontaine, si le cœur t'en dit, suggéra-t-elle. J'ai l'intention de rester un petit moment dans le Vaucluse. Tu peux me joindre à mon hôtel.

Elle ne voulait surtout pas lui forcer la main. De nouveau, elle songea à son père.

« Amorce, et laisse venir. » C'était tout à fait ça.

Alexandra lui adressa un sourire éblouissant.

— On fait comme ça. J'ai une commande urgente de santons à terminer, et je t'appelle aussitôt après.

Esther marqua une hésitation au moment de prendre congé. Sa réserve britannique l'incitait à tendre la main à sa cousine plutôt que de l'embrasser. Elles se donnèrent une brève accolade.

— Je suis heureuse que tu sois venue, lui dit Alexandra.

Esther regagna sa voiture. Elle se sentait plus légère, joyeuse, même. La personnalité d'Alexandra lui plaisait, sa ressemblance avec sa propre mère l'émouvait. Elle reprit la route de Fontaine en admirant le coucher du soleil. Le ciel offrait un camaïeu de rose et de turquoise avant de basculer vers le bleu marine. La nuit, lentement, allait gagner sur le jour. Un parfum de lavande et de farigoulette flottait dans l'air.

Un peu plus tard, installée dans le jardin de son hôtel, un sentiment de paix inconnu l'envahit. Elle était bien, en accord avec elle-même.

Dans sa tête, résonnaient les mesures de l'ouverture de *La Flûte enchantée*. Elle ferma les yeux. Je suis au pays de la douceur de vivre, se dit-elle avant de s'assoupir.

8

Ulm, 1767

Ils avaient suivi le cours du Danube, admiré les silhouettes de châteaux médiévaux impressionnants, traversé des forêts de hêtres et de genévriers.

Durant le trajet les menant de Donaueschingen à Ulm, Maria avait encore souffert de sa mauvaise toux. Inquiet, Frédéric avait l'impression que sa grand-mère s'affaiblissait de plus en plus. Recroquevillée sous deux couvertures, elle avait toujours froid malgré le soleil de juin. A court de ressources, Elisabeth s'évertuait à lui préparer des tisanes adoucies de miel. Les femmes se rassemblaient le soir autour de la doyenne, lui prodiguant des conseils et lui apportant quelques douceurs.

En cette saison, ils bénéficiaient d'un temps clément. La chaleur montait dès le matin et, à midi, les gorges étaient déjà asséchées. Le soir, au campement, hommes et femmes s'isolaient pour procéder à leurs ablutions. Les enfants s'éclaboussaient en riant. Lorsqu'elle les entendait, Maria se surprenait à rêver à leur future colonie. Peut-être la verrait-elle, malgré tout. Et, sans cesse, la même pensée l'obsédait : Frédéric devait se marier.

La contemplation du fleuve lui faisait du bien. Un vol d'oies sauvages passa non loin de la carriole dans un froissement d'ailes. Maria le suivit des yeux.

Je dois tenir bon, se dit-elle.

Elle crispa les doigts sur son chapelet en bois et pria.

Le père Senneville dirait la messe dans la prairie le lendemain dimanche et elle y assisterait. Même si elle n'éprouvait pas de réelle sympathie pour le prêtre, il jouait un rôle important dans leur groupe en le cimentant.

La prière... c'était tout ce qui lui restait.

Elle ferma les yeux, songeant à son époux et à son fils. Ils étaient là, à ses côtés. Pour toujours.

Elle s'assoupit sans même en avoir conscience, alors que Frédéric venait s'enquérir de ses nouvelles.

La jeune fille courait, la peur au ventre. Un méchant point de côté lui coupait la respiration. Le souffle lui manquait. Sa sacoche pesait, lui sciant l'épaule. Elle serra les dents. Il ne fallait pas qu'ils l'attrapent.

Elle savait que son sort était déjà scellé et cette certitude la révulsait. L'an passé, la peur au ventre, elle avait assisté au supplice de Wilhelmina Märchen et avait failli s'évanouir.

Tout comme elle, Wilhelmina était innocente des crimes qu'on lui attribuait mais comment aurait-elle pu se défendre face à la foule en colère qui criait « A mort ! » ?

Depuis le drame, elle avait redoublé de prudence tout en étant incapable d'ignorer une personne souffrante. Ursula, sa nourrice, lui avait transmis son savoir, comme l'avait fait sa grand-mère avant elle, et son père lui avait enseigné des rudiments de chirurgie et d'obstétrique.

Elle entendit des aboiements de chiens et bifurqua vers le fleuve.

Ne tremble pas, ne perds pas tes moyens, s'exhorta-t-elle.

Si son allure faiblissait, elle était perdue.

Le soir tombait. Les lueurs de torches dansaient, à moins de cent mètres. La terre se faisait plus meuble aux alentours du Danube. Elle courait, à perdre haleine, sans oser jeter un seul regard par-dessus son épaule.

Une haute silhouette surgit devant elle. Emportée par son élan, elle la heurta.

— Excusez-moi, souffla-t-elle.

Elle entendait des chiens, plus nettement, encouragés par des voix masculines. Elle se cramponna à la veste de l'inconnu.

— Aidez-moi !

Elle eut le temps d'apercevoir un visage hâlé, des yeux sombres. Parlait-il seulement allemand ?

— Je suis innocente, ajouta-t-elle d'une voix pressante.

Il hésita, et elle comprit qu'elle était perdue. Ses poursuivants se rapprochaient. Et puis, brusquement, il saisit sa main.

— Suivez-moi et pas un mot ! ordonna-t-il en allemand.

Il l'entraîna vers le fleuve, dans lequel il la fit s'agenouiller derrière un bosquet de saules.

— S'ils approchent, cachez-vous mieux que ça, jeta-t-il. Les chiens perdront votre trace dans l'eau.

Tétanisée par la peur, elle obéit.

Il remonta la berge, se dirigea d'un pas nonchalant vers la douzaine de carrioles placées en demicercle dans la prairie.

L'eau était plus que fraîche mais cela lui importait peu. Il ne fallait pas qu'ils la trouvent !

Les aboiements des chiens se turent. Il a vu juste, songea-t-elle. Elle entendit des questions brutales, des exclamations, un cliquetis d'armes, puis le silence retomba.

Transie, elle n'osait pas bouger cependant. Ils pouvaient fort bien s'être dissimulés dans les fourrés et s'emparer d'elle lorsqu'elle sortirait de sa cachette.

Elle attendit, longtemps, jusqu'à ce que ses jambes ankylosées la fassent souffrir.

Elle plongea sous l'eau en entendant des pas se rapprocher.

— C'est moi, fit une voix qu'elle reconnut. Vous pouvez sortir.

Elle s'exécuta, tremblante de froid.

Il l'aida à remonter sur la berge et posa une veste sur ses épaules.

— Venez, déclara-t-il. Je vous emmène voir ma grand-mère.

Son allemand était teinté d'un accent prononcé mais elle parvenait à le comprendre.

Elle trébucha. Il la soutint et l'entraîna vers la carriole la plus proche.

— Grand-mère, je vous amène de la visite, annonça-t-il en français.

Elle avait quelques notions de cette langue. Il lui tendit la main pour qu'elle grimpe à l'intérieur de la carriole. Une vieille femme au visage bienveillant sous son bonnet tenait une lanterne à chandelle.

— Vous êtes trempée, ma pauvre enfant ! se récria-t-elle. Venez, que je vous donne des vêtements secs.

Elle se laissa sécher, changer, en éprouvant un sentiment de profonde gratitude. Il y avait longtemps qu'on ne s'était pas occupé d'elle ainsi.

Elle se figea, croyant entendre un bruit, aux aguets. Maria posa une main apaisante sur son bras.

— Chut ! lui intima-t-elle.

Elle se mit à trembler, de plus en plus fort. La

vieille femme la berça contre elle, comme elle l'eût fait d'une enfant.

— Nous sommes là, près de toi, lui dit-elle en dialecte messin, sans être certaine qu'elle pourrait la comprendre.

Pendant ce temps, Frédéric, accompagné de Marcus, de Pierre et de Jérôme, se dirigeait vers le centre d'Ulm. Ils ne tardèrent pas à se retrouver sur la grand-place de la cathédrale, parmi une foule vociférante qui brandissait des torches. Frédéric comprit qu'ils étaient à la poursuite d'une sorcière et réprima une grimace. Il pensait cette époque révolue ! La jeune fille aperçue ne lui paraissait pas être dangereuse. Les chiens n'étaient plus visibles, ce qui le soulagea. Peut-être étaient-ils partis d'un autre côté ? En tout cas, leur convoi devrait quitter Ulm au plus vite.

A la lueur des torches, les visages exsudaient la haine, l'excitation de la meute en chasse.

Frédéric en eut la nausée. Il se détourna, entraînant ses compagnons.

Ils se concertèrent avant de regagner le campement.

— Pas un mot aux autres, et surtout pas au père Senneville ! leur recommanda Frédéric après leur avoir brossé un résumé de la situation.

Le regard fixe du prêtre suscitait en lui gêne et malaise.

— Es-tu sûr de cette fille ? s'enquit Pierre d'un air soucieux.

Frédéric écarta les mains.

— Je n'ai aucune certitude, excepté le fait que je me refuse à la livrer à cette populace avinée. Si tu n'es pas d'accord, ma famille et moi quitterons le convoi.

Il n'avait pas prémédité cette réponse. A cet instant, pourtant, il sut qu'il n'abandonnerait pas la jeune fille. Ne lui avait-elle pas dit : « Je n'ai rien fait de mal » ?

Pierre hocha la tête.

— Qu'allons-nous dire à nos compagnons ?

Ce fut Marcus qui trouva la solution.

— Nous n'aurons qu'à dire qu'elle veut fuir un mariage imposé par son tuteur.

Frédéric et Pierre échangèrent un regard ébahi.

— Bravo, mon frère ! s'écria Frédéric en lui administrant une bourrade.

Ils décidèrent de lever le camp dès l'aube.

Regagnant leur carriole, Frédéric tenta de réconforter leur protégée.

— Vous restez avec nous si le cœur vous en dit, lui proposa-t-il. Nous allons loin, au-delà de Vienne.

Elle hocha la tête. Ses yeux s'emplirent de larmes. Elle paraissait toute menue dans des vêtements d'homme appartenant à Marcus.

Celui-ci se tourna vers son aîné.

— Quelle excellente idée ! s'écria-t-il. Elle doit s'habiller en garçon.

Elle les regardait l'un et l'autre, hésitant entre le

rire et les larmes. Le premier, Marcus se présenta, imité par Frédéric.

Elle sourit.

— Je m'appelle Loretta.

La situation avait quelque chose d'irréel, mais peu leur importait.

Ils avaient un nouveau but, protéger la jeune fille accusée de sorcellerie.

9

1767

Lorsque Loretta fut présentée à l'ensemble de la communauté lorraine, quelques murmures coururent parmi les femmes. A la lumière du jour, la jeune fille avait une beauté insolite. Ses cheveux échappés de son bonnet étaient d'un blond rare, argenté. Elle avait des yeux verts en amande, une bouche aux lèvres pulpeuses, une silhouette mince et déliée. Dans les vêtements de Marcus, qu'elle avait roulés au bas des jambes et aux poignets, elle possédait un charme androgyne certain.

Marguerite le fit remarquer à sa sœur après l'avoir poussée du coude :

— Ma chère, il va falloir surveiller ces messieurs !

Pierre et Frédéric s'en tinrent à la version adoptée la veille au soir.

Lorsqu'on lui demanda ce qu'elle savait faire, Loretta répondit :

— Je sais tenir une maison, et un peu soigner.

Elle ne s'était pas séparée de sa besace en cuir fauve.

On ne s'attarda pas pour la pause de midi. Les Lorrains avaient quitté Ulm à l'aube, et Loretta avait été cachée sous la bâche de la carriole des Mayer. Tout au long de la journée, Frédéric et les siens redoutaient d'être rattrapés par la populace assoiffée de sang. Maria s'était montrée catégorique : il fallait sauver à tout prix la jeune fille.

« Sorcellerie… avait-elle marmonné en se signant. Il suffit de regarder cette petite pour savoir qu'elle a le cœur pur. »

Le soutien de la doyenne était précieux dans la communauté, Loretta en prit vite conscience. Grâce à Maria, on l'accepta sans manifester de réserve, même si quelques femmes la suivirent d'un regard chargé de défiance.

Elisabeth, toujours serviable, s'instaura son mentor pour l'exécution des tâches ménagères. Loretta s'avéra être bonne cuisinière, ce qui lui valut des compliments de la part des frères Mayer et de leur aïeule.

Discrète et efficace, elle s'attira vite les sympathies. Frédéric l'observait, tout en cherchant à voir au-delà de la façade souriante qu'elle offrait aux autres. Elle l'intriguait.

Malgré son apparence délicate, elle abattait sans se plaindre sa part de travail, soulageant Maria.

Frédéric, cependant, percevait son angoisse lorsqu'il la voyait jeter un coup d'œil par-dessus son épaule à intervalles réguliers. Il osa lui demander un soir, alors qu'il marchait avec elle le long du fleuve :

— Pourquoi donc vous ont-ils accusée de sorcellerie ?

Elle pâlit, croisa les bras devant sa poitrine, comme si elle cherchait à se protéger.

— De temps à autre, quand la misère rôde, ils cherchent à offrir un spectacle à la population, déclara-t-elle d'une voix lointaine. Il y a d'abord eu mon amie Wilhelmina, l'an passé. Elle aussi connaissait bien les secrets des plantes. Je suis guérisseuse. Mon père était médecin, il m'a transmis une partie de son savoir.

Frédéric hocha la tête, tout en insistant :

— Mais pourquoi vous accuser d'être une sorcière ?

La jeune fille esquissa un sourire empreint de lassitude.

— Une histoire éternelle depuis le Moyen Age. Les hommes au pouvoir n'ont-ils pas toujours craint les femmes ? Mon père m'a raconté qu'au concile de Mâcon, au VIe siècle, on a longuement débattu pour reconnaître l'existence de l'âme des femmes. Le savoir des femmes suscite la crainte, irraisonnée. Désir de vengeance, honte, peur ancestrale... Dans mon quartier, une femme désirait obtenir une poudre de succession[1]. J'ai refusé, naturellement.

1. Nom donné à l'arsenic dès le XVIIe siècle car il accélérait l'accès à un héritage.

Elle est partie en jurant de se venger. Peut-être est-elle à l'origine de ma dénonciation ? Une fois que la machine est lancée, on est perdu. Sous la torture, Wilhelmina a avoué tout ce qu'on voulait. Je n'aurais pas été plus brave.

— Je comprends, dit Frédéric.

Le sang-froid dont faisait preuve sa protégée l'impressionnait. Elle révélait une maturité rare chez une jeune personne de son âge.

Face à son regard insondable, il éprouva la certitude qu'elle avait traversé des tragédies qu'il ne pouvait imaginer. Lui accorderait-elle un jour sa confiancc ?

Il estima plus prudent de la mettre en garde :

— Surtout, demeurez sur la défensive. Nous composons une collectivité dont je ne connais pas vraiment tous les membres.

Elle acquiesça.

— J'ai l'habitude de me défier.

Marcus les rejoignit au pas de course.

— Grand-mère ne se sent pas bien, annonça-t-il. Cette mauvaise toux, toujours…

— Puis-je aller la voir ? suggéra Loretta.

— Bien sûr.

La vieille femme était allongée sous la bâche et respirait avec difficulté. Loretta se pencha au-dessus d'elle, réclama deux coussins pour la redresser, et l'examina avec douceur. Quand elle eut terminé, elle alla chercher sa besace et prépara une potion à base d'ortie blanche et de plantain.

— Buvez, lui dit-elle gentiment après l'avoir filtrée.

Maria fit la grimace mais obéit. Elle se laissa retomber en arrière.

— Cette toux m'épuise, avoua-t-elle dans un souffle.

Loretta passa la main sur son front.

— Essayez de dormir. Demain, vous devriez aller mieux.

— Vous pensez pouvoir la soulager ? questionna Frédéric dès qu'ils se furent éloignés.

Loretta soutint son regard.

— Soulager, oui, je l'espère, sans pour autant pouvoir la guérir. Les poumons sifflent, elle a une mauvaise bronchite. L'humidité ne lui vaut rien.

— Elle se portait bien, en Lorraine.

— Il a suffi d'un froid sur la poitrine. De plus, elle n'est plus toute jeune. J'ai bon espoir, cependant, car elle est vaillante.

Frédéric lui sourit.

— Merci.

Maria toussa encore durant la nuit. Le lendemain, elle était moins pâle et Loretta lui fit boire une nouvelle tisane.

— Merci, ma fille, lui dit-elle en lui pressant la main.

Les jours suivants, tandis que le convoi poursuivait sa progression en direction de Vienne, l'état de Maria continua de s'améliorer.

Au fil des jours, on fit appel aux connaissances de

Loretta. Un panaris, une entorse, une épaule luxée, des maux de ventre… Toujours d'humeur égale, elle soignait ses pratiques avec le sourire. Plusieurs personnes, dont Louise-Marie qu'elle avait soulagée de douleurs menstruelles invalidantes, chantèrent ses louanges.

— On dirait qu'elle a toujours vécu parmi nous, remarqua un soir Pierre Mosse.

Lui aussi avait bénéficié des soins de Loretta pour un tour de reins particulièrement douloureux. Frédéric garda un silence prudent. Son ami, qui le connaissait bien, glissa :

— C'est une femme pour toi, mon grand. Quelqu'un de sérieux, sur qui l'on peut compter. Pas une girouette.

Cette allusion à Thérésia l'irrita. Cependant, il se tut car il savait que Pierre ne pensait pas à mal. C'était bien le problème : tout le monde se souciait de lui sans mesurer l'intensité de sa souffrance comme de sa déception.

Ce jour-là, Pierre n'insista pas. Il enchaîna sur la distance restant à parcourir. Ils n'avaient pas pris trop de retard par rapport à leur feuille de route.

— Nous avons eu de la chance, commenta Pierre.

A quarante ans passés, il était l'homme sage du convoi, celui qu'on venait consulter et dont on respectait les avis.

Contrairement à nombre de leurs compatriotes, ils avaient préféré poursuivre leur périple par voie terrestre et ne pas emprunter les radeaux ouverts à toutes les intempéries, susceptibles de chavirer d'un instant à l'autre. Maria, comme Elisabeth Mosse ou Henrietta, avait refusé avec force d'utiliser ce mode de transport.

Il avait à peine terminé sa phrase que Petit Jean, son fils cadet, surgit essoufflé au côté de son père.

— Des hommes d'armes, annonça-t-il. Ils arrivent !

Pierre et Frédéric échangèrent un coup d'œil inquiet.

— Vas-y, fit Pierre.

L'aîné des Mayer fonça en direction de sa carriole. Il ordonna à Loretta de se cacher sous les couvertures de Maria et de ne pas bouger. Sa grand-mère lui adressa un clin d'œil. « Ne t'inquiète pas », signifiait ce petit signe.

La troupe comptait une demi-douzaine de cavaliers, armés de sabres.

Ils saluèrent les femmes présentes, adressèrent un bref signe de tête aux hommes. Frédéric éprouva un sentiment proche de la panique à l'idée qu'ils pouvaient trouver Loretta, et la ramener à Ulm pour la livrer au bourreau. Aussi son soulagement fut-il intense lorsque celui qui paraissait être le chef lui demanda s'ils avaient vu un fourgon conduit par deux hommes. Frédéric et Pierre secouèrent la tête.

— Restez sur vos gardes si vous croisez leur chemin, reprit le chef. Ils ont volé de l'or, des bijoux et des objets de culte à l'évêché.

Ils firent demi-tour et repartirent.

Frédéric, très pâle, rejoignit sa carriole.

— Vous pouvez sortir de votre abri, déclara-t-il à Loretta. Ce n'est pas vous qu'ils recherchent.

La jeune fille se redressa. Elle tenait encore une dague à la main. Son regard croisa le regard de Frédéric. Elle ne baissa pas les yeux. Il comprit à cet instant qu'elle ne se serait pas laissé prendre vivante. Il ne s'estimait pas en droit de la blâmer.

10

1767

— Enfin ! Je me sens revivre ! s'écria Maria, lavant son linge avec ardeur.

Loretta la rejoignit près du Danube.

— Laissez-moi faire, grand-mère. Même si vous êtes rétablie, il faut vous ménager.

— C'est toi qui m'as rendu mes forces, petite. Sois-en remerciée, ainsi que le Seigneur, sans qui rien n'aurait pu se faire. Ta venue parmi nous est une véritable bénédiction, tu sais, et je ne suis pas la seule à le penser.

— Vraiment ? fit Loretta sans se compromettre. Même si elle éprouvait de l'affection pour la vieille femme, elle avait appris à rester sur le qui-vive. Pouvait-elle réellement faire confiance aux Lorrains ? La dernière trahison qui lui avait été infligée l'avait blessée à jamais.

Maria lui tapota la main.

— Tu verras, notre vie sera meilleure au Banat.

— J'ignore même où se trouve ce pays de cocagne !

— Aux confins de la Roumanie et de la Hongrie, d'après ce que Frédéric m'en a dit. Une terre neuve, rien que pour nous. J'en rêve depuis des mois.

— Nos rêves sont parfois trompeurs, remarqua Loretta d'une voix ténue.

Elle se reprocha cette phrase aussitôt après l'avoir prononcée. Maria lui décocha un coup d'œil intrigué.

— Tu es jeune et, pourtant, tu sembles avoir l'âme d'une vieille femme, déclara-t-elle.

Elle lui sourit avec affection.

— Il faudra que nous parlions un jour, mon enfant.

— Comme il vous plaira, grand-mère.

Le sourire de Maria s'accentua.

— Combien de temps encore vas-tu t'habiller en garçon ? Dès que nous serons installés au Banat, nous te constituerons un trousseau.

Le visage de Loretta s'assombrit.

— Je possédais mon trousseau, à Ulm, ainsi que les meubles de mes parents. Tout a dû être pillé, ou encore brûlé.

Son père lui avait un jour expliqué qu'il ne fallait guère accorder d'importance aux choses matérielles. Il n'empêchait…

Maria opina du chef.

— Je m'en doute, petite, mais Ulm, comme notre village de Saint-Michel, est à présent loin derrière nous.

Elle eut l'impression que leur protégée n'était pas vraiment convaincue mais choisit de ne pas insister.

Parfois, Loretta l'impressionnait. Maria la considérait comme une jeune femme savante. Elle était tout simplement différente et, sans s'en rendre compte, instaurait une certaine distance avec autrui. Marguerite et Henrietta s'en plaignaient. « Elle est bien fière, cette petite. »

Loretta n'y prêtait pas attention. Le sort d'Armande la préoccupait plus.

La jeune femme, originaire de la Sarre, voyageait avec son époux, Baptiste, et leurs deux garçons, Jean et Martin. Enceinte de bientôt huit mois, elle était épuisée et souffrait horriblement de son dos, ce qui la contraignait à rester allongée la plupart du temps. Son époux s'inquiétait, d'autant qu'elle approchait des quarante ans. Loretta allait cueillir des plantes chaque soir, quand le convoi s'était installé pour la nuit. Elisabeth la secondait auprès d'Armande. L'épouse de Pierre était dévouée, et s'entendait bien avec Loretta. Toutes deux fuyaient les commérages.

Jean, l'aîné d'Armande, s'approcha de Loretta qui préparait le dîner.

— Ma mère a besoin de vous, lui dit-il.

Réprimant un soupir, la guérisseuse le suivit jusqu'à la carriole des Vidal, arrêtée à l'ombre d'un immense tilleul dont les fleurs embaumaient. Baptiste, l'époux, se tordait les mains. Son visage s'éclaira lorsqu'il vit arriver Loretta.

— Enfin ! s'écria-t-il.

Il baissa la voix pour ajouter :

— Armande a l'impression que le travail a commencé.

— C'est trop tôt ! protesta-t-elle.

Parfois, la responsabilité pesant sur ses épaules lui paraissait trop importante et elle éprouvait de la lassitude.

Cependant, ce n'était pas le moment de baisser les bras.

Armande haletait sur sa paillasse. Loretta fit tendre une bâche par l'époux aidé de Frédéric afin de sauvegarder un peu d'intimité. Elle ausculta alors la parturiente dont le col était déjà bien dilaté. Loretta se releva en réprimant un soupir. Elle n'avait pas le choix.

— Ça va aller, dit-elle à Armande.

Elle envoya Jean quérir Elisabeth sur qui elle savait pouvoir s'appuyer.

— Voulez-vous faire chauffer beaucoup d'eau ? lui demanda-t-elle gentiment.

Elle croisa les mains pour les empêcher de trembler. Elle avait peur parce que, fatalement, la situation lui rappelait celle vécue deux années auparavant, avec Martha qu'elle n'avait pu sauver.

Elle prit une longue inspiration. Elle ne devait plus y songer.

Plus jamais.

La délivrance fut longue et difficile, comme on pouvait s'y attendre. Le mari et les fils d'Armande avaient demandé aux membres du convoi de rester à distance.

Loretta avait craint un moment de perdre la mère et le bébé, et recommandé à Elisabeth de prier. Elle-même ne s'y serait pas risquée, mais il s'agissait de son problème personnel.

Lorsque enfin elle put essuyer le bébé et le poser sur le sein d'Armande en lui annonçant qu'il s'agissait d'une fille, elle le fit d'une voix étranglée par l'émotion.

Elle fit boire à l'accouchée de l'aubier de tilleul dans le but de limiter le risque hémorragique. C'était son père qui lui avait appris à procéder ainsi.

— J'admire votre science, déclara Elisabeth, l'observant masser l'utérus d'Armande avec des gestes extrêmement doux, dans le sens des aiguilles d'une montre.

Loretta sourit.

— J'aime soigner et, plus encore, soulager la douleur.

Les yeux d'Armande se fermaient. Loretta, qui avait eu si peur pour elle, faillit lui dire qu'elle ne devait plus avoir d'enfant mais, bien sûr, elle s'en abstint. Elle savait par expérience qu'une guérisseuse n'avait pas le droit de donner son avis.

Elle se contenta de lui caresser le front puis d'emmailloter le bébé et de le glisser dans une sorte de poche en lin afin de le maintenir bien au chaud. Heureusement, le temps était beau, ce qui limitait les risques mais la petite fille devait être traitée avec moult précautions.

— Elle est bien proportionnée pour une prématurée, remarqua Elisabeth.

— En effet, et c'est tant mieux. J'avais peur...

Loretta s'interrompit, repoussant les images qui revenaient parfois l'obséder durant de terrifiants cauchemars. Martha... elle ne s'était toujours pas pardonné de n'avoir pu la sauver.

Elle rougit sous le regard pénétrant d'Elisabeth et s'éloigna à grands pas vers la carriole des Mayer.

Maria touillait son ragoût.

— Ça sent bon ! apprécia Loretta.

— Tout va bien, petite ? Armande et son bébé ?

Loretta acquiesça.

— Oui, elles sont tirées d'affaire toutes les deux.

— Alléluia ! Tu n'as pas croisé le prêtre ? Il ne va pas tarder, à mon avis.

— Elles ont besoin de se reposer.

— Certes, mais la petite fille doit être baptisée le plus vite possible. Tu ne l'as pas ondoyée ?

— Je ne me mêle pas de religion, répondit fermement la jeune femme.

Si Maria parut étonnée, elle ne formula pas de critique. Le sang-froid dont faisait preuve Loretta l'impressionnait. Au fil des jours, elle appréciait de plus en plus sa compagnie, comme son caractère. Elle en était fermement convaincue, c'était une femme comme elle qu'il fallait à Frédéric.

11

1965

Tout le plaisir des jours est en leurs matinées[1], pensa Esther, en contemplant le ciel d'un bleu dur. Elle trouvait ce bleu presque brutal, comparé aux couleurs plus floutées de la Cornouailles.

Elle leva les yeux vers les ruines du château des évêques de Cavaillon, se découpant sur l'azur.

Elle était tombée sous le charme de Fontaine-de-Vaucluse le premier soir.

Même la fréquentation des touristes, importante, ne parvenait pas à lui gâcher son plaisir. Elle profitait du site le matin lorsqu'elle grimpait jusqu'à la résurgence, et le soir, quand elle traversait la Sorgue pour aller marcher dans le jardin de Pétrarque. Cet endroit un peu hors du temps, à l'écart du flot des curieux, l'avait tout de suite séduite.

---

1. De François de Malherbe.

Merci, Alexandra, de me l'avoir fait connaître, pensa-t-elle.

Même si elle n'avait pas pour l'instant de nouvelles de sa cousine, elle ne s'en formalisait pas. C'était prévu, Alexandra avait une commande importante à honorer.

Esther en profitait pour visiter la région, non pas en touriste mais en artiste. Si elle ne s'était pas encore lancée dans l'ascension du mont Ventoux à pied, elle s'était plongée dans la lecture de Pétrarque et y puisait une certaine sérénité. Cette sérénité à laquelle elle avait tant aspiré les derniers temps. Elle caressait des projets, aussi, comme celui de transposer pour piano *La Danse du sabre* de Khatchatourian. La musique avait toujours été pour elle un besoin vital. Elle tenait la première place, ce qu'Henry n'avait pas supporté. Elle réprima un soupir. Elle sentait venir la mélancolie, comme chaque fois qu'elle songeait à Henry. Elle avait cru l'aimer, sincèrement. Elle ignorait si elle s'était trompée ou bien si elle n'était pas faite pour l'amour. Au fond… il s'agissait peut-être de cela.

Elle posa la main sur le tronc d'un imposant platane situé dans le jardin de Pétrarque.

Elle commençait à comprendre pourquoi Alexandra se plaisait dans son village. Cependant, elle pressentait qu'il y avait autre chose. Une raison plus mystérieuse, qui l'intriguait. L'explication viendrait en son temps. Elle n'était pas pressée.

C'était étrange, songea Alexandra, en rassemblant les fragments de tissu et divers accessoires destinés à habiller ses santons.

Elle, d'ordinaire discrète et réservée, s'était tout de suite sentie en confiance avec sa cousine. Esther était chaleureuse, solaire. Comparée à elle, Alexandra se trouvait insignifiante. Toujours ces vieux complexes...

Leurs retrouvailles l'avaient bouleversée car, quoi qu'elle affirme, elle était toujours profondément attachée à son Banat natal. Elle s'était accoutumée à l'idée – de toute façon, elle n'avait pas le choix – de ne plus avoir que Christopher comme famille. Elle avait beau chercher dans sa mémoire, son père ne mentionnait jamais Elena, sa jumelle. Seule sa mère lui en avait parlé. Mais Albina était différente. Elle croyait à la famille, aux racines, et avait élevé ses enfants en ce sens.

Qu'aurait-elle pu raconter à Esther à propos de leur vie à La Salamandre ? Elle s'efforçait depuis des lustres de cadenasser ses souvenirs.

Elle cousit le pantalon de velours de son cueilleur de tilleul, l'enfila au santon avant d'ajuster le chapeau cabossé sur sa tête. Tel quel, il avait fière allure.

Elle fourmillait de projets et n'avait pas de temps à perdre. Comme chaque année, elle participerait à la célèbre foire aux santons de Marseille, en haut de la Canebière. Foire qui rassemblait la plupart des santonniers provençaux depuis 1803.

Etait-elle devenue pour autant une véritable Provençale ? Il faudrait qu'elle pose la question à son amie Martine.

Elle s'attaqua à l'habillement de sa marchande de sardines. Si elle avançait à un bon rythme, elle passerait voir Esther à Fontaine en fin de journée.

Au bout du fil, Esther percevait l'agacement dans la voix de son frère.

— Tu penses vraiment que je n'ai rien d'autre à faire ? protesta-t-il.

Elle l'imaginait, buvant son thé dans la bibliothèque après sa journée au cabinet de Paddington. Dorothy, qui tenait sa maison depuis plus de quinze ans, devait être en train de préparer le dîner dans la vaste cuisine immaculée.

Vieux garçon dans l'âme, Nathan était attaché à des habitudes immuables. Petit déjeuner à huit heures, déjeuner en ville près de son cabinet à treize heures, dîner à vingt heures.

Il sortait peu, ne recevait jamais personne, consacrant son temps libre à la rédaction d'articles pour des revues de vulgarisation scientifique.

C'était un excellent médecin.

— Je pense que cela t'intéressera, quand je reviendrai, lui dit-elle d'un ton enjoué. Il te suffit de chercher les albums photo de maman. Tu les trouveras dans le tiroir de droite de la bibliothèque. Tu m'envoies quelques photos d'avant-guerre. Dorothy peut même s'en charger. Note bien l'adresse de l'hôtel : « Rue de la Sorgue, Fontaine-de-Vaucluse ». Je te remercie infiniment, Nathan. Prends bien soin de toi.

Elle raccrocha, vite, pour ne pas l'entendre grommeler. Elle savait qu'il allait finir de boire son thé avant de sortir les fameux albums. Il en tournerait les pages, s'arrêterait sur les clichés représentant leur famille et choisirait rapidement quelques photos pour se débarrasser de ce pensum. Nathan n'aimait pas se retourner vers le passé. Il n'aimait pas grand-chose, en fait.

Elle souriait encore en reposant le combiné sur sa fourche. Elle avait beaucoup d'affection pour son frère aîné même si elle le trouvait trop distant et réservé. Etait-il ainsi, à Vienne ? Elle ne se rappelait plus.

Elle descendit dans le jardin de l'hôtel. Les roses épanouies parfumaient l'air. Comme chaque soir, elle évoqua la musique qu'elle aimerait interpréter. *Summertime*, assurément.

— Esther !

La voix d'Alexandra dans son dos la fit sursauter alors qu'accoudée à la balustrade du pont, elle contemplait la maison de Pétrarque, sur l'autre rive.

Elle s'était procuré un ouvrage retraçant la vie du poète et aimait l'impression de marcher dans ses pas.

Elle se retourna vers sa cousine et lui donna l'accolade.

— Quelle bonne surprise, Alexandra ! Tu as pu te libérer ?

— J'avais envie de venir bavarder un peu avec toi.

La santonnière lui sourit.

— Tu sais, le premier jour, je n'ai pas vraiment réalisé ce qui se passait. Ça me semblait si incroyable ! Toi et moi, cousines, réunies grâce à ce reportage. Je connaissais à peine ton existence !

— Nous allons rattraper le temps perdu. Mon frère va m'envoyer des photos de famille.

Alexandra esquissa un sourire empreint de désenchantement.

— Des photos pour rattraper les années perdues ? C'est à voir !

A cet instant, Esther pressentit qu'Alexandra avait eu un parcours de vie encore plus compliqué qu'elle ne le pensait de prime abord.

12

1767

La pluie s'abattit sur le convoi alors qu'ils approchaient de Vienne. Une pluie tiède, poisseuse, succédant à plusieurs jours de sécheresse.

Loretta, après avoir vérifié que Maria était bien installée, courut rejoindre la carriole d'Armande et Baptiste. La jeune accouchée était assise sur le siège au côté de son époux, sa petite fille dans les bras.

— Allez vite vous mettre à l'abri avec Claire, lui recommanda Loretta.

Elle lui prit le bébé, le serra contre elle sous sa cape avant d'aider Armande à sauter sur le sol. Elle demeura près d'elles à l'arrière, veillant à ce que la bâche les protège efficacement.

Armande s'était remise plutôt rapidement et en attribuait tout le mérite à Loretta, dont elle était devenue très proche. Son bébé avait vite pris du poids. Son père et ses frères aînés étaient fous de la petite Claire.

— J'ai hâte que nous arrivions à destination, confia Armande. Cette vie sur les chemins...

Elle esquissa une moue.

— Je n'étais pas habituée, avoua-t-elle.

Loretta sourit.

— Nous avons tous dû nous adapter mais, franchement, je trouve que nous nous en sortons plutôt bien.

C'était vrai. Leur communauté composée d'une vingtaine d'âmes était soudée, malgré d'inévitables altercations et tensions. Tous attendaient avec impatience le moment où ils pourraient s'installer sur les terres promises.

— Dites-moi, Loretta... reprit Armande. Vous ne pensez pas trop à ce mariage qu'on voulait vous imposer ?

La jeune fille marqua une hésitation avant de comprendre à quoi la mère de famille faisait allusion.

— Oh ! J'ai tourné la page, affirma-t-elle avec assurance.

Si elle savait... se dit-elle. Il n'existait pas de tuteur, ni de projet de mariage. Ou, plutôt, Franz lui avait tourné le dos, plus d'un an auparavant. Elle crispa les mâchoires. Elle ne voulait plus penser à Franz, plus jamais.

— Enfin ! s'écria Maria, se signant.

Les cloches des églises de Vienne sonnaient à la

volée, en ce dimanche matin, et la vieille dame se sentait ragaillardie. Elle avait mis ses plus beaux habits – jupe et corsage de coton noir, châle de laine fleuri et « vrais » souliers – afin de se rendre à l'office dans l'église la plus proche. La plupart des femmes du convoi l'accompagneraient, ce qui irritait fort le père Senneville. Marcus l'avait entendu grommeler : « Ne dirait-on pas que mes messes ne valent rien ? » Le cadet des Mayer avait ri sous cape. Comme son frère et sa grand-mère, il n'appréciait guère le prêtre.

— Viens-tu ? lança Maria à Loretta, qui pliait le linge lavé la veille.

La jeune fille releva la tête.

— Je prends mon châle et j'arrive, grand-mère.

De nouveau, Maria, en l'observant discrètement, songea qu'elle était belle, avec sa grâce naturelle, son port de tête, sa silhouette élancée. Son bonnet dissimulait mal ses cheveux blonds. Son caraco noir faisait ressortir l'éclat de sa peau laiteuse. Elle attirait les regards masculins, sans paraître y prêter attention.

Jetant son châle sur ses épaules, elle courut rejoindre Maria, à qui elle offrit son bras. Armande cheminait devant elles, en compagnie d'Elisabeth qui leur adressa un sourire rayonnant.

— Il y a si longtemps que je rêvais de connaître Vienne ! leur confia-t-elle.

Connaître... pensa Loretta. Quelle expression curieuse alors que nous ne faisons que passer !

Cependant, comme elle ne voulait pas gâcher l'enthousiasme de son amie, elle garda sa réflexion pour elle. Elle se demandait de plus en plus souvent ce qu'ils allaient trouver au Banat. Elle se faisait moins d'illusions que ses compagnes, tout en espérant que ce ne serait pas aussi difficile qu'elle le redoutait.

L'impératrice Marie-Thérèse avait certainement de bonnes raisons de se montrer aussi généreuse avec des inconnus. Elle en avait discuté avec Frédéric, qui partageait ses craintes. Tous deux allaient parfois marcher le soir, à l'étape, et échangeaient leurs impressions. Elle appréciait son calme ainsi que sa façon de se tenir un peu à l'écart, en observateur. Elle se sentait en confiance avec lui.

Maria s'appuya un peu plus à son bras.

— Je marche peut-être trop vite, grand-mère ? s'inquiéta Loretta.

La vieille dame secoua la tête.

— Non, c'est juste que je suis encore un peu lasse. De plus, j'ai hâte de découvrir cette église dont maître Rambourg nous a parlé.

— C'est une cathédrale, précisa Loretta alors qu'elle cherchait à s'orienter dans un dédale de ruelles en suivant la flèche de l'édifice.

Stephansdom, la cathédrale Saint-Etienne, les impressionna par ses dimensions et la richesse de ses ornements.

Elisabeth tomba en arrêt devant le somptueux retable polychrome de l'autel. Elle se signa.

— Seigneur ! souffla-t-elle. Je n'ai jamais rien vu d'aussi beau !

De grosses larmes coulaient sur ses joues. Emue, Loretta lui pressa la main. Elle suivit l'office de façon distraite, retrouvant cependant avec plaisir sa langue maternelle.

Après la bénédiction, elle s'immobilisa au pied de la chaire, une merveille de sculpture gothique. La chaire de Pilgram, lui expliqua un paroissien, du nom de son sculpteur. S'étant représenté dans l'encadrement d'une « fenêtre », il avait sculpté au-dessus de lui les quatre Pères de l'Eglise, saint Augustin, saint Jérôme, saint Ambroise et enfin saint Grégoire le Grand.

Loretta, un peu gênée, tenta de s'éclipser après avoir remercié son guide mais il poursuivit :

— Voyez... la rampe de l'escalier. Approchez... elle est sculptée de crapauds et de lézards, qui incarnent le mal. La symbolique est limpide : pour dire le bien en chaire, il ne faut pas avoir peur d'affronter le mal.

Fascinée, la jeune fille désigna de la main les salamandres sculptées au-dessus des crapauds et des lézards.

— Elles traversent le feu sans se brûler, fit-elle remarquer.

Le bourgeois sourit.

— C'est ce qu'on raconte, en effet. Saint Augustin lui-même a repris la symbolique de la salamandre dans *La Cité de Dieu*. Mais votre appartenance au beau sexe vous dispense de ces considérations. Sachez seulement que les salamandres sculptées par Pilgram représentent les pensées bienveillantes face au mal.

Etait-ce l'allusion au feu ? Le souvenir du supplice infligé à Wilhelmina ? Son dédain parce qu'elle était une femme ? Loretta se sentit soudain mal à l'aise sous le regard incisif de son guide. Elle avait l'impression qu'il cherchait à la jauger, à deviner ce qu'elle dissimulait.

Tournant les talons, elle s'enfuit, sous son regard de plus en plus intrigué. Elle respira mieux dès qu'elle se retrouva sur le parvis, à l'air libre.

Elisabeth lui tapota le bras.

— Ça va, Loretta ? Vous êtes très pâle.

— Ce n'est rien, prétendit-elle.

Cependant, au fond d'elle-même, elle savait qu'elle ne serait jamais libérée du passé.

13

1767

L'arrêt à Vienne avait marqué un tournant dans leur périple. Frédéric Mayer, à l'instar des autres chefs de famille du convoi, avait reçu un livret d'immatriculation et une somme de trois florins. Ce qui concrétisait l'engagement des colons. Ils s'étaient aussi familiarisés avec les formalités administratives en vigueur dans l'Empire de Marie-Thérèse et avaient obtenu des passeports afin de gagner la Hongrie.

Leur étape à Vienne avait modifié les relations à l'intérieur du groupe des femmes. Elles étaient restées marquées par la beauté de la cathédrale, l'évoquaient souvent, et en tiraient une sorte de complicité.

Le père Senneville, qui ne les avait pas accompagnées, blâmait ouvertement le luxe inouï des églises de Vienne. Il ne jurait que par un retour aux sources de l'esprit des premiers temps de la chrétienté.

Elisabeth, pourtant peu encline à critiquer son prochain, se plaignait régulièrement. « Pourquoi notre curé est-il aussi peu… chaleureux ? Lorsque je croise son chemin, j'ai toujours le sentiment d'être la pire des pécheresses ! » s'amusait-elle.

Le sens de l'humour d'Elisabeth rappelait à Loretta celui de sa seule amie, Wilhelmina.

« Je pense qu'il redoute les femmes », avait-elle répondu.

Ils étaient nombreux dans ce cas. Elle entendait encore certaines réflexions du genre : « Tu n'as pas à soigner les gens. Ce n'est pas une tâche de femme ! » Etre femme signifiait porter les enfants, tenir la maison, laver, nettoyer, cuisiner et… se taire. Un rôle que Loretta n'avait pas envie de tenir mais… avait-elle le choix ?

La nuit, elle se tournait et se retournait sur sa couche de fortune, ruminant le passé, s'angoissant pour l'avenir. Elle était seule au monde. Que pourrait-elle faire au Banat ? Devenir une servante ? Epouser un veuf ? Cette perspective la révoltait. A moins qu'elle ne s'arrête pas au Banat et poursuive sa route, mais elle savait combien il était risqué pour une femme seule de s'aventurer sur les chemins.

De plus, elle avait noué des liens amicaux avec Maria, Elisabeth et Armande. C'était important pour elle.

Indécise, elle se laissait porter par les événements, auprès de ceux qui l'avaient sauvée.

J'attends, se répétait-elle, sans savoir exactement quoi. A vingt ans, elle avait l'impression de ne plus avoir de but, ni d'avenir.

Le parfum de Thérésia, un mélange d'herbe coupée et de rose, avait le pouvoir de lui faire perdre la tête. Frédéric la fit basculer dans le foin et entreprit de la caresser avec ardeur. Elle répondait à ses caresses avec tout autant de fougue, leurs corps emmêlés, leurs lèvres scellées par un interminable baiser. Elle gémit sous ses coups de boutoir, une plainte montant crescendo jusqu'à ce qu'elle crie son nom. Frédéric !

— Frédéric !

Il ouvrit les yeux. Marcus le secouait.

— On nous a volé Beaupré !

Beaupré était leur cheval le plus robuste, celui qu'ils avaient acheté à prix d'or.

Frédéric sauta sur ses pieds. Disparue, Thérésia ! Il s'agissait d'un rêve, comme trop souvent.

Il se rua vers leur carriole. Seule Maria y dormait, Loretta préférant s'allonger sur le sol sur deux couvertures tant que le temps se maintenait au beau.

Artimon broutait paisiblement, seul, cherchant ses herbes préférées.

Une nausée tordit l'estomac de Frédéric. Leur meilleur cheval !

A ses côtés, Marcus se lamentait.

— On n'a rien entendu.

— Ils ont dû nous repérer hier ou les jours précédents et sont venus voler Beaupré en prenant moult précautions. Va voir du côté de Pierre.

Leur ami déplorait lui aussi la perte d'un cheval, tout comme Albert, le beau-frère de Marguerite.

Les voleurs avaient choisi les bêtes les plus robustes, celles qu'ils pourraient revendre facilement.

— Encore heureux qu'ils ne nous aient pas tout pris ! lança Pierre, amer.

Etait-ce cela qu'ils étaient devenus ? Se contenter qu'on leur ait laissé le minimum, parce qu'eux-mêmes ne valaient pas grand-chose ? Cette idée était intolérable.

Frédéric donna un grand coup de pied dans une pierre, réprima un juron. Ils méritaient une autre vie, bon sang ! Son regard croisa le regard de Pierre. Il sut à cet instant que tous deux pensaient la même chose et que la même rage de vivre les animait.

— On n'a pas le choix, marmonna son ami.

Frédéric acquiesça.

— Alléger le plus possible les carrioles et poursuivre notre chemin.

— Exactement. Les femmes et les enfants marcheront.

Ce serait difficile mais... le moyen de faire autrement ?

Il y eut des protestations, des accès de mauvaise humeur, quelques pleurs, puis tout rentra dans l'ordre. Comme Armande le fit remarquer, il ne servait à rien de gémir. Jusqu'à présent, ils avaient eu de la chance, à eux maintenant de se battre.

Si elle était beaucoup moins enthousiaste, Henrietta finit par se taire. Le convoi se mit en branle.

Loretta, cheminant entre les deux frères, se retournait de temps à autre pour adresser un petit signe de la main à Maria, qui tenait les rênes d'Artimon.

La vieille femme avait accusé le coup du vol des chevaux, mais n'avait pas tardé à inciter ses petits-fils à aller de l'avant.

— Ne vous inquiétez pas trop pour elle, lui recommanda Frédéric. Elle a décidé qu'elle vivrait au Banat, et elle le fera.

— Dieu merci, sa volonté l'aide à tenir bon.

La chaleur se fit vite pesante au fil de la journée. Les plus grands se chargèrent des petits qui pleuraient de fatigue. A l'étape, Frédéric éprouva une sensation de découragement. N'aurait-il pas dû rester à Saint-Michel ? Le Banat était encore loin et lui paraissait inaccessible.

Il garda cependant ses interrogations pour lui. Le soir, il s'éclipsa après avoir effectué les tâches habituelles. Il avait besoin de marcher, de s'éloigner pour se vider la tête. Les rêves de la nuit, son réveil brutal, l'avaient perturbé presque autant que le vol de Beaupré. Il savait, pourtant, qu'il ne reverrait jamais Thérésia. Au fil du temps, il avait compris que c'était lui qui aimait le plus. D'ailleurs... était-ce de l'amour ou une simple passion physique ? Si elle l'avait aimé, elle n'aurait pas hésité à partir avec lui. Or, elle avait choisi Peter, son rival, parce que sa famille avait du bien.

Un douloureux constat...

Vers l'horizon, le ciel s'ourlait de mauve. Un vol de canards sauvages s'éloigna en direction du fleuve. Il se surprit à espérer que leurs terres soient proches d'un point d'eau. Ce soir, il ne nourrissait pas d'illusions. Il faudrait travailler dur, cette perspective ne l'inquiétait pas. Il se souciait plus de leurs conditions d'hébergement, surtout pour son aïeule.

Il marcha longtemps, sans se soucier du chemin parcouru. C'était important pour lui d'être en harmonie avec la nature environnante, pour y puiser la force de continuer. Il lui fallait toujours se montrer fort, sans faille, pour les siens.

Lorsqu'il fit demi-tour, il avait repris courage. De toute manière, se dit-il avec une pointe d'humour, il n'avait pas le choix. Marcus et leur grand-mère avaient besoin de lui. Il pressa le pas, la nuit tombait. Il apercevait au loin les feux du camp. Il se sentait responsable des émigrés lorrains, au même titre que Pierre. Tous les deux s'étaient longuement documentés au sujet de leur destination et des avantages offerts par l'impératrice.

— Frédéric ?

Il tressaillit en reconnaissant la voix légèrement voilée de Loretta.

— Vous vous étiez éloignée, vous aussi.

Il devina plus qu'il ne vit son sourire dans l'ombre.

— Parfois, j'ai besoin d'être un peu seule, avoua

la jeune fille. Oh ! Je m'entends bien avec la plupart des colons mais il arrive que leurs bavardages me fatiguent.

— Pour dire le vrai, moi aussi ! lança-t-il.

Ceux d'Henrietta surtout, mais c'était inutile de le préciser. Curieusement, celle-ci exaspérait nombre de personnes.

Il s'immobilisa parce qu'il pressentait que Loretta cherchait à lui dire quelque chose.

— Que pensez-vous faire à votre arrivée au Banat ? s'enquit-il.

— Je ne sais pas, reconnut-elle. Et cela commence à m'inquiéter.

C'était vrai. Elle se réveillait la nuit en proie à des angoisses de plus en plus fréquentes. Elle n'avait personne sur qui compter. Pas d'argent non plus. Ne lui avait-on pas tout pris ? Certes, elle était jeune, et le travail ne lui faisait pas peur, mais quel serait son avenir dans la communauté alors qu'on se défiait forcément des femmes solitaires ?

Elle haussa les épaules.

— Ne prêtez pas attention à ce que je raconte, reprit-elle. Je suppose que cela finira par s'arranger.

Il ne parvenait plus à distinguer ses traits. C'était peut-être mieux, se dit-il. Il fallait qu'il le fasse. Il devait le faire.

Il toussota.

— Epousez-moi, proposa-t-il.

14

1767

Avec des gestes sûrs, Loretta dépouilla le lièvre pris au collet de Marcus. Son aîné avait beau le sermonner, Marcus continuait de braconner. Il posait ses pièges le soir, allait les relever le matin et rentrait rarement bredouille. Il partait souvent en expédition avec Jérôme, qui l'avait imité.

— Il y a du gibier à foison ! se réjouit-il une nouvelle fois.

Loretta fronça les sourcils.

— J'apprécie grandement ta contribution, Marcus, mais sois prudent. Les Hongrois risquent de rechercher le responsable de ces pièges.

Le jeune homme esquissa un sourire.

— N'ayez crainte, nous ne restons jamais deux soirs de suite au même endroit. Et puis, ils n'avaient qu'à mieux nous recevoir !

Ils avaient rencontré en effet une certaine hostilité

durant leur traversée de la Hongrie. On les assimilait à des gens du voyage, on les chassait, même, parfois, au point que Pierre et Frédéric avaient recommandé aux femmes et aux enfants de ne surtout pas s'éloigner du campement.

La terre hongroise était riche, les colons l'avaient tout de suite constaté. Les enfants commençaient à se plaindre. « On arrive bientôt ? » La lassitude était quasi générale, accentuée par la chaleur. Des nuées de moustiques harcelaient les Lorrains à l'étape du soir. Loretta avait fort à faire pour écraser des graines de calendula et confectionner des pommades afin de soulager ses compagnons. Louise-Marie, avec sa peau laiteuse et ses taches de rousseur, était particulièrement visée. Etait-ce la cause de sa mauvaise humeur ? Loretta la trouvait morose, un brin agressive. Des réactions qui étonnaient chez la jeune fille.

Loretta n'osait pas lui poser de questions. Le jour où elle en aurait envie, elle pourrait toujours se confier à la guérisseuse.

L'annonce de son mariage avec Frédéric avait réjoui leurs amis, suscité aussi quelques commentaires mais elle s'en souciait peu. Elle avait tout de suite accepté la proposition du jeune homme. Les interrogations étaient venues après. Ne commettait-elle pas une folie ? Ils se connaissaient si peu. Cependant, elle avait accordé foi aux promesses de Franz, pour réaliser après coup qu'il l'avait trahie. Comment savoir ? De toute manière, elle n'avait pas le choix. Elle avait tout de même jugé bon de préciser : « Pour moi, ce sera une union de raison et non d'inclination. »

Elle n'avait su comment interpréter le coup d'œil moqueur dont il l'avait gratifiée.

« Il en va de même pour moi, avait-il répondu. J'aimais une jeune femme, en Lorraine. »

Elle avait senti que la blessure n'était pas encore refermée et cela l'avait presque soulagée.

Au moins, la situation était sans équivoque.

Sensible aux atmosphères, Loretta jeta un coup d'œil par-dessus son épaule. Ils traversaient une petite ville et elle avait la sensation que des centaines d'yeux les épiaient. Un calme surprenant régnait sur la rue principale, bordée de maisons en pierre, bien tenues. Leur convoi cheminait au pas, bien que Loretta eût envie de prendre ses jambes à son cou et de s'enfuir vers la forêt. Elle se raidit, chercha du réconfort du côté de Maria. La vieille dame tenait les rênes d'Artimon. Elle adressa un clin d'œil à sa protégée, l'air de dire : « Ne t'inquiète pas. Tout ira bien. »

La carriole des Mosse avançait en tête, celle du prêtre fermait la marche. Elisabeth s'arrêta quelques instants, le temps de se retrouver à la hauteur de Loretta.

— Je sais bien que nous n'entendons rien au hongrois, mais cet endroit ne me paraît guère hospitalier comparé à Vienne, souffla-t-elle à Loretta.

— Ah ! Vienne ! s'écria celle-ci en écho.

Un vacarme inattendu les fit tressaillir. La porte d'une demeure plus vaste que les autres s'ouvrit à la volée. Des cris, des huées retentirent. Un homme vêtu de jaune, un couvre-chef de même couleur posé de guingois sur la tête, fut poussé sans ménagement dans la rue.

Loretta se mit à trembler convulsivement et se cramponna au bras de son amie.

— Je ne supporte pas les hurlements de la foule, murmura-t-elle.

— Ne vous inquiétez pas, déclara Elisabeth d'une voix apaisante.

Prudemment, leur convoi s'arrêta et se rangea sur le côté.

L'homme en jaune était à présent bousculé et insulté.

Plus tard, Loretta se dit qu'elle aurait dû s'abstenir, mais c'était tout bonnement impossible. Elle bondit quand le pauvre homme tomba sur le sol. Elisabeth tenta de la retenir, en vain. Loretta courait sur le chemin et se précipitait pour relever l'homme en jaune. Vu de près, il avait une bonne soixantaine d'années et le visage sillonné de rides.

Il parut affolé quand Loretta lui offrit son bras.

— Nit ! Nit ![1] protesta-t-il en yiddish.

---

1. Non ! Non !

Un grand gaillard s'interposa et repoussa la jeune fille en lui lançant une phrase peu amène. Frédéric s'avança et l'attira contre lui.

— Laissez-les régler leurs affaires entre eux, je vous en conjure, dit-il d'un ton pressant.

Il l'entraîna vers la carriole des Mosse.

Les larmes aux yeux, elle vit le vieil homme parcourir encore une vingtaine de mètres avant de s'effondrer dans la poussière.

Ses tourmenteurs l'abandonnèrent après l'avoir à nouveau insulté et roué de coups.

Ils passèrent près du convoi en parlant et riant fort, sans prêter autrement attention aux personnes qui le composaient. Le cœur battant à se rompre, Loretta se contenait pour ne pas leur dire leur fait. Elle sentait toujours la main de Frédéric posée sur son bras, comme pour la dissuader de prononcer le moindre mot, et c'était tout à fait ça.

Ce qui ne l'empêcha pas de lui échapper dès que les villageois eurent disparu à l'intérieur de la grande maison et de courir vers le vieil homme. Elle s'agenouilla à ses côtés, lui souleva la tête. Il lui sourit.

— Danke, Mädchen[1].

Il paraissait épuisé. Du sang coulait d'une plaie à la tête. Il saisit la main de Loretta, la serra.

— Pourquoi ? souffla-t-elle.

Il esquissa un geste pour désigner son horrible chapeau jaune qui avait roulé sur le sol.

---

1. « Merci, jeune fille »

— Jude, murmura-t-il.

Sa tête retomba lourdement sur sa poitrine et il expira.

Des larmes coulèrent sur les joues de Loretta. Elle soutint le regard incrédule de Frédéric.

— Je sais : nous ne devons pas nous mêler des affaires de ces gens ! cria-t-elle. Mais ce pauvre homme…

— Il avait peut-être commis d'horribles crimes…

— C'était un homme, et il doit être enterré comme tel.

Il leva les yeux au ciel.

— Vous ne lâcherez pas, n'est-ce pas ? Attendez, je vais voir ce que je peux faire.

Elle ferma les yeux du vieil homme tandis que Frédéric allait parlementer avec les membres du convoi. Les carrioles s'ébranlèrent. Frédéric la rejoignit. Il portait un vieux drap roulé, et était de fort mauvaise humeur.

— Je ne sais pas pourquoi je vous suis dans cette folie. Nous aurons de la chance si les villageois nous laissent repartir.

— Ils doivent être en train de boire pour fêter l'assassinat de ce pauvre homme.

Ils choisirent un endroit sous un chêne. Frédéric creusa un trou pendant que Loretta recouvrait le corps du vieux drap. Elle continuait de pleurer, sans savoir réellement pourquoi. Ils enterrèrent le vieil homme. Frédéric rabattit la terre sur le cadavre, et Loretta posa trois pierres sur le tumulus.

— Nous aurions dû faire appel au père Senneville, remarqua-t-il.

Elle secoua la tête.

— Il ne se serait pas déplacé ! Cet homme était juif.

Ils échangèrent un regard indéfinissable.

Que savez-vous exactement de tout cela ? s'interrogeait Frédéric.

Loretta lui adressa son sourire le plus innocent.

— Dépêchons-nous, il nous faut rattraper le convoi.

Ils pressèrent le pas. Loretta se retourna une dernière fois.

Rien ne change, jamais, se dit-elle, amère soudain. Elle ne pleurait plus mais son cœur était lourd.

15

1965

Si j'osais... ?

Esther adressa un sourire timide à monsieur Elzéar, le propriétaire de l'hôtel.

Cela faisait trois jours qu'elle était irrésistiblement attirée par le piano du petit salon.

Elle toussota, gênée.

— Voyez-vous, je suis pianiste et je me demandais... pourrais-je jouer un peu, en fin d'après-midi par exemple ?

Monsieur Elzéar redressa ses lunettes.

— Ma foi... je n'y vois pas d'inconvénient, madame Leavers. Faites comme vous l'entendez.

Elle lui aurait volontiers sauté au cou ! L'instant d'après, elle se demandait ce qui lui arrivait. Elle ne savait même pas si ce piano avait un bon son ! Peu lui importait. Elle avait besoin de se dérouiller les doigts.

Elle effectua quelques exercices d'assouplissement avant de s'asseoir sur le tabouret et de faire courir ses doigts sur le clavier.

Tout naturellement, elle joua *Rhapsody in Blue* de Gershwin en hommage au ciel si bleu du Vaucluse. Comme souvent, elle s'oublia toute dans la musique. C'était pour elle un hymne à la beauté de la région, l'expression, aussi, de sa joie d'avoir retrouvé Alexandra.

Elle enchaîna avec Cole Porter, *Night and Day*, puis, sans transition, joua *La Moldau*. La musique de Smetana était pour elle une réminiscence de ses racines d'Europe centrale. Elle conclut avec la *Sonate n° 2* pour piano de Brahms.

Lorsqu'elle plaqua le dernier accord, des applaudissements discrets résonnèrent derrière elle. Rouge de confusion, elle jeta un regard par-dessus son épaule. Monsieur Elzéar et un inconnu paraissaient ravis.

— Seigneur ! Je n'avais pas fait le rapprochement ! s'écria l'hôtelier. Madame Leavers. Esther Leavers… vous êtes la grande pianiste !

Ses joues s'empourprèrent un peu plus. Elle détestait donner l'impression de chercher à se mettre en avant.

Devant sa gêne, l'inconnu fit un pas vers elle.

— Nous ne voulions pas vous déranger, déclara-t-il, surtout pas, mais c'était… merveilleux.

S'inclinant légèrement, il fit demi-tour et sortit par la porte donnant sur le jardin.

— C'est vrai, reprit monsieur Elzéar, j'espère que nous ne vous avons pas importunée.

Elle lui assura que non. D'ailleurs, n'était-ce pas la vérité ? Elle aussi avait pris beaucoup de plaisir à jouer sur ce piano qui n'était pas un Steinway mais était de bonne facture. Si son agent l'avait entendue ! Il en aurait avalé son chapeau, lui qui lui recommandait de se faire rare afin de pouvoir réclamer des cachets plus élevés.

Souriant toujours, elle sortit à son tour dans le jardin, s'arrêta devant les roses qui exhalaient un parfum gourmand de pêche. La vie lui paraissait belle.

Alexandra et Esther avaient décidé de passer la journée à Avignon.

« J'aime cette ville, lui avait dit sa cousine. Il émane un charme mystérieux de chaque pierre. Et… si seulement tu pouvais assister à un spectacle du festival ! J'ai vu Gérard Philipe jouer *Le Cid* en 1951. Mon Dieu ! Jamais je n'oublierai cette soirée. Il était… magique et avait transporté le public. Si tu avais pu le voir ! J'ai pleuré quand on a annoncé sa mort, le 25 novembre 59. »

Son enthousiasme avait frappé Esther.

Le mistral soufflait avec vigueur, contraignant les deux cousines à presser le pas et à remonter le col de leurs vestes.

— Brrr ! Il fait glacial ! se plaignit Esther, avec une exagération toute méridionale.

— Le mistral, « lou Mestre » en provençal, souffle

trois, six ou neuf jours d'affilée pour chasser les nuages. Tu finiras par l'apprécier. De toute manière, nous n'avons pas le choix : c'est une longue histoire entre Avignon et le mistral.

Elles traversèrent la place de l'Horloge au petit trot et s'arrêtèrent dans la cour du Palais des Papes pour en admirer l'architecture. Esther et Alexandra le visitèrent en prenant leur temps. Esther évoqua un concert qu'elle avait donné dans la cour de l'archevêché, à Aix-en-Provence, quelques années auparavant. Elle aimait fréquenter des lieux originaux et imaginer quelle résonance ils pourraient apporter à ses récitals.

Elles allèrent ensuite manger un croque-monsieur en terrasse. Le mistral était tombé. Un soleil délicieux baignait la place du Palais.

— Je croyais que le mistral durait au moins trois jours, s'amusa Esther.

Alexandra sourit.

— Il existe toujours des exceptions à la règle.

Esther offrit son visage au soleil.

— Seigneur ! C'est si bon ! Je me damnerais pour vivre ici toute l'année !

— Qu'est-ce qui t'en empêche ?

C'était tout à fait le genre de question qui revenait vous obséder au moment où vous vous y attendiez le moins. Esther y pensait souvent. Durant la plus grande partie de son existence, il y avait eu sa mère, puis Henry, et la musique. Surtout la musique.

Alexandra lui lança un coup d'œil malicieux.

— Remettre sa vie en question… nos ancêtres ont su le faire.

— Toi aussi, apparemment. J'ai l'impression d'être terriblement plan-plan comparée à toi.

— Il ne faut pas se comparer à moi, coupa Alexandra d'un ton définitif.

Et, à nouveau, Esther sut qu'elle avait commis un impair.

— J'ai une surprise pour toi, annonça Alexandra alors que les cousines revenaient à La Roque-sur-Pernes.

Elles avaient visité le musée Calvet, s'étaient découvert une passion partagée pour les marines de Joseph Vernet. Elles s'étaient aussi rendues sur l'île de la Barthelasse afin d'apprécier la vue sur le Palais des Papes et, de l'autre côté, sur Villeneuve-lès-Avignon, montant la garde sur l'autre rive du Rhône.

Le ciel se drapait d'un dégradé de pourpre et de mauve.

— Un ciel à la *Autant en emporte le vent*, apprécia Esther.

Alexandra sourit.

— Quand je suis arrivée en France, j'ai eu l'impression de découvrir un autre monde. Et, plus précisément, de lire des livres, de voir des films qui avaient été interdits.

— J'ai de la peine à me rendre compte, avoua Esther. Quoique… pendant la guerre, la vie à

Londres n'ait pas toujours été facile. Nous avons été bombardés, mais pas envahis.

— Nous, c'était encore plus complexe ! Envahis, envahisseurs, puis prisonniers… un véritable casse-tête ! Tiens, Esther, tu peux te garer sur la place.

Elle entraîna sa cousine vers sa petite maison. Il n'y avait pas de mistral à La Roque-sur-Pernes mais, à la tombée de la nuit, il faisait frisquet.

— Je ne vais pas tarder à regagner mes pénates, annonça Esther en s'approchant de la cheminée.

Elle rit d'elle-même.

— Tu n'as pas fait de feu. Peu importe ! Je me réchauffe moralement devant l'âtre.

— Attends, je vais chercher quelques bûches. Le mistral a rafraîchi l'atmosphère. Tu sais, il peut faire froid en Provence. Il faut se méfier des clichés.

Curieusement, sa dernière remarque pouvait contenir un double sens. Esther ne chercha pas à approfondir cette idée.

On frappa à la porte. L'instant d'après, celle-ci s'ouvrait. Esther identifia aussitôt la haute silhouette pénétrant dans la pièce, bien qu'elle ne l'ait jamais vue auparavant.

— Christopher ! s'écria-t-elle, joyeuse.

Elle croisa alors son regard, désespéré, et perdit pied. L'homme qui se tenait en face d'elle semblait revenu de l'enfer.

16

1767

Une atmosphère lourde régnait sur le convoi depuis leur traversée du bourg hongrois. On critiquait plus ou moins ouvertement l'attitude de Loretta. Le père Senneville était l'un de ses adversaires les plus acharnés.

« Toute cette histoire pour un vieux Juif ! marmonnait-il. Il n'y avait qu'à le laisser crever au bord du chemin.

— Bel exemple de charité chrétienne ! » avait protesté Elisabeth, avec sa bienveillance naturelle.

Cependant, Henrietta, Marguerite et sa sœur soutenaient le prêtre.

Frédéric n'appréciait pas ces tensions. Maria affirmait que le climat s'améliorerait dès qu'ils rencontreraient un nouvel obstacle.

Loretta, pour sa part, ne regrettait rien. Elle avait

agi en accord avec elle-même. Et tant pis si le père Senneville lui faisait grise mine !

— Quand nous marions-nous ?

La question de Frédéric, posée au petit matin alors que tous deux marchaient du même pas pour soulager Artimon, la prit au dépourvu.

Elle hésita.

— Je ne sais, avoua-t-elle. Que désirez-vous ?

Il soupira.

— Oh ! Pour moi, cela n'a pas réellement d'importance. Vous savez que notre union est de pure forme.

— Naturellement, répondit-elle.

Elle refusait de s'interroger quant à leur avenir commun. Il fallait d'abord survivre. C'était un rude enseignement que la vie lui avait appris. Frédéric et elle n'avaient jamais reparlé du vieux Juif mais elle devinait qu'il se posait toujours des questions. N'était-ce pas compréhensible ? Pourtant, elle n'avait pas l'intention de lui fournir des explications. Depuis Ulm, elle avait dû s'endurcir.

La vieille Maria s'approcha de Loretta alors que celle-ci préparait la soupe quotidienne.

— Nous allons nous occuper de vos noces, déclara-t-elle.

— N'attendrons-nous pas d'avoir atteint le Banat ?

Maria secoua la tête.

— Le père Senneville manifeste quelque impatience. Toi comme moi savons que ce n'est guère prudent de l'exaspérer.

Brusquement, Loretta revit la silhouette inanimée du vieil homme juif. C'était son intervention qui avait irrité le prêtre. Elle esquissa un sourire teinté d'amertume.

— Pourquoi donc ce prêtre s'est-il joint à notre convoi ? Il me donne régulièrement la chair de poule dès qu'il pose les yeux sur moi.

Maria émit un gloussement.

— Je ne l'aime guère non plus ! Mais il fait partie de notre communauté, et nous ne pouvons pas nous mettre mal avec lui. Henrietta et lui ont de l'influence. Notre vie au Banat ne doit donc pas mal commencer. De plus, si l'impératrice Marie-Thérèse se soucie de nous, c'est parce que nous sommes catholiques. Chaque nouveau village devra avoir son prêtre.

— Je comprends, fit Loretta.

Il lui restait à souhaiter que le prêtre, Henrietta et les siens s'installent assez loin d'eux, au Banat.

Le mariage fut promptement organisé. Comme Frédéric le rappela à Loretta, il s'agissait d'une simple formalité.

Les enfants, sous l'impulsion d'Annette et de Louise-Marie, tressèrent une couronne de fleurs pour Loretta. La jeune Marthe, mariée depuis moins d'un an, prêta sa robe à la jeune fille. Pour la première fois, elle ôta son bonnet, et laissa ses cheveux dénoués. La couronne fleurie exaltait leur couleur argentée.

— Tu as des cheveux de lune ! s'extasia la petite Jeanne, âgée de huit ans.

De son côté, Frédéric portait son plus beau pantalon et une chemise blanche ayant appartenu à son père, que Maria avait ajustée à sa taille.

Le prêtre, debout face à eux, prononça les paroles sacramentelles sans quitter Loretta des yeux.

Elle soutint son regard, ce qui lui permit de ne pas se laisser gagner par l'émotion.

Ce n'est qu'un simulacre, se dit-elle. La possibilité pour moi de vivre au Banat. Rien de plus.

Il n'empêchait... elle éprouva une sensation étrange quand Frédéric couvrit sa main de la sienne.

L'impression de ne plus être seule, désormais.

Celle-ci, cependant, se dissipa très vite quand il précisa à mi-voix :

— Je n'ai pas d'anneau. Cela n'a guère d'importance, n'est-ce pas ?

Elle se souvint alors de cette confidence qu'il lui avait faite, quelques semaines auparavant : « J'aimais une jeune femme, en Lorraine. »

Pourquoi ne l'avait-il pas épousée ? L'avait-elle repoussé ? Avait-elle eu peur de l'expédition qu'il projetait ? Autant de questions que Loretta avait souhaité ne pas se poser...

Autour d'eux, on se pressait pour les féliciter, leur offrir quelques babioles. Des rubans, un livre, un petit flacon de senteur...

Loretta, émue, remerciait chacun avec chaleur tandis que Frédéric paraissait étrangement absent.

De nouveau, elle se dit qu'il devait penser à la jeune Lorraine, et la jalousie lui mordit le cœur. N'était-ce pas stupide ? Elle était certaine de ne pas l'aimer.

Elisabeth et Armande avaient préparé un repas de gala : des lièvres cuisinés en ragoût, des petits pains au sésame, des myrtilles cueillies la veille.

— J'aimerais avoir des poules, confia Loretta à Maria, et cultiver un potager.

La grand-mère hocha la tête.

— Ce sera indispensable. Qui sait ce que nous allons trouver là-bas ?

Pour la première fois, elle avouait ses inquiétudes. Vite, elle se redressa, comme pour faire oublier ce moment de faiblesse.

— Nous nous débrouillerons, affirma-t-elle avec force. Vous êtes jeunes, Marcus, Frédéric et toi, et le travail ne vous fait pas peur. Le plus important sera de construire un logis avant l'hiver.

Frédéric vint les rejoindre.

— Que complotez-vous donc toutes les deux ?

— Nous bâtissons des projets, répondit sa grand-mère. Tu as beaucoup de chance que Loretta ait accepté de t'épouser. Elle a les pieds sur terre et fourmille d'idées.

La comparaison avec Thérésia était évidente. Frédéric choisit de faire comme s'il n'avait pas compris. Pour ce qui concernait la fille du fermier de Saint-Michel, sa grand-mère avait toujours manqué de subtilité.

Des notes de musique s'élevèrent soudain. Maître

Rambourg avait sorti son violon de sa carriole et jouait, la tête légèrement penchée.

— Me ferez-vous danser ? demanda Loretta à son époux, redoutant un refus.

Il s'exécuta, entraînant d'autres couples à leur suite. Danser sur l'herbe n'était pas chose aisée mais le violon de l'instituteur éveillait des échos dans la mémoire de chacun. C'était un peu de leur pays qui les accompagnait soudain lorsqu'il jouait *Le Branle de Metz* ou *En passant par la Lorraine*.

Loretta ne connaissait pas ces airs mais savait danser.

— Vous formez un beau couple, les admira Louise-Marie alors qu'ils reprenaient leur souffle.

Loretta rougit sans répondre. Frédéric tapota la joue de la jeune fille.

— Ce sera bientôt ton tour, Louisette !

— Certes non ! lança-t-elle en reculant précipitamment.

Intriguée, Loretta la suivit des yeux.

— Cette petite a changé, remarqua-t-elle.

Frédéric leva les yeux au ciel.

— C'est le mauvais âge. Ça lui passera.

Voilà bien l'égoïsme des hommes ! pensa Loretta, soucieuse.

Elle savait, sans pouvoir expliquer pourquoi, que Louise-Marie avait besoin d'aide, et elle se promit de tirer cela au clair. En attendant, il fallait continuer de recevoir les compliments plus ou moins sincères, de sourire et de ne pas s'inquiéter quant à la nuit qui approchait.

Marcus vint trouver son aîné.

— On vous a réservé une surprise, annonça-t-il tout fier.

Deux piquets plantés dans le sol, de la corde, une bâche lui avaient suffi à confectionner une sorte d'abri en lisière de forêt.

— Nous aurons de la chance si un sanglier ne vient pas nous réveiller ! commenta Frédéric pour dissimuler sa gêne.

Il donna l'accolade à son frère.

— Merci, mon vieux ! A charge de revanche.

Marcus éclata de rire.

— Oh ! Pour ça, je ne suis pas près de t'imiter ! Le mariage, très peu pour moi ! Je préfère profiter de la vie !

— Ne le crie pas trop fort, lui recommanda son aîné. Le prêtre a toujours une oreille qui traîne.

On but, on chanta, on dansa avant de se retirer pour la nuit. Réfugiés dans leur abri, les nouveaux époux connurent un instant de gêne.

— Je vous laisse vous dévêtir, proposa Frédéric.

Loretta marqua une hésitation.

— Je… il faut que vous sachiez… j'ai déjà connu un homme.

Elle ne pouvait voir son visage, ce qui lui convenait fort bien. Cependant, elle le sentit se crisper.

— C'est un peu tard pour m'en faire part, non ? répondit-il d'un ton glacial. Oh ! Et puis… quelle importance ? Nous ne faisons pas un mariage d'amour.

— Vous-même avez aimé une autre femme, glissa-t-elle.

— Ce n'est pas la même chose, répliqua-t-il sèchement.

Il s'éloigna à grands pas, la laissant seule, plus vexée que réellement blessée. Après tout… ce n'était pas comme si elle l'avait aimé.

17

1767

L'orage allait bientôt éclater. Il fallait que l'orage éclate, se dit Loretta en essuyant son front une nouvelle fois. Ils marchaient depuis des jours dans la plaine hongroise, sous un ciel de plus en plus tourmenté, et elle avait l'impression que ce périple n'aurait jamais de fin. Les mouches et les taons harcelaient hommes et chevaux. Les plus petits pleuraient. Pourvu, s'inquiétait Loretta, que personne ne tombe malade. Cette chaleur, ce climat lourd pouvaient favoriser le déclenchement d'épidémies. Elle avait beaucoup insisté auprès de la communauté quant aux mesures d'hygiène à respecter, tout en sachant qu'on ne l'écoutait pas forcément. On se défiait d'une trop grande propreté, la crasse ne protégeait-elle pas efficacement les corps depuis des siècles ?

« Nous ne savons même pas d'où vous viennent

vos soi-disant connaissances médicales ! » lui avait lancé Henrietta la veille au visage.

Il était inutile de chercher à se justifier face à ce genre de personne. Loretta avait préféré l'ignorer. L'inimitié entre les deux femmes était palpable mais la jeune femme ne cherchait pas l'affrontement.

Il s'était aussi instauré une sorte de modus vivendi entre Frédéric et elle. Tous deux se montraient aimables l'un envers l'autre, sans pour autant se rejoindre la nuit. C'était préférable, estimait Loretta, sans même savoir pourquoi, d'ailleurs.

La plaine pannonienne[1] grésillait sous le soleil d'août. Maria prétendait que la chaleur lui convenait beaucoup mieux que l'humidité, tout en étant fatiguée.

A l'arrière-garde, le prêtre affichait toujours une mine longue.

« Un homme qui, décidément, ne donne pas envie d'embrasser sa religion ! » ironisait Elisabeth.

Les deux amies n'accordaient pas leur confiance à Senneville qui, selon elles, avait des dispositions pour devenir un inquisiteur. Heureusement, Henrietta monopolisait son attention.

— Loretta…

Quelque chose dans le ton de Louise-Marie alerta la jeune femme. La petite souffrait. Elle la rejoignit près de la carriole de son père. Maître

1. La partie centrale du bassin du Moyen Danube dans l'actuelle Hongrie.

Rambourg sifflotait tout en faisant honneur à une fiasque d'alcool.

— J'ai besoin de vous, chuchota l'adolescente.

Elle était très pâle, avec des cernes mauves sous les yeux, et paraissait se déplacer difficilement. Loretta, lui prenant le bras, l'entraîna un peu à l'écart.

— Que se passe-t-il ?

— J'ai mal.

Elle leva vers elle un regard implorant.

— S'il vous plaît, aidez-moi.

— Que se passe-t-il ?

Louise-Marie baissa la tête. Lorsqu'elle la releva, enfin, ses yeux étaient pleins de larmes.

— Aidez-moi, répéta-t-elle, mais que personne ne le sache.

Quel gâchis ! pensa Loretta, écœurée et révoltée. Après avoir discrètement prévenu Frédéric, elle s'était isolée avec Louise-Marie dans une grange déserte en bordure d'une rivière. Une nouvelle fois, il avait fallu convaincre les membres du convoi de poursuivre leur route. Seule Elisabeth était restée à leurs côtés afin de seconder Loretta.

Louise-Marie brûlait de fièvre et tremblait sans relâche. Elle avait perdu beaucoup de sang. Loretta fut soulagée quand l'adolescente s'évanouit sous l'effet de la douleur. Elisabeth pourrait l'assister. Elle avait entière confiance en son amie. A deux, avec l'aide de Frédéric qui leur apportait de l'eau, elles lavèrent Louise-Marie avec des gestes lents et attentionnés.

— Pauvre enfant… murmura Loretta en ôtant des morceaux de bois acérés de son intimité.

Elisabeth échangea avec elle un coup d'œil entendu.

— Pour faire revenir ses mois, n'est-ce pas ?

Elle se signa. Quelle horreur !

Loretta aurait pu lui répondre qu'elle était déjà venue en aide à des femmes qui s'étaient mutilées dans le but de faire passer leur enfant, et qu'elle n'avait pas pu toutes les sauver. Cependant, elle garda un silence prudent. Qui, se demandait-elle avec anxiété, avait pu infliger pareil traitement à la jeune fille ? Et de qui pouvait-elle être enceinte ?

Louise-Marie reprit conscience en gémissant et porta aussitôt les mains à son ventre.

— Mal… se plaignit-elle.

— Je sais, mon petit.

Loretta lui caressa les cheveux.

— Tu vas boire un peu de lait, ça te soulagera.

C'était du lait de pavot qu'elle avait préparé à la hâte.

L'adolescente le but en esquissant une grimace et retomba peu après dans une sorte de torpeur.

Elisabeth pressa l'épaule de Loretta.

— Vous allez la sauver, n'est-ce pas ?

Sa confiance était touchante.

— Je ne sais pas, avoua la guérisseuse. C'est la fièvre qui m'inquiète le plus.

Le front de Louise-Marie était brûlant.

Loretta rejoignit Frédéric qui faisait les cent pas devant la grange.

— Est-elle transportable ? jeta-t-il.

Elle secoua la tête.

— Non, elle a perdu trop de sang. Je vais la veiller cette nuit. Ramenez Elisabeth au convoi. Racontez… je ne sais pas, moi, que la petite a une forte fièvre, ce qui est vrai, d'ailleurs.

Il la fixa.

— Qu'en est-il exactement ?

Elle était trop lasse, trop choquée, aussi, pour prendre des précautions oratoires.

— La petite a été engrossée. On a voulu lui faire perdre l'enfant. Désolée si je vous choque mais je suis révoltée. Ne me demandez pas si je puis la sauver, je n'ai aucune certitude.

Frédéric accusa le choc.

— Comment est-ce possible ? Dans notre convoi ?

— Je l'ignore également, répliqua-t-elle, à bout de patience. A présent, merci de reconduire Elisabeth. La nuit risque d'être longue et pénible.

— Je reviendrai auprès de vous.

— Je puis fort bien me débrouiller seule.

Il plissa les yeux.

— Ma chère, je vous rappelle que nous sommes mariés. Nous partageons tout…

— Il s'agit d'un arrangement, pas d'un véritable mariage, insista-t-elle.

— Qui sait ? répliqua-t-il d'un ton moqueur.

Il enfonça son chapeau sur la tête et lui tourna le dos après avoir hélé Elisabeth.

Loretta, le cœur lourd, retourna dans la grange. Elle souffrait pour Louise-Marie.

La nuit, les bruits devenaient vite inquiétants. Munie d'une seule chandelle qu'elle utilisait avec précaution pour ne pas mettre le feu à la grange, Loretta regrettait presque d'avoir refusé l'offre de Frédéric. Tous deux avaient un fichu caractère, c'était indéniable, et leur union avait mal commencé. Cependant, pour le moment, elle avait d'autres soucis en tête.

L'hémorragie avait repris. Loretta manquait de charpie et avait peur pour celle qu'elle considérait comme une enfant. Qui pouvait être coupable de cette ignominie ? La petite était une fille sage, et Loretta était certaine qu'elle avait été forcée. Mais pourquoi n'avait-elle pas dénoncé son agresseur ? Par honte ? Par peur ? Ledit agresseur devait avoir perpétré sur elle l'odieuse manœuvre abortive. Le cœur au bord des lèvres, Loretta imaginait le calvaire subi par l'adolescente.

Elle refusait d'envisager ce qui se passerait le lendemain. Pour l'instant, sa priorité était de sauver Louise-Marie.

Une chouette hulula au-dehors, faisant courir des frissons le long du dos de Loretta.

J'ai étudié l'anatomie avec mon père, je connais

les plantes, se dit-elle. Je ne vais pas avoir peur d'une chouette.

Cependant, rien n'y faisait, elle se sentait mal à l'aise comme si une menace était tapie dans l'ombre. Louise-Marie se plaignait doucement. La fièvre avait baissé, grâce aux tisanes que Loretta lui avait fait boire, mais elle était encore faible et dolente.

Soucieuse, la guérisseuse s'assit sur le foin non loin de sa protégée. La fatigue pesait brusquement sur elle. La lune était claire. Loretta ne parvenait pas à trouver le sommeil. Elle se demandait toujours qui avait pu commettre un tel acte, et pourquoi Louise-Marie n'avait pas alerté son père. Elle s'inquiétait aussi à propos de la cohésion de leur groupe.

Le drame survenu dans le bourg hongrois, puis la tragédie vécue par Louise-Marie ne risquaient-ils pas de laisser des traces ? Elle n'avait pas eu le temps de s'ouvrir de ses interrogations auprès de Frédéric.

Elle s'assoupit sans même en prendre conscience., Dehors, la chouette s'était tue.

Une sensation étrange tira Loretta de son sommeil. Une odeur vaguement familière flottait dans la grange. Elle ouvrit les yeux, entrevit une silhouette sombre penchée au-dessus de Louise-Marie.

Loretta sauta sur ses pieds.

— Qui êtes-vous ? lança-t-elle, paniquée.

Une lanterne sourde éclairait à peine l'intérieur de la grange. Loretta, écarquillant les yeux, se rendit compte que l'inconnu tentait d'étrangler Louise-Marie. Affolée, elle saisit dans la poche intérieure de sa jupe la dague dont elle ne se séparait jamais et frappa le dos de l'agresseur. Il se retourna, la repoussa violemment en arrière.

— Vous ! se récria-t-elle en le reconnaissant.

— Oui, moi, vile créature du diable !

Les mains tendues en avant vers sa gorge, le père Senneville avait une expression démoniaque sur le visage.

Loretta se jeta à nouveau vers lui, en brandissant sa dague. Elle la planta dans sa poitrine et il s'affaissa en avant.

Elle se précipita alors vers Louise-Marie qui sanglotait en battant l'air de ses bras, en proie à une crise nerveuse.

— Là, là, mon petit, lui dit-elle.

Elle l'entraîna dehors où elles tombèrent nez à nez avec Frédéric.

— Le prêtre, fit-il d'une voix pressante. Je l'ai suivi jusqu'ici.

— Je sais. Il a essayé d'étrangler Louise-Marie. Je nous ai défendues et… – elle éclata en sanglots – et je l'ai tué.

Frédéric serra les deux jeunes femmes contre lui.

Ses certitudes chaviraient. Comment le prêtre avait-il pu se comporter ainsi ? Pas un instant il ne mit en doute la parole de Loretta. Il la savait droite, et franche.

Quel que soit le prix à payer, elle disait la vérité.

18

1767

« Il disait… que tout le convoi saurait la vérité pour mon père, si je parlais. »

D'une voix entrecoupée de sanglots, Louise-Marie s'était livrée à quelques confidences. L'odieux chantage exercé par le prêtre, les rendez-vous clandestins imposés, sa peur, son dégoût…

Réfugiée dans la carriole des Mayer, serrée contre Loretta qui la berçait comme elle l'eût fait d'une enfant, l'adolescente libérait son cœur.

Seuls Maria, Elisabeth et Pierre avaient été tenus informés du drame.

Frédéric avait porté Louise-Marie pour la ramener au campement. Personne ne tenait à rester dans la grange où gisait le corps du prêtre. Loretta avait l'impression qu'elle ne trouverait plus jamais le sommeil. Elle avait tué un homme… Et, même si ce dernier était un monstre, elle devrait vivre avec ce poids sur le cœur.

— Pourrez-vous la sauver ? questionna Frédéric alors que Louise-Marie dormait enfin, blottie contre Maria.

Les deux jeunes gens s'étaient éloignés. Quelque chose d'à peine perceptible dans l'air annonçait l'aube. Les pépiements des oiseaux se faisaient plus insistants, l'est s'éclairait par petites touches.

Loretta poussa un soupir las.

— La fièvre a baissé mais elle doit passer le cap des deux jours à venir.

— Pouvons-nous reprendre la route dès aujourd'hui ?

— Vu notre allure, je ne pense pas que ce soit dangereux. Nous n'allons pas nous éterniser ici.

Ils échangèrent un regard lourd de non-dits.

— Pierre va m'accompagner à la grange, reprit Frédéric. Nous ne pouvons pas faire moins que d'enterrer le prêtre.

— Qu'allons-nous leur dire ? Certains n'accepteront pas la réalité et j'aimerais préserver Louise-Marie.

— Tenons-nous en à cette histoire de fièvre. Pour le prêtre… il a disparu, voilà tout !

Loretta soupira encore.

— Ça paraît presque trop facile. Attention ! Ne vous méprenez pas : je n'éprouve aucune compassion pour cet homme. Je m'interroge simplement quant aux conséquences de mon acte. Tout a été si rapide...

Il l'observa de nouveau avec attention.

— Et vous... comment allez-vous surmonter le fait d'avoir tué un homme ?

Elle se troubla.

— C'était lui ou nous, avoua-t-elle au terme d'un petit temps de silence. Sur le moment, vous ne vous posez pas la question. Après...

Elle redressa la tête.

— Mais je m'en arrangerai ! conclut-elle, farouche.

Devant eux, l'aube blanchissait. Un vol d'oies sauvages froissa le ciel clair.

— L'hiver va être rude, commenta Frédéric en les suivant du regard.

— Il ne faudra pas tarder à construire un toit.

Frédéric écarta les mains.

— Le travail ne nous a jamais fait peur, à Marcus comme à moi.

Il pivota brutalement.

— Rentrons. Je vais chercher Pierre.

Ils regagnèrent le campement en silence. Seule Elisabeth s'activait à faire chauffer de l'eau. Dans la carriole, Louise-Marie dormait toujours sous la garde de Maria.

— La fièvre a baissé, annonça l'aïeule.

Frédéric s'éclipsa en compagnie de Pierre. Loretta prépara une nouvelle tisane pour ne pas s'appesantir sur leur expédition. A ses côtés, Elisabeth continuait de s'affairer tout en respectant sa volonté de silence.

Le camp sortit lentement de sa torpeur. Dégrisé, Rambourg cherchait sa fille. Elisabeth lui expliqua qu'elle souffrait d'une forte fièvre et que Loretta la soignait. Il accueillit cette explication sans poser d'autres questions. Marguerite et sa sœur, Béline, se montrèrent plus curieuses mais personne n'aurait mis en doute la parole d'Elisabeth Mosse.

Maria avait raison : Louise-Marie allait mieux, la fièvre avait bien baissé. L'hémorragie avait cessé, bien que l'adolescente ait été transportée de la grange isolée jusqu'à la carriole des Mayer. Loretta reprit un peu d'espoir. La fille de l'instituteur était robuste, et sa jeunesse jouait en sa faveur.

Maria lui pressa la main.

— Tu l'as bien soignée, petite.

Enfants et adultes furent vite prêts. Loretta jetait de furtifs coups d'œil en direction de la prairie. Frédéric et Pierre n'auraient-ils pas dû être revenus ? On commença à s'inquiéter de leur absence, ainsi que de celle du père Senneville.

Le cœur de Loretta s'emballa. Allait-on établir un rapprochement ?

Marcus, heureusement, parla de collets. Henrietta glissa, acide :

— J'imagine mal le père Senneville en train de braconner !

Mais personne ne releva.

Loretta se contint pour ne pas s'élancer au-devant de Frédéric et de Pierre lorsqu'elle les aperçut enfin. Ils rejoignirent les membres du convoi les mains vides, en prétendant ne pas avoir trouvé de gibier, et parurent très étonnés d'apprendre la disparition du prêtre.

On le chercha aux environs du campement, dans les bois proches, au bord de la rivière, en vain.

Pendant ce temps, Frédéric, la mine sombre, glissait à Loretta :

« Il avait disparu. Il ne restait plus que des traces de sang dans la grange. »

La nuit suivante, même si l'état de Louise-Marie s'était bien amélioré, Loretta fut victime de nouveaux cauchemars. Dans une sarabande infernale, le prêtre se liguait avec ses accusateurs d'Ulm. Tous vociféraient « A mort, la sorcière ! » en pointant l'index vers elle. Elle revécut ensuite l'agression dans la grange. Il y avait du sang partout, le prêtre brandissait le fœtus en ricanant avant de s'avancer vers Loretta et de la saisir à la gorge.

Elle hurla.

— Là, là, ce n'est rien.

Une voix familière la réconfortait, des bras rassurants l'enlaçaient. Elle s'abandonna, soulagée soudain de ne plus être seule.

Frédéric la tenait serrée contre lui. Marcus, Loretta et lui dormaient à la belle étoile afin de laisser la carriole à Maria et à Louise-Marie.

— Je suis là, dit-il. Vous n'avez rien à craindre.

Elle hocha la tête, rassurée de le sentir aussi proche.

— C'était si… horrible, chuchota-t-elle. J'ai tout revécu. De plus, je me demande ce qu'il est devenu. Imaginez qu'il rôde dans l'ombre… c'est terrifiant !

— Pierre estime qu'il a dû se traîner hors de la grange et qu'il est mort dans quelque fourré, répondit-il. Nous avons cherché le corps, sans toutefois pouvoir trop nous attarder, sous peine d'attiser les soupçons.

— Bien sûr.

Elle s'efforça de maîtriser son angoisse.

— Vous savez, reprit-elle, je ne pouvais vraiment pas agir autrement. Il me fallait avant tout protéger la petite.

— Je sais, approuva-t-il. A présent, essayez de dormir.

Ils avaient dû se résoudre à reprendre la route. Les admirateurs du père Senneville, Henrietta en tête, avaient eu beau protester, la majorité du convoi avait décidé de progresser plus avant. Maître Rambourg avait paru le premier soulagé de ne plus cheminer en compagnie du prêtre.

— Merci, souffla Loretta à Frédéric.

Il la garda blottie contre lui. La chaleur de son corps lui faisait du bien et, surtout, elle se sentait en sécurité. De son côté, il se surprit à penser qu'elle était une belle personne, droite et farouche. Il veilla sur son sommeil, se sentant responsable d'elle.

Il éprouvait peut-être autre chose pour elle, mais n'était pas prêt à le reconnaître. Pas encore.

— Nous y voici donc…

Quelque chose ressemblant à de la détresse perçait dans la voix de Loretta.

Ils avaient cheminé durant encore plusieurs semaines avant d'atteindre ce que Maria nommait « la Terre promise ».

Devant eux, s'étendait une vaste zone marécageuse en bordure d'un fleuve. La partie de l'Empire la plus éloignée de Vienne.

Pour accentuer leur déception, le ciel était sombre et menaçant, couleur d'étain.

Il n'y avait rien où arrêter le regard. Pas une cabane, pas un tertre, pas un bosquet. Rien que cette étendue désolée, à perte de vue, en cette fin d'été.

Comme tous gardaient un silence accablé, Loretta lança, avec un enthousiasme un brin forcé :

— Eh bien… il ne nous reste plus qu'à retrousser nos manches !

Maria fit chorus.

— Au travail ! Nous n'avons pas fait tout ce chemin pour rester les bras croisés !

De toute manière, ils n'avaient pas le choix.

19

1769

Nous l'avons, notre maison ! pensa Loretta, contemplant fièrement la bâtisse édifiée non loin du fleuve.

Marcus et Frédéric y avaient travaillé sans relâche mais ils avaient dû composer avec les premières chutes de neige avant de pouvoir s'y installer.

Il avait fallu réfléchir à la meilleure façon d'assécher les marécages. Maître Rambourg s'était révélé précieux en expliquant comment les Hollandais avaient procédé dès la fin du XVIe siècle.

On avait donc entrepris de drainer les sols en creusant des fossés, puis de confectionner des sortes de tuyaux en poterie. On s'était rassemblé par affinités pour créer le village de Saint-Michel. « Le nouveau, celui du Banat », précisait Maria avec une pointe de fierté.

Les admiratrices du père Senneville avaient fini

par se résigner à sa disparition. Il revenait souvent hanter les nuits de Loretta. Elle s'efforçait de s'en arranger, en sachant que le temps ne ferait pas son œuvre. Elle avait tué un homme. Même s'il s'agissait d'un cas de légitime défense, elle porterait ce poids toute sa vie.

Leur existence au Banat s'était organisée de façon rationnelle. Les gros travaux pour Frédéric et Marcus, le potager, le poulailler, la cuisine, l'entretien du linge pour Maria et Loretta.

De plus, Loretta était souvent appelée pour venir en aide à leurs compagnons. Ses qualités de guérisseuse étaient reconnues depuis le rétablissement de Louise-Marie. Loretta n'était pas certaine que la jeune fille pourrait un jour être mère mais, comme pour Armande, elle s'était bien gardée de le lui dire. Physiquement, elle allait beaucoup mieux, tout en restant marquée moralement. Pierre et Frédéric avaient eu une longue conversation avec l'instituteur. Sans trop donner de détails, ils lui avaient expliqué que le prêtre avait fait pression sur Louise-Marie en la menaçant de révéler l'alcoolisme de son père. Il avait été assez choqué pour cesser de boire du jour au lendemain. Les premiers temps avaient été difficiles mais il paraissait à présent tiré d'affaire et menait à la baguette son école installée dans un bâtiment construit à la hâte.

Louise-Marie avait repris des couleurs. Elle tenait la maison de son père, tout en aidant les familles qui ne savaient pas lire.

Les démarches avaient été nombreuses auprès de l'administration du pays, siégeant à Temesvar, afin de percevoir ce qu'on leur avait promis.

« Vous êtes des têtes de pont de Sa Majesté Marie-Thérèse », leur avait dit le comte Charles de Clary, représentant la souveraine.

Il n'avait pas caché sa profonde déception en apprenant la disparition du père Senneville.

« Vous savez que vous avez été choisis parce que vous êtes catholiques », avait-il insisté.

Il avait promis de leur trouver rapidement un nouveau desservant. En attendant, ils devaient construire une église. Le comte de Clary avait tout prévu : chaque village devait posséder une église, un presbytère, une école, une auberge, une boucherie, un magasin de ravitaillement et deux moulins. Les rues, tracées au cordeau, se coupaient à angle droit et devaient être larges de cinquante-deux mètres avec un trottoir de dix mètres.

Chaque famille avait reçu en pleine propriété un lot de terre d'un seul tenant, d'une surface de douze hectares de champs, trois de prairies, un et demi de pâturages et un demi-hectare de jardin autour de la maison.

« Nos maisons d'abord », avaient décidé Pierre et Frédéric, toujours complices.

La maison Mayer, bâtie en briques faites de terre glaise et de débris de paille, était blanchie à la chaux à l'extérieur comme à l'intérieur et se composait d'un corps central et de deux ailes. Un large portail fermerait par la suite la cour. Une galerie couverte courait le long du bâtiment réservé à l'habitation. Maria prévoyait déjà de s'y installer aux beaux jours. Elle avait retrouvé son allant et s'occupait du potager avec Loretta. Les graines apportées de Lorraine poussaient dru.

Frédéric et Marcus avaient planté des saules, toujours dans le but de drainer la terre, ainsi que des bouleaux blancs. L'aîné réfléchissait à la meilleure façon de construire un puits à bascule comme en Lorraine. Celui-ci serait bien pratique pour approvisionner la maison en eau comme pour arroser le potager.

Grâce à l'aide financière du comte de Clary, ils avaient acheté des poules, un coq, trois vaches et deux chevaux au marché de Mesita, la ville la plus proche. Marcus avait choisi avec soin les chevaux, tout en regrettant toujours Beaupré.

Loretta s'était adaptée à leur nouvelle vie avec une facilité déconcertante. Elle se sentait en sécurité sur leur terre, même si elle s'angoissait toujours au sujet du prêtre. De toute manière, se rassurait-elle, si jamais ce dernier avait survécu, ils étaient désormais très loin de lui.

Elle se rappelait avec émotion le jour où ils avaient décidé du nom de la maison. Plusieurs suggestions avaient fusé. Loretta avait alors proposé : « Pourquoi pas La Salamandre ? » et Maria avait tout de suite compris son allusion à la Stephansdom de Vienne.

« Comme sur la chaire de Pilgram ? avait-elle lancé. Quelle excellente idée ! »

Il avait fallu expliquer aux garçons en quoi consistait cette chaire de Pilgram, et ils avaient aimé l'idée. Le soir, à la veillée, Frédéric avait taillé une plaque de bois dans un tronc d'arbre et gravé dessus *La Salamandre*.

« Nous voilà chez nous », avait-il déclaré.

Ce soir-là, Loretta et lui s'étaient aimés pour la première fois. Jusqu'à présent, il dormait sur le plancher, enroulé dans une couverture, lui laissant le lit, fabriqué de ses mains. Ils étaient si épuisés par leurs tâches qu'ils s'endormaient d'un coup.

Ce soir-là, pourtant, ils se rapprochèrent. Frédéric, le premier, attira Loretta contre lui. Son expression était grave, comme s'il avait conscience de franchir une étape. Le baiser qu'ils échangèrent évoquait une promesse. Celle d'être unis, sur leur terre, dans cette maison qui était la leur désormais.

— Vous êtes belle, lui murmura Frédéric après l'amour, alors qu'elle reposait contre lui, entièrement nue.

Il joua avec ses cheveux argentés. Il aimait sa façon d'assumer sa nudité, sans la moindre hypocrisie. Tout chez elle révélait son lien harmonieux avec la nature.

Elle esquissa un sourire.

— Amis, amants ?

— Mari et femme ! conclut-il, lui volant un nouveau baiser.

Il posa la main sur son ventre.

— Il nous faudra au moins deux fils.

— Et une fille, pour faire bonne mesure ! C'est pour cette raison que vous m'avez épousée ? Pour avoir des fils ?

— J'avais besoin d'une femme, répondit-il franchement. Les colons solitaires réussissent rarement.

Elle s'esclaffa.

— Comme c'est galant ! Frédéric, je ne vous félicite pas !

Ils rirent tous deux. Il se surprit à penser qu'il n'avait jamais partagé cette complicité avec Thérésia. Mais Thérésia était si loin, désormais ! A plusieurs centaines de lieues…

— Qu'attendez-vous de moi ? s'enquit-il.

Elle réfléchit quelques instants avant de répondre :

— Que nous soyons un couple uni mais aussi deux amis. Que nous ne nous cachions rien, quelles que soient les conséquences. Que nous soyons égaux.

— Peste ! Vous n'avez pas bien écouté les sermons du clergé ! Rappelez-vous : l'épouse doit obéissance à son mari.

— Il y a une différence entre la théorie et la pratique, répondit-elle fermement.

Amusé, il se dit qu'elle ne manquait pas d'aplomb. Il avait déjà remarqué qu'elle n'était pas une paroissienne modèle mais cela lui importait peu. Elle lui plaisait ainsi, avec son franc-parler et sa droiture. Il l'attira plus près de lui, lui caressa les cheveux.

— Bonne nuit, ma femme, souffla-t-il.

Elle resta longtemps éveillée, les yeux grands ouverts dans l'obscurité. Il n'avait pas parlé d'amour, et cela ne la dérangeait pas. Il y avait beau temps qu'elle ne croyait plus aux grandes déclarations. Frédéric était un homme travailleur et droit. A eux deux, ils devraient pouvoir faire de La Salamandre un domaine important.

Elle avait fait référence à la chaire de Pilgram afin d'emporter l'adhésion de la vieille Maria mais ce qui lui plaisait le plus, chez la salamandre, c'était son pouvoir de traverser le feu.

Comme la sorcière qu'on l'avait accusée d'être.

20

1965

— Voici donc notre cousine Esther !

Quelque chose dans le ton de Christopher lui déplut, et elle se le reprocha aussitôt. Qui se croyait-elle donc pour le juger sur une simple impression ?

Le regard d'Alexandra allait de l'un à l'autre, comme si elle se posait des questions quant au bien-fondé de cette rencontre.

— Je n'ai pas besoin de faire les présentations, si je comprends bien, déclara-t-elle enfin.

Christopher tendit la main.

— Bienvenue en Vaucluse, ma chère cousine ! As-tu gardé quelques souvenirs du Banat ?

Elle secoua la tête.

— Je suis née à Vienne et ma mère n'a jamais insisté pour que nous connaissions sa région natale.

— C'est curieux, commenta Alexandra, songeuse.

— Mais compréhensible quand on se souvient de tout ce qui s'est passé dans cette partie de l'Europe en l'espace de quelques décennies.

— Tu parles d'or, ma cousine ! fit Christopher avec une pointe d'ironie.

Esther se tourna vers Alexandra, l'air de dire « Qu'est-ce que j'ai encore dit, ou fait ? », et celle-ci esquissa une moue.

— Ne fais pas attention, lui recommanda-t-elle. Christopher a un humour assez… spécial et aime bien se moquer d'autrui. Cela dit, il peut aussi se révéler un charmant garçon… lorsque son humeur n'est pas trop lugubre !

Ils rirent tous trois. Alexandra proposa une citronnade, qu'ils burent sur la terrasse abritée. Christopher posait de nombreuses questions à Esther, sans pour autant se raconter.

Elle supposait que c'était trop difficile pour lui et n'osa pas l'interroger plus avant. Elle ne se sentait pas aussi à l'aise avec lui qu'avec sa sœur. Question de complicité ? De sororité ?

Elle choisit de rentrer à son hôtel. La lassitude la gagnait à l'issue de cette journée passée à Avignon.

Christopher retint sa main dans les siennes.

— Nous nous reverrons, Esther ?

— Bien sûr. Avec grand plaisir.

De nouveau, elle songea qu'il avait connu l'indicible. Elle éprouva une bouffée d'angoisse. Etait-elle capable d'entendre le récit de sa vie ?

Il lui tapota le bras, comme pour la réconforter.

— Ne te tourmente pas pour moi. Je ne suis pas un joyeux drille mais j'ai survécu.

Elle rougit.

— Je me sens si... privilégiée, gâtée, même, à côté de tout ce que vous avez traversé l'un et l'autre.

Christopher lui adressa un clin d'œil.

— Et encore ! Tu ne connais pas mon histoire.

Prendre congé sur ce clin d'œil lui fit du bien. Ils se fixèrent rendez-vous le dimanche suivant, à Roussillon.

— Il faut que tu découvres Roussillon, lui dit Alexandra. C'est un village magique. Mais tu es instamment priée de nous attendre pour le faire !

Elle fredonnait la *Tarentelle* de Rachmaninov sur la route du retour. A peine arrivée à son hôtel, elle savoura une longue douche avant de descendre dîner.

Monsieur Elzéar lui tendit une enveloppe en papier kraft alors qu'elle passait devant la réception.

— Du courrier pour vous, madame Leavers, lui annonça-t-il avec un large sourire.

Elle reconnut sans surprise l'écriture échevelée de Nathan sur l'enveloppe. Son écriture était certainement l'unique côté fantaisiste de son frère, toujours si sérieux.

Elle posa son courrier sur la table nappée de coton damassé dans l'idée de le lire plus tard. Pour l'instant, elle mourait de faim.

Elle fit honneur au papeton d'aubergine, à la truite aux amandes et à la glace au calisson.

Elle ouvrit la missive de Nathan en buvant son thé. Il faisait nuit et la lampe posée sur la table attirait les moustiques mais elle n'avait pas envie de rentrer.

Je t'envoie en vrac ce que j'ai trouvé, avait écrit son frère. *J'espère que tu ne cours pas encore à la poursuite d'une nouvelle chimère. Prends soin de toi.*

Elle replia la feuille de papier – une ordonnance à en-tête – en esquissant un sourire teinté d'amertume. Nathan était si… britannique ! Il était dépourvu du grain de folie qu'elle avait hérité de leur mère.

Elle plissa les yeux pour mieux voir les photographies. Elle aurait eu besoin de porter des lunettes, mais reculait cette échéance. Il lui semblait qu'elle serait vieille, irrémédiablement vieille, le jour où elle se résignerait à chausser des lunettes.

Elle se plongea avec émotion dans des instantanés de leur vie d'avant. Simon et Elena, leurs parents, complices, enlacés dans le jardin de la maison de Hampstead. Leur grand appartement à Vienne, avec le piano, celui sur lequel elle avait effectué ses premières gammes. Nathan et elle, emmitouflés dans les jardins du Prater couverts de neige, avec leur chien Tilly, un petit caniche noir. Elena, rêveuse, tenant le violon dont elle jouait en virtuose. Elena encore, adolescente, debout devant la galerie couverte d'une maison blanche. Elle avait inscrit au dos de la photographie « LA SALAMANDRE » en lettres capitales mais ce qui frappa Esther, ce fut l'expression du visage de sa mère. Tendue, presque traquée. Elle se livra à un rapide calcul. Elena sur la photo avait environ quinze ans. Ce devait être en 1905.

D'autres clichés tombèrent sur la table. Nathan et Esther jouant au tennis, Esther et Henry le jour de leur mariage, Simon assis à son bureau, l'air grave et le regard rieur, cerné par des montagnes de livres. Ses parents, encore, se promenant dans Hyde Park.

Les jours heureux… songea Esther.

La Salamandre… Alexandra avait mentionné ce nom. Assurément le domaine des Mayer au Banat. C'était étrange qu'Elena leur en ait si peu parlé.

Comme s'il y avait eu un avant et un après.

Une fois installée à Vienne, elle avait tourné le dos à sa famille banataise. Telle qu'Esther connaissait sa mère, elle avait eu une bonne raison pour agir ainsi. C'était précisément cette raison qui l'intriguait.

Elle rassembla les clichés, se leva de table et alla s'accouder à la balustrade dominant la Sorgue. Elle respira lentement, profondément, comme avant un récital.

Elle avait l'intuition que ses retrouvailles avec ses cousins lui réservaient nombre de surprises.

21

1770

— Tu es belle, ma fille. Le bonheur te va bien.

Loretta sourit au compliment de Maria et lui tapota le bras.

— Allez-vous asseoir sous la galerie, grand-mère, suggéra-t-elle. Vous avez déjà trop travaillé pour aujourd'hui.

— Quelle idée ! Je ne suis pas encore impotente ! Et, tu verras, tu seras contente de me trouver d'ici quelques semaines.

— C'est certain.

D'un geste désormais familier, Loretta effleura son ventre. Enceinte de huit mois, elle se fatiguait plus vite même si elle affirmait se sentir en pleine forme.

Elle avait préparé avec l'aide de Maria le trousseau du bébé. Draps brodés destinés au moïse confectionné par Frédéric, langes, couches, brassières, mouchoirs de cou, chaussons, bonnets, l'ensemble était blanc. Fille ou garçon, cela lui était égal du moment que le bébé était en bonne santé.

Frédéric, de son côté, rêvait d'un garçon.

Elle n'oublierait jamais le jour où elle lui avait annoncé la nouvelle.

Il était occupé à couper du bois dans la cour. Postée sur la galerie, elle admirait son aisance et la puissance de ses gestes. Ses muscles jouaient sous sa chemise largement ouverte. Elle s'était rapprochée de lui, avait posé la main sur son épaule.

— Frédéric... j'ai quelque chose à vous dire.

Il avait tout de suite deviné et, s'étant retourné, l'avait saisie dans ses bras et fait tournoyer.

— C'est vrai ? Loretta, c'est bien ce que je crois ? Seigneur !

Tous deux riaient en même temps. La première, elle reprit ses esprits.

— J'ai peur que nous ne soyons un peu fous.

— Fous de joie, oui ! Prenez garde, ma mie : ne comptez plus courir partout comme vous le faites. Vous allez prendre soin de vous.

— Nous verrons, avait-elle biaisé.

En fait, elle avait continué à répondre aux appels des colons qui avaient toute confiance en elle et à tenir leur maison.

Elle se ménageait un peu, cependant, car elle s'était inquiétée de ne pas avoir plus tôt d'« espérances », comme disait pudiquement grand-mère Maria. Elisabeth, qui avait deviné ses interrogations, l'avait rassurée : « Patience, mon amie. Le premier enfant s'annonce lorsqu'il l'a décidé. Les autres sont parfois un peu trop rapprochés mais... nous ne sommes pas à la place de Dieu, n'est-ce pas ? »

Elisabeth était pour elle une amie précieuse, sur qui elle savait pouvoir compter, tout comme Armande. Loretta cala son panier en osier sur sa hanche et alla étendre son linge derrière la maison. Elle aimait leur demeure avec ses meubles en bois de hêtre, confectionnés par Marcus et Frédéric, les coussins et rideaux qu'elle-même avait cousus.

Les deux frères chaulaient chaque été l'intérieur de la salle vite noircie par la cheminée et le fourneau. L'hiver, Loretta appréciait sa chaise berçante qu'elle rapprochait de l'âtre. Elle tricotait et brodait durant les soirées tandis que Frédéric se plongeait dans des ouvrages d'agronomie et que Marcus se rendait à la salle locale où les jeunes gens se retrouvaient pour refaire le monde.

C'était une vie paisible, qui lui convenait. Même si elle s'interrogeait encore parfois à propos des sentiments de son époux. L'aimait-il ? Et elle... qu'éprouvait-elle exactement pour lui ?

Il y avait beau temps qu'elle ne songeait plus à Franz. Il s'était si mal comporté qu'elle n'avait jamais regretté son départ. Elle s'était pourtant juré, à cette époque, de ne plus aimer. Cela lui paraissait si loin... quatre ans auparavant. Aimait-elle Frédéric ?

Une douleur brutale dans les reins lui coupa le souffle. Elle suspendit son geste, porta la main à son côté en exhalant un soupir.

— Doucement, bébé, ce n'est pas encore le moment, souffla-t-elle.

Elle désirait que son enfant naisse au début du mois de juillet, comme son propre père. Elle eut une pensée pour Tobias Springer, et les larmes nouèrent sa gorge. Son père était un homme merveilleux qui l'avait élevée avec l'aide d'Ursula, sa gouvernante. Loretta n'avait pas connu sa mère, morte en couches.

Etait-ce pour cette raison qu'elle appréhendait sa délivrance ? Elle avait beau raisonner calmement, rien n'y faisait. Elle avait peur. Consultée, Elisabeth l'avait rassurée.

« Je pense que toutes les femmes redoutent ce moment », lui avait-elle dit.

Loretta n'avait pas osé s'ouvrir de ses inquiétudes auprès de Frédéric. Même si tous deux étaient devenus proches, elle tenait à garder sa part de mystère.

Elle finit d'étendre son linge et regagna la maison. Maria lui jeta un coup d'œil aigu.

— Tu es toute pâle. Viens boire un peu de jus de mûres.

Les femmes cueillaient mûres et framboises, délicieuses en tartes et en jus. Loretta s'assit.

— Juste un instant, dit-elle. J'ai l'impression que mon petit brigand bouge beaucoup.

— C'est peut-être un garçon. Chez les Mayer,

le premier-né est toujours un garçon. Bah ! Il ne te reste plus guère à attendre !

— En effet.

Loretta, de nouveau, posa la main sur son ventre. Elle savourait cette intimité entre son enfant et elle. Elle but l'eau fraîche aromatisée à la mûre proposée par Maria, se sentit mieux. Elle avait encore un peu de répit, chercha-t-elle à se rassurer.

Pourtant, la douleur était toujours là, plus discrète mais tapie au creux de ses reins.

La main en visière devant les yeux, Frédéric contemplait leur domaine. Bien drainées, les terres étaient désormais d'un bon rendement. La récolte l'an passé avait été exceptionnelle. Leurs vaches donnaient un lait mousseux que Marcus allait vendre en ville. Son jeune frère, à près de vingt ans, avait gagné en assurance. Frédéric savait qu'il pouvait lui faire confiance. Toujours ami avec Jérôme Mosse, Marcus soupirait après Louise-Marie Rambourg.

Même si cette inclination ne lui plaisait guère, Frédéric se gardait de tout commentaire. Il savait en effet par expérience que son cadet risquait de s'obstiner s'il tentait de le décourager.

A vingt-cinq ans, Frédéric se sentait un homme fait. La terre du Banat commençait à tenir ses promesses. Pourtant, il avait souvent douté au cours de la première année, notamment lorsque plusieurs colons avaient souffert de malaria. Loretta les avait soignés à l'aide d'écorce réduite en poudre et lui avait expliqué que cette écorce provenait du quinquina. Ses connaissances suscitaient l'admiration de Frédéric.

Infatigable, son épouse se dévouait sans compter pour sa famille et pour leur communauté.

Leur nouveau prêtre, le père Stolz, venu lui aussi de Lorraine, ne tarissait pas d'éloges à son sujet. Les habitants du hameau l'avaient bien accueilli même si Henrietta, Marguerite et sa sœur pleuraient toujours le père Senneville.

Dans ces moments-là, Frédéric n'osait pas regarder du côté de Loretta ou de Pierre.

Un hennissement en provenance des écuries le fit sursauter. Ils avaient à présent six chevaux, des alezans que Marcus soignait avec amour. Le rêve de son cadet était en passe de se réaliser. Il était désormais réputé pour la qualité de ses bêtes et portait beaucoup d'espoir sur Orage, un étalon acquis à la foire de Temesvar.

Il sourit. Ils avaient eu raison de quitter leur village, même s'il avait perdu Thérésia. Il pensait de moins en moins souvent à son premier amour. Sa trahison l'avait assez marqué pour qu'il tourne la page.

Et puis, il avait Loretta, avec qui il formait un couple uni. L'aimait-il, lui qui s'était promis de ne plus aimer après Thérésia ?

Un hurlement en provenance de la maison interrompit le cours de ses pensées. Il hésita avant de s'élancer.

Sous la galerie, sa grand-mère gesticulait.

— Va vite chercher Elisabeth, mon garçon. Le travail a commencé.

Il se mit à courir. Il savait Loretta courageuse mais ne pouvait s'empêcher d'avoir peur pour elle. Tant de femmes mouraient en couches. A cet instant, il ne se demandait plus s'il aimait Loretta.

Il savait simplement qu'il désirait la garder à ses côtés. Toujours.

22

1770

— Mon fils…

Avec des gestes précautionneux, Frédéric prit le bébé dans ses bras. On n'apercevait de lui qu'une petite touffe de cheveux clairs.

— Il vous ressemble, Dieu merci ! déclara-t-il à sa femme.

Elle lui adressa un sourire las.

L'accouchement avait été long, et pénible. Elisabeth et Maria avaient d'ailleurs redouté le pire à un moment. Heureusement, Elisabeth avait réussi à retourner l'enfant qui se présentait mal.

Frédéric se pencha, l'embrassa au coin des lèvres.

— Ma mie, il faut vous reposer. Vous vous êtes bien battue.

— Lorsque Elisabeth a posé notre fils sur mon ventre, je me suis sentie heureuse comme jamais.

Ses yeux brillaient de larmes. Elle se revoyait,

après la mort de son père et la trahison de Franz, persuadée qu'elle n'avait plus rien à attendre de la vie. Elle entendait son amie Wilhelmina la sermonnant : « Tu as dix-huit ans à peine, ma belle. Bats-toi ! Ton destin sera ce que tu en feras. »

Son père et Wilhelmina lui manquaient. Pourtant, elle savait qu'elle devait avancer aux côtés de sa famille.

Le jour de la naissance de son fils, elle avait vraiment tourné le dos au passé.

— Grand-mère vous a préparé un lait de poule, je vais vous le chercher, annonça Frédéric.

Il tenait toute la place dans la chambre qui paraissait trop petite pour lui.

Elle le retint.

— Avez-vous pensé à un prénom ?

— Souhaitez-vous lui donner celui de votre père ?

Elle secoua la tête.

— Non, nous vivons une nouvelle aventure, dans un nouveau pays.

Il comprenait ce qu'elle voulait dire. Tout recommencer. Faire table rase du passé.

— Pourquoi pas Michael ? suggéra-t-il.

Elle sourit.

— Ça me convient. Et toi ? Es-tu d'accord, Michael ?

L'enfant émit un petit bruit qui pouvait passer pour un accord.

— Nous demanderons au père Stolz de baptiser notre fils dans les deux jours, décida Frédéric.

C'était la règle, même si Loretta se sentait l'âme d'une païenne. Ses réticences auraient blessé les siens, à commencer par grand-mère Maria. Or, elle ne le voulait à aucun prix. Aussi acquiesça-t-elle.

— A qui pensez-vous comme parrain et marraine ?

— Elisabeth, c'est ma meilleure amie. Mais vous préférez peut-être retenir Marcus comme parrain ? Auquel cas il conviendrait peut-être de choisir une marraine plus jeune...

— Pas Louise-Marie ! coupa Frédéric.

Elle lui jeta un regard surpris.

— Pourquoi cette réaction aussi catégorique ? Louise-Marie est une jeune fille charmante et Marcus recherche sa compagnie.

— Justement ! Je ne veux pas d'une épouse flétrie pour mon frère.

— Frédéric ! se récria-t-elle, choquée. Louise-Marie est une victime.

— Je vous le concède, mais il n'empêche. Elle ne fera pas partie de notre famille.

Profondément blessée par sa réaction, Loretta ne chercha pas à dissimuler sa déception.

Frédéric lui adressa un signe de tête et sortit de la chambre, la laissant en proie au doute. Que devait-il penser d'elle, qui n'était plus vierge le jour de leur mariage ? Pourquoi se montrait-il aussi buté alors que Louise-Marie avait souffert de la perversité du prêtre ?

A cet instant, elle mesurait tout ce qui les séparait. Frédéric n'avait pas la même expérience qu'elle de la souffrance. Cela valait peut-être mieux, d'ailleurs.

Désireuse de chasser ces angoissantes pensées, elle serra Michael contre elle. Il ouvrit sa bouche minuscule et se mit à téter goulûment.

— Quel beau spectacle ! s'écria Maria, admirative. Tu sais, Loretta, je me dis quand je vois ton bébé que notre vie a un sens. Je suis arrière-grand-mère... rends-toi compte ! Jamais je n'aurais cru avoir ce bonheur. Bénie sois-tu, ma fille.

Profondément émues, les deux femmes échangèrent un regard complice. Maria se pencha pour tapoter la joue de Loretta.

— Tu es une Mayer, à jamais, lui dit-elle.

La jeune femme sourit. Elle savait qu'elle avait une famille.

Le 20 juin de l'année 1770, fut baptisé Michael, fils de Frédéric Mayer et de Loretta Springer, son épouse.

Elisabeth, la marraine, portait fièrement le petit Michael, vêtu de la robe de baptême ayant déjà servi pour son père et son oncle. Maria l'avait sortie de sa malle, enveloppée dans du papier de soie, et l'avait solennellement offerte à Loretta et Frédéric.

A l'issue de la cérémonie, on se réunit dans la cour de La Salamandre. Louise-Marie, Elisabeth et Armande avaient aidé Loretta à dresser la grande table. Les femmes avaient cuisiné des civets de lapin, des poissons pêchés dans le fleuve, des tourtes à la viande et des légumes du potager.

Loretta, Michael serré contre elle, éprouva un brutal sentiment de plénitude en contemplant la tablée. Assis en face d'elle, Frédéric leva son verre dans sa direction.

— Je bois à la santé de mon épouse, lança-t-il.

Ses joues s'empourprèrent. Elle sourit discrètement et, l'instant d'après, éprouva un sentiment de peur panique.

Forcément, il faudrait bien payer un jour ou l'autre ce trop grand bonheur. C'était en tout cas ce que la vie lui avait enseigné. Mal à l'aise soudain, elle considéra les convives attablés en se demandant sur qui ils pouvaient vraiment compter. Sur les Mosse, naturellement, mais aussi Armande et Baptiste, ainsi que maître Rambourg et sa fille. Le père Stolz était un brave homme, qui appréciait la bonne chère et le bon vin. Il avait raconté à Pierre et à Frédéric qu'il existait une tradition viticole en Roumanie, et son mari s'était empressé d'en parler à la jeune femme.

Elle aimait chez lui son esprit en ébullition permanente. Il était toujours à la recherche de nouvelles méthodes de culture et achetait régulièrement des ouvrages aux colporteurs qui se présentaient à La Salamandre. Loretta partageait son amour de la lecture. Elle appréciait surtout les recueils de poèmes et se récitait ses préférés tout en accomplissant ses tâches ménagères. Cette habitude faisait sourire Maria.

« Décidément, tu es une femme savante ! » s'amusait-elle.

Henrietta, qui avait certainement abusé du vin, se leva en repoussant sa chaise et entonna une chanson à boire. Les hommes présents la reprirent en chœur sous le regard étonné de Loretta. Elle n'aurait jamais imaginé Henrietta, très collet monté, se comporter ainsi !

Elle remarqua que Marcus et Louise-Marie s'éclipsaient discrètement vers le jardin. Elle ne partageait pas, tant s'en fallait, les préventions de son époux vis-à-vis de Louise-Marie.

Armande se glissa près d'elle.

— Je suis heureuse de vous voir mère à votre tour, ma chère Loretta. Vous l'avez bien mérité.

— Merci, Armande.

Elle marqua une hésitation. Depuis plusieurs jours, elle se demandait si son amie n'était pas de nouveau dans une situation intéressante, ce qui l'inquiétait. La naissance de Claire, trois ans auparavant, avait été particulièrement difficile et elle n'osait imaginer les risques liés à un nouvel accouchement. Cependant, elle savait qu'elle ne devait surtout pas se mêler de l'intimité du couple. Le père Stolz recommandait chaque dimanche « Croissez et multipliez », et les femmes devaient se soumettre à leur époux. Des règles qui exaspéraient Loretta, tout en la renvoyant à son sentiment d'impuissance.

— Entendez-vous Henrietta ? s'amusa Armande. Elle a jeté sa gourme.

Qui sommes-nous exactement derrière la façade que nous offrons aux autres ? s'interrogea Loretta. Elle-même ne jouait-elle pas un rôle en permanence en se demandant à quel moment elle serait dévoilée ?

Elle n'aimait pas ce genre de pensée, elle n'aimait pas ce jeu hypocrite.

Comment, cependant, aurait-elle pu se comporter ?

Un jour, se promit-elle, il n'y aurait plus de secret.

Maria la rejoignit.

— As-tu vu Marcus ? Il devait mettre un nouveau tonneau en perce.

— Frédéric doit savoir, suggéra Loretta.

Elle n'avait pas envie que l'absence de son beau-frère soit remarquée.

Pourtant, Frédéric la rejoignit quelques minutes plus tard.

— Marcus a disparu. Savez-vous où il se trouve ?

Elle soutint son regard.

— Non, mais je pense qu'il ne tardera pas.

Il repartit en marmonnant et elle comprit qu'il avait dû deviner ce qui se passait. Elle sourit en caressant la joue de son fils. Elle ne désirait pas se soucier des relations des deux frères, seulement profiter de Michael.

Advienne que pourra, se dit-elle.

23

1772

Bras croisés, regard assombri, Marcus fit face à la colère de son aîné.

— C'est Louise-Marie que j'épouserai et personne d'autre ! D'ailleurs, son père m'a accordé sa main.

— Sans que tu m'en aies parlé auparavant ? A moi, le chef de famille ?

— Je connaissais ton opinion. Tu n'as jamais aimé Louise-Marie.

Au ton de son frère, Frédéric comprit que la partie serait difficile. Il avait fini par croire que son engouement pour la petite n'était qu'une passade, et s'était lourdement trompé.

— Je n'ai pas à l'aimer ou non, tenta-t-il de se justifier. J'estime qu'elle n'est pas une femme pour toi.

Marcus s'avança vers lui, poings serrés.

— Ah oui ! Et pourquoi ?

Frédéric se mordit la lèvre. Quelle réponse lui donner ? Loretta lui avait fait promettre de ne jamais révéler ce qui s'était passé. Il ne serait pas parjure, même s'il aurait préféré jouer cartes sur table. Il connaissait assez Marcus pour savoir qu'il avait besoin d'arguments valables.

— J'ai mes raisons, grommela-t-il.

— Explique-les-moi.

Frédéric secoua la tête.

— Je ne puis. Mais tu dois me faire confiance : cette fille n'est pas pour toi.

Marcus fusilla son frère du regard.

— Je vais avoir vingt et un ans. Je suis à même de décider de ma vie.

— Je suis ton aîné, le chef de notre famille.

— Mais tu ne m'as toujours pas dit ce que tu reproches à Louise-Marie.

— Demande-le-lui ! jeta Frédéric, à bout de patience.

— C'est bien mon intention ! répliqua Marcus.

Loretta, qui avait assisté à la scène sans mot dire, posa une main apaisante sur le bras de son mari.

— Marcus et Louise-Marie sont adultes, glissa-t-elle.

Frédéric se retourna vers elle.

— Laissez-moi gérer cette affaire comme je l'entends ! lança-t-il avec colère. Marcus doit se plier à mon avis.

Ledit Marcus vit rouge.

— Tu ne me feras pas plier, comme tu dis si bien ! Je pars, et tu ne me reverras pas de sitôt !

Il fit demi-tour en enfonçant son chapeau sur sa tête.

Maria, qui descendait dans la cour, hurla :

— Marcus ! Où vas-tu donc ?

Il accéléra le pas sans répondre.

L'aïeule interrogea du regard Loretta et Frédéric.

— Que lui arrive-t-il ?

Frédéric s'éloigna à son tour, en gardant le silence.

Loretta poussa un énorme soupir.

— Ils ne sont pas du même avis, une nouvelle fois.

La vieille dame plissa les yeux.

— C'est à cause de Louise-Marie, n'est-ce pas ?

L'attitude de son époux avait exaspéré Loretta. Comment pouvait-il réagir ainsi, faisant reposer sur la jeune fille la culpabilité des abus dont elle avait été victime ? C'était à la fois choquant et injuste.

Comme si elle avait suivi le cours de ses pensées, Maria glissa :

— Les hommes ne sont pas toujours faciles à comprendre, tu sais. C'est à nous de les inciter à plus d'indulgence, sans en avoir l'air, cependant.

Loretta rougit. Parfois – de plus en plus souvent, en fait –, elle trouvait que Frédéric était entêté, voire buté. Cette dispute à propos de Louise-Marie lui paraissait dénuée de sens. Si Marcus était aussi obstiné que son frère aîné, il ne risquait pas de changer d'avis !

— Quand on parle du loup... marmonna Maria.

Frédéric revenait vers elles, en arborant une mine toujours aussi sinistre.

— Mon frère est un idiot ! jeta-t-il aux deux femmes.

Bravement, Loretta protesta.

— Il est jeune. Et amoureux.

En guise de réponse, Frédéric lui décocha un regard furieux.

— S'il tient à gâcher sa vie...

Elle garda un silence prudent. Elle espérait qu'avec le temps son époux finirait par s'amadouer. Elle comptait bien œuvrer en ce sens, d'ailleurs, même si ses préjugés l'effrayaient un peu.

Le laissant remâcher sa colère, elle partit s'occuper de ses poules. Michael dormait sous la galerie, protégé par un voile qui faisait office de moustiquaire. Elle sentit le regard de Frédéric fixé sur elle. Tel qu'elle le connaissait, il commençait à se demander s'il ne s'était pas montré trop intransigeant. Elle ne se retourna pas. Elle était toujours furieuse contre lui.

Elle donna le grain aux poules, ramassa les œufs dans un panier, regagna la cuisine. Un ragoût mijotait sur le fourneau. Elle s'attela à la confection de son pain, c'était une tâche qui l'apaisait.

Maria la rejoignit.

— Ton petit dort toujours, lui annonça-t-elle.

Elle sursauta, en entendant la porte d'entrée claquer.

— Qui va nous le réveiller ? Si c'est l'un des garçons...

— Il y a quelqu'un ? lança une voix féminine à la cantonade.

Louise-Marie surgit dans la cuisine. Elle avait les yeux rougis et son bonnet était de travers.

— Je voudrais savoir ce que vous avez contre moi ! attaqua-t-elle.

A cet instant, Loretta éprouva un sentiment de découragement si intense qu'elle fut tentée de tourner les talons et de s'éloigner en direction du fleuve. Elle s'était battue pour sauver Louise-Marie, elle avait même tué l'homme qui l'avait violentée, tout cela pour se retrouver à présent mise sur la sellette. Elle posa un torchon sur son pâton avant de se tourner vers la jeune fille.

— Allons dehors, suggéra-t-elle d'une voix unie. Grand-mère, vous voudrez bien veiller sur Michael ?

Elle entraîna Louise-Marie vers le potager. La jeune fille bouillait de colère.

— Je ne suis pas assez bien pour votre famille, c'est ça ? Mais vous-même, Loretta, personne ne savait d'où vous veniez quand vous vous êtes mariée avec Frédéric !

La petite avait grandi et faisait ses griffes sur elle, pensa Loretta, plus amusée que contrariée. Elle la prit par le bras.

— Tu sais que nous n'avons rien contre toi, bien

au contraire. C'est juste que mon mari vous trouve bien jeunes, Marcus et toi.

Louise-Marie secoua la tête.

— Non, il y a autre chose, et vous le savez fort bien.

Elle se troubla.

— Ce... ce qui s'est passé dans la cabane en Hongrie. Le prêtre, les manœuvres pour faire passer l'enfant... c'est cela que Frédéric ne me pardonne pas, n'est-ce pas ?

Loretta acquiesça.

— Je pense, en effet. Pourtant, il sait que tu n'y es pour rien.

— C'est un homme attaché aux traditions, reprit Louise-Marie. Pour lui, je suis une fille souillée, dont il ne veut pas.

Il était difficile pour Loretta de protester, et elle se tut.

Louise-Marie insista :

— Un monstre a voulu me détruire et je devrais le payer toute ma vie ? C'est... terriblement injuste !

— Je partage ton avis, fit Loretta.

Cependant, elle savait aussi qu'elle réagissait ainsi parce qu'elle avait été élevée par un père progressiste et attaché aux libertés. Elle l'avait d'ailleurs payé assez cher par la suite...

Louise-Marie lui décocha un coup d'œil hostile.

— Vous serez bien obligés de céder ! lança-t-elle. Si vous refusez que Marcus m'épouse, je révélerai ce qui est arrivé au prêtre !

Loretta pâlit sous le choc. Au fond d'elle-même, elle était convaincue qu'elle devrait expier un jour pour ce crime, mais ne s'attendait pas à pareille volte-face de celle qu'elle avait sauvée.

Louise-Marie la toisa.

— J'ai appris, moi aussi, de mes erreurs. Je ne me laisserai plus faire.

— Ne te trompe pas d'ennemi, lui conseilla Loretta.

La fille de maître Rambourg avait gagné. Frédéric serait obligé de céder. Pour sa part, elle appréhendait déjà la cohabitation avec Louise-Marie.

Elle se raidit, se pencha pour arracher une mauvaise herbe.

Dans son dos, Louise-Marie lâchait sa flèche du Parthe :

— De toute manière, il faudra bien nous marier, et vite ! Je suis dans une position intéressante.

24

1772

L'orage éclata en fin de journée, alors que le repas de noces s'achevait. Ce fut une belle ruée vers la galerie couverte. Les mariés coururent se mettre à l'abri. Elisabeth et Loretta portèrent les restes des victuailles à l'intérieur de La Salamandre.

Frédéric esquissa une grimace en entendant la violence des coups de tonnerre. Il avait prévu de commencer la moisson dès le lendemain. Trop tard, se dit-il. Tout cela à cause de ces maudites noces…

Il avait donné son consentement à contrecœur sous la pression de sa femme et de sa grand-mère. Loretta lui avait fait part du chantage exercé par Louise-Marie, et il avait soupiré : « Tout cela ne me sourit guère. »

Ils avaient gardé le silence vis-à-vis de Marcus. Les relations entre les deux frères étaient déjà assez conflictuelles. Vu l'urgence – leur enfant devait naître à la fin de l'année –, les choses avaient été rondement menées. Marcus avait fait sa demande à maître Rambourg, qui l'avait acceptée, et le père Stolz avait marié les jeunes gens dans la foulée.

Ce jour-là, Louise-Marie avait décoché un regard de triomphe à Frédéric, ce qui avait profondément déplu à Loretta. Comment avait-elle pu se tromper à ce point sur elle ? Elle augurait mal des années à venir, surtout si Marcus et Louise-Marie restaient vivre à La Salamandre. Elle voyait mal, d'ailleurs, comment il aurait pu en être autrement.

Chassant ses pensées moroses d'un haussement d'épaules, elle retourna sous la pluie chercher les assiettes, qu'elle empila. Maria s'était chargée de Michael, elle lui faisait confiance.

Il leur fallut plusieurs allers et retours pour tout mettre à l'abri. Les mariés s'étaient éclipsés. Les invités les imitèrent. La fête était finie, on s'inquiétait pour les récoltes. Des éclairs sillonnaient le ciel presque noir. Chaque orage violent angoissait Loretta. Elle serra ses mains l'une contre l'autre pour réprimer leur tremblement.

Tu n'as rien à craindre, tu as ton fils, ton époux, se dit-elle.

Elle prit une longue inspiration avant de ranger les restes du repas de fête dans le cellier. Mitzi, la chatte rousse, se frotta contre ses jambes.

— Tu as peur, toi aussi, ma belle, lui chuchota doucement Loretta.

Un hennissement de terreur la fit tressaillir. Frédéric fit irruption dans la cuisine.

— Où est Marcus ? Introuvable, naturellement ! Je file à l'écurie.

Orage, leur étalon, portait mal son nom puisqu'il avait une peur panique des tourmentes.

Le cœur de Loretta se serra. Marcus, si attaché aux chevaux, n'aurait jamais dû les abandonner mais il avait préféré s'éloigner en compagnie de sa jeune épouse. De nouveau, Loretta pensa qu'elle n'avait pas su jauger le véritable caractère de Louise-Marie. A moins que la jeune femme ne se soit endurcie après le drame qu'elle avait vécu… Comment savoir ?

Elle sortit du cellier, alla chercher son fils qui pleurait. A deux ans, Michael était un superbe petit garçon qui babillait et suivait son père partout dans la maison.

Elle le réconforta dans ses bras en lui murmurant de petits mots tendres. Il nicha sa tête dans le cou de sa mère et émit un soupir de bien-être.

Maria sourit à Loretta.

— Rien ne vaut les bras de sa maman. Marcus n'est pas revenu ?

La jeune femme secoua la tête.

— Louise-Marie et lui ont dû se réfugier quelque part.

La vieille dame fit claquer sa langue.

— Peuh ! Ils n'étaient pas si pressés puisqu'ils avaient fêté Pâques avant les Rameaux !

— Nous ne sommes pas censés le savoir.

— Mais ça commence à se voir ! Tu penses qu'Henrietta n'a pas laissé passer une si belle occasion de me le faire remarquer ! J'en ai rougi de honte.

— Vous n'êtes pas coupable, grand-mère.

— Peut-être, mais Marcus aurait pu se montrer plus raisonnable ! Nous avons bonne mine, nous, les Mayer !

— Ce n'est pas si grave, temporisa Loretta. Les gens oublieront vite.

De nouveaux coups de tonnerre, encore plus violents, ébranlèrent la maison.

Maria se signa.

— Seigneur ! Nous allons tous mourir !

— Chut, grand-mère. Il ne faut pas effrayer Michael. Allez donc dans votre chambre. Je viendrai vous chercher dès que la situation se sera calmée.

— Si tu penses que c'est mieux.

Pour la première fois depuis leur arrivée au Banat, Maria se sentait vraiment vieille, comme lors de leur interminable voyage. Elle approchait désormais des septante ans. Un âge vénérable, alors que ses propres parents étaient morts à moins de quarante ans. Parfois, elle se demandait en quoi elle avait mérité cette longévité exceptionnelle. Elle se posait beaucoup de questions, ces derniers temps.

Certes, elle était soulagée d'avoir incité ses petits-fils à partir pour le Banat mais leur conflit la désespérait. Unis depuis l'enfance, Frédéric et Marcus ne s'entendaient plus, s'opposant sur tout. C'était Louise-Marie qui avait cristallisé les problèmes.

Maria s'agenouilla au pied de son lit et égrena son chapelet. Elle avait peur pour ses garçons.

Dans l'écurie, Frédéric s'efforçait de calmer Orage, rendu fou par les grondements du tonnerre. L'étalon ruait, écumait, hennissait de terreur. Sa robe luisait de sueur.

Dans un ultime effort, le cheval tira si fort sur sa bride qu'il la brisa. Il s'enfuit au galop sous la pluie battante.

— Espèce de... bourrique ! hurla Frédéric, dépité.

Il ne possédait pas le don de Marcus pour s'occuper des chevaux ni pour leur parler. Il fallait voir son frère cadet apaiser un animal énervé ou effrayé. Il s'en approchait doucement et lui chuchotait à l'oreille.

Frédéric, lui, avait toujours préféré travailler la terre et élever ses bêtes.

Pourquoi, se demanda-t-il, s'était-il laissé emporter par la colère ? Il aurait dû suivre le conseil de Loretta et se montrer plus diplomate avec son jeune frère. A présent, la rupture entre eux était consommée, et Louise-Marie aurait beau jeu de souffler sur les braises.

Toute cette histoire l'exaspérait !

Il passa la main dans ses cheveux, jura, une nouvelle fois. Ils avaient tant misé sur Orage. Le cœur lourd, il attacha plus solidement les autres chevaux après leur avoir prodigué des paroles apaisantes.

A son retour, Loretta fut frappée par l'expression défaite de son visage.

— Que se passe-t-il ?

Il crispa les mâchoires.

— Orage s'est enfui. Une vraie calamité.

— Il reviendra certainement dès que le temps se sera calmé.

Elle avait à peine prononcé cette phrase qu'elle la regretta. Elle n'était sûre de rien. Et, de plus, elle avait peur des chevaux !

— Ce gamin me rendra fou, reprit Frédéric

C'était bien là le problème, pensa Loretta. Frédéric considérait toujours son cadet comme un garçon dépourvu de jugement alors que Marcus était impatient de faire ses preuves. Et Louise-Marie ne ferait rien pour arranger la situation !

Elle sourit à son époux.

— Allons nous coucher. De toute manière, nous ne pouvons plus rien faire avant demain.

Il lui décocha un regard dépité.

— Rester là à attendre une nouvelle catastrophe, les bras croisés… voilà bien une attitude que je ne supporte pas !

Il y a bien des choses pourtant que nous devons supporter, nous, les femmes, songea Loretta.

Prudente, elle garda cette réflexion pour elle. Elle sentait Frédéric prêt à exploser.

Il jeta une vieille couverture sur ses épaules.

— Je retourne à l'écurie, lança-t-il. Il doit bien exister un moyen de faire revenir ce maudit cheval !

— A votre guise. Je mets Michael au lit et je vous attends.

« Les hommes restent de grands enfants », lui avait confié un jour Armande. C'était tout à fait ça.

Lasse soudain, elle alla se coucher à son tour dès que Michael se fut endormi. Elle n'avait plus envie d'entendre parler de chevaux, ni de Marcus ou de Louise-Marie.

Elle désirait seulement prendre un peu de repos.

25

1772

Des coups violents frappés à la porte de La Salamandre tirèrent Loretta de son premier sommeil. Elle sauta du lit, passa une jupe, un corsage et un châle avant de glisser ses pieds nus dans des chaussons fourrés.

Encore ensommeillée, elle alla ouvrir. Frédéric et Michael continuaient de dormir. Quant à Maria, elle devenait de plus en plus sourde et n'avait certainement rien entendu.

La lanterne haut levée, elle reconnut sans réelle surprise Marcus sur le seuil. D'après ses calculs, Louise-Marie devait approcher du terme.

— Vite ! lança-t-il sans même la saluer. Elle souffre le martyre.

Comme toutes les femmes dans la même situation, songea Loretta.

Elle fronça les sourcils.

— Elle a perdu les eaux ?

Marcus tritura les bords de son chapeau.

— Je n'en sais rien, c'est des affaires de femmes, mais elle m'a envoyé vous chercher, Loretta. Elle n'a confiance qu'en vous.

Après tout ce qu'elle nous a fait, pensa la guérisseuse, la bouche amère.

Cependant, parce qu'elle était incapable de laisser souffrir même son pire ennemi, elle alla chercher sa besace et suivit Marcus dans la nuit.

Après le terrible orage et la perte de l'étalon jamais revenu, les deux frères avaient eu une explication sévère et Marcus avait décidé de bâtir sa propre maison du côté du fleuve. Loretta en avait été soulagée. Elle redoutait en effet de voir les frères en venir aux mains.

Par chance, Frédéric avait réussi à se contenir et s'arrangeait désormais pour croiser le moins possible la route de son cadet.

De son côté, Louise-Marie ignorait les habitants de La Salamandre.

La querelle avait suscité des commérages. Comme souvent, Loretta en avait été rendue responsable parce qu'elle demeurait l'étrangère, celle dont on se défiait. Après tout, qui savait d'où elle venait, quel était son passé ?

Henrietta, la bouche en cœur, avait insinué : « A beau mentir qui vient de loin… », et Marguerite avait fait chorus.

Leur attitude avait révolté Frédéric. Loretta, plus lucide, avait tenté de le calmer.

« Mon cher, il ne sert à rien de prendre feu. Ces femmes ont peur de ce qu'elles ne connaissent pas, et Louise-Marie s'y entend pour attiser leurs craintes. Comment ai-je pu me tromper aussi lourdement à son sujet ?

— Parce que vous êtes bienveillante, voilà tout. »

Elle pressentait qu'il y avait autre chose, sans parvenir à savoir de quoi il s'agissait.

Pour le moment, cependant, il convenait de se hâter. Marcus avançait à grandes enjambées sans se soucier d'elle. Il avait beaucoup changé depuis son mariage et donnait l'impression d'être inféodé à son épouse. Un constat que Maria vivait mal.

« Même si les femmes dirigent la maison, elles doivent faire en sorte que cela reste discret, commentait-elle souvent. Tout est question de mesure et d'intelligence. »

Louise-Marie ne se souciait guère de cette règle non écrite ! Pénétrant pour la première fois chez les jeunes gens, Loretta s'étonna. Leur maison était vaste, certes, mais manquait d'harmonie. Pressé d'en finir, Marcus avait juxtaposé les pièces sans souci réel d'unité et, de son propre aveu, n'était guère intéressé par leur habitation. Seules les écuries le passionnaient.

L'ameublement était sommaire. Loretta se laissa guider par les cris de suppliciée que Louise-Marie poussait. Elle se tordait de douleur sur un lit aux draps froissés. Loretta regretta qu'Elisabeth ne soit pas à ses côtés. Elles n'auraient pas été trop de deux pour délivrer l'épouse de Marcus. Loretta espérait seulement que l'enfant serait en vie. Elle redoutait les conséquences du malheur subi cinq années auparavant. Pour elle, c'était déjà miraculeux que Louise-Marie ait réussi à mener sa grossesse à terme.

Elle remonta ses manches, se savonna longuement les mains et les avant-bras avant de se pencher au-dessus de la parturiente.

Marcus tournant autour d'elle d'un air affolé, elle l'envoya quérir Elisabeth.

Elle poussa un soupir de soulagement lorsqu'elle se retrouva seule avec Louise-Marie.

Celle-ci lui saisit la main.

— Vous croyez que je vais mourir ? questionna-t-elle d'une petite voix.

Loretta lui sourit.

— Quelle idée stupide ! Tout va bien se passer.

Surtout, ne pas laisser voir ses propres inquiétudes, se dit-elle.

Elle devait tout faire pour sauver la mère et l'enfant. Quels que soient les sentiments que la mère lui inspirait.

Ursula, sa gouvernante, répétait toujours que la partie était gagnée si le malade résistait jusqu'à l'aube. Loretta y songea, alors que Louise-Marie se débattait dans le lit.

Elle échangea un regard de soulagement avec

Elisabeth quand leur patiente, dans un ultime cri, expulsa enfin le bébé, recouvert de mucus sanguinolent. Elisabeth s'en empara pour aller le nettoyer.

— C'est une fille ! s'écria-t-elle peu après. Une petite fille bien proportionnée.

Louise-Marie grimaça de douleur.

— Vous êtes certaine qu'elle va bien ?

— Certaine, répondirent les deux femmes en même temps.

Elisabeth se signa.

— Tout va bien, ma fille. J'emmaillote ton enfant pendant que Loretta s'occupe de toi.

Ce qu'elles firent. Marcus, alerté par le retour au calme, passa la tête dans l'entrebâillement de la porte.

— Attends encore un peu ! lui ordonna Loretta. Sache que tu es père d'une mignonne petite fille.

— Le Seigneur soit loué ! Je reste derrière la porte.

Sa jeune femme était encore très pâle, mais paraissait tirée d'affaire.

Loretta plaça sa paume sur la partie basse de l'utérus de la parturiente. Elle la tapota, tout en vérifiant que le cordon qui pendait ne remontait pas. Elle tira légèrement dessus afin de faciliter l'évacuation du placenta.

— C'est encore douloureux, gémit Louise-Marie.

— Le plus dur est fait, ne t'inquiète pas.

Les larmes se mirent à couler sur le visage de la jeune femme.

— J'ai eu si peur, murmura-t-elle.

Moi aussi... pensa Loretta, qui garda naturellement sa réflexion pour elle.

Elle lava la jeune accouchée, changea sa chemise et les draps, lui posa le bébé dans les bras.

— Voilà, lui dit-elle, prête à accueillir le nouveau père.

Louise-Marie pleurait toujours.

Elle tendit la main vers Loretta.

— Merci. Sans vous, je me demande ce qui serait arrivé.

Elle redressa la tête.

— Mais je n'oublie rien ! ajouta-t-elle, le regard chargé de défi.

Consternée, Loretta garda le silence avant de laisser tomber :

— A ta guise, mon petit.

Brusquement, la fatigue pesait sur ses épaules. Elisabeth fit entrer Marcus dans la chambre, et les deux femmes s'éloignèrent en emportant les linges souillés.

Le bébé se mit à pleurer. Elisabeth sourit.

— Encore un baptême en perspective !

— C'est bon pour notre communauté. Merci, Elisabeth, votre aide m'a été précieuse.

— Ça me plaît. J'aurais aimé être guérisseuse, moi aussi.

Loretta esquissa un sourire teinté de tristesse.

— Ce n'est pas toujours chose aisée, déclara-t-elle d'une voix unie.

Même si son amie demeurait calme, Elisabeth avait senti que de mauvais souvenirs affluaient.

Elle tapota son bras.

— Nous avons bien travaillé, vous et moi.

— En effet. Je vous offre un bol de lait ? Frédéric doit s'être chargé de la traite.

— Merci, mais je dois rentrer. Pierre et les garçons vont s'inquiéter.

— Encore merci à vous !

Le ciel offrait une palette de tons clairs, allant du jaune pâle au bleu vert du matin naissant. Une atmosphère sereine baignait le domaine.

Merci pour cette nouvelle journée, pensa Loretta avec ferveur.

Elle ne savait pas à qui adresser sa gratitude, elle ignorait même si elle croyait encore. Elle poussa un long soupir. Il était trop tard, ou trop tôt, pour regagner son lit. Elle rentra chez elle, ôta ses vêtements et se lava longuement.

Frédéric la rejoignit dans le cabinet.

— Tout s'est bien passé ? L'enfant est né ?

— C'est une belle petite fille. Marcus paraît fou de joie.

— Et la mère ?

— Soulagée et lasse. Et… malgré tout, encore un peu vindicative.

Elle tendit le bras pour attraper sa chemise. Il posa la main sur la sienne.

— Vous m'avez manqué.

— Vraiment ?

— Venez par ici.

Elle jeta un coup d'œil vers la chambre de Maria et Frédéric sourit.

— Ma grand-mère se lève plus tard en ce moment, vous l'avez certainement remarqué. Quant à Michael… c'est une véritable marmotte !

Elle le suivit en souriant dans leur chambre. Elle souriait toujours quand il l'attira contre lui. Elle avait besoin de son étreinte pour oublier le regard de défi de Louise-Marie.

A bien y réfléchir, d'ailleurs, il n'y avait pas que du défi dans ses yeux mais aussi de la haine.

26

1965

Si elle tomba tout de suite sous le charme de Roussillon, Esther pressentit tout aussi vite que le village séduisait tout particulièrement les âmes fortes. Pour apprécier Roussillon, on ne devait pas être un adepte des demi-mesures. Ciel bleu dur, murs ocrés sous les toits de tuiles patinées, Delphes-la-Rouge évoquait un décor de théâtre en plein air.

Accroché à la falaise, le village perché suggérait à Esther un opéra de Verdi. *Nabucco*, par exemple, ou *Les Vêpres siciliennes*.

— Connais-tu l'origine de ces roches rouges ? questionna Alexandra.

Elle entreprit de raconter à sa cousine la légende de Dame Sermonde, épouse du seigneur Raymond d'Avignon au XIIe siècle. Délaissée par son époux, grand chasseur, Dame Sermonde s'était éprise de

Guillaume de Capestan, un jeune page et troubadour. Guillaume composait des chansons pour la femme qu'il aimait. Dame Sermonde et lui vivaient un amour passionné, tant et si bien que leur histoire fut rapportée au seigneur.

Celui-ci emmena Guillaume à la chasse. Il le poignarda d'un coup de dague dans le dos.

Fou de colère, il trancha ensuite la tête du beau troubadour et lui arracha le cœur.

Revenu au château, il ordonna à son cuisinier de préparer le cœur de l'amant. Dame Sermonde s'en régala. Le seigneur Raymond choisit alors de lui faire apporter la tête de Guillaume et de lui révéler qu'elle venait de déguster son cœur.

Désespérée, l'infortunée Sermonde se précipita en haut des falaises de Roussillon et se jeta dans le vide. Son corps s'écrasa plusieurs dizaines de mètres plus bas et son sang colora les terres de Roussillon.

Esther frémit.

— Brrr ! Quel monstre, ce Raymond d'Avignon !

Debout à côté des deux femmes, Christopher gardait un silence prudent. Esther se posait toujours nombre de questions à son sujet. Elle osa lui demander :

— Que fais-tu exactement ?

— J'essaie de vivre, répondit-il simplement. Ou, plutôt, de survivre.

Il y eut un blanc. Ils étaient assis tous les trois sur le parapet dominant le Sentier des Ocres. Vite,

Alexandra proposa les sandwiches au thon qu'elle avait apportés et effectua la distribution.

Esther remarqua alors que Christopher mangeait très lentement, comme s'il savourait chaque bouchée, de crainte d'en perdre une miette, et elle se sentit vaguement coupable.

De toute évidence, son cousin avait souffert de la faim, et ne l'avait pas oublié.

Elle sentit le regard d'Alexandra peser sur elle et détourna la tête. Elle avait l'impression d'évoluer sur un fil depuis qu'elle avait fait la connaissance de Christopher.

Il était lointain, mélancolique, mais pouvait parfois lancer un trait d'humour qui détendait l'atmosphère.

Esther aurait voulu l'attirer contre elle et le réconforter comme s'il avait été son enfant. N'était-ce pas stupide ? Elle n'avait pas eu d'enfant, et n'était pas du tout certaine d'avoir quelque instinct maternel. Henry le lui avait d'ailleurs reproché un jour. C'était assez savoureux lorsqu'on savait qu'il accordait plus d'attention à ses chiens et à ses chevaux qu'à sa propre mère. Mais c'était révélateur du caractère d'Henry, qui cultivait les paradoxes !

Christopher jeta un coup d'œil au ciel, pommelé de nuages gris.

— Le temps change, annonça-t-il. Dépêchons-nous si nous voulons échapper à la pluie.

— Comment es-tu sûr qu'il va pleuvoir ?

Il esquissa un sourire désenchanté.

— Mon bras. C'est un véritable baromètre.

Alexandra baissa la tête. Elle paraissait soudain au bord des larmes.

Tant de choses que j'ignore... pensa Esther, peinée elle aussi.

Alexandra était un bon guide. Elle leur expliqua que l'on alternait à la fin du XIXe siècle le travail des ocres et le travail des champs. Des usines s'étaient installées autour des villages ocriers. L'extraction du minerai, dans un premier temps, s'était faite à ciel ouvert.

Christopher secoua la tête.

— Le travail n'était-il pas trop pénible ?

— D'après ce que j'ai lu, les habitants s'en accommodaient. Il fallait travailler, de toute manière, pour faire vivre la famille. La situation était différente dans les mines de Bruoux, à Gargas. On y travaillait dans des galeries, à une température d'environ dix degrés. Des accidents survenaient, en maniant la pioche ou encore les explosifs. Les riverains se plaignaient car les carrioles transportant les sacs de poudre d'ocre détérioraient les chemins, mais on laissait faire. Le rendement avant tout...

— Ils se seraient bien entendus avec notre père, glissa Christopher de son ton le plus innocent.

— Merci de ne pas le mentionner, répliqua sèchement Alexandra.

Esther leur lança un regard surpris. Le frère et la sœur ne cherchèrent pas à l'éclairer.

Elle avait déjà remarqué la complicité qui les

unissait. Ils donnaient l'impression d'être deux, quoi qu'il arrive.

Elle questionna :

— Avez-vous, l'un ou l'autre, une photo de La Salamandre ?

Un silence tomba. Lourd de secrets comme de non-dits.

La première, Alexandra osa répondre.

— Lorsque je suis partie, c'était du genre voyageuse sans bagages. Alors, les photos...

— Pareil pour moi, appuya Christopher.

De nouveau, Esther se sentit stupide. Ou, plutôt, déphasée. Il lui était impossible de se mettre à leur place.

Face à son trouble Alexandra ajouta :

— Il y a eu tant de destructions durant la guerre que La Salamandre avait perdu son âme. Un domaine vieux de près de deux cents ans... aujourd'hui, il ne doit plus en rester grand-chose. De plus, tout a brûlé à la fin de la guerre.

— C'est aussi ce que pensait ma mère.

— Tes parents ont été bien inspirés de partir pour Londres.

— C'était un choix imposé par le climat antisémite à Vienne.

Pourquoi avait-elle l'impression d'être mise en accusation et, de ce fait, de devoir se justifier ? Pourquoi se sentait-elle coupable ?

Elle tenta de changer de sujet.

— Vous ne parlez jamais de votre frère aîné, Werner ?

Alexandra et Christopher échangèrent un regard dubitatif, comme s'ils se demandaient ce qu'ils pouvaient exactement lui confier.

La première, Alexandra répondit.

— Werner était… comment expliquer ? Je dirai qu'il était l'indicateur de notre père. Il lui rapportait tous nos agissements… en se donnant le beau rôle, bien entendu.

Esther ne chercha pas à dissimuler son étonnement.

— Dans quel but ?

Cette fois, Alexandra ne se déroba pas.

— Parce qu'il s'ingéniait à passer pour le chevalier blanc et à nous éliminer, Christopher et moi. Notre père appréciait d'ailleurs ce petit jeu, ils faisaient la paire, tous les deux.

Elle se tourna vers son frère.

— Tu te rappelles le jour où j'ai grimpé dans le cerisier ? La branche a cassé, je suis tombée lourdement et me suis démis l'épaule. Prévenu par Werner, mon père m'a administré une raclée mémorable. Werner ricanait.

— Mon frère Nathan m'a joué des tours pendables lui aussi, glissa Esther.

— Sincèrement, je ne pense pas qu'il puisse arriver à la cheville de Werner.

Le regard de Christopher exprimait une tristesse infinie.

Le cœur d'Esther se serra.

— J'ai de la peine à imaginer vos relations, avoua-t-elle. Chez nous, tout n'était pas parfait, naturellement, ç'aurait été d'ailleurs horriblement ennuyeux, mais nous vivions en harmonie.

— Nous en sommes heureux pour toi, cousine, la félicita Alexandra en la gratifiant d'un large sourire.

Esther glissa sur le sentier et se rattrapa à son bras.

— Eh ! doucement ! s'écria Christopher. Nous sommes heureux de t'avoir retrouvée, Esther. N'espère pas nous fausser compagnie comme ça.

A cet instant, elle éprouva une bouffée de joie si intense que les larmes nouèrent sa gorge.

Ils étaient sa famille, et elle les aimait déjà.

Elle leur serra la main à tous les deux. Fort.

— Ce n'est pas mon intention, répondit-elle.

27

1773

Comme Loretta s'en doutait, Maria, elle-même, Frédéric et leur fils ne furent pas invités pour le baptême de la petite Anne-Hélène. Frédéric le vécut mal, d'autant plus que sa femme avait procédé à la délivrance.

— Ce n'est rien, le rassura-t-elle. Le plus important est que la petite pousse bien.

L'affront, cependant, laissa des traces dans le village. Leurs amis furent blessés pour eux, le père Stolz se rendit à La Salamandre pour tenter une médiation mais les deux frères campèrent sur leurs positions.

De ce jour, pour Frédéric, la rupture fut réellement consommée. Il avait beau remonter le cours des années écoulées, il ne comprenait pas pour quelle raison Marcus avait autant changé. Il ne voyait qu'une raison, l'influence de Louise-Marie.

Loretta l'expliquait à sa façon.

« Nous avons été témoins du calvaire de Louise-Marie, et elle ne nous le pardonne pas. »

Explication qui laissait Frédéric de marbre.

« Elle ignore jusqu'au sens du mot reconnaissance ! » pestait-il.

Maria, de son côté, ne se rendait plus chez Marcus depuis que Louise-Marie lui avait fait remarquer qu'elle préférait être informée à l'avance plutôt que de la voir arriver sans prévenir.

Marcus n'avait pipé mot, ce que la vieille dame avait fort mal pris.

« Cette fille le fait tomber en quenouille, voilà tout », grommelait-elle.

Loretta s'efforçait de ne pas prêter attention à ces querelles, mais en souffrait elle aussi. Ils auraient pu vivre de façon beaucoup plus harmonieuse…

Loretta s'essuya le front tout en jetant un coup d'œil à Michael qui jouait non loin d'elle en bordure du potager. Il remplissait un seau de terre, puis le vidait sur un terre-plein. Il y avait déjà une petite heure qu'il s'amusait ainsi, et il ne semblait pas se lasser.

Son fils était un enfant facile et tendre. Chaque fois qu'elle le câlinait, Loretta était bouleversée de bonheur.

Posant une main sur ses reins douloureux, elle se redressa lentement. La cueillette des fraises cassait le dos, était longue et pénible, mais Frédéric comme Michael étaient gourmands des fruits rouges.

Le temps était déjà chaud en cette fin juin. C'était une caractéristique du climat du Banat : des étés chauds et lourds succédaient à des hivers froids et neigeux. Les intersaisons, printemps et automne, étaient marquées par des pluies interminables qui donnaient envie de rester claquemuré chez soi.

Loretta préférait l'hiver glacial, même si la terre gelée imposait un repos forcé. Repos que Frédéric mettait à profit pour réparer les clôtures, confectionner des meubles, achever enfin le portail…

Il avait renoncé à élever des chevaux, tout en s'attristant que son frère réalise de mauvaises affaires. Malgré des compétences réelles, Marcus voulait engranger des profits trop vite. Il avait aussi manqué de chance, ayant perdu une jument et un poulain, victimes de coliques.

Loretta jeta un coup d'œil au soleil déjà haut dans le ciel. Elle allait confectionner des tartes, et de la confiture. Si seulement ses reins avaient été moins douloureux ! Au sixième mois de grossesse, elle commençait à souffrir de la chaleur. Frédéric espérait une fille. Elle demandait simplement que son bébé à naître soit en bonne santé.

— Maman !

Elle se retourna vers Michael.

A La Salamandre, tous parlaient le français, ainsi que l'allemand.

Debout à côté de son seau, il désignait de la main une silhouette juchée sur une mule.

Sans savoir pourquoi, le cœur de Loretta manqua un battement. Pourtant, les colporteurs sillonnaient fréquemment le Banat et elle aimait leur acheter du tissu, du fil, des aiguilles ainsi que des livres.

Michael la rejoignit et saisit sa main. Il paraissait effrayé.

— J'ai peur, maman, déclara-t-il.

Elle lui ébouriffa les cheveux.

— Ce n'est rien, mon chéri.

L'inconnu se rapprochait. Son allure était vaguement familière. Cependant… Loretta plissa les yeux. Ce ne pouvait être lui !

Le visiteur esquissa un sourire ironique.

— Je reviens d'entre les morts ! lança-t-il, goguenard.

Sans même s'en rendre compte, Loretta serra trop fort la main de son fils, qui laissa échapper un petit cri de douleur.

— Que venez-vous faire ici ? répliqua-t-elle.

C'était impossible ! N'était-il pas mort depuis six ans ?

Car, aussi incroyable que cela puisse paraître, c'était le père Senneville qui s'adressait à elle.

— Que venez-vous faire ici ? répéta Loretta, faisant face à l'ancien prêtre devenu colporteur.

Elle se revoyait dans la grange en Hongrie, volant au secours de Louise-Marie qu'il tentait d'étrangler. Elle lui avait planté sa dague en pleine poitrine.

Elle n'avait rien oublié de la scène de cauchemar vécue cette nuit-là.

Il aiguisa son regard.

— Je cherche Louise-Marie afin d'obtenir son pardon.

— Elle n'est pas là.

La réponse avait fusé. Malgré leurs différends, Loretta cherchait encore à protéger la jeune femme.

Le visiteur laissa échapper un petit rire qui s'assimilait à un ricanement. Loretta sentit des frissons remonter le long de sa colonne vertébrale.

— N'essayez pas de me tromper, jeune fille. J'ai reconnu son père à trois lieues d'ici. Louise-Marie ne peut être loin.

— Nous ne nous parlons plus.

Loretta soutint son regard incrédule et ajouta :

— C'est ainsi. Vous devriez le savoir. La reconnaissance peut constituer un fardeau trop lourd.

Elle enchaîna, afin d'apprivoiser sa peur :

— Dites-moi… comment vous en êtes-vous sorti ? Nous vous croyions mort.

Il sourit.

— Au point que Frédéric et Pierre sont revenus pour m'enterrer. Je me suis traîné hors de la grange et caché au bord du fleuve. Il faisait déjà nuit, ils n'ont pas vu les traces de sang. Par la suite, j'ai eu la chance d'être recueilli par une famille généreuse. On m'a soigné, hébergé, nourri… trois mois de convalescence m'ont permis de recouvrer mes forces. J'avais tout perdu : je suis parti sur les chemins, à la recherche de la vérité.

Quelque chose dans sa voix alerta Loretta. Elle avait déjà entendu parler des fous de Dieu, des hommes vivant pauvrement, usant du cilice comme de la discipline, et cherchant à expier leurs péchés.

— Vous... vous regrettez réellement vos actes ? osa-t-elle lui demander.

— A votre avis ? ironisa-t-il. J'ai eu la chance de rencontrer un saint homme qui m'a éclairé sur le sens à donner à ma vie. J'étais victime de mes pulsions, inspirées par Satan. Je n'ai cessé de me repentir depuis.

Etait-il sincère ? Elle ne parvenait pas à se faire une opinion.

— J'ai tendance à me défier d'une pratique trop rigoureuse de la religion, avoua-t-elle.

Elle perdit pied sous son regard qui la transperçait.

— Quoi de plus naturel ? Nous n'appartenons pas à la même foi.

Elle se sentit rougir. Comment avait-il deviné son secret ?

— Vous ne savez rien de moi ! protesta-t-elle.

— Je n'ai pas besoin de savoir, comme vous dites. Mais je ne suis pas venu pour vous. Pas cette fois, en tout cas. C'est Louise-Marie que je cherche.

— Retournez sur vos pas et demandez à son père où vous pouvez la trouver.

Elle croisa les bras devant sa poitrine, comme pour se protéger.

Il inclina la tête. Lentement.

— Si j'échoue, je reviendrai.

— Nous ne quittons pas La Salamandre. Vous nous y trouverez.

Il esquissa à nouveau un sourire exaspérant, lui donnant l'impression qu'elle était ignorante et sotte.

— Vous avez là un beau petit garçon, reprit-il.

Elle perçut la menace sous-jacente dans sa voix et frémit intérieurement sans rien en laisser paraître. Malgré son beau discours et ses résolutions, le prêtre était toujours un homme dangereux, elle en avait la certitude. Elle se raidit.

— Loretta ! Veux-tu m'aider ?

La voix de Maria les fit sursauter. La jeune femme salua Senneville d'un bref signe de tête et entraîna Michael vers la maison.

Il reviendrait, elle le savait. N'avait-il pas déclaré : « Je ne suis pas venu pour vous. Pas cette fois, en tout cas » ?

28

1773

Le lendemain du passage du prêtre, Loretta ne fut pas vraiment surprise de découvrir Louise-Marie sur le seuil de La Salamandre. Sa belle-sœur attaqua d'emblée, sans prendre la peine de la saluer :

— Il n'est pas mort !

Loretta opina du chef.

— Je sais, il est venu. Il te cherchait.

— Mon père l'a rossé d'importance et me l'a amené ensuite. Il a imploré mon pardon. Qu'en pensez-vous ?

— Ma foi… c'est difficile à dire.

Personnellement, je ne ferai jamais confiance à cet homme, songea Loretta. Cependant, parce qu'elle avait appris la prudence, elle n'en dit pas plus.

Louise-Marie insista :

— Je suis restée muette. Vous comprenez, durant toutes ces années, j'ai verrouillé mes souvenirs, pour tenter d'oublier. Mais le fait de le revoir, là, face à moi, a tout fait resurgir.

— Je crois que je comprends, oui, souffla Loretta.

— Il est reparti, conclut Louise-Marie. En jurant qu'il reviendrait, qu'il avait besoin de mon pardon. Et je sais que je n'aurai plus jamais la paix.

— J'en suis navrée pour toi.

Louise-Marie plissa les yeux, l'air incrédule.

— Vraiment ? Je ne puis m'empêcher de penser que vous en tirez une sorte de revanche. Vous aimez vous donner bonne conscience, mais vos regards ne trompent pas. Dès que vous avez su pour moi, vous m'avez jugée.

Soudain lasse, Loretta soupira.

— Je ne pense pas parvenir à te persuader du contraire et j'en suis désolée. C'est avec toi que tu dois être en paix. Il faut te pardonner à toi-même ce dont tu n'es pas responsable.

La jeune femme éclata de rire.

— Quelle bonne farce ! Vous n'êtes pas à ma place. Vous voulez tout diriger, votre époux et vous, mais nous ne nous laisserons pas faire. Marcus a conquis son indépendance et mène bien sa barque.

Cette fois, Loretta ne chercha même pas à se justifier.

— J'en suis heureuse pour vous deux, déclara-t-elle d'un ton uni.

Elle retourna à l'intérieur de la maison, sans plus se préoccuper de sa visiteuse. Celle-ci fit demi-tour et traversa la cour.

Loretta se laissa tomber sur une chaise. Son dos était toujours très douloureux.

— Tu devrais aller t'allonger un peu, lui suggéra Maria.

— Avec tout le travail qui m'attend ? Vous plaisantez, grand-mère ? Michael fait une longue sieste, grâce à Dieu ! Je suis déjà en retard.

Maria la suivit d'un regard soucieux. Elle avait entendu la conversation des deux femmes et trouvait Loretta bien patiente avec sa belle-sœur. Louise-Marie avait semé la zizanie dans leur famille, et elle ne pouvait le lui pardonner. Si Marcus béait devant elle, grand bien lui fasse !

Au retour de Frédéric, elle lui fit part de son opinion. Il poussa un soupir las.

— Cette histoire me désole parce que, franchement, Loretta n'a rien à se reprocher vis-à-vis de Louise-Marie. Ma femme estime que la gamine a changé de caractère à cause des épreuves subies. J'ai peur qu'elle n'ait eu à la base un tempérament déjà ombrageux. Je ne suis pas certain, d'ailleurs, que Marcus soit heureux avec elle. Mais, entêté comme il l'est, il ne l'avouera jamais !

— C'est de famille, glissa Maria, de son air le plus innocent.

Frédéric sourit.

— Grand-mère ! Vous ne laissez jamais passer une occasion d'envoyer une pique !

— C'est pour me prouver que j'ai encore toute ma tête.

Attendri, il l'embrassa sur la joue.

— Vous êtes si précieuse pour notre famille.

— Et je transmettrai le flambeau à Loretta. Prends soin d'elle, surtout.

L'arrivée de la jeune femme dispensa Frédéric de répondre. A vingt-six ans, elle était dans la plénitude de sa beauté. Frédéric l'enveloppa d'un regard empreint d'amour.

Elle portait un lourd panier de linge et il alla à sa rencontre pour l'en délester.

— Laissez-moi faire, dit-il.

Elle le remercia d'un sourire.

— Je puis me débrouiller.

— Mais vous êtes lasse, et Michael n'est pas de tout repos.

— Heureusement, il va bientôt fréquenter l'école de maître Rambourg.

L'instituteur respectait une abstinence totale depuis qu'il avait appris le drame vécu par sa fille. Il était désormais un membre respecté de leur communauté.

Frédéric posa la main sur le ventre de son épouse.

— La vie qui bat, là. C'est pour moi un mystère et un sujet d'émerveillement alors que vous paraissez si sereine.

— Je n'ai pas le choix ! sourit-elle.

C'était vrai. Ses grossesses suscitaient en elle un sentiment de toute-puissance. L'impression aussi, hélas fugitive, qu'elle n'avait rien à redouter.

Car, depuis l'enfance, elle vivait dans la crainte. Pourrait-elle un jour se confier à Frédéric ? Elle n'en était pas certaine. Pourtant, ils étaient amis autant qu'amants. Leur entente s'était cimentée au fil des années. Tous deux formaient un couple uni et épris.

Il l'enlaça.

— Apparemment, le prêtre est reparti, reprit-il. Je reste cependant sur mes gardes. Il nous a prouvé par le passé sa capacité à faire le mal.

Elle frissonna.

— J'aurais aimé ne plus avoir à y penser. Ce personnage m'inspire du dégoût. Et, pourtant, nous ne sommes pas à même de le juger. Sur l'instant, oui, je l'ai frappé, pour éviter qu'il n'étrangle Louise-Marie, mais jamais je n'aurais imaginé le tuer.

— N'y songez plus, ma mie. Ce sinistre personnage ne vaut pas la corde pour le pendre. J'espère simplement que la justice immanente fera son office.

— Je n'y crois plus, avoua-t-elle.

De nouveau, son regard se fit douloureux.

D'un geste preste, il lui saisit le menton.

— Oubliez le passé, vous dis-je !

Elle soutint son regard.

— Et vous ? Avez-vous réussi à oublier votre premier amour ?

Il ne se troubla pas.

— C'est si loin ! Je suppose qu'elle est désormais devenue une matrone nantie d'une demi-douzaine d'enfants. Franchement, il y a longtemps qu'elle ne compte plus pour moi.

A cet instant, elle eut la certitude qu'il disait vrai.

Et elle se sentit heureuse. En harmonie avec l'homme qu'elle aimait.

29

1773

— Le choix du roi… ma chère, décidément vous avez beaucoup de chance.

Chaque compliment de Marguerite laissait toujours supposer un soupçon d'aigreur.

Elle était venue visiter Loretta trois jours après la naissance d'Anna. Sa sœur, sur le point d'accoucher, n'avait pu l'accompagner.

Elisabeth avait assisté Loretta et la délivrance s'était bien passée, plus rapidement que pour Michael.

Frédéric, fou de joie, ne tarissait pas d'éloges sur la petite fille, « parfaite ».

Loretta souriait, attendrie. Elle était encore lasse mais profondément heureuse, elle aussi. Michael, tenant la main de son père, était venu admirer sa petite sœur, sans parvenir à dissimuler sa déception. De toute évidence, elle était beaucoup trop minuscule pour partager ses jeux !

Peu discrète, Marguerite jeta un regard intéressé à la chambre du couple. Meubles en bois de bouleau, rideaux en lin clair, chaise berçante, linge de lit festonné et brodé composaient un décor chaleureux et douillet.

— Vous avez de la chance, répéta-t-elle, votre époux sait tout faire de ses mains.

Elle soupira. Son beau-frère, en effet, était réputé faire preuve d'une certaine indolence et sa sœur et elle effectuaient la plupart des travaux dans leur ferme. Contrairement aux Mayer, les Leyden ne roulaient pas sur l'or. Marguerite en concevait du dépit. Elle se sentait supérieure à cette Loretta venue d'on ne savait où pour soi-disant échapper à un mariage forcé. Marguerite, bien que plus âgée, avait des vues sur Frédéric Mayer depuis leur départ mais il avait fallu que Loretta surgisse à Ulm pour tout gâcher. Marguerite n'était pas près de le lui pardonner.

Elle gratifia Loretta d'un signe de tête un peu raide avant de prendre congé.

La jeune femme se laissa aller contre ses oreillers avec un soupir d'aise. L'inimitié entre Marguerite et elle était patente et elle ne supportait pas ces relations de pure politesse.

Elle l'avoua à Frédéric alors qu'il lui amenait Michael. Il rit de bon cœur.

— Cette chère Marguerite ! Elle en veut à la terre entière de son infortune. Veuve à vingt-six ans, sans moyens financiers… elle me fait parfois pitié.

— Je n'ai pas votre grandeur d'âme. Mais vous

avez raison, oublions-la ! Regardez, mon chéri, la petite Anna ouvre les yeux.

— Elle est beaucoup trop petite pour m'intéresser ! protesta Michael, boudeur.

Ses parents échangèrent un coup d'œil entendu.

— Il finira par s'habituer à cette nouvelle situation, glissa Frédéric dès que Michael eut été confié à sa grand-mère.

— Je lui fais confiance, acquiesça-t-elle.

Elle s'assoupit quelques instants sans même en avoir conscience.

— Je me sens si fatiguée. Pardonnez-moi, Frédéric.

— Je vous laisse, ma mie. Reposez-vous.

L'instant était passé. Loretta, qui se sentait si heureuse une heure auparavant, était désormais lasse à en mourir. Comme si elle n'avait pas mérité cet immense bonheur.

Elle serra un peu plus fort la petite Anna contre elle. Elle devait oublier le passé pour mieux le surmonter.

Cependant, chaque fois qu'elle croisait le chemin de Marguerite ou d'Henrietta, elle se revoyait fuyant les charognards d'Ulm. Dès le premier jour, les deux femmes s'étaient défiées d'elle. A croire qu'elles avaient eu plus de flair que les hommes du convoi.

Elle ferma les yeux. Elle ne voulait plus penser à elles.

Des coups frappés à la porte de La Salamandre firent sauter Frédéric du lit. Le jour n'était pas encore levé. Il enfila une chemise, une culotte, avant d'aller ouvrir. Pierre Mosse se tenait sur le seuil.

— Frédéric, nous avons besoin de toi, lança-t-il à son ami. Annette et Suzanne, la fille des Basler, ont été enlevées !

— Enlevées ? répéta Frédéric. Comment est-ce possible ?

— Je t'expliquerai en route. Tous les hommes se rassemblent devant l'église. Je t'attends sous la galerie.

Il alla prévenir Loretta qui ouvrait les yeux. Elle aussi parut sidérée.

— Qu'est-ce que c'est que cette histoire ?

— Ne vous inquiétez pas et gardez Michael à l'intérieur de la cour.

Elle le vit prendre sa veste, sa canne-épée, sa dague, et son cœur s'affola.

— Vous n'êtes tous que des paysans. Vous comptez donc vous battre ?

— Mieux vaut être prudent. Auriez-vous oublié que, durant le premier hiver, nous avons dû abattre plusieurs loups et un ours ?

Il se pencha, l'embrassa au coin des lèvres.

— Ne vous inquiétez pas, lui recommanda-t-il avant de partir sans se retourner.

La peste soit des hommes, et de son époux en

particulier ! se dit Loretta, furieuse. Et à quoi rimait cette histoire d'enlèvement ?

Elle se leva, vérifia que la petite Anna dormait toujours dans son moïse. Michael, à plat ventre sur son lit, n'avait rien entendu. Grand-mère Maria non plus, la vieille dame devenant de plus en plus dure d'oreille.

Loretta s'habilla vite, et alla se chauffer un bol de soupe qu'elle but debout, comme à son habitude. Il y avait tant à faire dans une journée !

Elle était toujours en colère et elle avait peur. Une crainte diffuse, provoquée par l'incongruité de la situation. Qui donc aurait pu enlever deux jeunes filles ? Et puis, brusquement, elle sut.

Il ne pouvait s'agir que des Ottomans, qui occupaient une partie du pays avant d'être défaits face au prince Eugène de Savoie-Carignan, au XVIIe siècle.

Et sa peur s'accentua. Comme elle l'avait fait remarquer à Frédéric, ses amis et lui étaient de simples paysans. Pas des guerriers.

Annette et Suzanne furent rendues à leurs familles à la fin de la semaine, grâce à l'intercession du représentant de Marie-Thérèse. Frédéric avait insisté auprès de ses compagnons pour le faire intervenir. Il estimait en effet qu'il aurait plus de poids que de simples colons. D'ailleurs, celui-ci leur confirma que d'autres personnes avaient déjà été enlevées quelques années auparavant. C'était toujours le même processus : les Ottomans se livraient à des incursions dans ce qu'ils considéraient encore comme leurs territoires et exigeaient ensuite une rançon.

Les jeunes filles, si elles avaient été terrorisées, n'avaient pas subi de sévices. D'ailleurs, Suzanne ne cessait de chanter les louanges des cavaliers turcs, « de véritables centaures », estimait-elle. Ses parents avaient tenté de la faire taire, en vain.

Bien entendu, peu de temps après les remous provoqués par l'enlèvement, les bonnes langues se délièrent. On chuchota qu'Annette et Suzanne avaient dû apprécier leur séjour, on émit même des doutes quant à la réalité de leur rapt. N'étaient-elles pas complices des Ottomans ?

Dès lors, la suspicion s'installa chez les colons. Annette et Suzanne se retrouvèrent ostracisées, et on ne se priva pas de laisser entendre qu'elles ne trouveraient jamais de mari. Qui, en effet, serait assez stupide pour désirer épouser une fille dont la vertu était mise en doute ? Comme par hasard, le père Senneville, soutenu par ses admiratrices, fit sa réapparition parmi les Lorrains. Il semblait toujours aussi fanatique et, lorsqu'elle croisa son chemin à Saint-Michel, Loretta éprouva une fort désagréable sensation de crainte, mêlée d'irritation. Ce personnage possédait le don de l'exaspérer. Elle ne comprenait pas qu'il pût encore avoir des soutiens, mais avait renoncé à analyser le comportement de leurs compagnons. Senneville avait un charisme indéniable et, comme la plupart des colons ignoraient ce qu'il avait fait subir à Louise-Marie, il jouait sur du velours. N'était-il pas parvenu à leur faire croire qu'il avait décidé, sur un coup de tête, six ans auparavant, d'aller faire retraite dans un monastère hongrois ?

Elle s'ouvrit de ses craintes auprès de Frédéric, qui tenta de la rassurer.

— C'est Louise-Marie qui reste la plus à plaindre dans toute cette histoire mais, comme de bien entendu, elle refusera toute aide de notre part. J'espère simplement que Marcus et leur petite Anne-Hélène ne souffriront pas trop de la situation.

Elle n'insista pas. Son époux ne comprenait pas à quel point le prêtre la glaçait.

Et, surtout, elle était persuadée que ce dernier finirait par trouver le moyen de se venger d'elle.

Il avait tout son temps, et n'avait rien à perdre.

30

1965

— Que s'est-il exactement passé durant la guerre ? osa demander Esther.

Alexandra se détourna brusquement.

— Ne cherche pas à brûler les étapes, lui recommanda-t-elle. Laisse venir les choses, je ne suis pas encore prête, et Christopher encore moins.

Esther rougit.

— Je suis désolée. Ce n'est pas de la curiosité mal placée, simplement je cherche à comprendre.

— Il est encore trop tôt, appuya Alexandra.

Elle s'affairait dans son atelier. Protégée d'un grand tablier, elle remua le contenu d'un chaudron plein d'argile liquide avant de la faire couler lentement dans des moules alignés sur la table et bien calés.

— Cette étape est assez simple, expliqua-t-elle à sa cousine attentive. La plus compliquée, c'est la cuisson ! J'utilise le four que Célestine m'a donné.

— Là-dedans ? s'étonna Esther, désignant une construction verticale à l'aspect particulièrement rustique.

Alexandra sourit.

— J'installe d'abord mes santons « crus » secs. Une fois le four rempli, je le mure avec des briques superposées. Je crépis le tout avec de l'argile réfractaire. Et enfin je mets le feu par en bas, au ras des tomettes. Comme j'utilise du bois de pin, je hume à plaisir le parfum de résine qui se répand dans tout l'atelier... un pur bonheur ! J'alimente le foyer durant plusieurs heures avant d'éteindre le feu et d'aller me coucher. Le lendemain, je n'ai plus qu'à défourner.

Esther admirait la précision de ses gestes, tout en se disant qu'elle serait bien incapable de l'imiter.

— Mais toi, reprit sa cousine, raconte... tu as divorcé il y a longtemps ?

— Près de dix ans. Mon mari, Henry, avait peur de devenir « monsieur Leavers ». Il ne supportait plus mon piano, mes répétitions, mes tournées... Nous avons fini par comprendre qu'il valait mieux nous séparer plutôt que de nous détester. J'ai mis longtemps à me remettre : j'étais persuadée d'être la seule responsable.

— Vous êtes restés en bons termes ?

— On peut dire ça, oui. Même si Henry me

reproche encore d'avoir sacrifié notre couple à ma carrière.

— C'est important de choisir ses priorités.

Alexandra prononça ce commentaire d'une voix indéfinissable, comme si les confidences d'Esther avaient trouvé un écho en elle.

Celle-ci, pourtant, se garda bien de la questionner à nouveau.

Au-dehors, le ciel s'était obscurci. De gros nuages sombres s'amoncelaient au-dessus des bois.

Alexandra fronça les sourcils après être allée jusqu'à la fenêtre.

— Le vent du sud... signe de pluie. Il apporte souvent du sable. On ne l'aime guère par ici. Si tu regardes bien, les maisons sont bâties pour offrir des façades presque aveugles au nord, là d'où souffle le mistral, mais mal protégées contre le vent du sud, moins fréquent.

— Rien n'est laissé au hasard.

— A mon arrivée ici, je me suis intéressée aux techniques de construction. Mes compatriotes et moi avons manié la truelle, appris à faire du mortier et des murs de pierres sèches. Sous le cagnard estival, c'était parfois pénible mais nous nous étions engagés à redonner vie au village, pour avoir le droit de nous y installer.

— C'était une opportunité incroyable.

— Je ne l'aurais laissée passer pour rien au monde ! Pour moi, le Banat était une région à fuir, définitivement.

Son ton s'était durci. De nouveau, Esther pensa qu'Alexandra et Christopher dissimulaient d'importantes zones d'ombre. Cependant elle ne s'essaierait plus à forcer leurs confidences, elle se l'était promis.

Cette fois, ce fut la jeune réfugiée qui relança :

— Quand je suis arrivée ici, je ne me posais même pas de questions. Ce ne pourrait être pire qu'au Banat. En janvier 1945, quatre-vingt-dix villages banatais de Roumanie furent cernés par les soldats soviétiques. On visita les maisons, on embarqua les hommes âgés de dix-huit à quarante-cinq ans dans des wagons à bestiaux pour leur faire effectuer du travail forcé en URSS. A mon retour, comme beaucoup de ceux qui avaient survécu, je suis partie sur les routes, à pied, en direction de l'Autriche où l'on avait ouvert des camps d'hébergement.

« Un retour aux sources, en quelque sorte, puisque la colonisation du Banat avait été voulue par l'impératrice d'Autriche.

« Arrivée ici grâce aux efforts conjugués de Jean Lamesfeld et du maire, j'ai tout fait pour m'intégrer. Et j'ai travaillé, avec une sorte d'acharnement. Tu comprends, c'est comme si j'avais retrouvé une famille.

« Martine et son mari, agriculteurs, m'ont accueillie chaleureusement. Nous avons tout de suite sympathisé, et ça a fait boule de neige. Une belle histoire, n'est-ce pas ? Qui nous a permis de passer par-dessus les inévitables récriminations de ceux qui nous traitaient de Boches.

Son visage se crispa.

— Il fallait bien ça, ajouta-t-elle.

Esther se sentit mal à l'aise. Comme si elle avait surpris un secret interdit.

— Eh bien, Esther ? Quand reviens-tu au pays ?

Nathan devait trouver le temps long pour prendre la peine de l'appeler. Elle sourit comme s'il avait pu la voir.

— Je ne sais pas encore, mon cher frère. Je me plais bien dans le Vaucluse. Je renoue avec notre famille.

— Qu'ont-ils de commun avec toi ?

— Nos origines, bien sûr.

A l'autre bout du fil, Nathan émit une sorte de ricanement.

— Ils sont à moitié juifs comme nous ?

— Mais non, voyons ! Tu sais bien que les Mayer étaient catholiques. C'est pour cette raison que l'impératrice Marie-Thérèse s'était montrée aussi généreuse avec nos ancêtres lorrains : pour contrer l'influence des luthériens.

— Tu as révisé l'histoire de la famille ?

— J'ai du temps pour moi, c'est plutôt rare.

— A propos de temps libre… ton agent m'a appelé. Il se désole de ne pouvoir réussir à te contacter. Il a un super contrat à te proposer.

— Je savoure mes vacances. Dis-lui que je ne suis pas joignable. Je l'appellerai à mon retour en Grande-Bretagne.

— Il paraissait irrité.

— Tant pis ! J'ai besoin de repos.

Elle n'avait pas envie de se justifier, ou de s'expliquer. De toute manière, Nathan n'aurait pas compris. Lorsqu'il s'en donnait la peine, il pouvait se montrer particulièrement imperméable au fameux esprit de famille. Pour un médecin, il était singulièrement dénué d'empathie. A moins qu'il ne soit différent avec ses patients ? C'était à souhaiter.

— Les photos te convenaient ? reprit-il.

— Oui, merci. Tu n'as pas retrouvé l'album de maman ? Tu sais, celui en cuir vert.

— Il t'intéresse ? Je ne savais pas. Je vais te l'envoyer par avion. June s'en chargera.

June, sa secrétaire, était une personne dévouée. Esther se demandait parfois comment elle parvenait à supporter le caractère cyclothymique de son frère.

— Cela me ferait plaisir, merci.

Il mit fin rapidement à la conversation. Il était débordé, comme d'habitude.

Songeuse, elle reposa le combiné sur sa fourche et se dirigea vers le petit salon. Elle avait envie – non, rectifia-t-elle mentalement –, elle avait besoin de jouer. Quelque chose de mélancolique, correspondant soudain à son état d'esprit. Il en allait souvent ainsi avec Nathan. Elle avait le sentiment que leurs relations manqueraient toujours de quelque chose. Un supplément d'âme.

Elle s'assit au piano, procéda à quelques exercices d'assouplissement. Elle attaqua ensuite les premières notes de la *Lamentation de Didon* de Purcell et se laissa emporter par la musique déchirante.

Lorsqu'elle plaqua le dernier accord, elle demeura quelques instants tête baissée, perdue dans ses pensées.

Elle songeait à Elena, sa mère, à ses cousins, et souffrait pour eux de ce qu'elle ignorait encore.

Et eux ? La considéraient-ils comme faisant vraiment partie de leur famille ? Ou bien comme une étrangère trop gâtée ?

Hors de son univers habituel, elle se posait nombre de questions.

De toute façon, se dit-elle, Nathan avait raison, elle ne pourrait pas demeurer éternellement dans le Vaucluse et devrait regagner la Grande-Bretagne. Mais elle n'avait pas envie d'y songer pour le moment.

— Vous permettez ?

Elle reconnut l'homme qui l'avait applaudie plusieurs jours auparavant. Debout sur le seuil du petit salon, il l'observait avec intérêt.

— Vous avez tant de talent… déclara-t-il. Cette *Lamentation de Didon* était une pure merveille.

Elle s'étonna.

— Vous aimez Purcell ?

— Beaucoup. Avec une préférence pour l'air du *Génie du froid.*

S'étant levée, elle opina du chef.

— La musique baroque a beaucoup de charme. J'aime m'essayer à des compositeurs éclectiques, pour éviter la facilité.

Il enchaîna :

— Je me présente, Jérémie Pastor.

— Esther Leavers. Etes-vous musicien ?

— Amateur seulement. J'ai renoncé depuis longtemps à pratiquer le piano de crainte de ne pas supporter ma médiocrité. Non, je suis écrivain, en villégiature à Fontaine.

— Mon père était écrivain lui aussi.

— Mais bien sûr ! Il s'agissait de Simon Leavers, n'est-ce pas ?

— En effet.

Le silence les enveloppa. Ce n'était pas un silence hostile, bien au contraire. Plutôt complice.

— Vous m'avez procuré un infini plaisir, reprit-il. J'espère que vous jouerez encore souvent.

Elle sourit, presque timidement.

— Je ne sais pas. Le désir de jouer est instinctif.

Il s'inclina légèrement.

— J'attendrai.

Elle le suivit des yeux tandis qu'il se dirigeait vers le jardin. C'était étrange, elle avait le sentiment de le connaître déjà.

31

1774

La journée d'août avait été particulièrement chaude si bien qu'à la tombée de la nuit, Loretta, laissant les enfants à la garde de Maria, descendit au bord du fleuve pour se rafraîchir. Frédéric n'était pas encore rentré du marché. Il avait dû rencontrer quelques connaissances et refaisait le monde en leur compagnie. Loretta ne s'impatientait pas trop. Elle savait son époux sobre et sérieux. Seule la politique le distrayait assez pour le retenir en ville. Elle ôta ses vêtements, ne gardant que son caraco et son jupon, et se laissa couler dans l'eau délicieusement tiède. Son père lui avait appris à nager, longtemps auparavant, alors qu'elle n'avait pas dix ans.

Tobias partait du principe que Loretta devait être élevée comme un garçon, et cela lui plaisait. Elle effectua des brasses impeccables, appréciant la sensation de l'eau sur sa peau nue. Elle avait choisi à dessein un endroit abrité des regards par des roseaux et les branches pendantes d'un saule vénérable. Elle n'avait pas envie de causer un nouveau scandale auprès des membres bien-pensants de leur communauté. Même si on faisait souvent appel à ses connaissances de guérisseuse, on ne se privait pas de la critiquer.

Loretta était trop jolie, trop fière, trop libre... la liste de ce qu'on lui reprochait était longue.

Elle plongea, remonta à la surface au bout de quelques instants. Elle aimait l'eau, qui apaisait ses tourments. Elle aurait dû être heureuse, pourtant, avec Frédéric et leurs deux enfants. Cependant, ses ennemis ne désarmaient pas. Les admiratrices du père Senneville colportaient sur elle les pires horreurs. Frédéric avait bien tenté de les faire taire, en vain. Il n'y avait rien de précis, seulement des insinuations, des rumeurs, des chuchotements sur son passage, des regards qui se détournaient. Un jour, se disait Loretta, ces femmes obtiendraient son bannissement.

Frédéric n'accepterait jamais de partir. La Salamandre était sa maison, comme l'aboutissement de son rêve. Elle était condamnée à demeurer ici parce qu'elle l'aimait.

Elle s'éloigna du rivage. De l'endroit où elle se trouvait, elle ne distinguait plus un seul feu. Elle s'était attachée à ce pays, comme à leur domaine. Elle n'avait jamais regretté Ulm ni même Franz. Cela lui semblait si loin...

Impatiente soudain de retrouver son époux, elle regagna le rivage à longues brasses coulées.

Elle remonta sur la berge, passa ses vêtements et tordit ses cheveux. Une branche craqua dans un fourré. S'agissait-il d'un animal ? Ou bien d'un être humain ? Elle resta interdite quelques instants avant de courir vers La Salamandre. Son instinct lui soufflait de s'éloigner rapidement de la berge. Elle était en danger.

Elle pénétra dans la cour, haletante, s'appuya contre le portail. Le cheval de Frédéric hennit.

— Enfin, vous voilà rentrée ! s'écria-t-il, marchant vers elle.

Il la serra contre lui.

— Vous êtes mouillée.

— Je suis allée nager dans le fleuve.

Elle ne lui dit pas avoir entendu du bruit, il lui aurait interdit de retourner se baigner seule, ce qu'elle aurait mal supporté. Elle tenait plus à sa liberté qu'à sa sécurité.

— Venez vite vous sécher, ma mie.

— Tout s'est bien passé ?

— Bien sûr.

Il partit d'un rire conquérant.

— Notre bétail est apprécié, et reconnu. Nous n'aurions jamais connu cette réussite si nous étions restés en Lorraine.

— Nous ne nous serions même pas rencontrés.

— Quel dommage !

La tenant enlacée, il l'entraîna vers l'intérieur de la maison. Maria et les enfants dormaient.

Frédéric attira Loretta dans le cabinet attenant à leur chambre et entreprit de lui ôter ses vêtements. Il la sécha ensuite, avec une délicieuse lenteur, agaçant les pointes de ses seins, de la main et des lèvres, s'attardant sur ses cuisses. Elle brûlait de désir lorsqu'il la porta jusqu'à leur lit où il lui fit l'amour. Pesant sur elle, il plongea dans ses yeux.

— Vous êtes mienne, Loretta. Pour la vie.

Mutine, elle se moqua.

— Vous ne regrettez donc pas de m'avoir épousée ?

Il resserra son étreinte.

— Regretter ? Comment le pourrais-je ?

La lune éclairait le corps nu de la jeune femme. Il l'embrassa, encore et encore, jusqu'à ce qu'elle l'attire à nouveau contre elle.

Ils s'unirent tandis qu'au-dehors, un oiseau de nuit hululait.

— Ce n'est rien, fit-il alors qu'elle frissonnait.

Cependant, elle ne pouvait s'empêcher de redouter ce qui se tramait dans l'ombre.

Le prêtre disparut comme il était venu, et Loretta en éprouva un intense soulagement. Elle envoya Frédéric se renseigner. Il lui confirma que le père Senneville avait quitté le village sans prévenir quiconque, et ce au grand dam de ses fidèles. Le père

Stolz ne dissimula pas sa satisfaction : il avait souffert de la défection d'une partie de ses ouailles.

Loretta reprit goût à la vie, et elle constata qu'il en allait de même pour Louise-Marie. La jeune femme, en effet, se rapprocha d'eux comme si de rien n'était, entraînant Marcus avec elle.

— Ils ont besoin d'argent, commenta Frédéric, lucide.

C'était vrai. Marcus fit appel à son frère pour régler ses dettes. Deux autres de ses chevaux avaient disparu. Il était convaincu qu'il s'agissait d'actes de malveillance, et Frédéric pensait que le prêtre était le coupable. Etait-ce pour cette raison qu'il avait quitté brutalement Saint-Michel ? C'était fort possible.

Maria évoqua la parabole du fils prodigue. Marcus, Louise-Marie et leur petite Anne-Hélène furent accueillis comme si de rien n'était, même si Loretta s'interrogeait à propos de leur sincérité. Elle ne voulait surtout pas gâcher le plaisir de Frédéric. De plus, elle avait toujours éprouvé de l'affection pour Marcus.

Celui-ci admira les meubles confectionnés par son aîné.

— Tu as une belle demeure, mon frère. On s'y sent bien.

— Revenez quand vous le désirerez.

Loretta aurait pu se sentir heureuse. Pourtant, elle redoutait toujours quelque catastrophe.

Comme si elle n'avait pas eu droit au bonheur.

A quatre ans, Michael était un garçonnet sérieux et rieur. Il aimait l'école, s'amusait à empiler les livres de la bibliothèque familiale et se montrait un grand frère attentionné vis-à-vis de la petite Anna. Leur père leur avait un jour rapporté d'une foire un chiot aux yeux malins.

« Seigneur ! s'était récriée Loretta. Je suis sûre qu'il est plein de puces. »

Michael l'avait baptisé Loumi sans bien savoir pourquoi. Arrivé en piteux état à La Salamandre, Loumi avait vite forci et était devenu un chien imposant, à l'épaisse fourrure noire et blanche. Il suivait les enfants partout. Anna se cramponnait à son encolure pour marcher plus aisément et, lorsqu'elle était trop fatiguée, Michael la juchait sur le grand chien.

« Les trois inséparables », riait leur arrière-grand-mère.

Même si elle était moins vive, Maria avait encore bon pied bon œil. Seule son audition était défaillante, si bien qu'il était parfois difficile de communiquer avec elle. Elle cousait ou tricotait sous la galerie l'été, au coin du feu l'hiver, et appréciait la vie qu'ils menaient au Banat. Elle n'en oubliait pas pour autant toutes les années passées à Saint-Michel – « le vrai, affirmait-elle fièrement, en Lorraine » – et évoquait de plus en plus souvent son époux et son fils. Loretta surveillait l'état de ses jambes, qui avaient tendance à gonfler l'été, et lui préparait des tisanes à base d'hamamélis. Maria les buvait docilement tout en plaisantant : « Quelle chance d'avoir une guérisseuse pour bru ! »

Oui, la vie était agréable à La Salamandre et les retrouvailles entre les deux frères avaient ravi Loretta.

A vingt-sept ans, elle avait le sentiment de vivre une sorte d'apogée. Bientôt, elle aborderait la pente déclinante, ses cheveux commenceraient à grisonner, sa peau à flétrir. Peut-être que Frédéric la trouverait vieille. Quelle horrible perspective !

Heureusement, elle se concoctait des lotions et des crèmes à base de calendula et d'huile de bourrache, elle se baignait dans le fleuve ou bien, l'hiver, dans le cuveau prévu à cet effet, doublé d'une toile. Michael et Anna suivaient les mêmes règles. Frédéric, lui, nageait dans le fleuve et procédait à ses ablutions, hiver comme été, dans la cour, à grand renfort de seaux d'eau froide.

Une délicieuse langueur s'empara d'elle à l'évocation de son époux, torse nu. Elle l'aimait.

La vie pouvait être douce, à La Salamandre.

32

1778

Parfois, lorsque le vent du sud soufflait, Loretta, en proie à d'atroces migraines, était obligée de s'allonger dans l'obscurité afin de tenter d'atténuer la douleur intolérable. Manque de chance ce jour-là, Saint-Michel célébrait les noces de Jérôme Mosse et de sa belle, Béatrice.

Loretta avait aidé son amie Elisabeth à cuisiner tourtes à la viande, pot-au-feu, jambonneaux, pâtés et tartes pour le repas, préparé les toilettes de fête des enfants, et celles des adultes. Elle s'était confectionné une jupe en velours noir, un caraco rouge, ainsi qu'un corselet lacé noir, et avait réalisé le même ensemble pour Anna. La petite fille, ravie, attendait avec impatience de participer à la fête.

Cependant, dès le matin, Loretta comprit qu'elle ne parviendrait pas à accompagner les siens. La douleur torturait sa tempe droite, descendait le long de sa mâchoire jusqu'au cou, et elle souffrait de nausées incoercibles.

Devant son teint blafard, Frédéric s'inquiéta.

— Que se passe-t-il, ma mie ?

Il n'osait pas le demander mais imaginait que ses malaises avaient un rapport avec le bébé à naître. Loretta, en effet, était enceinte de quatre bons mois.

Elle secoua la tête, ce qui lui arracha une grimace de souffrance.

— Ce n'est pas le bébé, non, mes nausées étaient terminées depuis trois semaines. Je suis désolée mais je ne pourrai venir. Je vais retourner m'allonger.

— Je puis rester.

— Et gâcher la fête des enfants, de grand-mère ? De plus, vous êtes le témoin de Jérôme. Non, je resterai ici en compagnie de Loumi. Ne vous souciez pas de moi.

Elle se prépara une tisane de camomille, habilla les enfants, consola Anna qui ne voulait pas la quitter, et se traîna jusqu'à son lit dès que sa famille se fut éloignée en direction de l'église. Elle était désolée de ne pouvoir les accompagner mais souffrait vraiment trop. Elle ferma les yeux, la main posée sur son ventre. Si elle ne bougeait pas un cil, la douleur s'atténuait. Un peu.

La fête battait son plein devant la maison des Mosse. Les habitants des trois hameaux étaient venus féliciter les futurs époux et faire honneur aux victuailles. Elisabeth, affairée, donnait l'impression d'être partout à la fois. Un agneau de lait et un porcelet rôtissaient à la broche, diffusant un délicieux fumet qui vous mettait l'eau à la bouche.

La mariée, une jolie blonde aux yeux clairs, avait belle allure dans sa robe de velours noire, agrémentée de dentelle au col et aux poignets. Le marié irradiait de bonheur.

Une nouvelle fois, Frédéric regretta que Loretta n'ait pas pu venir. Il s'inquiétait à son sujet ces derniers temps, la trouvait lasse, moins dynamique que d'habitude. Cette troisième grossesse devait la fatiguer, se dit-il pour se rassurer.

Sa grand-mère, assise sur un banc, lui adressa un signe de la main. Il alla la rejoindre.

— Pas trop fatiguée par le bruit, grand-mère ?

— Pas le moins du monde, mon garçon ! Au moins, il y a de la vie !

Il songea qu'elle n'aurait pas manifesté cet appétit de vivre si elle était restée en Lorraine. Là-bas, ses souvenirs pesaient sur elle. Au Banat, elle était plus libre.

Marcus, qui venait lui aussi prendre des nouvelles de son aïeule, fronça les sourcils.

— Mais… n'est-ce pas de la fumée qui s'élève au-dessus du bosquet de bouleaux ?

C'était en direction de La Salamandre. Les deux frères échangèrent un regard atterré. Frédéric réagit en premier. Il s'élança vers sa maison, suivi de peu par Marcus. Plus il courait, plus il remarquait l'épaisse fumée noire enveloppant La Salamandre. Dans sa tête, les pensées se bousculaient. Comment le feu avait-il pris ? Que s'était-il passé ? Mais, plus encore, l'angoisse le tenaillait au sujet de Loretta. Dormait-elle quand l'incendie s'était déclaré ? Avait-elle pu s'échapper ? Il avait peur, comme il n'avait jamais eu peur.

Parvenu dans la cour, son angoisse s'exacerba en découvrant la maison en proie aux flammes. Il traversa la galerie et se précipita à l'intérieur. L'odeur le suffoqua. Il hurla « Loretta ! », et fonça dans leur chambre.

Il réprima un gémissement en découvrant la jeune femme ligotée sur leur lit. Ses yeux écarquillés reflétaient une terreur nue.

— Sauve-toi ! cria-t-elle. Ne te soucie pas de moi.

Plus tard, il se rappellerait qu'elle l'avait tutoyé pour la première fois.

Il s'élança vers elle, la saisit dans ses bras. Les flammes le brûlèrent aux mains, il courut vers la galerie. Dans un crépitement et un ronflement sinistres, unc poutre s'effondra sur eux. Il l'évita de justesse, courut mettre Loretta à l'abri près du puits à bascule. Déjà, Marcus et leurs amis organisaient une chaîne pour tenter d'éteindre le brasier.

Elisabeth se précipita auprès de Loretta. Hagarde, la jeune femme avait d'importantes brûlures sur les bras et les jambes.

— Seigneur ! compatit la Lorraine en découvrant

les liens qui avaient pénétré dans les chairs tant la jeune femme avait tenté de se débattre.

— Qui a pu vous infliger pareil supplice ? s'indigna-t-elle. Ma pauvre amie...

Autour d'elles, des flammèches tombaient. L'atmosphère devenait irrespirable.

— Il faut du gras, souffla Loretta. Il va y avoir d'autres blessés, le vent attise le feu. Si vous le pouvez, prévoyez de la charpie, et des onguents. Oh !

Elle gémit, porta les mains à son ventre. Elle sentit le sang s'écouler d'elle et mordit ses lèvres pour retenir son cri. Maudit prêtre ! pensa-t-elle. Elle savait qu'elle était en train de perdre son enfant.

— Venez chez nous, proposa Marcus à son aîné face à l'ampleur des dégâts.

Les deux frères, éreintés, avaient mené un combat épuisant contre l'incendie. Les hommes de la noce s'étaient joints à eux. Désormais, il restait de La Salamandre des murs noircis, un toit à demi effondré, des tas de cendres. Un vestige sinistre de ce qui avait été leur maison.

Frédéric avait dissimulé une pancarte sur laquelle une main vengeresse avait écrit : « La religion juive est l'implacable ennemie de Jésus-Christ ».

Il avait son idée quant au responsable, tout comme il pensait connaître le secret de Loretta depuis le jour où elle était venue en aide au vieux Juif, dans le bourg hongrois. Durant toutes ces années, il aurait aimé qu'elle se confie à lui mais avait respecté son silence.

Il passa la main dans ses cheveux.

— Venir chez vous ? Oui, je veux bien. De toute manière, tout est à recommencer, n'est-ce pas ? Et Loretta… je n'ai même pas eu le temps de retourner la voir.

— Elisabeth est restée à ses côtés. Louise-Marie est retournée chez nous préparer des lits.

— Merci.

La voix de Frédéric était enrouée.

Le prêtre avait exercé sa vengeance. Dieu merci, il était arrivé à temps pour sauver son épouse. Mais il s'interrogeait avec angoisse. Comment allait-elle surmonter cette nouvelle épreuve ?

33

1778

Assise sous la galerie, Loretta s'efforça de se convaincre qu'elle devait oublier. On le lui répétait à l'envi : « Vous avez eu beaucoup de chance. » De la chance, vraiment, d'avoir perdu son bébé, d'avoir vu le travail de onze années anéanti en l'espace d'une nuit ?

La communauté lorraine s'était unie aux côtés des Mayer. Les hommes avaient aidé les deux frères à remettre en état La Salamandre. Sa maison était enfin redevenue habitable après plusieurs mois de cohabitation chez Marcus et Louise-Marie. Les frères comme les belles-sœurs avaient mis de côté leurs différends et les enfants appris à mieux se connaître. Malgré tout, Loretta ne parvenait pas à oublier.

Les premiers jours, la douleur provoquée par ses brûlures comme le chagrin d'avoir perdu son bébé ne lui avaient pas laissé de répit. Elle, toujours si active, s'était laissé soigner par Elisabeth et Louise-Marie qui se relayaient à son chevet, sans rien laisser voir de ses états d'âme. Elle attendait d'être seule pour pleurer, en se sentant misérable.

Frédéric avait respecté son silence. Lui, qui avait aussi été brûlé en la sauvant, ne se plaignait pas mais s'inquiétait sans cesse pour elle. Elle l'avait vu accuser le choc quand Elisabeth lui avait dit, pour le bébé. Elle-même n'en aurait pas eu le courage.

Il lui avait caressé la joue, avec un amour et une tendresse infinis. « Nous nous en sortirons, ma mie. Tous les deux. »

Bien qu'il ne lui ait pas posé de questions elle savait qu'elle devait lui raconter ce qui s'était passé. Le prêtre surgi dans sa maison en brandissant un crucifix, la lueur démoniaque dans ses yeux, son exaltation… Il l'avait assommée et, lorsqu'elle avait repris conscience, elle avait constaté qu'elle était pieds et mains liés sur son lit. Loumi, qui avait dû tenter de la défendre, gisait sur le sol, un poignard planté dans le flanc. Loretta avait hurlé en sentant l'odeur de bois brûlé, en voyant les flammes la cerner. Elle était seule, vouée à une mort certaine par un prêtre fou.

Il avait posé la pancarte « La religion juive est l'implacable ennemie de Jésus-Christ » bien en évidence sur la commode. Elle en avait éprouvé une nausée. Elle se doutait, naturellement, qu'il avait deviné son secret depuis longtemps. Ne lui avait-il pas dit, lorsqu'il était revenu d'entre les morts : « Je ne suis pas revenu pour vous. Pas cette fois, en tout cas » ?

Elle s'était trahie dans le village hongrois, mais, en conscience, ce jour-là, elle ne pouvait pas passer son chemin en détournant les yeux. Pourquoi n'en avait-elle jamais parlé à Frédéric ? Par peur, assurément. On n'oubliait jamais la peur, quand on était la fille unique d'un médecin juif. Son père avait connu les persécutions dans son enfance. Il avait perdu ses parents ainsi que sa jeune sœur et n'avait jamais oublié la folie meurtrière de la populace qui faisait retomber sur le peuple de Moïse la responsabilité de toutes les catastrophes.

Lorsque maître Tobias avait été poignardé, au sortir d'une visite chez une vieille patiente, Loretta avait pensé mourir de chagrin. Il lui avait bien fallu relever la tête, pourtant, elle n'avait pas eu le choix. Elle avait mis en vente leur maison de Munich, tout laissé en place, n'emportant que quelques souvenirs, dont la besace de son père et ses livres. Elle avait pensé commencer une nouvelle vie à Ulm, au lieu de quoi elle s'y était installée dans un climat de chasse aux sorcières qui l'avait mise horriblement mal à l'aise. Son statut de guérisseuse avait vite attiré l'attention des autorités ecclésiastiques, comme son amitié avec Wilhelmina. Prudemment, Loretta s'était abstenue de tout contact avec la communauté juive de la ville, d'ailleurs plus que réduite après des siècles de persécutions. Cependant, celui qui l'avait trahie était l'homme qu'elle avait aimé. Franz Rutlinger, fils de bourgeois aisés, l'avait séduite au terme de plusieurs semaines d'une cour pressante. Elle avait pensé que le monde s'effondrait lorsqu'il lui avait annoncé son mariage avec l'héritière d'une famille d'imprimeurs. Elle s'était laissée aller à protester, à le supplier, ce qu'elle regrettait encore. Il avait alors menacé de la dénoncer comme sorcière car elle recevait des pratiques dans son logement du Fischerviertel, le quartier des Pêcheurs. Elle s'entendait encore rire avec insouciance. Il n'irait tout de même pas jusque-là ! Ne l'avait-il pas aimée ?

Elle n'oublierait jamais son ricanement. L'aimer ? Quelle sottise ! Il avait simplement voulu la mettre dans son lit car elle était belle et excitante.

Le cœur en miettes, elle s'était juré de ne plus aimer un seul homme. Ensuite, tout s'était enchaîné très vite. La patiente qui lui avait réclamé de la poudre de succession, son refus horrifié, sa dénonciation…

Elle ferma les yeux. Comment aurait-elle pu se confier à Frédéric ? Le jour où elle l'avait épousé, elle avait pris la résolution de ne plus songer au passé. Bien sûr, c'était impossible.

Une silhouette surgit devant elle. Maria. Qui lui avait confectionné ses entremets favoris, avait passé des heures entières à son chevet, à lui raconter son enfance, là-bas, en Lorraine, et à lui assurer qu'ils l'aimaient.

La vieille dame se pencha vers elle, lui caressa la joue.

Aussitôt, les yeux de Loretta s'emplirent de larmes.

— Ne pleure pas, ma belle. Tu verras... les jours heureux reviendront. J'ai près de moi un jeune homme et une jeune fille qui te cherchent.

— Amenez-les-moi, voulez-vous ?

Michael et Anna se blottirent contre elle. Elle prit Anna sur ses genoux, caressa les cheveux de Michael. Ses gestes étaient encore empruntés, comme si elle avait craint de leur faire du mal. C'était bien là le problème, se dit-elle : elle avait tellement peur de les effrayer avec son regard triste et ses mains marquées de cicatrices qu'elle avait tendance à les fuir. N'était-ce pas stupide ? lui répétait Frédéric. Elle n'était en rien responsable, tout était de la faute de cet homme abominable.

Cette nuit-là, blottie contre son époux, elle trouva la force de tout lui raconter. C'était plus facile, dans l'obscurité.

Il l'écouta attentivement, la main posée sur son flanc, comme pour lui signifier : « N'aie crainte, je suis là », et elle sut qu'elle pouvait lui faire confiance. Enfin.

Lorsqu'il prit la parole, ce fut pour lui assurer qu'il n'avait jamais douté d'elle et qu'elle n'avait plus à avoir peur. Le prêtre devait avoir fui, loin, après avoir perpétré son forfait.

Elle secoua la tête.

— Il peut revenir. Il l'a déjà fait. Cet homme me poursuivra toute sa vie de sa haine.

— Tu n'es pas seule. Je te défendrai, toujours.

Elle hocha la tête, sans être vraiment rassurée.

Elle n'oublierait jamais ces minutes interminables durant lesquelles elle avait pensé mourir brûlée vive, pieds et poings liés. Durant sa convalescence, Louise-Marie et elle avaient réussi à parler en toute franchise, et la jeune femme lui avait avoué être encore victime de cauchemars dans lesquels le prêtre tenait le premier rôle.

« Il m'a détruite, gémissait-elle, mais je dois tenir bon. Pour Marcus, et pour notre fille. »

— Je ne suis pas certaine de pouvoir avoir un autre enfant, murmura Loretta.

La souffrance était toujours là, comme une vieille compagne. Son ventre lui paraissait affreusement vide, après sa fausse couche. Elle se sentait inutile. Et coupable. Parce qu'elle n'avait pu échapper au prêtre.

Frédéric caressa ses seins, ses hanches, son ventre avec des gestes d'une grande douceur. Lentement, sous ses doigts, elle reprit conscience de son corps. Il ne parlait pas, gardait un silence troublant. Lorsque enfin il ouvrit la bouche, ce fut pour lui dire :

— Je t'aime, toi, ma femme merveilleuse. Tu m'as déjà donné deux beaux enfants et je ne désire rien d'autre que te prouver mon amour, jour après jour, tant que nous vivrons.

Bouleversée, elle l'attira vers elle. Leurs lèvres

s'unirent en un baiser infiniment tendre et aussi chargé de désir. Elle gémit sourdement sous ses caresses. L'acte d'amour qui les réunit était plus fort que tout ce qu'ils avaient connu jusqu'alors.

Parce qu'ils étaient sûrs de leur amour, et qu'ils n'avaient plus de secrets l'un pour l'autre.

34

1965

— Madame Leavers ! Vous avez un appel international.

Le directeur de l'hôtel paraissait impressionné. Esther sourit. Ce ne pouvait être que Nathan. Il était le seul à avoir le numéro de l'hôtel. Elle se dirigea vers le poste téléphonique situé à côté du hall de réception. La discrétion n'était pas optimale mais, après tout, elle n'avait rien à cacher.

Elle fut surprise de reconnaître la voix de James Clavell, son agent.

— Esther, enfin ! Heureusement que Nathan m'a communiqué tes coordonnées, je commençais à désespérer !

— Il a enfreint ma consigne, répondit froidement Esther.

Elle ajouta :

— Je suis en vacances. Nathan ne te l'a pas dit ?

— J'aurais préféré que tu me préviennes toi-même. Ça a été... disons... plutôt inattendu.

Elle percevait le reproche dans sa voix mais, pour une fois, ne se sentait pas coupable.

— Ce fut assez soudain, admit-elle, et je ne sais pas combien de temps je vais rester en France. Il s'agit d'une affaire de famille.

Elle sentit que son interlocuteur accusait le choc.

— Tu en es sûre ? J'ai des offres exceptionnelles pour toi. Notamment un récital au Carnegie Hall.

— Ça peut attendre, non ? De toute manière, je n'accepterai aucune proposition tant que je résiderai en France. N'aie crainte, je te préviendrai dès mon retour.

Elle mit fin à la conversation sur un « A bientôt » qui ne l'engageait pas à grand-chose.

Après avoir raccroché, fidèle à elle-même, elle se reprocha d'avoir peut-être été un peu trop catégorique. Avait-elle les moyens de refuser toute proposition ? Comme bon nombre d'artistes, Esther se préoccupait peu des aspects matériels de son métier. James gérait tout à sa place et elle lui faisait confiance. Cependant, il avait une fâcheuse propension à remplir son agenda.

« Tu oublies que je deviens une vieille dame ! » lui avait-elle lancé, à la fin de sa dernière tournée.

Il avait souri.

« Vieille, toi ? Quelle idée stupide ! »

James était charmant, un brin séducteur. Parfois,

Esther se disait qu'il ferait peut-être un compagnon valable. Elle se reprenait aussitôt.

James était trop. Trop charmant, précisément, pas assez fiable sentimentalement parlant, trop enclin à papillonner d'une femme à l'autre. D'ailleurs, il ne lui avait jamais proposé la moindre aventure.

Elle secoua la tête en regagnant le petit salon.

Espèce de folle ! se dit-elle, fâchée contre elle-même.

Elle s'assit au piano. C'était devenu une sorte de rituel familier, en fin de journée, quand l'obscurité gagnait un peu trop vite à son goût les rives de la Sorgue.

Elle réfléchit durant quelques instants avant d'égrener les premières notes des *Danses polovtsiennes* du *Prince Igor* de Borodine.

C'était tout à fait ce dont elle avait besoin : une musique empreinte de délicatesse et de mélancolie chère à son âme slave.

Elle entendait encore sa mère s'écrier en riant : « Chez nous, au Banat, nous sommes un peu excentriques, comme les Anglais. Mais notre grain de folie provient de notre côté slave. » Elle y tenait.

Esther gardait de sa mère de précieux souvenirs. Elena, radieuse, assistant au concert de sa fille et applaudissant à tout rompre, debout. Elena croquant la vie à belles dents pour, l'instant d'après, tamponner ses yeux en recommandant aux siens : « Ne faites pas attention, mes chéris. Juste un peu de bleu à l'âme. »

Ses parents, si différents, formaient un couple uni. Esther se rappelait avoir longtemps rêvé de vivre un grand amour comme le leur. Puis, elle avait rencontré Henry et elle s'était jetée tête baissée dans le mariage sans prendre conscience du fossé qui les séparait.

Elle soupira. Elle n'avait pas envie de ruminer le passé. Pas ce soir. Elle avait noté que le cinéma de L'Isle-sur-la-Sorgue présentait *L'Homme de Rio* de Philippe de Broca.

Elle se contenta d'un poisson grillé et d'une salade de fruits au restaurant de l'hôtel avant de prendre la route. Moins de dix kilomètres séparaient Fontaine-de-Vaucluse de L'Isle, elle ne manquerait pas le début du film.

Elle trouva facilement la salle de cinéma, se gara à proximité et acheta un billet.

— Les actualités vont commencer, lui annonça la guichetière.

Durant plus d'une heure et demie, Esther suivit avec intérêt les aventures des jeunes Adrien et Agnès, interprétés par Jean-Paul Belmondo et Françoise Dorléac.

Elle sortit du cinéma le sourire aux lèvres et rentra à son hôtel. La nuit était claire, Esther était de bonne humeur.

Elle ne put dissimuler sa surprise en découvrant Christopher assis dans le hall de réception.

— Bonsoir, lui dit-elle. J'espère que tu n'attends pas depuis trop longtemps. Je reviens du cinéma.

Il lui adressa ce sourire empreint de tristesse qui l'émouvait toujours.

— J'ai un caractère patient, lui dit-il. J'ai attendu longtemps. Très longtemps.

Son regard refléta une fois encore cette tristesse indicible qui avait frappé Esther le jour de leur première rencontre. Spontanément, elle s'avança vers son cousin et lui donna l'accolade.

— Tu désirais me parler ?

Il sourit.

— J'avais envie de te donner un recueil de textes. J'aimerais avoir ton avis.

Il lui tendit un petit ouvrage dont les feuillets étaient tapés à la machine et reliés par un cordonnet en laine bleue.

Esther comprit tout de suite qu'il s'agissait d'un présent important et le reçut comme tel.

Elle le remercia avec chaleur avant de s'enquérir :

— Qui en est l'auteur ?

Christopher esquissa un sourire amusé.

— Nous en reparlerons quand tu l'auras lu. J'aimerais avoir ton avis. Vraiment.

Elle opina du chef.

— Comment va Alexandra ?

— Bien. Investie dans ses santons jusqu'au cou. C'est devenu une passion pour elle.

— C'est important.

Ils se regardèrent, conscients du fait qu'ils se connaissaient si peu, si mal.

— Pas facile, n'est-ce pas, de reprendre le fil

alors que nous ignorions tout l'un de l'autre il y a encore quelques semaines, commenta Christopher.

De nouveau, elle hocha la tête.

— Nous y arriverons. Sommes-nous vraiment les seuls descendants des Mayer de Saint-Michel, toi, Alexandra, Nathan et moi ? Votre frère, Werner, n'avait pas d'enfants ?

Une ombre voila le regard de Christopher.

— Même s'il en a eu, je ne désire pas chercher à le savoir. Werner... comment dire ? Il a commis des actes impardonnables. Il n'existe plus pour nous.

Insister aurait été indélicat.

Après un silence, Esther proposa :

— Veux-tu boire quelque chose ? Le bar de l'hôtel est ouvert. Je prendrais bien un gin tonic.

Un vrai sourire éclaira son visage.

Il est beau, pensa Esther, dans le genre tourmenté. Un héros romantique.

— Pour moi, ce sera une vodka. Le seul bon souvenir que j'ai gardé des Russkoffs.

Il était trop tôt pour l'interroger à ce sujet. Ou bien déjà trop tard ?

Bras dessus, bras dessous, ils se dirigèrent vers le bar, commandèrent leurs boissons et s'installèrent dans les confortables fauteuils club. Les baies vitrées donnaient sur le château des évêques de Cavaillon, illuminé.

L'atmosphère était sereine.

— A nous quatre, fit Esther en trinquant avec son cousin. En espérant que vous ferez bientôt la connaissance de mon frère Nathan.

Il sourit.

— Aux Mayer. Du Banat et d'ailleurs.

35

1797

Frédéric contempla avec fierté les champs de blé moutonnant sous le vent du sud. En trente ans, il avait réalisé son rêve, transformer une terre ingrate en grenier à blé. Malgré l'incendie survenu une vingtaine d'années auparavant, La Salamandre s'était relevée. Son frère et lui avaient uni leurs efforts. Leur réconciliation avait été positive pour Marcus qui, grâce aux capitaux de Frédéric, avait pu acquérir trois juments. Son élevage de chevaux s'était rapidement développé, sans dommages cette fois. Ils avaient cependant continué à habiter des demeures séparées. C'était préférable, Louise-Marie et Loretta ayant toutes deux des caractères trop affirmés pour cohabiter.

Leur grand-mère avait assisté heureuse à leur nouvelle entente. Elle s'était éteinte en 1785, à l'âge de quatre-vingt-deux ans, et la population des trois hameaux s'était déplacée pour ses obsèques. La doyenne jouait un rôle important à Saint-Michel. On la respectait, on venait lui demander conseil, ou l'interroger sur la vie d'avant, en Lorraine. Devenue totalement sourde, Maria avait cependant gardé toute sa tête.

Loretta s'était sentie orpheline à la mort de celle que tous appelaient « grand-mère Maria ». Elle aurait encore voulu lui dire combien elle l'aimait, lui offrir son bras pour l'emmener cueillir les premières roses dans le jardin. Elle revoyait la façon dont la vieille dame fronçait le nez avec gourmandise pour humer le parfum des fleurs. Leurs enfants avaient été eux aussi profondément affectés par le décès de l'aïeule.

Frédéric réprima un soupir. Si seulement la situation avait pu évoluer différemment ! Anna, leur petite Anna, ravissante blondinette aux yeux clairs, s'était amourachée d'un colporteur hongrois. Son père avait refusé obstinément de recevoir le prétendant, au grand dam de sa mère qui souhaitait au moins voir de quoi il retournait. Ce qu'elle redoutait était arrivé : Anna s'était enfuie avec son colporteur et ils n'avaient plus reçu la moindre nouvelle.

Loretta en avait perdu le goût de vivre. Frédéric, lui, tentait de se persuader qu'il n'y était pour rien, et ce même si son cœur saignait. Il y avait désormais près d'un an que la petite, comme il disait, s'était enfuie, et personne ne savait où elle s'était installée ni, surtout, si elle était heureuse.

« A cet âge, les jeunes filles commettent souvent des sottises », avait commenté Loretta et Frédéric avait compris qu'elle songeait à sa propre expérience. Mais la situation n'était pas la même, tant s'en fallait : Anna avait été choyée par ses parents comme par son frère aîné et n'avait pas dû se battre contre un destin contraire.

Fidèle à elle-même, Loretta n'avait pas accablé son époux. Elle s'était bornée à lui faire promettre de ne se livrer à aucun reproche si par bonheur Anna retrouvait le chemin de La Salamandre.

Cette épreuve avait marqué le couple. Michael aussi, bien qu'il affirmât n'accorder que peu d'importance à ces « amourettes ». Lui visait un mariage d'intérêt, afin d'agrandir La Salamandre.

Cet aspect de son caractère perturbait ses parents, qui lui avaient toujours donné l'exemple d'un couple uni et aimant. Comment savoir, avec Michael ? Enfant joyeux et plein d'entrain, il s'était transformé au fil des années en un adolescent taciturne, hanté par la peur de manquer. Loretta voyait cela comme la conséquence de l'incendie qui avait ravagé le domaine. Depuis ce jour, Michael s'était refermé sur lui-même.

Loretta se reprochait les mois d'apathie durant lesquels elle avait été incapable de s'occuper de ses enfants. Elle pleurait la perte de son bébé, était écrasée par le poids de sa responsabilité bien que, comme Frédéric le lui répétait, ce fût le prêtre le seul coupable.

Le drame vécu par la famille Mayer avait soudé la communauté. Henrietta elle-même avait fait amende honorable en avouant qu'elle n'aurait jamais pensé le père Senneville capable d'un tel forfait. Louise-Marie avait eu le courage, non pas de raconter son drame, c'eût été au-dessus de ses forces, mais de témoigner qu'elle avait subi des sévices de la part du prêtre. Ses relations avec Loretta s'en étaient trouvées améliorées.

Frédéric et son épouse auraient pu s'estimer heureux si Anna avait enfin donné de ses nouvelles. Il regagna sa maison d'un pas lourd. A cinquante-deux ans, pouvait-il penser avoir réussi sa vie ? Ils avaient surmonté la pauvreté, il formait un couple uni avec son épouse et ils étaient toujours épris l'un de l'autre. Ils avaient eu deux beaux enfants mais… Anna leur manquait toujours autant et Michael tardait à s'établir.

Frédéric était encore en pleine possession de ses moyens, même si son dos le faisait parfois souffrir au terme d'une longue journée de travail. Loretta le frictionnait avec un baume de sa composition et il retrouvait sa vigueur pour lui faire l'amour, avec le même désir que trente ans auparavant. Il l'aimait, sa belle guérisseuse.

Elle l'accueillit avec le sourire sous la galerie.

— Ça sent bon ! s'écria-t-il.

— J'ai préparé un civet de lièvre. Tu te rappelles ? C'était le plat préféré d'Anna. Parfois, je me dis que l'arôme devrait la faire revenir.

Ses yeux s'emplirent de larmes.

— C'est si dur, de n'avoir aucune nouvelle ! Je suis toujours en train d'imaginer le pire.

Il l'attira contre lui.

— Ma mie, ne te tourmente pas ainsi. Elle finira par revenir, peut-être nantie d'un ou plusieurs enfants, et nous devrons subir le déshonneur.

Loretta le repoussa avec colère.

— Peu m'importe le déshonneur ! C'est notre fille qui me manque et, quelle que soit sa condition, j'affronterai les commérages la tête haute. J'espère d'ailleurs qu'il en ira de même pour toi, Frédéric Mayer !

Il se mit à rire.

— Je reconnais bien là ton caractère impétueux et indomptable ! Bien entendu, je ferai front avec toi et avec notre fille. Nous sommes une famille unie.

Il la reprit contre lui et la gratifia d'un baiser fougueux. Elle noua les bras autour de son cou. Elle avait besoin du contact de son corps solide pour se sentir réconfortée.

Un toussotement dans leur dos les fit sursauter. Ils se retournèrent d'un même mouvement pour découvrir Michael planté au milieu de l'allée. Une jeune fille vêtue avec recherche l'accompagnait.

— Père, mère, je suis venu vous présenter Sonia, déclara-t-il avec une certaine emphase.

36

1799

Loretta observa son reflet dans la psyché de sa chambre. Nue, ses longs cheveux argentés coulant le long de son dos, elle pouvait encore faire illusion, se dit-elle. Quelques rides sur le front et au coin des yeux marquaient son visage. Son corps, mince et ferme, ne paraissait pas ses cinquante-deux ans. Ses seins hauts, sa taille marquée, ses hanches rondes et ses longues jambes séduisaient toujours Frédéric. Seulement… il y avait cette boule sur son sein gauche découverte par hasard quelques semaines auparavant qui la tracassait. Matin et soir, elle la cherchait, espérant toujours qu'elle ait disparu.

Elle se rappelait que son père, longtemps auparavant, avait soigné une femme âgée d'une cinquantaine d'années souffrant de ce même mal. Elle l'entendait encore lui confier tristement : « Je suis impuissant à soulager cette malheureuse. La tumeur va grossir et se diffuser dans son corps. »

Elle savait, sans pouvoir expliquer pourquoi, qu'elle était atteinte de la même affection.

Un médecin s'était installé non loin de l'église et de l'école mais elle n'avait pas envie d'aller le consulter. Il n'existait pas de traitement et elle refusait de se laisser ouvrir au risque de développer une infection. Non, elle n'avait plus qu'à serrer les dents sur son mal et préparer sa succession.

Elle oscillait entre résignation, révolte et désespoir. A qui en parler ? Son amie Elisabeth était morte l'an passé d'une mauvaise fièvre, emportée en vingt-quatre heures sans que Loretta parvienne à la sauver. Anna n'était jamais revenue. Et Sonia… eh bien, Sonia n'était pas le genre de personne à qui elle pouvait faire des confidences.

Michael et la jeune fille, héritière d'un notaire de Temesvar, s'étaient mariés très vite, au point que les bonnes langues de Saint-Michel avaient guetté le ventre de la jeune femme, s'attendant à ce qu'il s'arrondisse rapidement. Mais le ventre de Sonia était resté obstinément plat et les commères, déçues, s'étaient détournées d'elle.

La jeune femme, réservée, avait peiné à s'intégrer bien que Loretta se soit évertuée à l'introduire dans leur communauté.

Sans être réellement belle, Sonia avait du charme avec ses cheveux et ses yeux clairs et son visage en forme de cœur. Cependant, trop mince, elle avait le buste plat, ce qu'elle acceptait mal.

Michael la traitait avec courtoisie, s'enquérant de son avis, l'emmenant en ville, l'incitant à choisir de beaux vêtements. Au fil des années, Loretta avait constaté que sa bru s'étiolait et avait vite deviné son secret. A chaque retour de ses périodes, Sonia s'isolait dans sa chambre pour pleurer à son aise.

Loretta aurait voulu lui venir en aide, sans pour autant forcer sa confiance. Sonia vivait un drame intime.

L'argent de sa dot avait permis à Michael de se lancer comme son oncle dans l'élevage de chevaux. Marcus et lui se rendaient régulièrement sur les foires aux chevaux et une solide complicité les unissait.

Loretta les soupçonnait aussi de se livrer à quelques frasques, notamment dans certains établissements que le père Vinches fustigeait dans ses sermons. Il avait succédé au père Stolz, victime d'une attaque cérébrale et retiré dans un monastère.

Elle n'osait pas interroger son fils à ce sujet, et Frédéric, si elle lui en avait parlé, lui aurait répondu que cela ne les concernait pas.

Non, elle devait ronger son frein en espérant que la pauvre Sonia finirait par tomber enceinte.

La pauvre Sonia... c'était étonnant de constater à quel point un simple adjectif pouvait vous stigmatiser ! Sonia était la femme stérile de leur communauté, celle qu'on plaignait et qui apparaissait comme une victime. Elle souffrait en silence sans se plaindre. Peu à peu, son teint avait pâli, comme si elle avait cherché elle-même à en estomper les couleurs.

Loretta avait beau lui confectionner des plats reconstituants, Sonia était toujours aussi maigre, comme consumée de l'intérieur.

Michael s'agaçait quand sa mère lui en faisait la remarque.

« Sonia est ainsi faite, que veux-tu que j'y fasse ? Sa mère n'est pas grosse elle non plus. »

C'était vrai, mais Loretta restait persuadée que pour porter un enfant, il fallait de la poitrine et des hanches. Tout ce dont Sonia était dépourvue.

Elle soupira. Elle était de plus en plus lasse et il lui était difficile de le dissimuler. Elle sentait parfois le regard de Frédéric fixé sur elle, comme s'il s'interrogeait à son sujet. Elle relevait alors la tête, et lui adressait un large sourire.

« Je vais bien, ne t'inquiète pas », signifiait ce sourire.

Ce faisant, Loretta avait conscience de mentir à celui qu'elle aimait et se le reprochait. Mais comment aurait-elle pu agir autrement ? Si elle partageait son secret avec lui, elle s'effondrerait.

Les hommes de Saint-Michel se réunissaient une fois par semaine dans la salle jouxtant l'école. Ils y commentaient les nouvelles reçues de Temesvar, la capitale du Banat.

On évoquait la Révolution française qui avait effrayé nombre de propriétaires terriens. Le 9 thermidor et la chute de Robespierre avaient un peu rassuré, sans pour autant susciter chez les colons le désir de retourner en France. Leur vie était ancrée au Banat, dans cette province lointaine qu'ils avaient faite leur. Pas question pour eux de renier leur choix ! L'Empire d'Autriche, même si Joseph II puis Léopold II avaient succédé à Marie-Thérèse, leur paraissait plus rassurant que la France en proie aux différentes factions.

Frédéric Mayer partageait cette opinion. Certes, les révolutionnaires français avaient respecté le droit de propriété, mais ils avaient assassiné le roi, la reine, et de trop nombreux aristocrates.

Lorsqu'il rentrait à La Salamandre, il devisait encore longuement avec Loretta, lui faisant part de ce qui s'était dit.

Son époux avait souvent une vision claire de la situation. Elle-même avait assez souffert de l'intolérance pour ne pas se sentir solidaire des opprimés.

Ce soir-là, pourtant, Frédéric la trouva lointaine. Il la crut encore inquiète au sujet d'Anna et l'attira contre lui.

— Tout va bien ? s'enquit-il.

— Oui, juste un peu de fatigue. Je ne rajeunis pas !

Son rire sonna un peu faux.

— Balivernes ! protesta Frédéric.

La peur monta en lui. Il avait l'impression que Loretta lui cachait quelque chose de grave et ce pressentiment le bouleversait.

Il leva la chandelle pour sonder son regard clair.

— Loretta… tout va bien ?

— Naturellement ! répliqua-t-elle.

Elle se détourna. Il lui saisit le menton.

— Regarde-moi ! ordonna-t-il.

Elle prit sur elle pour ne rien laisser voir de son trouble.

— Je te regarde.

Il la scruta durant quelques instants avant de lui caresser la joue.

— Pardonne-moi, je m'inquiète toujours pour toi.

— Ce n'est rien, répondit-elle d'une voix unie.

Son cœur battait à grands coups. Il ne devait pas savoir. Jamais.

37

1805

Le soleil déclinait lentement au-dessus du fleuve. Assise sous la galerie, Benjamin sur les genoux, Loretta savourait un moment de répit. La nuit précédente, elle avait tant souffert qu'elle avait été tentée d'avaler une tisane à la ciguë. La promesse faite à Frédéric et à Anna l'en avait empêchée.

« Jure-moi, avait imploré son époux lorsqu'il avait découvert la gravité de son état, jure-moi de ne pas mettre fin à tes jours. »

A l'époque, elle était si heureuse du retour d'Anna qu'elle aurait promis n'importe quoi.

Leur fille était revenue accompagnée de Benjamin, son petit garçon de cinq ans. Comme dans la parabole du fils prodigue, Loretta et Frédéric avaient accueilli leur fille et leur petit-fils à bras ouverts. Michael s'était montré plus circonspect, comme d'habitude, mais Sonia s'était tout de suite entendue avec Anna. Les deux jeunes femmes étaient du même âge.

« Surtout, ne pose pas de questions », avait recommandé Loretta à son époux. Elle avait remarqué la tristesse dans le regard de sa fille quand elle ne se sentait pas observée, ainsi que son mince bagage. Elle n'était pas pressée, Anna finirait par se confier.

Benjamin fut accueilli à l'école par le successeur de maître Rambourg, monsieur Léopold.

Frédéric avait laissé entendre qu'Anna était veuve. C'était plus simple, et cela évitait les commérages. Anna n'avait pas protesté. De toute manière, elle s'exprimait peu. Benjamin parlait pour deux. Vif et souriant, l'enfant s'était aussitôt senti chez lui à La Salamandre.

Sonia le câlinait beaucoup. Michael était le seul à demeurer indifférent.

« J'ai peur qu'il ne songe à sa part d'héritage », avait commenté son père. Le caractère de Michael le décevait. Il avait appris par Marcus et par Jérôme Mosse que son fils se rendait souvent en ville où il fréquentait une fille de mœurs légères, une certaine Josepha. Frédéric ne savait comment aborder ce sujet avec Michael. Il ne voulait surtout pas lui donner l'impression de cautionner son choix de vie mais tenait aussi à protéger Sonia.

Il n'en avait pas parlé avec Loretta, pour ne pas ajouter à ses tourments. Décidément, se disait-il, les temps avaient bien changé !

Rentrant chez lui, il aperçut sa femme et Benjamin sous la galerie et les rejoignit en souriant.

— Bonsoir, ma mie. Eh bien, jeune homme, comment vas-tu ?

— Grand-mère a fait des crêpes, répondit le petit garçon avec un large sourire.

Frédéric lui ébouriffa les cheveux.

— Et les crêpes de grand-mère sont les meilleures du Banat, c'est sûr ! renchérit-il.

Loretta échangea un sourire avec son mari.

— Nous avons affaire à un gourmand.

— Ne devrais-tu pas te reposer ?

Elle secoua la tête.

— Laisse-moi admirer le coucher du soleil. Encore une fois.

Le regard de Frédéric se durcit.

— Je ne supporte pas de t'entendre parler ainsi, marmonna-t-il.

Il s'était révolté quand il avait su, avait tenté de la convaincre d'aller consulter en ville, ce qu'elle avait refusé avec force.

« Pour qu'il me mutile ? Je sais comment les chirurgiens procèdent face au mal dont je souffre. Ils cautérisent la plaie au fer rouge ou bien laissent l'infection gagner du terrain. Dans les deux cas, les souffrances sont abominables. Non, crois-moi, c'est mieux ainsi. »

Il la connaissait suffisamment pour savoir qu'elle ne céderait pas.

Le cœur lui manquait à l'idée de la perdre. Malgré

sa bravoure et sa volonté, il constatait que ses forces s'amenuisaient. Elle avait le teint cireux et flottait dans ses vêtements pourtant retouchés par Anna.

Le désarroi de leur fille était palpable. Elle avait pris en charge la tenue de la maison tout en consultant sa mère afin de ne pas lui donner l'impression de chercher à la remplacer.

Sensible à cette attention, Loretta profitait au maximum de la présence d'Anna et de Benjamin.

— Le soir tombe, et il fait frais. Rentrons, suggéra Frédéric en offrant son bras à son épouse.

Il saisit Benjamin et le jucha sur ses épaules. Le petit garçon cria de plaisir.

Dans la salle, Anna s'affairait devant la cheminée. Elle avait toujours aimé l'atmosphère chaleureuse de la maison de son enfance, les meubles confectionnés par son père comme le vaisselier-dressoir, la grande table rectangulaire, la maie et la baratte.

— J'ai souvent rêvé de La Salamandre, déclara-t-elle tout à trac. J'en parlais au petit. Je lui disais : « Tu verras... »

— Il ne tenait qu'à toi de revenir à la maison, ne put s'empêcher de glisser Frédéric.

Anna hocha la tête.

— Je sais, père. Mais parfois, c'est difficile, quel que soit le désir qu'on éprouve. Faire le premier pas...

Elle soupira.

— C'est le passé, n'est-ce pas ?

Loretta effleura leurs mains d'un geste infiniment tendre.

— Promettez-moi de rester unis, quoi qu'il arrive, déclara-t-elle d'une voix pressante.

Les yeux d'Anna s'emplirent de larmes. Pourquoi avait-elle tant tardé à revenir ? Par orgueil ? De peur d'être rejetée ? Elle ne savait plus, et se reprochait d'avoir mis si longtemps à reprendre le chemin de La Salamandre.

Ils s'installèrent à la table au plateau épais, patiné par l'usage. Loretta la caressa du plat de la main, presque furtivement. Chacun de ses gestes s'accompagnait désormais de la pensée : Pour combien de temps ?

Combien de jours, ou de semaines, pourrait-elle encore vivre comme si de rien n'était ? Enfin... presque. Il lui faudrait peu à peu se retirer dans sa chambre, garder le lit, puis ses souffrances deviendraient intolérables, et elle avait peur d'infliger ce spectacle aux siens.

Frédéric lui servit un peu de vin.

— Goûte-moi ce nectar ! lança-t-il. Notre vin, notre production.

— Nous pourrions prévoir des étiquettes, avec un dessin gravé et le nom « La Salamandre », glissa Anna.

Le regard de son père s'éclaira.

— Tu as toujours été douée pour le dessin. Tu veux bien exécuter quelques esquisses ?

Anna acquiesça, les joues roses.

Nous devons lui redonner confiance en ses capacités, pensa Loretta.

Tant qu'elle aurait un but, elle se battrait pour tenir. On avait encore besoin d'elle à La Salamandre.

— Je pense que je n'aurai jamais d'enfant.

Le petit visage crispé de Sonia bouleversa Loretta. Elle n'avait pas à se plaindre, se dit-elle. Elle approchait des soixante ans, avait mené une vie pleine et, malgré les drames inhérents à la vie, cultivé un goût certain pour le bonheur. Comparée à elle, Sonia était une pauvre chose timide qui donnait l'impression de s'excuser d'être là.

D'un geste protecteur, Loretta attira sa belle-fille contre elle.

— Ne désespère pas, mon petit. Ma nourrice m'affirmait que les enfants peuvent arriver au moment où l'on s'y attend le moins.

La jeune femme fit la moue.

— Je n'y crois plus. De toute manière, pour ce que Michael s'occupe de moi…

— Nous pouvons lui parler.

— Et il me le reprochera ? Non, voyez-vous, mère, je pense qu'il ne m'a jamais aimée.

Loretta se sentait trop lasse pour protester. D'ailleurs, qu'aurait-elle pu dire ? De toute évidence, Michael passait plus de temps en ville que sur le domaine. Il se chuchotait qu'il avait loué un logement pour sa maîtresse et que celle-ci avait eu un bébé. Loretta et Frédéric espéraient de tout leur cœur que Sonia n'avait pas eu vent de ces nouvelles et souffraient pour leur bru.

Michael, sermonné par son père, avait répondu, désinvolte :

« Sonia est un véritable bonnet de nuit, et un glaçon. Elle ne m'attire plus depuis longtemps.

— Tu n'aurais pas dû l'épouser, dans ce cas », avait répondu froidement son père.

La situation perturbait Loretta et Frédéric. Ils aimaient sincèrement Sonia et éprouvaient pour elle de la compassion. Frédéric avait l'intention d'adresser un ultimatum à leur aîné. Cependant, il ne s'illusionnait guère. Michael n'aimait pas suivre les conseils et encore moins les admonestations. Frédéric se disait parfois qu'il avait hérité de traits de caractère de son oncle Marcus, ce qui le contrariait. La petite Sonia n'était pas de taille.

Michael le prouva quelques jours plus tard en revenant à La Salamandre un bébé dans les bras.

— C'est mon fils, il s'appelle Lothar, annonça-t-il à son épouse.

Frédéric fronça les sourcils tandis que Sonia blêmissait sous le choc. Loretta sauva la situation en prenant l'enfant, âgé de quelques mois.

— Bienvenue, Lothar, déclara-t-elle d'une voix empreinte d'émotion.

Le bébé se nicha dans son cou et elle lui caressa doucement la joue.

— Regardez comme ce petit est beau, reprit-elle. Désirez-vous le porter, Sonia ?

C'était l'instant décisif, songea-t-elle. Puisque leur fils avait été assez fou, et inconscient, pour amener sur le domaine son enfant bâtard, il fallait à tout prix le faire accepter par Sonia.

La jeune femme tendit les bras. Au profond soulagement de Loretta, le petit Lothar ne pleura pas et ne la repoussa pas. Le visage de Sonia s'illumina dès l'instant où elle le serra contre elle.

— Il est beau ! souffla-t-elle.

Michael jeta un coup d'œil à ses parents, l'air de dire : « Vous voyez… tout va bien se passer. »

Une question, cependant, taraudait Loretta : qu'était devenue Josepha, la mère de l'enfant ?

38

1965

« J'aurais voulu oublier
La souffrance, le froid, les coups.
Et partout, la neige.
J'aurais voulu oublier
La négation de l'homme
La peur, nue, de ne pas survivre
Et partout, la neige, sale, tachée du sang
De ceux qui avaient voulu résister ».

Esther, la gorge serrée, referma le recueil. Elle avait lu plusieurs poèmes qui racontaient des conditions de détention particulièrement effroyables. Quoique… raconter ne soit pas le mot juste. L'auteur privilégiait l'ellipse, même si Esther avait l'impression de sentir sa douleur affleurer sous les mots.

Songeuse, elle remonta la courtepointe en boutis jusqu'à son menton.

Le mistral avait soufflé toute la nuit, ce qui avait bien rafraîchi la température. Un peu lasse, Esther s'était retirée tôt dans sa chambre et glissée dans son lit pour avoir plus chaud. La lecture des poèmes l'avait bouleversée. Elle réalisait soudain qu'elle connaissait fort peu, et très mal, l'histoire de l'Europe centrale. A Londres, pendant la guerre, le Blitz les préoccupait plus que le sort de millions de réfugiés. C'était horriblement égoïste, mais elle n'en avait pas conscience alors. A sa décharge, elle n'avait pas gardé de souvenirs du Banat, où elle ne s'était jamais rendue. Vienne était sa ville natale et, par la suite, elle avait aimé Londres. Elle consacrait tout son temps à la pratique du piano. Sa mère évoquait rarement La Salamandre et, à chaque fois, son regard s'assombrissait. Esther et Nathan avaient fini par ne plus lui poser de questions à ce sujet. Elena avait une personnalité solaire, et ses enfants détestaient la voir triste ou mélancolique.

Elle donnait des fêtes dans leur maison de Hampstead et nombre d'artistes s'y pressaient, même pendant les heures les plus terribles de la guerre. Si l'alerte était donnée, tout le monde se retrouvait dans l'abri le plus proche, en robe du soir ou habit.

Esther se rappelait le jour où Cooper, un ami de son père, était descendu à l'abri, un seau à champagne contenant un magnum de Veuve Clicquot sous le bras. Ils l'avaient tous applaudi avant de faire circuler le magnum. Esther se rappelait ce moment plus de vingt ans après. Elle avait éprouvé une sensation grisante de liberté cette nuit-là, ainsi qu'un sentiment de défi. Cependant, avec le recul, elle se rendait compte que leur situation à Londres n'avait rien de comparable avec celle du Banat.

Elle ouvrit à nouveau le recueil de textes, lut à mi-voix.

« Nous, les zeks, détenus politiques, étions traités pire que des animaux par les gardiens et les détenus de droit commun. Des sous-hommes, destinés à mourir le plus vite possible dans cet enfer blanc qu'était la Kolyma. Il n'existait pas de solidarité, ce qui accentuait notre vulnérabilité. Nourris – à peine ! – de pain, de harengs salés et d'une bouillie infâme nommée "balanda", nous mourions de faim en permanence.

« Terre pauvre s'il en est, la Kolyma, une région de l'Extrême-Orient russe, était pourtant riche en gisements aurifères. Par milliers, nous, les "ennemis du peuple", étions condamnés sans jugement à exploiter les mines d'or dans des conditions épouvantables, sans la moindre protection.

« Un seul mot d'ordre, tenir. Il fallait tenir. »

Comment de telles atrocités avaient-elles pu se produire ?

La prochaine fois qu'elle verrait Christopher, elle tenterait d'évoquer ce sujet avec lui, même si elle n'était pas certaine qu'il lui répondrait. Il l'intimidait... parce qu'elle voyait en lui une âme blessée. Alexandra était plus directe, sans détours. Esther retrouvait chez elle certains traits de caractère de sa propre mère.

Elena lui manqua soudain avec une acuité extrême.

Elle consulta sa montre. Dix-neuf heures. Elle n'avait pas vraiment envie de se lever pour aller dîner mais, si elle ne le faisait pas, elle aurait l'impression de se comporter comme une vieille dame misanthrope.

Elle repoussa la courtepointe, passa dans la salle de bains où une longue douche la ragaillardit. Elle s'habilla chaudement, se coiffa et se maquilla avec soin. Elle se détourna de l'image reflétée par le miroir.

Les années avaient passé trop vite, elle avait basculé dans une zone grise sans signe avant-coureur. N'était-ce pas stupide ? Elle était âgée de quarante-sept ans et avait mené une vie pleine. Son agent le lui répétait assez : « Pour une femme, ta réussite est exceptionnelle ! » Phrase qui avait le don de l'exaspérer. « Pour une femme… », n'aurait-on pas dit qu'elle aurait dû se contenter d'une carrière de sténodactylo ou de vendeuse ?

Au passage, elle ne put résister au plaisir d'égrener quelques notes sur le piano du petit salon. La *Marche turque*, pour se donner du dynamisme. Monsieur Elzéar s'empressa autour d'elle.

— Le beau temps revient demain ! lui annonça-t-il fièrement, comme s'il avait lui-même commandé le soleil.

Elle le remercia d'un sourire. Cependant, dans sa tête résonnaient les phrases de l'auteur du recueil. « Et partout, la neige, tachée du sang de ceux qui avaient voulu résister. »

Christopher avait-il réellement vécu cette abomination ? Et Werner ? Un tabou pesait sur lui.

Esther avait bien compris qu'Alexandra et Christopher se fermaient dès qu'elle prononçait le prénom de leur frère aîné. Elle savait qu'il était mort, sans connaître les détails de sa disparition.

Elle ne voulait plus y penser pour l'instant, monsieur Elzéar l'entraîna vers la salle du restaurant. Un feu ronflait dans la grande cheminée en pierre de Gordes.

Esther s'installa à une table proche et se sentit vite réchauffée. Elle commanda une brouillade aux truffes, accompagnée d'une belle salade et suivie d'une dégustation de fromages de chèvre. Elle fit honneur au vin de Vacqueyras et se laissa tenter par un café.

Réconfortée, elle regagna sa chambre et écrivit quelques lettres. Elle aurait déjà dû rentrer en Grande-Bretagne mais ne pouvait s'y résoudre.

Elle n'avait pas l'intention d'abandonner Alexandra et Christopher. Pas tout de suite.

Esther reçut une nouvelle lettre « Par avion » le lendemain. Deux lettres en moins de quinze jours !

C'était si surprenant de la part de son frère qu'elle marqua une hésitation avant de l'ouvrir.

Fidèle à lui-même, Nathan ne s'était pas embarrassé d'un long discours. Il avait griffonné sur l'une de ses ordonnances : *J'ai retrouvé ce cliché dans le secrétaire de mère. Je te l'envoie si tu veux en parler avec nos cousins.*

La photographie en question représentait deux adolescents, tous deux vêtus d'une chemisette blanche et d'un pantalon de toile. Esther reconnut la beauté solaire de leur mère.

Au dos de la photographie, Elena avait écrit : *Stepan et moi. Août 1905.*

Elle avait ajouté au-dessous : *Avant le drame.*

Quel drame ? s'interrogea Esther.

Sa quête prenait tout à coup un autre sens, et elle avait presque peur de ce qu'elle risquait de découvrir.

39

1816

« Tu sais, ma mie, tu me manques toujours autant. La vie sans toi… eh bien, ce n'est pas vraiment la vie. Quand tu es partie, il y aura bientôt onze ans, j'ai promis à Anna de continuer à vivre. Elle avait peur pour moi, après toutes ces années sans nous voir. Finalement, elle s'est mariée avec un Hongrois qui est luthier à Mesita. Anna est couturière, tu te rappelles combien elle aimait coudre quand elle était petite ? J'étais inquiet pour Benjamin. Avoir un beau-père, ce n'est pas l'idéal. Apparemment, ça se passe bien. Benjamin apprend à jouer du violon. Tu imagines ça ? Notre Benjamin ! Je le revois encore, quand il est arrivé dans les bras de sa mère. Il est aussi grand que moi, à présent. Toujours le sourire aux lèvres. Un bon garçon, vraiment.

Et puis, il y a Lothar. J'ai toujours de la peine à cerner son caractère. Tout comme pour Michael, quand il a grandi. Les chats ne font pas des chiens...

A onze ans, Lothar travaille très bien à l'école. Maître Salmon est content de lui et le pense capable de poursuivre ses études au collège. Il est intelligent, oui, et retient bien ce qu'on lui enseigne, mais... Tu sais, cette expression de grand-mère Maria, le petit caillou dans votre chaussure qui vous empêche d'être complètement heureux ? Avec Lothar, c'est tout à fait ça. Jamais satisfait de son sort. Je me demande parfois ce qu'il sait exactement de son histoire. Bien sûr, Sonia prend soin de lui, elle a un grand cœur, et je pense qu'il lui a donné une raison de vivre. Mais qu'en est-il de Josepha, celle qui l'a porté durant neuf mois ? Elle a disparu du bourg. Marcus a effectué des recherches, en vain. Manque-t-elle à Lothar ? Il est impossible d'aborder ce sujet avec lui.

Tu vois, mon aimée, Lothar me cause bien du souci. Malgré moi – et je sais que cela ne te plairait pas –, je le considère toujours comme un bâtard. Là est peut-être la raison de son caractère. »

Frédéric se redressa en réprimant une grimace de douleur.

A soixante-dix ans, il commençait à sentir les effets de l'âge. Il se déplaçait avec de plus en plus de difficulté, montait moins souvent à cheval et ne travaillait plus dans les champs plusieurs journées d'affilée. Mais, chaque dimanche, il se rendait sur la tombe de Loretta et lui racontait sa vie sans elle.

Elle était partie dans son sommeil, après des mois et des mois de souffrances endurées sans se plaindre. Anna et Louise-Marie l'avaient soignée. Les derniers temps, elle était trop faible pour se lever mais Frédéric la portait sous la galerie et elle y passait la nuit, à contempler les étoiles tandis qu'il restait à ses côtés. Il avait toujours dormi auprès d'elle, lui parlant doucement, lui répétant combien il l'aimait. Elle s'était endormie paisiblement la dernière nuit et il avait su l'instant précis où elle était partie. Il n'aurait pu l'expliquer, il le savait.

Il n'avait pas bougé, restant à ses côtés, une dernière fois, et c'était bien cette certitude – une dernière fois – qui le torturait.

Ensuite, il avait dû se résoudre à vivre sans elle, et l'existence avait perdu de ses couleurs. Mais il y avait les enfants, Benjamin, Lothar, et La Salamandre. Il ne pouvait les abandonner.

Il regagna la maison d'un pas lourd. Il ne se rendait plus à l'office du dimanche, sa seule sortie se limitant à ce rendez-vous au cimetière avec sa bien-aimée.

Parfois, lorsqu'il regardait par-dessus son épaule, il mesurait combien les années écoulées avaient passé vite. Il était trop tard pour remonter le temps. Il devait faire face à l'absence.

— N'oublie pas de curer les sabots de l'étalon ! lança la voix de Michael dans son dos.

Lothar ne prit pas la peine de répondre. Son père l'exaspérait avec ses ordres, toujours les mêmes, sans tenir compte de ses impératifs. Il avait une version latine à faire et un texte de Platon à expliquer. Les sabots de l'étalon lui importaient peu ! La bête, nommée Ouragan, portait bien son nom. La robe d'un noir profond, la taille démesurée, les jambes longues… tout, chez elle, était impressionnant. Pour couronner le tout, une solide inimitié liait le collégien et l'étalon.

Ouragan avait la ruade facile et cherchait à effrayer Lothar. Celui-ci ne se hasardait dans sa stalle qu'avec moult précautions, en gardant ses distances.

Il obéit à son père à contrecœur. Il ne savait pas s'il l'admirait ou le méprisait. Michael Mayer, réputé dans tout le Banat pour la qualité de son élevage, était aussi un homme sévère et autoritaire. Lui qui s'autorisait nombre de libertés en ville ne tolérait aucun manquement sous son toit. Quoique… c'était encore le domaine de Frédéric, qui n'avait pas l'intention d'abdiquer.

Lothar réprima un soupir. Son grand-père était un homme d'honneur mais il sentait bien qu'il n'avait jamais vraiment accepté sa présence à La Salamandre. A qui la faute ? Tout le pays était au courant que Sonia, sa belle-mère, était stérile et que Lothar, lui, était un bâtard né d'une relation adultère de son père. Avec quelle femme ? Le garçon l'ignorait. Avait-il seulement envie de connaître l'identité de sa génitrice ? Ce mot-là – génitrice – lui plaisait assez. Il ne pouvait la considérer comme sa mère. Sa légèreté, son insouciance le révulsaient. Il était proche de Sonia, douce et bienveillante, qui l'avait entouré d'amour comme si les circonstances de sa naissance lui avaient peu importé.

Son grand-père affirmait même qu'il avait rendu le sourire à Sonia. Mais il n'avait pas de réelle affinité avec son père. Michael le traitait comme un ouvrier agricole. Pire, même, car il n'était pas payé.

« Je règle tes études, c'est déjà une chance inouïe pour un bâtard ! » lui lançait-il quand Lothar osait réclamer quelques pièces.

Ce comportement lui donnait l'impression d'être victime d'une injustice. N'était-il pas le seul enfant de Michael Mayer ?

Heureusement, il avait le collège à Temesvar et plusieurs camarades qui, comme lui, se passionnaient pour les nouveaux penseurs. Lothar appréciait plus que tout la lecture. Il aimait aussi les compositions de Beethoven et de Bach.

Il lui était impossible de discuter avec son père à propos de ses goûts : Michael ne devait lire que le journal du Banat, et ne piochait jamais dans la bibliothèque héritée de sa mère.

Il le méprisait, plus au moins ouvertement, comme s'il avait été le seul responsable de la situation.

Un jour... se promettait Lothar, je lui prouverai !

Quoi, exactement ? Qu'il était capable de réussir dans son domaine de prédilection, les études ? La Salamandre ne l'intéressait guère, mais il y tenait car elle symbolisait son passeport pour l'indépendance. N'était-il pas l'unique héritier de son père et de son grand-père ? Benjamin ne l'inquiétait pas. Adopté par son beau-père, passionné par l'étude du violon, il venait de moins en moins souvent à La Salamandre et, de toute façon, il ne portait plus le nom de Mayer.

Lothar serra les mâchoires tout en nettoyant la stalle d'Ouragan. Il prouverait à son père ce dont il était capable, lui, le bâtard.

Et Michael en crèverait de dépit.

40

1823

— Je cherche une certaine Josepha.

Lothar avait l'impression de mener une quête sans fin. Depuis qu'une lettre non signée lui avait communiqué l'identité de sa génitrice – une femme prénommée Josepha –, il avait fait le tour des commerces de la ville, en vain. A croire que Josepha avait disparu du Banat ! Pourtant, il savait qu'il ne renoncerait pas. Il avait besoin de connaître la vérité au sujet de sa naissance. Lorsqu'il avait cherché à questionner son père, celui-ci l'avait rabroué comme à son habitude.

« Estime-toi déjà heureux que je t'aie élevé ! Tu aurais pu vivre comme un gueux si tu étais resté avec ta garce de mère ! »

Ce jour-là, Lothar avait serré les poings pour ne pas assommer son père. Le mépris dont ce dernier faisait preuve le révoltait. Heureusement, et ce n'était pas le moindre des paradoxes dans leur famille, Sonia l'avait toujours soutenu. Sonia constituait pour lui le seul point de repère féminin. Pour elle, il se contenait face à Michael.

Cependant, la situation ne pourrait s'éterniser. Lothar finirait par claquer la porte et par s'installer définitivement à Temesvar. Pour ce faire, il devait patienter jusqu'à l'obtention de son diplôme d'avocat. Il caressait souvent l'idée de son départ, s'imaginait face à un Michael sous le choc, et tentant de le retenir. Vision tout à fait illusoire, il en avait bien conscience !

Il s'arrêta devant une boutique de lutherie, et se rappela qu'elle appartenait au mari de sa tante Anna. Il en franchit le seuil, charmé par le son aigrelet du carillon. Il reconnut tout de suite Anna, installée à l'entrée du magasin pour bénéficier d'une meilleure lumière. Elle cousait à points très fins une robe claire. Elle marqua une hésitation avant de se lever et de lui tendre les bras.

— Lothar ! Comme tu as grandi ! Comment vas-tu ? Et mon père ?

Tout en répondant à ses questions, il nota qu'elle n'avait pas demandé de nouvelles de son propre père. Quoi d'étonnant à cela ? Michael ne s'était pas montré tendre avec sa sœur lorsqu'elle était revenue à La Salamandre avec son bébé.

Anna s'empressa, insista pour le garder à dîner. Son époux était parti porter un violon chez l'un de ses meilleurs clients, à Baile Herculane. Tous deux pourraient évoquer le domaine et la famille. Benjamin les rejoindrait dès qu'il reviendrait de son expédition afin de choisir chez un forestier le bois le mieux adapté au travail de luthier.

— C'est un véritable artiste, lui confia Anna, des larmes dans la voix.

Lothar hocha la tête.

— Benjamin a beaucoup de chance de pouvoir exercer le métier qui lui plaît.

Sa tante lui décocha un coup d'œil acéré.

— Ton père est toujours aussi buté, si je comprends bien ? Le même caractère que l'oncle Marcus ! Essaie de lui faire entendre raison, mon garçon. Tu n'es pas condamné à travailler à la ferme si tu as d'autres rêves.

Lothar poussa un soupir désenchanté.

— Comment faire, tante Anna, je vous le demande ? Mon père ne veut rien entendre.

— Je peux toujours essayer de lui parler.

— Vrai ? Vous feriez ça ?

A cet instant, Lothar lui parut extrêmement juvénile avec sa silhouette dégingandée et la mèche qui lui tombait sur le front. Ce n'était encore qu'un gamin, se dit-elle, émue par la souffrance que reflétait son regard sombre.

Le comportement de son frère la révoltait. Michael était toujours le même, égocentrique et autoritaire. Il avait fait le malheur de Sonia, humilié Lothar à plaisir. Il était différent, avant. La disparition de leur mère l'avait incité à se replier sur lui-même.

Pauvre Loretta ! se désola Anna, en éprouvant un déplaisant sentiment de culpabilité. Ses deux enfants ne lui avaient pas épargné les soucis. Lorsqu'elle était restée plusieurs années sans donner de nouvelles à ses parents, ceux-ci avaient dû souffrir mille morts. Elle n'avait jamais osé évoquer ce sujet avec son père, après. Elle avait commis une terrible erreur en s'enfuyant avec le père de Benjamin, qu'elle avait aimé, éperdument. Avant de se rendre compte que ce dernier était un séducteur, doublé d'un coureur de dot patenté.

Elle se leva pour surveiller son ragoût qui mijotait, revint s'asseoir à la table de la salle en face de Lothar.

— Rien n'est facile, reprit-elle d'un ton uni.

Elle pressentait qu'il ne fallait surtout pas attiser le sentiment de révolte de son neveu. Lothar était un jeune homme fragile, du fait même de sa situation illégitime qu'il vivait comme une tare. Personne ne pouvait se mettre à sa place.

Il fit honneur au ragoût roboratif, accompagné de choux et de pommes de terre.

Il se tenait bien à table, Anna reconnaissait là l'influence de Sonia. Elle éprouvait de la compassion pour sa belle-sœur, tout en sachant que celle-ci refusait qu'on la plaigne. Sonia était un bon petit soldat, une belle âme.

Le souper achevé, Lothar aida sa tante à débarrasser et lorgna sur le journal.

— Je peux ?

— Bien sûr ! acquiesça-t-elle, tout en se demandant pour quelles raisons il ne le lisait pas à La Salamandre.

Il se plongea aussitôt dans la lecture des pages imprimées, avec un plaisir manifeste. Anna lui ébouriffa les cheveux en passant derrière lui. Il releva la tête, lui sourit.

— On est bien chez vous, tante Anna, lui dit-il.

Et elle songea à sa mère. Elle avait à cœur de maintenir les traditions d'hospitalité et d'écoute transmises par Loretta.

— Notre porte t'est toujours ouverte, mon garçon.

Lothar lisait encore quand Anton franchit le seuil de sa maison.

Son visage ouvert, ses yeux bleus pétillant de bonté avaient quelque chose de rassurant.

— Quelle bonne surprise ! s'écria-t-il, découvrant Lothar.

Il enchaîna, après avoir embrassé Anna :

— Je suis éreinté. Mais Beckenspiel a apprécié son violon. Il m'en a donné un bon prix.

Anton ôta sa houppelande, s'assit devant la cheminée et tendit les mains vers les flammes.

— Le froid tombe avec le soir. Veux-tu dormir à la maison, mon garçon ?

La proposition était tentante mais son père comptait sur lui le lendemain pour nettoyer les écuries. Ce qu'il expliqua à Anna et Anton.

— Vous comprenez, leur dit-il, si je ne le fais

pas, il me coupera les vivres. Or, je veux à tout prix échapper au domaine.

Anna secoua la tête.

— Je parlerai à Michael, promis. Même si je ne te garantis pas le résultat.

— Merci, tante Anna.

Il les étreignit avant de les quitter et de repartir avec la carriole.

La nuit tombait et, en effet, un froid pénétrant l'enveloppa. Il remonta le col de sa veste fourrée. Il aurait aimé partager la vie de famille d'Anna et Anton. Chez eux, il se sentait accepté, quelles que soient ses origines.

41

1965

Une phrase d'un des poèmes du recueil obsédait Esther.

« Et partout, la neige, sale, tachée du sang
De ceux qui avaient voulu résister. »

Elle devait en parler avec Christopher. En aurait-elle le courage ? Elle cherchait les clés de la voiture, tout en se disant que s'il lui avait confié ce recueil, c'était bel et bien un appel au secours.

Cependant, elle n'était pas encore assez proche de son cousin pour forcer ses confidences.

Elle soupira. Il lui semblait qu'elle tournait en rond.

Au-dehors, le temps était incertain. De gros nuages se poursuivaient dans un ciel pommelé, qui évoquait plus la Grande-Bretagne que la Provence.

Elle s'emmitoufla dans un poncho acheté sur le marché de L'Isle-sur-la-Sorgue. Elle appréciait le marché du dimanche – l'un des plus anciens de Provence, lui avait raconté Alexandra – et aimait à déambuler entre les nombreux étals qui se tenaient le long des quais mais aussi jusque sur les ponts.

Elle avait décidé d'aller visiter la synagogue de Carpentras.

Son père parlait peu de sa judéité, sans que celle-ci constitue un sujet tabou.

« Je suis né ainsi », leur avait-il déclaré un jour.

Il ne pratiquait pas, tout en étant assez attaché à sa religion pour avoir décidé de fuir Vienne en 1934.

Elle aurait dû lui poser des questions, s'intéresser à ce qu'il éprouvait. Au lieu de quoi, elle s'était consacrée à sa carrière. Le temps avait filé trop vite, elle le mesurait avec un sentiment de culpabilité. Elle avait longtemps cru ses parents immortels. Quelque part, cela l'arrangeait. De son côté, Nathan cadenassait ses sentiments. A sa connaissance, il n'avait jamais partagé la vie d'une femme. Il se contentait de rencontres d'un soir, affirmait apprécier sa solitude. Parfois, Esther se disait que son aîné avait peur de s'engager.

Elle prit la direction de Carpentras. L'automne était en chemin. Les couleurs se floutaient, comme délavées. Seule la silhouette du mont Ventoux paraissait immuable. Rassurante en quelque sorte.

Arrivée à Carpentras, elle flâna dans les rues avant de se diriger vers la synagogue.

Elle avait lu un ouvrage passionnant consacré

aux juifs du pape et appris que ceux-ci avaient bénéficié d'une certaine protection à compter de 1326, moyennant des obligations pécuniaires conséquentes comme le paiement de taxes supplémentaires. De plus, ils devaient porter un chapeau de couleur jaune, et assister périodiquement à des prêches les appelant à la conversion.

La synagogue de Carpentras était réputée. N'était-elle pas la plus ancienne de France, édifiée en 1367 et toujours en activité ? Esther fut saisie par le contraste entre la façade, très simple, du bâtiment, et la richesse de la décoration intérieure, de style baroque. Son guide, une femme d'une cinquantaine d'années, lui expliqua que l'aspect austère extérieur était destiné à ne pas blesser l'amour-propre des catholiques de la ville.

— A l'intérieur, en revanche, tout était permis, reprit-elle avec un sourire complice.

Plafond de couleur bleue, émaillé d'étoiles, escalier monumental doté d'une rampe en fer forgé, tribune baroque, lambris, lustres en argent et en cristal, chandeliers dorés, colonnes doriques soutenant un balcon composaient un ensemble remarquable. Cependant, Esther fut plus émue en découvrant, au sous-sol, la boulangerie et les fours destinés à cuire le pain azyme, la matza, notamment le jour de Pessah, la Pâque juive, ainsi que les mikvé, les bains et piscines rituels, demeurés pratiquement tels quels depuis le Moyen Age.

De nouveau, elle songea à son père. Qu'aurait-il

pensé de ce patrimoine soigneusement conservé ? Elle ne s'imaginait pas posant cette question à son frère. Il la balaierait net : « Quelle importance ? » répliquerait-il.

Précisément, elle avait besoin de savoir.

Brusquement, elle se présenta à sa guide.

— Je suis la fille de Simon Leavers. Peut-être avez-vous lu l'un de ses ouvrages ?

Le visage de la femme s'éclaira.

— Bien sûr ! J'ai beaucoup aimé *Les Racines du pèlerin*. Votre père a su maintenir un lien entre ses origines et ses choix de vie. Vous devez être fière de lui.

Je n'y ai jamais songé, pensa Esther. Mais, oui, en y réfléchissant bien, elle était fière de Simon, de son esprit de tolérance.

Elle acquiesça d'un signe de tête, enchaîna :

— Je suppose qu'à la Révolution, on a ouvert les portes du ghetto.

— Ce fut une délivrance. Les juifs du pape sont devenus des citoyens à part entière, et le Comtat Venaissin a été rattaché à la France. L'histoire était en marche pour abolir des siècles de discrimination et de persécutions iniques.

Esther éprouva une sorte de vertige.

— Je sais si peu de choses sur ce pan de l'histoire, déclara-t-elle avec humilité.

Sa guide sourit.

— Il est toujours possible d'y remédier, si l'on en a envie.

Elle y songeait encore en buvant un thé au bord de la Sorgue, une heure plus tard.

Désirait-elle en apprendre un peu plus ? Pas seulement à propos du peuple de son père, mais aussi du Banat et du domaine de ses cousins.

Parfois, lorsqu'elle regardait par-dessus son épaule, elle se disait qu'elle s'était lancée dans une entreprise un peu folle, qui ne la mènerait nulle part.

Elle suivit d'un regard amusé une flottille de canards qui se dirigeait vers les roues à aubes, typiques de la ville.

Depuis quand avait-elle pris le temps de se poser et d'observer ce qui se passait autour d'elle ? se demanda-t-elle.

Au moment de reprendre sa voiture de location, elle changea d'avis et emprunta la direction de La Roque-sur-Pernes.

Il fallait qu'elle montre la photo à Alexandra et cherche à en apprendre un peu plus au sujet de ce mystérieux drame.

SECONDE PARTIE

Les femmes de La Salamandre

Quiconque aime la musique ne peut jamais être tout à fait malheureux.

Franz SCHUBERT

42

1823

Un silence inattendu régnait sur le domaine. La lanterne habituelle n'éclairait pas la cour. Une sensation bizarre étreignit le cœur de Lothar. Il se passait quelque chose d'étrange.

Il découvrit Vlada, la grande chienne au poil rêche, gisant assommée sous la galerie. Son étonnement se mua en panique. Il poussa la porte d'entrée, jamais fermée à clé, et trébucha sur un corps. Il leva sa lanterne, reconnut sa belle-mère. Allongée sur le dos, elle fixait sur lui des yeux grands ouverts. Lothar poussa un gémissement, s'agenouilla en portant la main à son cou. Sonia ne respirait plus.

Il se redressa, courut à la recherche de son père et de son grand-père. Il découvrit ce dernier dormant paisiblement dans sa chambre. Il éprouva un soulagement si intense qu'il eut un éblouissement. En revanche, il ne trouva aucune trace de Michael.

Prudence, la servante, logeait dans un grenier aménagé au-dessus des écuries. Elle dormait elle aussi d'un sommeil profond.

A croire que grand-père et elle ont été drogués... devait se dire Lothar par la suite.

Il sortit de la cour, courut vers le village.

Le malheur s'était de nouveau abattu sur La Salamandre.

Ça devait arriver, pensa tristement le père Vinches en bénissant le corps sans vie de Sonia Mayer.

Depuis des lustres, il entendait la jeune femme en confession, lui prêchant la patience et la résignation. Sonia, bien que douce et effacée, supportait de moins en moins bien les infidélités de son époux, ses sempiternelles absences comme ses excuses auxquelles elle ne croyait plus depuis longtemps. Avec beaucoup de grandeur d'âme, elle n'avait jamais fait porter la responsabilité de son mal-être à Lothar. L'enfant l'avait faite mère.

Dépêché sur les lieux du drame, le maire avait rapidement compris le déroulement des faits.

Apparemment, ne pouvant plus supporter la situation, Josepha avait profité d'une absence de Michael pour assommer la chienne et assassiner Sonia. Sans doute espérait-elle ainsi, en éliminant madame Mayer, parvenir à se faire épouser.

Epouvanté par son crime, Michael, à son retour à La Salamandre, avait révélé l'endroit où sa maîtresse habitait, à l'entrée de la ville. Contrairement à ce qu'il avait affirmé, il ne l'avait jamais quittée et lui rendait visite plusieurs fois par semaine.

Frédéric, anéanti, avait été victime d'une attaque. Depuis, il restait prostré dans son lit, le côté droit paralysé, la bouche tordue dans un effort vain pour s'exprimer.

Lors d'une confrontation avec son amant, Josepha avait craché sa haine et son ressentiment. A l'en croire, Michael s'était servi d'elle, et n'avait jamais eu l'intention de l'épouser, contrairement à ce qu'il lui avait promis. Elle avait été emmenée à la prison de Temesvar, jetée dans un cachot.

Lothar ne parvenait pas à surmonter le choc. Sa mère était donc cette harpie hystérique ? Il pleurait Sonia, la douceur incarnée, et ne comprenait pas ce qui s'était passé. Dans sa tête, Michael était le principal responsable, et Anna partageait cet avis. A force de jouer avec les sentiments...

Les enfants de Pierre et Elisabeth Mosse avaient soutenu les Mayer. Le crime perpétré par Josepha avait frappé les esprits. On mettait en avant son passé de femme légère, ses origines tsiganes... Autant de blessures pour Lothar, qui avait l'impression que chaque jour lui réservait une nouvelle déception.

Il lui était impossible de communiquer avec son père. Michael s'était enfermé dans un mutisme inquiétant.

Le jour de l'enterrement de Sonia, les épaules secouées de sanglots, il avait impressionné famille et amis. Les parents de Sonia, très âgés, n'avaient pu se déplacer. Sous le choc, ils gardaient la chambre et gémissaient. L'atmosphère était lourde, sous un ciel d'orage. Le même soir, Josepha se pendit dans sa cellule.

A sa grande honte, Lothar en éprouva du soulagement. Il ne supportait pas l'idée d'être apparenté à ce monstre.

Quoi d'étonnant à cela ? Il n'avait rien partagé avec Josepha.

Même si celle-ci demeurait celle qui l'avait porté, et lui avait donné la vie.

Frédéric mourut après avoir tenu la main de sa fille et de son fils. Il ne pouvait plus leur faire ses recommandations mais ne les avait pas quittés du regard.

Anna, les yeux pleins de larmes, songeait à leur mère. C'était toute son enfance qui allait disparaître avec son père.

Benjamin et Lothar étaient restés dans la salle.

Le jour des obsèques, tous les habitants des villages environnants s'étaient déplacés.

Frédéric Mayer et Pierre Mosse étaient considérés comme les pères fondateurs de leur colonie. A ce titre, ils étaient respectés depuis des lustres.

Dans l'assistance, de nombreuses personnes étaient bouleversées. Anton et Benjamin soutenaient Anna.

Lothar se tenait à l'écart. Avait-il sa place à l'église

et au cimetière ? Sa propre mère avait assassiné la femme qu'il appelait « mère » depuis sa tendre enfance. Comment aurait-il pu se sentir à l'aise ? N'était-il pas coupable lui aussi ? Il aurait voulu confier ses interrogations tout en en étant incapable. Il était de trop. Il s'éloigna avant la mise en terre.

Il ne pouvait supporter le poids de sa culpabilité.

Le même soir, un jeune homme buvait chope sur chope dans un cabaret enfumé de Mesita. Il n'avait trouvé que ce moyen, pour oublier. Boire, jusqu'à plus soif. Boire, jusqu'à oublier le drame vécu.

Anna et Anton avaient tenté de s'entretenir avec lui à leur retour du cimetière. Il s'était enfui.

C'était trop tôt, il n'avait pas la force d'exprimer ce qu'il ressentait.

Il avait échoué dans cet établissement mal famé en suivant au hasard un dédale de rues.

A présent, accoudé à une table au bois taché, il observait distraitement le manège de deux femmes trop fardées. Des prostituées, à coup sûr, qui cherchaient le client. Sa mère s'était-elle comportée ainsi ? Un flot de bile monta dans sa gorge, le faisant tousser. Et Sonia... la douce Sonia. Pourquoi Josepha l'avait-elle froidement assassinée ? Depuis le temps, elle devait bien se douter que Michael ne l'épouserait jamais.

Lothar fronça les sourcils. Son père avait lui aussi une large part de responsabilité. Le jeune homme savait, comme de nombreuses personnes du coin, que Michael avait épousé Sonia pour sa dot.

Il songea au verset disant : « Tu ne te prosterneras pas devant les idoles et tu ne les serviras pas car moi, l'Eternel, ton Dieu, je suis un Dieu jaloux. Je punis la faute des pères sur les enfants jusqu'à la troisième et quatrième génération de ceux qui me détestent[1]. »

Résolument, il reposa sa chope sur la table et fit un signe de la main à la fille la plus jeune. Elle le suivit avec empressement dans la rue. Il la prit contre un mur, brutalement, pour se venger. De Josepha.

Et, peut-être aussi, de son père.

1. Exode 20, 5.

43

1830

Le vent du nord agitait doucement les champs de blé, courbant les épis blonds.

La récolte serait belle, pensa Lothar, tout comme celle de fourrage.

Après deux années difficiles de pluie et de grêle, La Salamandre était redevenue le domaine le plus rentable de la région.

Cependant, Lothar, s'il en était fier, n'était pas plus heureux pour autant.

Certes, il avait poursuivi l'œuvre de son père et de son grand-père, mais sans réelle passion. Il s'intéressait toujours aussi peu aux chevaux et le travail de la terre l'ennuyait. Il regrettait encore le temps des études, cette sensation grisante d'avoir le monde à portée de main dans les livres. Il avait rêvé de devenir avocat.

Malgré les efforts de sa tante pour plaider sa

cause, il avait vite compris que son père ne le laisserait pas partir.

Il avait besoin de lui à La Salamandre. Ecrasé par le poids de sa culpabilité, Michael avait sombré dans la boisson. En quelques années, il était devenu une épave avinée, aux yeux injectés de sang, aux colères homériques, suivies de périodes de profond abattement.

On l'évitait désormais, que ce soit au village ou dans sa propre maison. Il n'y avait plus de réunions familiales ou amicales. Les Mosse eux-mêmes, lassés par ses scènes, avaient fini par ne plus le fréquenter, tout en restant proches de Lothar.

Lothar avait honte de son père, qu'il méprisait. Les rôles entre les deux hommes s'étaient inversés. Le fils avait pris l'ascendant sur le père.

Durant l'hiver précédent, un nouveau drame avait frappé leur famille. Marcus et Louise-Marie étaient morts à deux semaines d'intervalle d'une mauvaise grippe. Leur fille Anne-Hélène, qui n'était jamais parvenue à s'éloigner de ses parents, avait choisi de rentrer au couvent de Temesvar. Lothar avait tenté de la convaincre de renoncer à son projet, en vain.

Il s'était senti doublement seul lorsqu'elle était partie.

La demeure avait perdu une partie de son âme. Les pots de fleurs sous la galerie couverte étaient désormais vides, la maison mal entretenue.

Une seule servante était chargée de cuisiner et de faire le ménage. Sans maîtresse de maison pour lui donner des consignes, elle bâclait son ouvrage pour aller rejoindre son bon ami, valet chez les Mosse. Lothar voyait bien que tout partait à vau-l'eau, sans avoir le courage d'y remédier.

Lui se chargeait déjà de maintenir le domaine à flot. Qu'on ne lui demande pas, de surcroît, de tenir la maison ! Maison que l'on qualifiait en chuchotant de « bâtisse du crime ». Comment s'étonner, dans ces conditions, que Lothar ne trouve pas d'épouse ?

Son père le lui répétait assez : il devait avoir une descendance.

« N'oublie jamais ça, insistait Michael. Nous ne sommes pas propriétaires de La Salamandre, seulement ses occupants, qui ont pour mission de la transmettre à leurs propres enfants. »

Julius, le valet d'écurie, ricanait alors dans sa barbe en marmonnant. Quelle femme saine d'esprit désirerait venir s'enterrer dans la « bâtisse du crime » ?

« Fils dénaturé, bon à rien ! hurlait Michael lors de ses crises. Même pas capable de me faire un petit-fils ! »

Heureusement, il y avait Anna, toujours prompte à secourir son neveu. Elle l'invitait régulièrement à partager leur repas, lui rappelant que la vie de famille, c'était aussi un souper pris ensemble à la lueur des chandeliers, le plaisir du partage. Benjamin, lui, était marié avec Jovanka, une jolie blonde aux yeux clairs. Leur fils, Viktor, s'intéressait à tout, en particulier aux archets.

Lorsqu'il reprenait le chemin de La Salamandre, Lothar se sentait horriblement seul. Il imaginait déjà son père affaissé sur la table de la salle ou bien vidant une dernière bouteille. Et lui regagnerait sa chambre, solitaire. Le lendemain matin, il devrait se lever tôt.

De temps à autre, il allait puiser dans la bibliothèque l'un de ses livres d'études et le relisait, à la chandelle. Il regrettait toujours de n'avoir pu devenir avocat et se rendait une fois par mois à Temesvar. Là, il rôdait du côté de l'Université, espérant revoir d'anciens camarades, et le redoutant en même temps, par crainte de devoir avouer qu'il avait raté sa vie. Il fréquentait aussi les cabarets, se mêlant aux étudiants qui refaisaient le monde. C'était pour lui le seul moyen de supporter sa vie à La Salamandre.

Alors qu'il pouvait encore parler, son grand-père lui avait rappelé : « Je te confie La Salamandre, Lothar. Toi seul peux sauver le domaine. »

C'était important pour la famille Mayer. En tant que bâtard, Lothar avait à cœur d'accomplir cette mission.

Il s'interrogeait de plus en plus souvent au sujet de sa bâtardise. Pourquoi son père n'avait-il pas épousé sa mère ? « Parce que c'était une putain », lui soufflait une voix intérieure. Pourtant, il avait dû tenir à elle pour l'avoir entretenue aussi longtemps. Alors… fallait-il croire qu'il s'était marié avec Sonia à cause de sa dot importante, tout en restant attaché à Josepha ? Son père avait le goût du secret et il était quasiment impossible de deviner ce qu'il pensait. Une fois, une seule, il avait fendu l'armure en présence de son fils.

« Ne m'imite pas, j'ai commis beaucoup trop d'erreurs dans mon existence. »

Il n'avait plus jamais évoqué ce sujet. C'était certainement mieux. A lui de se débrouiller avec les atouts qu'il avait en main. Même s'il regretterait toute sa vie de n'avoir pu réaliser ses rêves.

La main placée en visière devant les yeux, Daria observa les silhouettes familières – Lothar et sa jument, Eclair de Lune – s'éloigner vers l'ouest. Elle savait qu'il se rendait à Temesvar, comme chaque mois. Et son cœur était lourd.

Fille d'un modeste laboureur, dotée d'un physique banal, Daria n'avait pas la moindre chance d'être remarquée par le maître de La Salamandre. Pourtant, elle soupirait pour lui en secret. Qu'allait-il faire à Temesvar chaque mois ? Elle aurait bien aimé le savoir !

Elle n'était pas la seule à admirer Lothar. Nombre de mères rêvaient de le voir épouser leur fille, pour que celle-ci soit à l'abri du besoin. Mais, à vingt-cinq ans, Lothar Mayer ne paraissait pas pressé. De son côté, son père ne s'était jamais remarié. Malgré les efforts des dames de Saint-Michel et des villages environnants, père et fils ne se décidaient pas à prendre femme. Le crime commis par Josepha pesait sur eux, comme une menace ou le sceau du malheur. Tous deux en avaient conscience, sans oser rompre cette malédiction.

44

1831

L'air était doux sous la galerie. Lothar appréciait les longues soirées d'été, la fraîcheur relative après la lourde chaleur diurne.

Ce soir-là, son père l'avait rejoint et il pressentait que celui-ci souhaitait s'entretenir avec lui.

Par un réflexe d'enfant mal-aimé, il se demanda quelle erreur il avait commise, avant de se reprendre. A vingt-six ans, il n'avait plus de comptes à rendre !

Michael toussota. Il paraissait un peu gêné.

— Ça va comme tu le souhaites ? s'enquit-il.

Lothar aurait tant voulu, jadis, que son père s'intéresse à lui ! A présent, il était trop tard. Il répondit, avec une pointe d'ironie :

— Les affaires vont bien. Nos chevaux sont appréciés, comme notre blé et notre fourrage. Je suppose que je dois m'estimer satisfait.

Son père lui décocha un coup d'œil acéré. Exceptionnellement, il n'était pas ivre.

Quel gâchis ! pensa Lothar.

— Tu dois te trouver une femme, reprit Michael. Une fille sage, avec du bien. La beauté est accessoire. Seul l'or reste.

— Et l'amour ! répliqua Lothar, furieux.

Il ne serait jamais d'accord avec son père, trop attaché à la fortune. Lothar caressait d'autres ambitions. A commencer par celle d'épouser une femme qu'il aimerait.

Il tenta de s'ouvrir de son désir auprès de son père. Celui-ci s'emporta aussitôt.

— L'amour ! explosa-t-il. Tu vois où cela nous a menés ! L'amour est un leurre, une duperie. Ne te laisse pas prendre à ce piège !

Lothar, choqué, releva la tête.

— Et si, moi, je désire y croire ?

— Tu veux gâcher ta vie comme je l'ai fait ? Te retrouver avec le bâtard d'une traînée ? Belle ambition !

Fou de chagrin et de colère, Lothar marcha sur son père. Il le saisit par le col, le secoua.

— Ne dites plus jamais ça, père ! lança-t-il. Sinon, Dieu me pardonne, je serais capable de vous tuer.

— Ne te gêne surtout pas ! Qu'ai-je à attendre du fils d'une criminelle ?

Lothar desserra son étreinte. Son père recula d'un pas, en se frottant le cou. Les deux hommes ne se quittaient pas du regard. La haine entre eux était palpable.

— C'est bien ça, n'est-ce pas ? insista Michael. Crois-tu que je n'aie pas regretté mille fois de t'avoir engendré avec cette fille des rues ?

Il ricana.

— Quoi qu'il en soit, c'est trop tard ! A présent, je dois assumer mon péché. Si tu savais combien j'ai regretté cette pauvre Sonia...

— Ce n'était pas faute, pourtant, de lui avoir fait porter des cornes ! ironisa Lothar.

Le coup qu'il reçut de son père le sidéra. Il porta la main à sa joue.

— Ne me juge pas ! jeta Michael. Jamais ! Même si je le regrette amèrement, je suis ton père, et tu me dois le respect.

— Pour mon malheur, siffla Lothar.

Il se sentait las, et écœuré, comme revenu de tout. Michael ne le considérerait jamais comme son fils légitime. Josepha serait toujours entre eux deux. Il devait se faire à cette idée. Il n'avait pas le choix. A son âge, il était plus que temps d'assumer son destin.

Le lendemain soir, il jetait son dévolu sur une serveuse de cabaret de Mesita, une jolie brune aux yeux bleus prénommée Silvia. Il mena sa cour tambour battant et l'épousa moins d'un mois après leur première rencontre. Il n'éprouvait pas d'amour pour elle, seulement une attirance physique doublée du désir de « faire une fin », comme il l'expliqua à Anna, afin que son père le laisse tranquille.

Sa tante essaya de le mettre en garde. « Ne te lance pas dans une histoire que tu regretteras par la suite, mon grand. Crois-moi, je sais de quoi je parle. »

Lothar secoua la tête. Il était trop tard, Silvia étant déjà enceinte. Elle donna naissance à un fils juste après Noël. Lothar choisit de le nommer Thaddée, comme l'un de ses amis de collège.

Silvia ne résista pas à son premier hiver à La Salamandre. Elle s'enfuit avant le printemps. Les lumières de la ville lui manquaient. Lothar ne chercha pas à la retrouver. Il avait son fils.

1847

Une pluie fine et obstinée tombait le jour des obsèques de Michael Mayer. C'était mieux ainsi, pensa son fils, il pouvait donner l'impression de pleurer. Quoique… N'était-ce pas stupide ? Tout le monde, que ce soit à Saint-Michel ou dans les villages environnants, savait que le père et le fils ne pouvaient se supporter. Cela n'avait pas empêché les mines de circonstance et les témoignages d'affection. Naturellement, des personnes comme Anna ou Benjamin étaient sincères, et Lothar avait été sensible à leur soutien, mais que dire de certains voisins qui détournaient la tête pour ne plus saluer Michael depuis des années ?

Lui demeurait un bâtard. Ce mot lui brûlait toujours le cœur. Etait-ce de sa faute ?

Anna le serra contre elle avec tendresse.

— Lothar, tu seras toujours le bienvenu, lui répéta-t-elle.

Il savait que c'était vrai et la remercia d'un sourire.

Juliette Mosse, la fille de Jérôme, lui tint le même discours.

Tous semblaient redouter que la solitude lui pèse alors qu'en fait c'était tout le contraire. Il avait Thaddée à ses côtés. Sa mère n'avait jamais cherché à le revoir.

Une semaine après l'enterrement de Michael, il retourna à Temesvar où il ne s'était pas rendu depuis une éternité. Il était libre, enfin !

Il retrouva la plupart de ses anciens camarades dans leur café favori, situé au cœur de la vieille ville. Ils avaient suivi des chemins différents du sien. Wenceslas et Sergueï étaient avocats, Ernst professeur d'université. Ils avaient cependant gardé le pli de se réunir au café de la Sainte-Trinité le samedi soir. Il hésita avant de les rejoindre. Quel accueil allaient-ils lui réserver alors qu'il était un simple propriétaire terrien ?

A sa grande surprise, ils le convièrent à leur table. On se donna l'accolade, on échangea des « Que deviens-tu ? » ainsi que des banalités à propos de la fuite du temps. Comme eux, Lothar but plusieurs chopes de bière brune et fit honneur aux spätzle et au jambonneau fumé. Il se sentait à l'aise, dans le café enfumé, à discuter de politique et de liberté. A sa place.

Sur le chemin du retour, il se demanda à nouveau pourquoi il n'avait pas poursuivi ses études de droit comme il le souhaitait.

A cause de ses parents.

A quarante-deux ans, pouvait-il encore espérer changer de vie ?

Comme souvent, il se rendit chez sa tante Anna.

Depuis la mort d'Anton, son époux luthier, elle vivait seule dans la maison aux pignons jaunes.

« Seule… enfin, j'ai Patchi qui me tient compagnie », plaisantait-elle.

Patchi était un chien noir et blanc de race indéterminée, au pelage frisé et à l'affection débordante. Lothar s'assit après qu'il lui eut fait fête.

— La solitude n'est pas trop pesante ? s'enquit-il.

Anna rejeta sa longue natte grise en arrière et sourit.

— Anton est auprès de moi, par la pensée. Et puis, Benjamin et les siens me rendent souvent visite. J'ai des pratiques, aussi, qui apprécient mon travail de couturière. Non, mon grand, le temps ne me pèse pas trop.

Elle ne lui confierait pas que les nuits, en revanche, passées à se retourner et se retourner en quête de la présence de l'homme aimé, étaient longues, extrêmement longues.

Elle proposa du café à son neveu, le lui servit

avec de petits biscuits à la cannelle saupoudrés de sucre. Il s'en lécha les doigts en riant.

— Quand donc te décideras-tu à reprendre femme ? lui lança Anna d'un ton sévère. Tu as eu beaucoup de chance que Thaddée soit un garçon sérieux.

— Pitié, ma tante ! Tu ne vas pas me harceler toi aussi ! J'attends de rencontrer la femme idéale.

— Existe-t-elle seulement ? répondit Anna. Laisse-toi guider par ton cœur.

Ce disant, elle songea que cela ne lui avait pas vraiment réussi lorsqu'elle s'était enfuie avec son colporteur. Ses joues s'empourprèrent.

Lothar lui tapota la main.

— Ne t'inquiète pas. Je finirai bien par rencontrer celle qui m'est destinée. Si toutefois elle existe.

Lorsqu'il la quitta, elle l'enveloppa d'un regard soucieux. Il était plutôt bel homme, avec sa haute taille, ses cheveux sombres à peine teintés de gris, mais il paraissait enveloppé d'un halo sombre.

Maudite soit Josepha ! pensa Anna en se signant.

Et Silvia, la mère de Thaddée, n'avait pas valu mieux.

45

1965

« Tu as du souffle ? » lui avait demandé Christopher et elle avait répondu : « Je pense, oui », avant d'ajouter avec un large sourire : « Tu sais, un récital de deux heures constitue une sorte d'épreuve sportive.

— Tiens-toi prête, avait-il répondu. Pantalon, chaussures de marche, pull, coupe-vent. Je viendrai te chercher vers trois heures demain matin. »

Elle avait répété : « Trois heures du matin ? » d'une toute petite voix, et il avait éclaté de rire.

« C'est sans discussion. »

A présent cramponnée à la portière de la fourgonnette de son cousin, elle se demandait comment diable elle se sortirait de ce mauvais pas. Car, elle l'avait compris en apercevant le panneau qui indiquait Bédoin, il avait l'intention de l'entraîner au sommet du mont Ventoux. En pleine nuit, de surcroît.

Il gara sa camionnette près de la source du Groseau, à Malaucène. Il prit une longue inspiration.

— Respire, cousine ! Ça te changera du smog londonien !

— Alexandra ne nous accompagne pas ?

— Ma sœur a pris du retard avec ses santons. Impossible de la déloger de son atelier.

— C'est important pour elle.

Christopher s'immobilisa au milieu du chemin.

— Qu'est-ce qui est le plus important, à ton avis ? Produire ses foutus santons ou reconstruire sa vie ?

Saisie, elle ne sut que répondre.

Il se reprit.

— Excuse-moi, je m'emporte. Tu ne peux pas savoir…

Elle aurait dû l'interroger à cet instant. Lui demander, précisément, ce qu'elle ne pouvait savoir. Mais il l'impressionnait, avec sa fougue et ces éclairs de souffrance nue qui traversaient son regard. Aussi lui emboîta-t-elle le pas.

De plus, cette excursion lui réservait peut-être quelque surprise.

De nuit, ses sens étaient exacerbés. Il y avait l'air piquant, qui sentait le poivre d'âne, la nuit les entourant et, bien qu'elle ignore tout du chemin, cette confiance éprouvée en compagnie de Christopher.

Ils grimpèrent tous deux à un bon rythme. Esther

retrouvait des sensations qu'elle croyait oubliées, lorsqu'elle arpentait les landes du Yorkshire. Bonne marcheuse, elle était suffisamment en forme pour progresser au même pas que son compagnon. La température se refroidit au fur et à mesure de leur ascension. Christopher parlait, sans effort apparent, de Mistral et de Pétrarque.

— Il paraît que grimper au Ventoux vous change un homme, déclara-t-il. Pétrarque a raconté que son ascension lui avait offert l'occasion de pratiquer un retour sur lui-même. S'appuyant sur un passage de saint Augustin, il cite : « Et les hommes vont admirer les cimes des monts, les vagues de la mer, le vaste cours des fleuves, le circuit de l'océan et le mouvement des astres et ils s'oublient eux-mêmes. » Moi, j'en suis revenu… différent. Le Ventoux m'a donné une nouvelle raison de vivre.

— Comme une symphonie de Brahms ?

— Si tu veux. Je n'y connais pas grand-chose en musique. Ce sont plutôt les poèmes qui m'inspirent.

— J'ai beaucoup aimé celui évoquant la neige.

Elle récita de mémoire :

« Et partout, la neige, sale, tachée du sang
De ceux qui avaient voulu résister. »

— C'est un phénomène curieux que la neige, répondit Christopher d'une voix étrangement détimbrée. Sous les latitudes septentrionales, vous finissez par croire qu'elle fait partie de vous. Vous ne pouvez plus vous en débarrasser. Elle vous rassure et suscite en vous la crainte.

Elle trébucha, se raccrocha à son bras.

— Comment peut-on renaître, après une si tragique expérience ? osa-t-elle demander.

Il marqua un silence avant de répondre d'une voix chargée :

— On ne renaît pas. On s'arrange de ses souvenirs, comme du reste. Les autres ne peuvent pas comprendre.

De nouveau, elle questionna.

— Alexandra sait ?

— Pas tout, reconnut-il. Je crois que cela lui fait peur. Bien qu'elle soit particulièrement brave. Mais… ça va, toi ?

Essoufflée, Esther venait de s'arrêter pour ne pas s'asphyxier.

— Respire, lentement, lui recommanda-t-il. Le plus lentement possible. Je me disais que tu avais une sacrée résistance pour ton âge.

— Trop aimable !

Elle éclata de rire.

— Il n'y a pas à dire, tu sais parler aux femmes !

Elle reprenait de l'air, avec précaution. Elle s'efforça de ne pas penser qu'elle n'avait peut-être pas la forme physique pour se lancer dans cette ascension, sans préparation de surcroît. Il n'était pas question pour elle de gâcher cette occasion d'échanger avec son cousin.

Il lui tendit une fiasque.

— Du cognac, dit-il. N'en bois pas trop, ça te couperait les jambes.

— N'aie crainte.

Elle en but seulement deux gorgées avant de se mettre à tousser.

Elle lui rendit sa fiasque.

— Trop fort pour moi. Mais tu avais raison, je me sens mieux. En route !

Elle n'était pas prête à la vision irréelle de l'aube nimbant de rose le sommet du Ventoux. Ils avaient encore un long trajet à parcourir mais cela lui parut tout à coup dérisoire. Christopher et elle partageaient un moment unique.

La montagne était différente aux premières lueurs du jour. Elle constata qu'ils avaient dépassé l'étage des hêtres. Les buis s'étageaient à l'assaut des pentes calcaires.

— Nous avons grimpé autant ? s'étonna Esther.

Christopher lui sourit.

— On forme une bonne équipe, toi et moi. Tu ressembles à Alexandra : tu ne parles pas pour ne rien dire.

— Je suppose qu'il s'agit d'un compliment ? ironisa-t-elle.

Il la gratifia d'une bourrade chaleureuse.

— Pour ne rien te cacher !

Elle s'étonnait du changement opéré chez son cousin. Sur les pentes du mont Ventoux, il paraissait libéré, enfin lui-même.

— Ce pays, je l'ai aimé dès le premier jour, lui confia-t-il. Ici, je suis libre.

Esther attendit la suite, sans prononcer un mot. Elle pressentait en effet qu'elle ne devait pas brusquer Christopher.

Il garda le silence durant plusieurs minutes avant d'ajouter :

— As-tu déjà entendu parler de la Kolyma ?

Esther avoua son ignorance.

Christopher reprit d'une voix lointaine :

— Située au nord-est de la Sibérie, près du cercle polaire, on l'appelle « le pays de la mort blanche ». Le régime stalinien y a envoyé des millions de zeks, des prisonniers politiques, mais aussi, au début des années 30, des Koulaks[1] puis des Polonais après l'invasion de la Pologne orientale par l'URSS en 39, ainsi que des Lituaniens ou des Lettons.

— « Et partout, la neige », conclut Esther.

Elle avait honte de sa propre ignorance. A la fin de la guerre, elle avait frémi, comme nombre de ses contemporains, en découvrant les photographies des rescapés des camps d'extermination, sans pour autant imaginer qu'un membre de sa famille ait pu vivre pareille tragédie.

— Nous étions coupables, reprit Christopher.

1. Fermiers possédant des terres, du bétail, des outils, et faisant travailler des ouvriers agricoles salariés. Sous le régime soviétique, le terme est devenu synonyme d'exploiteur du peuple.

Coupables d'avoir dû porter l'uniforme nazi de force, sous peine de condamner à mort les membres de notre famille. Pris entre le marteau et l'enclume. Lorsque l'Armée rouge est arrivée, nous avons été persécutés. Exécutions sommaires, déportations… personne n'a voulu nous écouter.

L'émotion submergea Esther. Pourtant, elle n'avait pas le droit de craquer. Elle avait été protégée toute sa vie.

Christopher enchaîna, comme si de rien n'était :

— Ce fut une expérience… intéressante. Par chance, j'ai été libéré en 48. Ça m'a permis de ne pas faire partie des millions de victimes de la Kolyma.

Elle percevait la pointe de cynisme dans ses mots. Le désespoir, aussi, qui l'accompagnerait toute sa vie.

— Regarde ! reprit-il alors qu'ils arrivaient en vue de l'observatoire. Ne trouves-tu pas cet endroit d'une beauté sublime ?

Elle acquiesça. Elle éprouvait une sensation de bien-être intense, malgré la fatigue, malgré les confidences qu'il venait de lui faire.

46

1848

Le feu couvait depuis longtemps sous la braise. A compter de l'année 1848, une vague révolutionnaire, doublée de revendications libérales, submergea l'Europe. On réclamait une Constitution à base censitaire[1] et la reconnaissance des libertés de réunion et de la presse.

Lothar se rendait de plus en plus souvent à Temesvar, où il refaisait le monde en compagnie de ses amis. Le milieu universitaire était en ébullition suite à la révolution en France. On imaginait un monde nouveau, basé sur davantage d'égalité et un régime fédéral. La tutelle de l'Empire autrichien était de plus en plus pesante. Comme ses amis, Lothar

1. Mode de suffrage dans lequel seuls les citoyens dont le total des impôts directs dépasse un seuil appelé « cens », sont électeurs.

réclamait plus de liberté. Ses voisins de Saint-Michel n'avaient pas suivi son exemple. Moins au fait de la politique, ils cherchaient avant tout à exploiter leurs terres paisiblement. Lothar était souvent critiqué car trop progressiste. Comme il l'assurait à Anna, cela ne lui posait pas de problème. N'était-il pas habitué depuis l'enfance à vivre en marge ?

« Ce doit être mon destin », ironisait-il.

Anna avait conscience d'être la seule confidente de son neveu et priait pour qu'il trouve une autre épouse. Heureusement, il y avait Thaddée, qui partageait son goût pour l'étude et pour la lecture. A seize ans, l'adolescent menait une vie austère.

L'époux, les parents d'Anna lui manquaient de plus en plus.

Par bonheur, elle avait Benjamin, resté proche d'elle, Jovanka et leurs deux enfants. Viktor, leur aîné, jouait du violon avec une sensibilité qui lui tirait des larmes.

« Si Anton pouvait l'entendre ! » regrettait-elle, bouleversée.

Elle continuait de travailler pour une clientèle fidèle et était satisfaite de son sort. N'était-ce pas le secret de la paix de l'âme ?

De plus, elle n'avait pas le choix !

Lothar aspirait à un monde meilleur, plus égalitaire, tout en ayant conscience que cela demeurait utopique. Cependant, comme le disait avec une certaine emphase son ami avocat Bernuth, « il fallait d'abord semer ».

Dieu merci, il pouvait compter sur Julius, son intendant, un homme de confiance qui gérait le domaine comme s'il en avait été le propriétaire, ainsi que sur Thaddée. Sans eux, ses absences auraient compromis l'avenir de La Salamandre. Il restait souvent dormir à Temesvar, dans une auberge située dans la vieille ville.

Il appréciait l'atmosphère de la cité universitaire, surnommée la « Petite Vienne ».

C'était une autre vie, celle dont il avait toujours rêvé. Dans cette effervescence, il oubliait – ou, tout au moins, avait l'illusion d'oublier – les blessures de son enfance. L'année précédente, il avait emmené sa tante au théâtre écouter des œuvres de Johann Strauss. Contempler son visage radieux, la voir battre discrètement la mesure, avait été pour lui un moment de pur bonheur.

Il esquissa un sourire. Peut-être devrait-il se séparer du domaine et s'installer en ville ?

Mais alors… – son cœur se noua à cette pensée – il aurait le sentiment d'avoir trahi son père et, surtout, ses grands-parents, et leurs ancêtres. La Salamandre appartenait aux Mayer, il n'avait pas le droit de s'en défaire. Il devait tenir jusqu'à ce que Thaddée prenne la relève.

1849

— C'était un beau rêve, souffla Bernuth, étirant ses membres engourdis.

Depuis plus d'une année, comme son ami Mayer, il avait participé à d'innombrables réunions, il avait débattu de la notion de liberté, critiqué l'autocratie autrichienne, réclamé l'autonomie du Banat. Tout cela pour quoi ? Après maintes batailles d'idées, d'espoirs déçus, de rêves brisés, on avait dû remiser les rêves de liberté et d'autonomie, se résigner à accepter de nouveau la tutelle tatillonne de l'Empire. Cependant, parce qu'on avait caressé du bout des doigts l'espoir de devenir libre, on se sentait différent. Prêt à se battre, encore, sans recourir aux armes, pour conquérir cette indépendance qui se dérobait.

Malgré son amertume, Lothar avait tiré des enseignements de la révolte de 48. Le courage ne suffisait pas, il fallait des appuis internationaux, et des chefs ayant une vision d'ensemble. Les exécutions de plusieurs jeunes gens, destinées à mater la révolte, avaient scandalisé les rebelles.

« Plus jamais ça ! » entendait-on dans les réunions clandestines. La prochaine fois, on s'organiserait autrement. Seulement… y aurait-il une prochaine fois ?

Ce qu'on appelait pudiquement « les événements » avait au moins eu le mérite de briser sa solitude. Il avait gardé des liens avec ses anciens condisciples, et avait rencontré Alma. La première fois, c'était au cours d'une manifestation, au printemps 48. Ce fameux printemps qui portait tous les espoirs des opprimés.

Les militaires, sabre au clair, avaient chargé les manifestants et Lothar avait dû fuir.

Une porte cochère s'était entrebâillée sur son passage, une main tendue vers lui.

« Venez ! »

Il ne s'était pas fait prier, était tombé immédiatement sous le charme d'une jeune femme aux longs cheveux fauves réunis en tresse, aux yeux d'un vert pâle presque transparent. Alma habitait un appartement donnant sur la place de l'Union.

Lothar n'avait jamais rien vu d'aussi beau. De hautes fenêtres laissaient pénétrer la lumière à flots dans un salon immense. Le piano occupait toute une partie de la pièce mais il y jeta à peine un coup d'œil. Un tableau, représentant une fillette au regard clair, le fascinait.

Son hôtesse sourit.

— Vous aimez ? C'est mon portrait il y a déjà quelque temps.

Lothar avait répondu que oui, il aimait beaucoup, et c'était vrai. Le tableau l'avait séduit. Il en émanait un charme prenant.

Son hôtesse l'avait invité à rester le temps que la situation dans les rues de Temesvar redevienne normale. Il avait accepté, bu le thé servi dans des tasses de porcelaine d'une extrême finesse, évoqué La Salamandre et la colonie des Banatais.

De son propre aveu, Alma Pinters était « une écouteuse », qui tenait salon chaque semaine. Elle recevait des poètes, des musiciens. Lorsqu'elle l'avait invité, Lothar avait hésité avant d'accepter mais, contre toute attente, il ne s'était pas senti marginalisé chez son hôtesse.

L'atmosphère y était chaleureuse. On y discutait politique et arts sans chercher forcément à convaincre son interlocuteur. Alma régnait sur ce petit monde avec grâce. Son époux, banquier, ne participait pas à ces réunions.

Lothar appréciait la compagnie d'Alma, sans pour autant s'illusionner. Tous deux appartenaient à des mondes si différents… Il n'avait jamais tenté la moindre approche, se contentant d'admirer l'inaccessible étoile de Temesvar et de faire partie de son cercle.

Au village, on chuchotait qu'il avait des idées de grandeur et délaissait La Salamandre. Lothar se moquait des commérages. Il avait le sentiment de prendre sa revanche, enfin ! Et de vivre selon ses aspirations.

Même s'il s'agissait seulement d'une parenthèse.

47

1888

Elle aurait dû deviner que tout serait parfait. La messe de mariage, dans la cathédrale Saint-Georges, la tenue des demoiselles d'honneur, vêtues de bleu et de blanc, les fleurs, des roses thé, sa robe, en soie sauvage ornée de dentelle de Calais au corsage et aux poignets. La table, dressée dans le grand salon de réception, le repas, aux mets délicats. Jusqu'au vin de Champagne, si rare.

« Une folie », avait soufflé le marié, en tirant légèrement sur son col.

Elle mettait tout en œuvre pour ne pas regarder de son côté. Certes, il avait toujours été particulièrement gentil avec elle, mais elle ne l'aimait pas. De plus, bien qu'il ne paraisse pas son âge, il avait tout de même cinquante-sept ans ! Exactement trente-cinq ans de plus qu'elle. Une vie…

Elle sourit aux personnes venues les féliciter. Son

professeur aux Beaux-Arts, monsieur Crominque, accompagné de son épouse, l'oncle et la tante Severin, qui la déchireraient à belles dents dès qu'ils auraient tourné les talons, des amis de son père, bienveillants et gentiment protecteurs, la famille de sa mère, fantasque et cultivée.

Elle ne voulait pas prêter attention à leurs chuchotements. Oui, elle épousait un propriétaire terrien, un paysan, en quelque sorte. Non, elle n'avait pas le sentiment de déchoir mais, de toute manière, quelle importance puisqu'elle ne l'avait pas choisi ? C'était sa mère qui avait tout organisé.

Valeria serra les poings. Il fallait la marier, et vite. Alma n'avait pas cherché loin en proposant à son vieil admirateur octogénaire Lothar Mayer que son fils, Thaddée, épouse sa fille. Union bizarre, mal assortie, mais avait-elle le moyen de faire autrement ? A entendre sa mère, Valeria était une fille perdue qui ne devait en aucun cas jeter l'opprobre sur le nom des Pinters. Son frère Dimitri avait besoin de soutiens importants pour poursuivre ses études à Vienne. Lothar Mayer possédait l'argent et les relations qui convenaient, et son fils Thaddée était son unique héritier.

Il s'agissait d'un mariage de raison, une sorte de marché. Pour gagner le droit de mettre Valeria dans le lit de son fils, Lothar s'était engagé à verser au frère de la jeune fille une pension des plus conséquentes.

Même si elle avait tenté de réduire son train de vie,

Alma tirait le diable par la queue. Trop d'impôts, des charges trop lourdes, les revenus des propriétés de son défunt époux en baisse… Elle devait trouver une solution. C'était pour elle plus encore une question d'honneur que d'argent. Sa fille Valeria, passionnée de peinture, avait commis la folle imprudence de faire poser un modèle en tenue d'Adam dans son atelier. Si encore le forfait s'était déroulé chez elle ! Elle aurait pu jurer qu'elle avait joué le chaperon. Mais non, Valeria avait poussé le désir d'indépendance jusqu'à faire poser Wilms dans son atelier, situé non loin de la cathédrale. Lorsqu'elle avait pris conscience de son erreur, il était trop tard. On chuchotait de plus en plus fort sur son passage car le maudit Wilms n'avait pas tenu sa langue et s'était vanté de sa bonne fortune, laissant entendre que les séances de pose s'étaient prolongées… Alors qu'il n'était pour elle qu'un bellâtre ayant pour seul intérêt un physique de statue grecque !

Valeria en avait pleuré, de rage et de honte. Comment avait-elle pu se montrer aussi stupide ? Elle aurait pensé que sa mère serait plus tolérante vis-à-vis de son faux pas. Seulement… Alma vieillissait et recherchait une certaine sécurité. Pas question pour elle de laisser sa fille sans la protection d'un époux ! Alma supportait mal de voir sa beauté se faner, sa vitalité diminuer, son cercle d'amis se réduire. Bientôt, elle serait une vieille dame délaissée, ayant ses souvenirs pour seuls compagnons. Cette perspective la terrorisait.

Dieu merci, elle avait Agata, sa servante âgée de près de quatre-vingts ans, qui continuait à la dorloter comme au temps de l'enfance.

Alma avait organisé le mariage de Valeria en un laps de temps très court, sans éprouver d'états d'âme. Même si elle était une femme « moderne », il était important à ses yeux de respecter les convenances. Valeria s'était placée dans une situation intenable pour une jeune personne de la bourgeoisie. Il convenait donc d'y remédier très rapidement. La différence d'âge avec Thaddée Mayer ne l'avait pas préoccupée. Son époux était son aîné de vingt-cinq bonnes années et leur mariage avait été harmonieux.

De son côté, Lothar n'avait pas hésité lorsque Alma s'était confiée à lui. Cela faisait des lustres qu'il était tombé sous le charme de la mère, et elle offrait sa fille en mariage à Thaddée. Comment aurait-il pu refuser ?

De plus, ce qui ne gâtait rien, Valeria était ravissante. De longs cheveux blond vénitien, des yeux verts, un teint d'albâtre, une silhouette voluptueuse… la jeune fille était belle et attirait les regards masculins.

Lothar était fier de lui offrir son bras. Quelle revanche pour le fils d'une femme déclassée !

Cependant, il ne pouvait s'empêcher de s'inquiéter. Thaddée aurait-il le temps de voir grandir ses enfants ? Car Valeria lui donnerait des enfants, n'était-ce pas le but du mariage ?

Ils passèrent leur première nuit à l'hôtel, place de la Victoire. Si Thaddée avait redouté que sa jeune femme soit excessivement prude, il en fut pour ses frais. Sans prononcer un mot, elle le laissa accomplir le devoir conjugal en gardant le chandelier allumé. Elle avait un corps de déesse grecque, ce qui impressionna Thaddée. Il n'avait jamais admiré une femme aussi belle.

Habitué aux filles des bordels, il se montra impatient, presque brutal. Valeria le considérait sans mot dire, ses yeux verts attentifs à chacun de ses gestes. Une belle statue, pensa-t-il, une belle statue qui ne vibrait pas sous ses caresses. Déçu, il se détourna et se leva. Elle le regardait toujours et sous ce regard il se sentait pitoyable. Un homme mûr qui profitait d'une jeune fille. Il avait perdu la tête de s'être laissé embarquer par son père dans cette aventure invraisemblable. Sa bouche était sèche. Il enfila un peignoir, s'installa dans le petit salon pour fumer. La Salamandre lui manquait.

Seule dans le grand lit, Valeria se pelotonna sous les draps. Elle avait froid, et un peu mal. Ce ne pouvait être ça, l'amour. Une prise de possession ni plus ni moins, comme s'il avait apposé sa marque sur son corps. Elle ne détestait pas son époux, il lui était indifférent.

Elle se demandait seulement combien de temps elle devrait le supporter avant de pouvoir recouvrer sa liberté.

48

1891

Enfin ! soupira Valeria, en fermant les yeux.

Elle était épuisée, tout son corps lui faisait mal mais elle ne pensait qu'à une chose : elle avait rempli sa part du contrat de mariage. Elle venait de donner naissance à non pas un, mais deux enfants. Un garçon et une fille, certes chétifs, mais bien constitués.

La sage-femme puis son époux l'avaient félicitée.

« Je suis fier de vous », lui avait glissé Thaddée, se penchant pour lui baiser la main.

Quelle ironie ! La nuit, il usait de son corps sans se préoccuper de ce qu'elle pouvait penser et le jour, il se comportait en mari attentionné. Valeria détestait cette hypocrisie.

Elle se tourna vers la sage-femme.

— Il me faut une nourrice, vite !

La matrone, nommée Isabella, lui jeta un coup d'œil effaré.

— Vous ne voulez pas les allaiter ? Ils sont si petits, ils ont besoin...

— C'est hors de question ! coupa Valeria, la voix tranchante.

Se retrouver avec deux nourrissons accrochés à ses mamelles pendantes comme Romulus et Rémus avec la louve ? Quelle horreur ! Elle avait veillé à ne pas prendre trop de poids durant sa grossesse, s'était astreinte à de longues marches dans la campagne, se refusant à écouter les conseils de prudence de Jovanka, l'épouse de Benjamin, les seuls membres de la famille de son époux qu'elle fréquentait parce qu'ils habitaient en ville.

Benjamin était sympathique et passionné de musique. Avec le vieil homme, elle pouvait deviser à loisir. Jovanka, en revanche, parfaite béotienne, se limitait à la cuisine et à la tenue du ménage. De quoi faire hurler Valeria ! Leurs enfants, Viktor et Guillaume, jouaient du violon en artistes.

Temesvar manquait à la jeune femme comme son atelier, et ses réunions du jeudi avec ses amis peintres, au café Mihai. Elle n'avait pas trouvé sa place à La Salamandre mais c'était en partie de sa faute. Dès le premier jour, elle s'y était sentie exilée. Les femmes de la colonie banataise étaient industrieuses, habiles de leurs mains.

« Je fais tout moi-même », se rengorgeait Catharina Mosse, sa plus proche voisine. Et d'énumérer : « Mes bocaux, mes confitures, mon savon, les vêtements de toute la famille. » Comparée à elle, Valeria restait une étrangère. Elle-même rêvait de reprendre ses pinceaux, sa palette, et de s'isoler dans le calme de son atelier.

Malgré ses promesses, Thaddée ne lui avait pas aménagé de pièce à elle. Il y avait leur chambre, l'ancienne chambre de son père, là où Lothar était mort paisiblement dans son sommeil l'an passé, restée en l'état, la chambre des bébés, la grande salle, la lingerie, le petit salon d'hiver, mais pas de lieu qui lui soit réservé.

Un jour où ses doigts la démangeaient, elle avait tenté de s'installer dans le petit salon, ce qui lui avait valu des protestations furieuses de la part de Thaddée. Les odeurs de peinture l'incommodaient, il ne supporterait pas cette horreur chez lui. Chez lui… c'était là que le bât blessait. Malgré sa dot, Valeria ne possédait rien, hormis les bijoux lui venant de sa grand-mère. Elle n'avait pas pardonné à sa mère de lui avoir imposé ce mariage à cause des sacro-saintes convenances.

Valeria aurait tant aimé rester indépendante, vivre à sa guise !

Elle regarda les jumeaux, étonnée de se sentir… détachée, comme s'ils n'étaient pas nés d'elle. Il faudrait leur trouver des prénoms, les faire baptiser… Cette perspective l'épuisait d'avance. Elle ne pouvait demander à sa mère de se charger du baptême, les bébés étaient trop fragiles pour supporter le trajet jusqu'à Temesvar. De plus, Alma commençait à ressentir les atteintes de l'âge.

Valeria ferma les yeux. Dormir… elle avait besoin de dormir, en rêvant à sa liberté.

Bronia plut immédiatement à Valeria avec ses joues rebondies, sa silhouette accorte et son large sourire. Les jumeaux et elle se séduisirent mutuellement. Elle s'occupait d'eux en permanence, lavait leur linge, les nourrissait, les câlinait. Les observant tous les trois, Valeria sortit son carnet d'esquisses, ses sanguines, et les croqua. Par le biais du dessin, il lui semblait être plus proche de ses enfants.

Thaddée et elle avaient enfin trouvé le moyen de s'accorder à propos des prénoms. Stepan pour le garçon, Elena pour la fille. C'était le prénom de la grand-mère maternelle de Valeria, qu'elle adorait.

On avait baptisé les jumeaux trois semaines après leur naissance. Alma, venue de Temesvar avec l'irremplaçable Agata, avait embauché sur place deux femmes de Saint-Michel, et tout organisé en un tournemain.

Grâce à sa mère, Valeria avait pu rester alitée un bon mois, le temps de se remettre d'une délivrance difficile.

Thaddée rayonnait. Il avait un fils, enfin ! Stepan était l'objet de toutes ses attentions. Elena, adorable avec son crâne duveteux et sa bouche en forme de bouton de rose, le laissait indifférent. Seul l'héritier comptait, ce qui exaspérait Valeria.

Lorsqu'elle quitta enfin sa chambre, elle découvrit qu'Agata avait remis de l'ordre dans sa maison. Deux femmes du village étaient désormais chargées de la cuisine et du ménage. Bronia régnait sur la nursery. La demeure embaumait l'encaustique. Des bouquets de fleurs égayaient jusqu'à la cuisine. Le garde-manger était plein.

Je pourrai bientôt retourner en ville, pensa Valeria.

Ses enfants ne la retiendraient pas à La Salamandre. Bronia n'était-elle pas fort capable de s'occuper d'eux ?

Cependant, la jeune femme avait tiré des leçons du passé. Il n'était pas question pour elle d'habiter chez sa mère. Il lui fallait un appartement, et un atelier.

Comment les régler ? Avec les bijoux de sa grand-mère Elena. C'était la seule solution.

Valeria n'avait pu mettre ses projets à exécution et rongeait son frein. Les jumeaux allaient bientôt fêter leur premier anniversaire et elle était toujours cloîtrée à La Salamandre.

Son époux avait tempêté lorsqu'elle lui avait annoncé son intention de s'installer à Temesvar. Lui vivant, elle ne quitterait pas le domaine. Pour faire bonne mesure, il l'avait menacée. « Que cherchez-vous ? A me ridiculiser ? Si telle est votre intention, je vous briserai ! »

Elle savait qu'il avait la loi pour lui. Elle avait donc attendu, en emmagasinant dans sa tête couleurs et paysages.

Elle se laissait prendre aussi au charme des jumeaux. Ils rampaient allègrement sur le parquet de la nursery, pleuraient en chœur lors des poussées dentaires et appelaient Bronia « Mama ».

Valeria tentait de se convaincre que cela lui était égal. Elle dessinait, vite, comme pour suspendre le temps. Son frère Dimitri reviendrait bientôt de Vienne. Elle espérait qu'ils se retrouveraient à Temesvar. Enfin.

Ce jour-là, elle s'était levée plus tôt que d'ordinaire. Un bruit curieux en provenance de la lingerie l'avait réveillée.

Elle ouvrit la porte de la pièce, resta sur le seuil, médusée. Thaddée, son mari, était en train de besogner la femme de ménage. La fille gémissait sourdement. Elle avait dépassé la quarantaine, pensa Valeria, plus surprise et blessée dans son orgueil que réellement choquée. Elle referma tout doucement la porte de la lingerie.

Cet adultère ancillaire tombait à pic.

Elle avait la ferme intention de l'utiliser pour retourner vivre en ville.

49

1965

Une atmosphère particulière régnait dans l'atelier d'Alexandra. Sur sa longue table de travail, une bonne centaine de santons était alignée. En ordre de marche, pensa Esther, amusée.

Sa cousine leva la tête, lui adressa un sourire un peu las.

— Voilà. Ils sont prêts. Tu veux bien m'aider à les emballer ? Ce sera fait pour le Salon d'Aix-en-Provence. J'ai encore une deuxième fournée à terminer.

Esther se pencha pour admirer un cueilleur de lavande au visage buriné sous le chapeau de feutre noir cabossé. Il tenait à la main une petite serpe et portait sa saquette en toile de jute autour du cou.

— Il me plaît ! lança-t-elle, enthousiaste.

— Je t'en fabriquerai un autre, promit Alexandra. Impossible de te donner celui-ci, j'ai déjà envoyé aux organisateurs du Salon le détail de mes sujets exposés.

— Il a l'air tellement... vivant. Comme s'il avait connu mille vies en une.

— Je dois y avoir mis un peu de moi ! sourit la jeune femme.

— Comment fais-tu pour obtenir des santons aussi réalistes ? Même si tu y habites depuis un certain temps, tu n'es pas de ce pays.

Alexandra marqua une hésitation avant de répondre :

— En arrivant ici, je me suis dit que c'était ma dernière chance. Je revenais de l'enfer. Il n'était pas question pour moi d'apporter mes cauchemars dans ce pays de soleil. Alors, je me suis investie à fond, au côté de Célestine, mon maître santonnier. Suivant ses conseils, j'ai passé des journées entières à la bibliothèque Inguimbertine de Carpentras, à étudier l'histoire, les traditions, les costumes du Comtat Venaissin. Et puis, je me suis prise au jeu. Moi, l'étrangère, je voulais apporter ma vision de l'histoire locale. On met toujours beaucoup de soi dans ses santons. Sinon, c'est inutile de persévérer. Célestine m'a raconté un jour que l'abbé Sumien, un prêtre marseillais, qui avait créé le « santon habillé », disait à son élève Pierre Graille[1] : « ... dans ton argile, mets toujours un peu de terre commune.

1. Grand santonnier qui reçut en 1965 la médaille d'or du Meilleur Ouvrier de France.

Comme cela, tu auras quelque chance d'avoir un peu de poussière de nos aïeux[1] ».

Elle repoussa ses cheveux en arrière.

— La poussière de nos aïeux... ça m'a tout de suite parlé, à moi, l'exilée.

— Tu as gardé des souvenirs de La Salamandre ?

Elle secoua la tête.

— Aucun !

Elle marqua une pause avant d'ajouter :

— De toute manière, la maison a brûlé. C'était en 45.

Un silence tomba. Un silence pesant, qu'Esther ne savait comment rompre. De plus en plus mal à l'aise, elle attendit une précision, mais rien ne vint.

— C'est ainsi, finit par conclure Alexandra.

Le sujet était clos. Esther revint aux santons, écouta les explications de sa cousine. Il fallait envelopper chaque figurine dans du papier bulle, glisser des copeaux dans les cartons entre les santons, scotcher avec soin le carton avant d'indiquer dessus quels types de santons il contenait. Esther et Alexandra travaillaient vite, sans parler.

Lorsqu'elles eurent terminé, Alexandra sourit.

— Une bonne chose de faite ! Ça te dit de les porter avec moi à Aix ?

Esther pressentait qu'elle ne devait pas questionner davantage sa cousine pour le moment.

---

1. Cité dans *Mémoires des santons de Provence*, de F. Delesty et A. Christof.

Cependant, elle désirait connaître la suite du récit d'Alexandra et pour quelle raison La Salamandre avait brûlé.

Plus tard, se dit-elle, avant d'accepter la proposition de sa cousine.

Sa mère avait-elle été heureuse ? se demanda Esther, suivant le sentier le long de la Sorgue. Elle ne s'était jamais posé cette question auparavant. Elena… était Elena, pleine de vie, joyeuse, avec parfois une ombre voilant son regard doré. Elle jouait du violon, avait une voix de soprano délicieuse, et insufflait à sa maisonnée un entrain, une joie de vivre communicatifs.

« Tu es mon rayon de soleil, Liebchen », lui disait souvent son époux, et elle esquissait alors un sourire. Ce sourire était parfois empreint de mélancolie, mais c'était si fugace qu'Esther doutait de sa réalité.

A présent, elle s'interrogeait. Elena avait-elle été heureuse, elle qui avait quitté sa famille pour suivre son époux à Vienne, puis à Londres ?

« Je suis une éternelle voyageuse », s'écriait-elle en riant.

Songeuse, Esther regagna l'hôtel et salua le directeur.

— Madame Leavers, s'empressa-t-il, monsieur Pastor aimerait vous dire deux mots.

Elle se rappelait le nom du mélomane avec qui

elle avait sympathisé, plusieurs semaines auparavant.

Elle sourit à son interlocuteur.

— J'ignorais que vous séjourniez toujours ici.

— Je suis seulement de passage. Ma mère habite Fontaine et, comme je ne veux pas la fatiguer, je descends chez mon ami Elzéar quand je viens lui rendre visite.

— Vous avez de la chance d'avoir encore votre maman.

Son sourire s'accentua.

— Elle fêtera bientôt ses quatre-vingt-dix ans et est en bonne forme malgré quelques problèmes inhérents à l'âge. C'est justement à propos d'elle que je souhaite vous demander une faveur. Voyez-vous… elle est amateur de grande musique et je suis certain qu'elle serait comblée si vous acceptiez de venir jouer quelques morceaux chez elle. Ce serait un immense honneur.

— Eh bien… répondit Esther, prise au dépourvu.

Si son agent avait été là, il aurait levé les yeux au ciel et rappelé qu'Esther Leavers était une artiste internationale.

Elle esquissa un sourire en imaginant sa réaction scandalisée, et lança d'un trait :

— Je puis m'organiser, si vous me guidez quant aux goûts de votre maman et… si son piano est de bonne facture !

— C'est un Steinway, accordé régulièrement. Ma grand-mère et ma mère étaient d'excellentes pianistes. Ma mère ne peut malheureusement plus jouer à cause d'une polyarthrite invalidante mais la musique compte toujours beaucoup pour elle.

— Je viendrai, confirma Esther. Il suffit de me proposer une date. Quels sont ses compositeurs préférés ?

Il s'inclina.

— Vous la ravirez en interprétant Liszt, Erik Satie ou Tchaïkovski. Quant à la date… lundi de la semaine prochaine vous conviendrait-il ? Après seize heures, pour le thé.

Drôle de personnage, pensa Esther, le voyant s'éloigner d'un pas raide. Il avait un côté vieille France avec sa courtoisie surannée, mais sa requête concernant sa mère l'avait émue.

Elle s'assit devant le piano de l'hôtel, entama les premières mesures de la sonate *Au clair de lune* qui lui procurait toujours autant de bonheur.

Combien de temps encore comptait-elle séjourner en France ? Elle ne parvenait pas à se projeter dans l'avenir, se contentant de l'instant présent.

Sans crier gare, ses pensées la ramenèrent à son cousin Christopher. Pendant les trois longues années de son incarcération, il avait dû se convaincre qu'il n'y avait plus d'avenir possible pour lui.

Qu'avait-il dit, à propos du Ventoux ?

C'était tout à fait ça. Ici, au pied du géant de Provence, on retrouvait un deuxième souffle.

50

1893

Quel bonheur d'être seule, enfin ! pensa Valeria, s'étirant dans le lit hérité de sa grand-mère.

Elle logeait dans une petite rue perpendiculaire à la place Marasti. Un appartement aux poutres apparentes, aux fenêtres à petits-bois, qui l'avait tout de suite séduite.

Elle y avait casé les meubles hérités de grand-mère Elena. Des commodes en noyer, une desserte recouverte de marbre, un sofa en velours cramoisi et un lit, immense, « un lit de courtisane », s'amusait sa mère avec une petite moue de dédain.

Elle avait aménagé un nouvel atelier sous les combles. Elle y bénéficiait d'une lumière idéale en fin d'après-midi, ce qui convenait à son inspiration.

Elle avait encore de la peine à croire qu'elle avait arraché sa liberté à son époux. L'entreprise n'avait pas été chose aisée. Thaddée l'avait prise de haut, arguant du fait que la tromper avec une servante ne tirait pas à conséquence. De plus, avait-elle bien regardé cette pauvre Margarita ? Elle avait quarante ans bien sonnés, était fanée.

« Pourquoi, alors ? » avait jeté Valeria.

« Margarita m'aime, elle ! » avait répondu Thaddée d'un ton chargé de défi. Lorsqu'il lui avait enfin permis de quitter La Salamandre, il avait posé ses conditions. Les jumeaux restaient avec lui. Il verserait une mensualité à Valeria et entendait qu'elle menât une vie exemplaire.

Elle avait tout accepté, pressée de quitter le domaine.

Si ses enfants lui manquaient, elle n'en avait rien dit. Elle les avait serrés contre elle, presque distraitement, avant de grimper sur le siège de la diligence. Thaddée ne l'avait pas saluée, elle non plus.

La rupture entre eux était consommée, même si elle savait qu'elle dépendait toujours de lui, au moins financièrement.

Elle s'était installée avec discrétion à Temesvar après avoir habité durant plusieurs semaines chez sa mère, le temps de trouver son appartement et de l'aménager.

Alma et Valeria ne s'étaient pas rapprochées pour autant. Mère et fille avaient des caractères trop différents, et Valeria n'avait toujours pas accepté qu'elle ait organisé son mariage avec Thaddée Mayer.

Alma n'avait-elle pas mené une vie fort libre depuis la mort prématurée de son époux ? Quand sa fille le lui avait fait remarquer, elle avait rétorqué, superbe : « Ce n'est pas la même chose ! Je suis veuve, et mère de famille. De plus, je n'ai jamais franchi la ligne rouge. »

Sous-entendu : « Je n'ai jamais pris d'amant. »

« Moi non plus ! avait rugi Valeria. Cet idiot de Wilms a répandu des horreurs sur moi précisément parce que je n'ai pas succombé à son charme ! »

Elle avait renoncé à se justifier. Alma croyait ce qu'elle voulait. Et elle n'avait pas envie d'accorder foi aux protestations de sa fille.

Valeria avait donc été soulagée le jour où elle avait pu enfin s'installer chez elle. Elle savait qu'on chuchotait dans son dos. N'avait-elle pas abandonné ses enfants ? On la condamnait, elle n'était pas invitée en ville. Parce qu'elle avait épousé un propriétaire terrien ou plutôt parce qu'elle était revenue en femme libre ?

Elle avait eu de la peine à trouver une servante. Certains domestiques pouvaient se montrer plus attachés aux convenances que leurs maîtres. C'était ce qu'affirmait Griselda. Valeria l'avait rencontrée chez Hofbach, son marchand de couleurs. Griselda peignait, elle aussi. Des tableaux étranges, oniriques, traversés de longues volutes.

« Je suis en avance sur mon époque », prétendait la jeune femme, partant d'un grand rire.

Elle n'était pas vraiment jolie, avec sa silhouette longiligne et plate, ses yeux globuleux et ses cheveux d'un châtain terne. Mais, dès qu'elle parlait d'art, toute sa personne s'illuminait, et ses interlocuteurs avaient l'impression qu'elle était la plus séduisante du monde.

Liées par leur passion pour l'art, les deux jeunes femmes se voyaient souvent dans leurs ateliers respectifs.

Célibataire, Griselda ne dépendait de personne. L'héritage paternel lui avait permis d'acquérir une galerie située dans la vieille ville. Elle y exposait ses œuvres ainsi que celles de quelques jeunes artistes dont Valeria.

Grâce à sa nouvelle amie, Valeria renouait avec l'ambiance bohème qui lui avait tant manqué. Elle avait retrouvé quelques connaissances, de nouveaux liens s'étaient formés. Elle appréciait chaque jour son existence et, même si elle songeait de temps à autre à ses jumeaux, elle s'empressait de se dire : « Ils sont en sécurité avec Bronia et leur père. Je ne suis pas une bonne mère pour eux. »

Elle le pensait sincèrement. D'ailleurs, cette idée même l'arrangeait en la libérant de toute obligation vis-à-vis de ses enfants.

Elle n'était pas davantage faite pour être mariée.

L'après-midi, dans son atelier, elle peignait avec fièvre, comme si le temps lui avait été compté. La nuit, il lui arrivait de se réveiller en sursaut et de croire qu'elle se trouvait encore à La Salamandre.

Elle allumait son chandelier, observait le décor de sa nouvelle chambre pour bien se convaincre qu'elle était à Temesvar et non plus à Saint-Michel.

Si elle avait été croyante, elle aurait adressé une action de grâces au Seigneur. Malheureusement, elle était agnostique. Son mari lui avait souvent reproché de ne pas se rendre à l'église le dimanche.

« Ce serait pure hypocrisie », avait-elle répliqué.

Il tempêtait, rappelant que les Mayer avaient toujours été des catholiques pratiquants, et elle s'entendait encore ironiser : « Vraiment ? alors que votre arbre généalogique a été ensanglanté par un crime de famille ? » Ce jour-là, il l'avait menacée en levant la main. Elle avait froidement soutenu son regard virant au noir.

« Battez-moi, ne vous gênez surtout pas ! J'aurai une raison supplémentaire de réclamer notre séparation. »

Comme toute personne habitant la campagne, le scandale faisait peur à Thaddée. Valeria jouait sur du velours car elle avait dépassé la peur depuis longtemps.

De nouveau, elle sourit. A Temesvar, rien ne serait pareil, elle en avait la certitude. Elle était rentrée chez elle.

51

1898

L'été, la couleur du ciel et celle du fleuve se mêlaient vers l'horizon mais la petite Elena n'y prêtait pas vraiment attention. Le paysage familier ne faisait-il pas partie intégrante d'elle ? Dès qu'elle pouvait échapper à la vigilance de Bronia, elle filait en direction du fleuve. Elle savait que son frère ne tarderait pas à la rejoindre, aussi savourait-elle ce moment de solitude. Elena était la meneuse de leur duo. Stepan l'imitait tandis qu'elle donnait l'impulsion.

Leur père en riait.

« Stepan, tu te laisses manger la laine sur le dos par ta sœur ! » Et Stepan partait bouder dans sa chambre.

Elena ne supportait pas de le voir ainsi, moue pincée, sourcils froncés, visage fermé. Dans ces moments-là, Stepan restait insensible à toute tentative de réconciliation. Il était allé jusqu'à bouder une semaine entière. Un record qui laissait sa jumelle stupéfaite. Elle, si impulsive, ne pourrait jamais l'imiter.

Stepan et elle avaient des caractères et des goûts différents. Excellente élève, Elena aimait la musique, la lecture. Son frère, lui, ne se passionnait que pour les chevaux et s'il avait pu dormir à l'écurie, il n'aurait pas hésité à le faire.

« Bon sang ne peut mentir ! » se réjouissait Thaddée, ce qui faisait réagir Elena : « Et moi ? Je ne suis pas ta fille parce que je ne m'intéresse pas aux chevaux ? »

Thaddée partait alors d'un grand rire. Il se penchait, saisissait Elena dans ses bras et la serrait contre lui.

« Toi ? Tu es ma fille adorée ! »

Elle gloussait de plaisir. Son père… Seigneur ! Comme elle l'aimait !

Seulement il y avait aussi leur mère, Valeria. Ils allaient la voir une fois l'an, à l'occasion de Noël, et c'était à chaque fois une épreuve pour eux.

« Il ne faut pas vous mêler des histoires des adultes », recommandait Bronia avec sagesse.

Elle avait raison, naturellement, mais comment y parvenir alors que tout le monde savait que leur mère avait abandonné Thaddée, et non l'inverse ? On en parlait, à mots prudents, dans Saint-Michel.

« Valeria… cette fille de la ville, qui se croyait tout droit sortie de la cuisse de Jupiter… elle n'a jamais pu s'habituer à notre vie. Oh ! C'est sûr qu'à Temesvar, elle ne se gêne pas. Pensez donc... une jeune femme seule. Et belle, ça, on ne peut pas dire le contraire ! Un regard et une silhouette provocants, c'est bien simple, le père Jérôme se signait quand il croisait son chemin ! » chuchotait-on.

Leur mère inspirant de la crainte au père Jérôme ? Voilà qui était étonnant, pensait Elena.

Le prêtre, en effet, ne s'en laissait pas aisément conter.

« Idiote ! C'est parce qu'il la considère comme le diable ! » rectifiait Stepan, se signant lui aussi, à tout hasard.

A la différence de sa sœur, il avait accordé foi aux légendes colportées par Bronia, à la veillée. Il se défiait du serpent blanc, pourtant censé protéger les familles, et plus encore des strigoï[1], venus puiser l'énergie vitale des vivants. Ce qui faisait beaucoup rire Elena, plus cartésienne.

« Tu n'es qu'une mécréante », grondait Bronia, touchée dans son rôle de passeuse de mémoire.

Elena s'en moquait éperdument. Elle apprenait le piano et le violon, et lisait tout ce qui lui tombait sous la main. La bibliothèque de son aïeul Frédéric paraissait inépuisable. Personne ne contrôlait ses lectures, Thaddée parce qu'elle était une fille et monsieur Schmidt, leur précepteur, parce qu'il n'en avait

1. Créatures mortes-vivantes qui font partie du folklore roumain.

pas le temps. En effet, Stepan, qui avait des difficultés d'apprentissage, l'accaparait beaucoup.

Leur entourage avait esquissé une moue en apprenant que Thaddée avait embauché un précepteur. « Décidément, il faut toujours que le maître de La Salamandre se distingue ! » avait commenté Catharina Mosse, l'arrière-petite-fille d'Elisabeth.

En fait, Thaddée Mayer avait de bonnes raisons d'agir ainsi. Pour lui, en effet, fréquenter l'école risquait de valoir aux jumeaux des réflexions désagréables à propos de leur mère ou de leur grand-mère. On disait toujours ainsi : « les jumeaux », alors qu'Elena et Stepan n'étaient pas interchangeables, tant s'en fallait.

Allongée dans l'herbe au bord du fleuve, Elena lisait, tout en songeant que la vie était douce à La Salamandre. Si seulement elle avait eu plus de contacts avec sa mère ! Valeria la fascinait. Belle, élégante, la jeune femme donnait l'impression de faire passer sa liberté par-dessus tout.

Jusqu'au point d'avoir abandonné ses enfants à leur père ?

La question était dérangeante mais revenait souvent tourmenter Elena.

Comme un caillou dans sa chaussure…

— Tu te rends compte, j'espère, qu'on parle beaucoup de toi en ville ? lança Alma après avoir offert une tasse de thé à sa fille.

Valeria soutint son regard sans ciller.

— Qu'on en parle ! Ainsi, les gens viendront nombreux à mon exposition.

Alma soupira.

— Quelle entêtée tu fais ! Ne vois-tu pas que tu es perdue de réputation ? Même si, par chance, tu devenais veuve, personne n'accepterait de t'épouser !

Valeria s'étrangla.

— Si, par chance, je devenais veuve ? répéta-t-elle. Je te rappelle que c'est toi qui m'as contrainte à l'épouser !

— J'ai peut-être commis une erreur, reconnut Alma.

C'était si inattendu que sa fille en resta bouche bée. Elle se ressaisit, très vite.

— Ma vie a été gâchée, déclara-t-elle avec amertume.

Alma émit un petit rire.

— Tout de suite les grands mots ! Ta vie gâchée… alors que tu as à peine trente-deux ans ! Si j'avais encore ton âge… Seigneur ! J'aurais le monde à portée de main !

— Pour ce que tu en as fait…

Les deux femmes échangèrent un regard dur.

Alma se ressaisit la première.

— Nous ne nous sommes jamais entendues, toi et moi. Ce n'est pas une raison suffisante pour nous quereller telles deux chiffonnières. De la classe, ma chère, avant toute chose.

Valeria ne répondit pas. Elle était en train de se demander quand elle trouverait le courage de ne plus rendre visite à sa mère. Celle-ci possédait le don de la décourager.

La perspective de revoir Franz le lendemain lui rendit le sourire. Franz constituait pour elle une raison de vivre.

Mais Alma ne devait pas avoir vent de son existence. Jamais.

52

1902

Allongée dans son « lit de courtisane », Valeria, les yeux mi-clos, contemplait son amant.

Entièrement nu, Franz évoluait tout naturellement dans la chambre, comme s'il avait été chez lui.

Elle appréciait sa liberté, de ton comme d'allure, et son dédain des conventions.

Ils s'étaient rencontrés dans la galerie de Griselda, quatre ans auparavant. Valeria avait tout de suite pressenti que Franz, jeune architecte viennois, et elle étaient destinés l'un à l'autre, et cela lui avait fait peur.

Son mariage catastrophique l'avait plus marquée qu'elle ne voulait l'admettre. En toute logique, elle n'avait pas cherché à le revoir. C'était compter sans l'obstination de Franz, tombé sous le charme de l'artiste peintre aux cheveux fauves. « Foudroyé », avait-il écrit à son ami Ludwig. Il avait tissé sa toile, patiemment, s'arrangeant pour croiser son chemin à intervalles réguliers. Lorsque enfin il avait pu échanger quelques mots avec elle, sur la place de l'Unité, il avait remarqué ses yeux d'un vert doré, et l'avait fait sourire en lui disant qu'elle lui rappelait *La Fille aux yeux d'or* de Balzac.

« L'histoire s'est mal terminée », avait-elle répondu.

C'était ainsi que tout avait commencé. Lentement, il avait su apprivoiser Valeria. A ses côtés, elle avait découvert le bonheur d'aimer et d'être aimée. Rien de comparable avec ce qu'elle avait connu avec Thaddée. Franz était attentionné, et passionné. De son côté, Valeria se laissait emporter par le désir et osait prendre l'initiative.

Son œuvre s'en ressentait : ses couleurs devenaient plus contrastées. Elle qui se reprochait souvent de « peindre comme une femme » prenait plus de force et d'assurance.

On parlait de plus en plus d'elle dans les comptes rendus d'exposition, vantant son style particulier, exempt de toute mièvrerie.

Elle ne craignait pas de sortir accompagnée de Franz, ce qui suscitait des commentaires désagréables. On la comparait à sa mère, la belle Alma, toujours escortée de quelque soupirant, on stigmatisait son mode de vie plus que libre, mais Valeria n'en avait cure.

« Un parfum de scandale a toujours fait vendre », affirmait-elle avec cynisme.

De plus, Franz, membre avec quelques amis du cercle de la Sécession, avait le vent en poupe. On parlait beaucoup de leurs idées révolutionnaires dans le domaine architectural. N'avaient-ils pas choisi comme devise : « A chaque époque son art, à l'art sa liberté » ? A Vienne, ils avaient utilisé les structures métalliques et autres matériaux modernes, tout comme ils avaient innové en créant du mobilier Jugendstil aux lignes simples.

Alma ne pouvait pas ne pas avoir entendu des rumeurs au sujet de sa fille et du séduisant architecte, mais, curieusement, elle n'en fit jamais état. Peut-être espérait-elle que, ce faisant, elle pourrait croire que rien ne s'était passé. A moins qu'à près de quatre-vingts ans elle ne s'estimât trop vieille pour se quereller avec sa fille.

Restait Thaddée. Valeria rêvait de pouvoir divorcer de son époux. Il s'y était toujours montré opposé, arguant du fait que « l'homme ne pouvait séparer ce que Dieu avait uni ».

En d'autres circonstances, cette réponse aurait déclenché son hilarité car Thaddée n'était pas le meilleur exemple de chrétien pratiquant. Peu importait ! Elle désirait seulement recouvrer sa liberté.

Il n'avait rien voulu savoir. Pour lui, divorcer équivaudrait à rayer l'existence d'Elena et de Stepan d'un trait de plume. Valeria estimait que cela n'avait rien à voir, néanmoins il n'avait pas voulu en démordre.

Lorsque son époux venait à Temesvar, tous deux

se retrouvaient dans un salon de thé de la vieille ville. Ils entretenaient des rapports courtois, même si l'un et l'autre étaient conscients qu'il aurait suffi de peu de chose pour qu'ils en viennent aux mains.

N'était-ce pas horrible ? Ils avaient eu deux enfants sans éprouver d'amour.

A cause d'Alma.

Alma, qui avait tiré les ficelles dans l'ombre, et persuadé Lothar que son fils pouvait vivre une autre vie.

Valeria réprima un soupir. Il était trop tard. Impossible de revenir en arrière. Et elle ne le souhaitait pas. Sauf pour les enfants...

A onze ans, les jumeaux étaient en âge de se forger une opinion sur leurs parents.

Même si elle pensait avoir agi pour le bien de tous, Valeria ne pouvait s'empêcher de craindre le jugement d'Elena et de Stepan.

Ils étaient très proches de leur père, quoi d'étonnant ? Malgré son âge avancé, Thaddée entretenait une bonne forme physique. Ses cheveux blancs, son visage buriné, sa silhouette mince et nerveuse lui conféraient une allure de patriarche. En avait-il la sagesse ? Valeria n'en était pas certaine.

Il en allait de même pour elle. Toujours impulsive, elle refusait de se laisser ligoter par les convenances.

« Valeria la rebelle », avait titré un journal commentant sa dernière exposition. C'était tout à fait ça. Franz l'encourageait en ce sens.

« L'art, chérie... il nous faut dépasser les conventions, aller de l'avant. Ne pas nous laisser paralyser par le passé. Surtout pas. »

Elle s'étira avec grâce, se leva et alla se camper devant la psyché de sa chambre.

A trente-six ans, elle était encore belle, même si les premières rides griffaient le coin de ses yeux. Son corps était toujours ferme et lisse, grâce à la pratique de la marche, à l'équitation, et à de longs bains tièdes. Avec ses cheveux incandescents, son teint d'albâtre et ses yeux dorés, elle avait « du chien » comme disait Griselda, admirative. Il lui fallait bien ça, pour garder à ses côtés Franz, son cadet de quatre années. La nature était injuste avec les femmes mais Valeria avait eu la chance d'être épargnée par les vergetures durant sa grossesse. Elle disposait encore de quatre ans avant de paniquer au tournant de la quarantaine, une étape si éprouvante pour une femme.

Elle sourit à son reflet.

On frappa à la porte. Elle se drapa d'un kimono multicolore avant d'ouvrir à Kathie, sa servante.

Celle-ci lui tendit un télégramme et Valeria, la remerciant d'un signe de tête, contempla le papier bleu durant une bonne minute avant de se décider à le déchirer.

Les mots, signés de Jan, le régisseur de La Salamandre, lui sautèrent au cœur.

« Monsieur Mayer est mort, suite à chute de cheval. Attends vos instructions. »

Elle reconnaissait bien là le style direct du régisseur.

Choquée, Valeria se laissa tomber sur un siège. Certes, elle n'avait pas aimé Thaddée mais avait tout de même partagé sa vie durant cinq ans. De plus, ils avaient eu deux enfants. C'était eux sa priorité désormais.

Elle arrêta vite sa décision.

Elle s'habilla à la hâte avant d'aller informer Franz.

— Je dois me rendre à La Salamandre, mon époux est décédé, lui annonça-t-elle sans ambages.

53

1905

Encore cinq jours, pensa Elena, penchée sur sa version latine.

Le temps lui paraissait horriblement long depuis que Stepan et elle avaient dû quitter La Salamandre et venir vivre auprès de leur mère à Temesvar. Quoique « auprès de leur mère » ne soit pas l'expression exacte car Valeria les avait mis en pension.

Les jumeaux avaient eu l'impression de se retrouver en prison et cette période, après la mort brutale de leur père, avait été particulièrement éprouvante pour eux. Stepan, éloigné des chevaux, avait traversé une phase difficile et s'était refermé sur lui-même. Plus extravertie, Elena avait mieux supporté leur changement de situation en se liant avec une jeune fille de son âge, Sophie, fille d'un haut fonctionnaire. Toutes deux se rendaient au manège deux fois par semaine et montaient des pouliches vives.

Elles lisaient beaucoup, commençaient à s'intéresser aux garçons entrevus le jour de la promenade, et n'avaient pas de secrets l'une pour l'autre.

Excepté pour ce qui concernait Franz. Elena ne parvenait pas à confier à Sophie qu'elle avait un matin surpris l'architecte sortant de la chambre de sa mère. Elle en avait éprouvé un choc même si, au fond d'elle-même, elle pressentait la vérité depuis longtemps.

Censé habiter en ville, Franz passait le plus clair de son temps chez Valeria, où il disposait d'un bureau. Il se montrait aimable avec eux mais… comment dire ? indifférent. Elle avait vite compris qu'il préférait la vie avant… quand Stepan et elle habitaient à la campagne.

Etait-ce Franz qui avait suggéré la pension à leur mère ? Ou bien Valeria n'avait-elle pas eu envie de garder ses enfants à demeure ? En tout cas, leur vie s'était organisée ainsi. Durant l'année à Temesvar, à La Salamandre pendant les vacances.

Là-bas, Elena et Stepan retrouvaient Bronia, leur maison, les chevaux. Ils redevenaient des sauvageons libres d'aller et venir comme ils le souhaitaient. La vraie vie…

Même si leur père leur manquait toujours, chaque retour au domaine était pour eux la preuve que leur séjour à Temesvar ne constituait qu'une parenthèse. Ils étaient chez eux à La Salamandre.

Stepan retrouvait le sourire en compagnie des chevaux. Les études ne l'intéressaient pas. Il s'ennuyait à périr au pensionnat, ne s'y était fait aucun ami. On s'y moquait volontiers de ses manières rustiques, de son indifférence aux belles lettres et aux mathématiques. Peu lui importait, tant qu'il caressait son rêve de revenir vivre sur sa terre. Et tant pis pour sa mère qui ne l'avait jamais compris.

Elena progressait à longues brasses coulées, appréciant la fraîcheur de l'eau, la caresse du soleil sur son visage. C'était si bon de retrouver le fleuve, là où elle avait vécu tant de bons moments étant enfant.

C'était comme si elle renouait avec son élément naturel, et cela lui faisait un bien fou. Oubliés, les longues heures d'étude, le dortoir glacial, la toilette de chat imposée. Elena était libre, enfin !

Elle regagna lentement la rive, sortit du fleuve en tordant ses cheveux. Elle avait une conscience aiguë de la terre meuble, des herbes hautes effleurant ses jambes nues, du soleil déjà chaud.

Elle était chez elle.

Brusquement, quelque chose troubla ce tableau idyllique. Une ombre voila le soleil.

Etonnée, elle leva les yeux et le vit, à quelques pas, trop grand, trop imposant.

Elle prit alors conscience de sa quasi-nudité, avec son caraco et son jupon mouillés dessinant son corps plus qu'ils ne le dissimulaient et, instinctivement, plaqua les mains sur ses seins.

Lui partit d'un grand rire.

— Il ne faut pas avoir peur de moi, Elena, voyons, je vous connais depuis que vous êtes toute petite.

— Eloignez-vous, je vous prie, déclara-t-elle fermement.

Il continua de la scruter sans bouger d'un pouce.

— Vous êtes devenue une belle jeune fille, reprit-il.

A cet instant, elle eut peur.

54

1965

L'automne était en chemin. Les couleurs se floutaient, les contours des maisons étaient moins nets, comme dans un tableau de Watteau. Esther observait ces modifications ténues tout en profitant du soleil encore chaud et de la lumière, incomparable.

James, son agent, avait cessé de l'appeler au téléphone et elle en était soulagée. Il était temps pour lui de comprendre qu'elle n'avait pas envie de se produire en public pour le moment. Jouer pour madame Pastor lui avait suffi.

L'après-midi passé chez la mère de l'écrivain avait été délicieux. La vieille dame habitait une maison ancienne située à l'entrée du village. Le jardin de curé descendait vers la Sorgue. Un chat noir et blanc l'avait accueillie avec une grâce nonchalante.

Madame Pastor, cheveux argentés, visage poudré,

ruban de velours noir autour du cou, évoquait irrésistiblement une marquise du XVIIIe siècle. Son fils était prévenant à son égard, et aussi complice. L'amour entre eux allait de soi, et ce constat avait fait du bien à Esther, elle qui pleurait encore souvent ses parents.

Elle s'était assise au piano, un Steinway parfaitement accordé, et avait fait courir ses doigts sur le clavier. C'était chez elle une vieille habitude, histoire de sonder l'âme de l'instrument, comme elle l'avait un jour expliqué au cours d'une interview.

Madame Pastor chuchotait. Quand Esther avait attaqué les premières mesures des *Gnossiennes* d'Erik Satie, le silence s'était fait dans le salon.

Esther avait enchaîné avec le *Concerto n° 2* de Rachmaninov, *Roméo et Juliette* de Prokofiev puis enfin un nocturne de Chopin.

Elle s'était retournée après avoir plaqué le dernier accord.

Madame Pastor, yeux mi-clos, paraissait dormir. Une larme roulait sur sa joue.

Esther, inquiète, avait cherché le regard de son fils.

Il l'avait rassurée d'un sourire.

« Ma mère est heureuse. Soyez-en remerciée. »

Ils avaient pris le thé dans le jardin – un Lapsang Souchong de qualité qu'Esther avait apprécié comme il se devait.

Madame Pastor, qui arborait un grand sourire après l'intense émotion éprouvée durant le récital, l'avait encore remerciée.

« Mon époux pratiquait le piano. Vous m'avez rappelé des souvenirs des jours heureux », lui avait-elle confié.

On avait promis de se revoir.

Monsieur Pastor avait raccompagné Esther à leur hôtel et lui avait renouvelé ses remerciements.

« Cela m'a fait plaisir à moi aussi », avait-elle affirmé.

C'était vrai. Elle était persuadée que la musique constituait un lien entre les êtres.

« Restez-vous encore longtemps à Fontaine ? s'était-il enquis.

— Franchement, je n'en sais rien. Je me laisse porter au gré des événements ces derniers temps, avait-elle répondu. Bonne soirée. »

Un peu lasse, elle avait besoin de la solitude de sa chambre pour se ressaisir.

Nathan lui avait encore écrit. C'était de plus en plus étonnant ! Se piquait-il au jeu, lui aussi ?

Elle soupesa l'enveloppe « Par avion ».

De quoi s'agissait-il cette fois-ci ?

Comme d'habitude, il avait griffonné sur l'une de ses ordonnances :

Si tu continues à séjourner en Provence, je finirai par venir te chercher ! En attendant, j'ai trouvé ce carnet appartenant à notre mère et je te l'envoie. Tu auras certainement plus de patience que moi pour tenter de déchiffrer ses pattes de mouche. Prends soin de toi.

Elle éprouva une sorte de vertige.

Enfin ! pensa-t-elle.

Et, cependant, alors qu'elle sortait le carnet – tout simple, en moleskine bleue – de l'enveloppe, elle ne put se résoudre à l'ouvrir.

Pas tout de suite.

Un peu de temps lui était nécessaire avant de s'immiscer dans l'intimité de leur mère tant aimée.

— Parle-moi encore de la Kolyma.

Il fallait qu'elle sache. Pour tenter de comprendre le processus visant à briser des hommes innocents.

Christopher fit la grimace.

— Tu aimes enfoncer le couteau dans la plaie.

— Mon cher cousin, c'est toi qui m'as fait connaître le… comment dis-tu, déjà ? Le Goulag. Je n'en avais jamais entendu parler auparavant.

Il hocha la tête. Tous deux marchaient dans la forêt de cèdres de Bonnieux. Christopher s'arrêta pour passer la main sur le tronc d'un grand cèdre.

— Là-bas, dans l'enfer blanc, nous ne pouvions même pas caresser les arbres, déclara-t-il d'une voix lointaine. Nous, les zeks, étions moins que rien. Mon voisin de chambrée, trois ans après sa déportation, ignorait toujours pour quelles raisons on l'avait envoyé à la Kolyma. Moi, c'était différent, mon frère avait porté l'uniforme nazi, moi aussi je devais payer. Ça m'a toujours frappé, d'ailleurs, cette similitude entre le Reich et le régime stalinien. Les familles étaient châtiées au même titre que les coupables. En Allemagne, ça s'appelait la

Sippenhaft, la responsabilité du clan. Sous le régime soviétique, c'était la « vigilance révolutionnaire » qui prônait l'arrestation, l'exécution ou la déportation au Goulag des « parents d'ennemis du peuple ». Un beau cadeau de Werner, conclut-il, amer.

— Pourquoi était-il ainsi ? Je veux dire... Werner. Vous ne vous entendiez pas ?

Esther ajouta vivement :

— Je t'en prie, Christopher, dis-moi si tu n'as pas envie de répondre. J'essaie juste de comprendre.

Il sourit.

— N'aie crainte, je ne me méprends pas sur le sens de ta démarche. Werner était ainsi fait. Il a adhéré très vite à l'idéologie nazie. Je pense que c'était pour lui un moyen de détenir un certain pouvoir. Il fallait le voir parader dans son uniforme ! C'était révoltant. Alexandra et lui se heurtaient sans cesse mais comme ma sœur n'avait pas encore quinze ans, il avait beau jeu de la traiter de gamine et de vouloir lui imposer sa loi.

— Mais... vos parents ?

Il poussa un nouveau soupir.

— C'est bien là le problème. Notre mère, totalement dépassée et marquée par des années de soumission, n'a pas eu la force de se battre. Elle était usée. Notre père, en revanche, a suivi Werner. Une histoire d'intérêt, de terres à récupérer... Des événements choquants ont eu lieu durant les années de guerre. On suivait le vent... et le vent soufflait de Berlin. J'ai été contraint de porter l'uniforme honni, moi aussi, en 42, pour éviter des représailles à ma famille. C'est ce qui a fait basculer mon destin. Pour l'Armée rouge, j'étais un traître nazi et devais être sanctionné.

— Ils auraient pu t'exécuter.

— Ça a failli, à deux reprises. La première fois un colonel m'a sauvé, parce qu'il avait de la famille au Banat, lui aussi. La seconde fois, la mitrailleuse s'est enrayée. Il suffit parfois de si peu de chose... Cependant, je t'avouerai que j'ai souvent regretté, à la Kolyma, de ne pas avoir été tout bonnement fusillé. Cela m'aurait évité cette horrible mort lente.

Une larme roula sur la joue d'Esther. Christopher se pencha, l'essuya, avec une infinie tendresse.

— Ne pleure pas, lui ordonna-t-il d'une voix bourrue. J'habite en France, à présent. La Kolyma est loin dernière moi.

— Mais elle fait partie de toi ! s'obstina Esther. Tu es marqué à vie et moi... je n'avais pas la moindre idée de ce que vous avez pu endurer, tes compagnons d'infortune et toi.

— C'est le passé, déclara-t-il fermement. On regarde droit devant nous et on avance, toujours.

— C'était une idée chère à mon père, acquiesça Esther. « Pas de regret stérile ! » nous répétait-il lorsque mon frère ou moi gémissions sur ce qui aurait pu être, n'avait pas été...

— Décidément, j'aurais aimé le connaître !

Le regard d'Esther s'assombrit. A la mort de

Simon, elle n'avait pas tout de suite compris la place qu'il tenait dans sa vie. C'était venu après.

Elle hocha la tête.

— J'ai eu beaucoup de chance d'avoir des parents merveilleux.

— J'en suis heureux pour toi. A La Salamandre, nous n'étions pas très « famille ». Enfin… il y avait ma mère, Alexandra et moi et, de l'autre côté, Werner et mon père. Deux clans qui s'opposaient.

Etait-ce pour cette raison qu'Elena n'était jamais retournée au Banat ?

Tout à coup, Esther eut hâte de se plonger dans la lecture du carnet bleu.

55

1907

— Ma parole, tu as perdu la raison !

Elena foudroya son frère du regard. Elle lui trouvait tout à coup un air fourbe qui l'inquiétait.

Il tendit la main vers elle d'un geste qui se voulait apaisant.

— Ne t'emballe pas, Leni, déclara Stepan, usant du diminutif de sa jumelle. C'est une opportunité que je ne puis refuser.

— Tu lui dois de l'argent, c'est ça ? Il t'a entraîné à jouer ou bien emmené dans… dans une maison et tu ne peux régler tes dettes ? Dis-le, bon sang !

— C'est toi qui es folle, répondit-il avec dédain.

Il jouait serré. Pas question, en effet, de lui avouer que le régisseur avait barre sur lui. Stepan avait beaucoup perdu au jeu. Le régisseur le tenait.

— Il a le béguin pour toi, reprit-il. Il te veut pour femme. Ma foi… tu pourrais tomber plus mal !

— Trop aimable ! jeta Elena, blanche de colère. Je te rappelle que j'ai seulement seize ans. Je ne suis pas vraiment pressée de me marier.

— C'est important pour moi, pour nous, insista-t-il. Nous risquons de perdre La Salamandre.

— A qui la faute ?

Elle le toisa.

— Tu ne peux en rien me contraindre, Stepan. Tu n'es pas mon père ! Et, d'ailleurs, père ne m'aurait jamais obligée à faire quelque chose que je refusais.

— Naturellement, tu as toujours été sa préférée !

L'amertume de son jumeau était flagrante. Elena résolut de ne pas y prêter attention. N'était-elle pas habituée, depuis l'enfance, à ce qu'il soit jaloux d'elle ? Valeria avait affirmé un jour que Stepan ne serait jamais heureux car il partait du principe qu'on cherchait à le spolier.

« Thaddée était ainsi fait, avait-elle ajouté. Toujours à penser qu'ailleurs l'herbe était plus verte ! »

C'était tout à fait ça. Pourtant, son père ne lui avait pas dévoilé cette facette de son caractère. Avec Elena, il se montrait toujours un père aimant et attentionné. Il lui manquait. Et elle aimait le domaine.

Mais elle n'avait pas l'intention de se sacrifier

pour que Stepan continue de jouer sans discernement.

Tout cela à cause de Jan Kolthus, le régisseur de La Salamandre ! Comment pouvait-il imaginer qu'elle accepterait de l'épouser ? Il avait au moins quarante ans !

Elle secoua la tête.

— Arrête de déparler, Stepan ! Cette discussion est stérile. Si tu ne veux pas me comprendre, je retourne à Temesvar chez notre mère.

— Tu passes à l'ennemi ?

Elle se sentit rougir sous le regard chargé de mépris de son frère. Comment pouvait-il réagir ainsi ? Elle ne le reconnaissait plus ! A moins qu'elle n'ait jamais su qui il était réellement ?

Un bruit de pas la fit tressaillir. Elle jeta un coup d'œil par-dessus son épaule, aperçut le régisseur qui s'approchait de la galerie.

Affolée, elle fila en direction des écuries, fit sortir Barinia, sa jument, qu'elle monta à cru et talonna, sous le regard ébahi de Stepan.

— Reviens ! cria-t-il. Elena !

La tête penchée sur l'encolure de sa monture, elle ne répondit pas. Elle devait se réfugier chez sa mère.

1908

Lorsqu'elle était arrivée en trombe chez Valeria, après avoir confié sa monture aux soins du valet d'écurie, Elena lui avait tout annoncé d'un trait. La folie de Jan Kolthus, qui non seulement lui faisait peur mais s'était aussi mis en tête de l'épouser. Le délire de Stepan qui voulait la contraindre afin d'effacer ses dettes. Furieuse, Valeria avait décidé séance tenante de se rendre à La Salamandre en compagnie de son avocat, maître Fitzcombe.

Elena ignorait tout de la teneur de sa diatribe mais Stepan était vite rentré dans le rang. Sa mère l'avait expédié dans un haras hongrois où il avait passé un an en apprentissage. Quant à Jan Kolthus, il avait quitté La Salamandre.

Comment Valeria était-elle parvenue à le convaincre de renoncer au remboursement de sa créance ? Elena se l'était longtemps demandé et son admiration pour sa mère s'en était trouvée grandie. Même si elle n'oubliait pas le domaine de son enfance, elle commençait à apprécier sa vie en ville.

Depuis la mort d'Alma, Valeria avait emménagé dans son grand appartement qu'elle avait entrepris de redécorer avec l'aide de Franz.

Elena appréciait ce qu'on appelait l'Art nouveau et était sensible au charme du mobilier tout en courbes et volutes.

Temesvar était à la pointe du progrès. Ne disait-on pas que la capitale du Banat avait été la première ville roumaine à s'équiper de l'éclairage public au gaz ? Depuis 1884, elle bénéficiait aussi de l'électricité.

Sa mère l'avait emmenée à son premier bal.

Malgré le côté pesant du cérémonial, Elena avait trouvé agréable le fait d'être au centre de l'attention. De jeunes sous-officiers en uniforme blanc venaient solliciter l'honneur de réserver une danse sur son carnet de bal. Du côté des douairières – pourtant, Valeria paraissait beaucoup plus jeune que ses quarante-deux ans ! –, sa mère posait sur elle un regard empreint de fierté.

Elle avait pensé à son père pour sa première danse, une valse, et puis, elle s'était laissé emporter.

Elle était belle, on le lui avait tant répété qu'elle finissait par le croire, délicieusement étonnée. Durant l'enfance, son jumeau ne s'était-il pas moqué de sa maigreur comme de ses yeux couleur de cognac ? Depuis l'affaire Kolthus, le frère et la sœur ne se parlaient plus.

« Tu m'as trahi, tu ne fais plus partie de ma famille », lui avait écrit Stepan.

Au fond d'elle-même, elle avait éprouvé un certain soulagement.

Il y avait eu ce jour, en effet, où elle l'avait surpris dissimulé dans les hautes herbes pour l'observer en train de se baigner dans le fleuve. Cet autre jour où il s'était montré un peu trop pressant pour la conduire chez Kolthus. Désormais, Elena se défiait de lui.

Ils n'avaient plus d'échanges. Ce qui ne troublait guère Valeria.

« Elena, mon petit, il faut te faire une raison.

Stepan est un rustre qui ne vit que pour les chevaux. Toi, Dieu merci, tu as d'autres ambitions. »

Elena rêvait de devenir journaliste. A l'aube du XXe siècle, tous les espoirs n'étaient-ils pas permis pour une jeune personne plutôt bien faite de sa personne et aimant écrire ?

Valeria l'avait introduite auprès du rédacteur en chef de *Die Zeitung*, qui l'avait embauchée comme stagiaire. Elle courait les événements, impeccable dans son tailleur de tussor bleu roi, et parvenait souvent à obtenir des informations de première main.

Même si quelques collègues l'avaient surnommée « la protégée du patron », elle n'en avait cure. Jumelet, le rédacteur en chef, appréciait son travail, c'était suffisant pour elle.

Elle fréquentait vernissages, expositions et autres manifestations culturelles, lisait les derniers ouvrages parus.

On commençait à connaître la jeune Elena Mayer, « la belle fille aux cheveux fauves ». On disait d'elle qu'elle était tenace et ne lâchait rien. Cela la faisait sourire. Elle désirait simplement réussir. Grâce à son talent.

— Elena, mon petit, n'oubliez pas que vous m'accompagnez ce soir à l'Opéra.

— Hé ! Hé ! lança Solveig, une amie de la jeune fille. On sort avec le patron ?

— En tout bien tout honneur ! répliqua vivement Elena.

— Tu te défends trop vite, ma belle ! Il n'est pas mal, d'ailleurs, si on les aime… mûrs.

— Espèce d'idiote !

Elena lui jeta son carnet à la tête.

Elle avait pris l'habitude de prendre des notes sur des carnets en moleskine, toujours de couleur bleue. Elle rédigeait ensuite ses articles sur de grandes feuilles blanches sur lesquelles elle écrivait d'un seul côté. Elle raturait beaucoup, se relisant plusieurs fois à voix haute avant de communiquer son texte à Jumelet. Il lui avait appris à « écrire sec », comme il disait, en ôtant « tout le gras superflu ». Les premiers temps, elle se laissait aller à des digressions. Impitoyable, il sabrait son texte de grands coups de stylo-plume.

Il lui avait fait découvrir cet instrument à réservoir d'encre et elle l'avait adopté.

Elle aimait à travailler avec lui, même si elle n'éprouvait pour lui qu'admiration et amitié.

Sa mère l'avait mise en garde. « Tu désires travailler… libre à toi. Ce n'est pas moi qui t'en empêcherai. Cependant, mets toutes les chances de ton côté. Sois irréprochable car sinon, à travers toi, c'est l'ensemble des femmes qui travaillent qu'on critiquera. »

Elena appréciait de plus en plus la franchise de sa mère. Celle-ci, en effet, ne lui faisait pas miroiter monts et merveilles mais lui donnait son opinion sans précautions oratoires. Elle l'avait prévenue contre les barbons entreprenants ou les jeunes gens aux mains baladeuses, lui avait expliqué en quoi consistait le cycle menstruel. Comparée aux mères de ses amies, Valeria était une personne anticonformiste et d'avant-garde.

Cependant, Thaddée manquait toujours à Elena. Il lui avait appris à nager dans le fleuve, à pêcher, lui avait répété combien il était fier d'avoir une fille comme elle. Avec lui, Elena se sentait aimée.

Elle réprima un soupir. Elle était certaine qu'à la fin de sa vie, son père lui manquerait encore.

La pendulette de son bureau sonna sept heures. Vite, elle avait juste le temps de filer chez Valeria se changer avant d'accompagner Jumelet.

Elle disait toujours « chez Valeria » car elle ne s'y sentait pas vraiment chez elle.

Seulement en transit… en attendant de choisir où elle désirerait vivre.

56

1912

Elle n'aurait jamais dû se laisser séduire. D'autant qu'au fond d'elle-même, elle savait fort bien qu'elle ne l'aimait pas. C'était flatteur pour elle, pour son amour-propre, mais, ce faisant, elle n'avait pas suivi le conseil maternel. Or, elle était assez fine pour remarquer qu'on se posait des questions à propos de sa relation avec Jumelet.

Lui l'enveloppait d'un regard de propriétaire, ce qui l'agaçait. Elle se sentait prise au piège : si elle décidait de le quitter, ne risquait-elle pas de perdre son poste ? Décidément, elle avait tout faux !

Cette première soirée à l'Opéra avait été suivie de quelques autres. Elle, la petite provinciale, s'était laissé griser. Il l'avait emmenée dans les meilleurs restaurants de la ville, l'avait même invitée une fois à l'accompagner à Vienne.

Ç'avait été pour elle un enchantement. Elle était

tombée sous le charme de la capitale autrichienne, d'autant qu'elle avait découvert les jardins du Belvédère sous la neige. Elle avait gardé le souvenir ému d'un chocolat sublime dégusté chez Landtmann, le café où se retrouvaient les journalistes et les politiciens.

Il faisait si froid ce jour-là qu'elle avait choisi de porter le manteau de zibeline offert par Valeria. Jumelet l'avait complimentée – « On dirait une tsarine » – et elle avait rougi, joie et confusion mêlées.

Avec lui, la vie coulait comme du miel, il possédait suffisamment d'entregent pour se faire ouvrir la plupart des portes. Heureusement, leur liaison n'avait pas gommé les aspérités de son caractère : il critiquait toujours aussi sévèrement ses textes, et elle préférait qu'il en soit ainsi.

Pourtant, elle pressentait qu'elle devait mettre fin à leur relation, sous peine de se discréditer ou, pire encore, de rester dans son ombre. Il était un amant délicat et attentif, contrairement à ce qu'elle aurait pu penser, et séparait bien le travail et le plaisir, mais cela ne pouvait durer ainsi.

Elle hésitait, cependant, consciente de ce qu'elle lui devait. De plus, quand il l'enlaçait en murmurant « Chérie... », elle se sentait incapable de lui résister.

Elle ne l'aimait pas mais aimait ses caresses comme sa façon de lui faire l'amour. Elle ne se voyait pas pour autant comme une femme de mauvaise vie ! Le sang d'Alma et de Valeria, des femmes libres, coulait dans ses veines. A vingt et un ans, elle était maîtresse de son corps. Et tant pis pour Stepan qui continuait de l'ignorer.

Elle réfléchit durant une demi-minute, le stylo-plume en l'air, avant de noircir sa feuille. Il fallait qu'elle parle de l'atmosphère d'attente et de fébrilité dans la grande salle de l'Opéra national, ainsi que de la prestation exceptionnelle de la cantatrice qui avait fait courir des frissons d'émotion dans le public. Il lui semblait qu'une vie ne suffirait pas pour réaliser tous ses rêves.

Face aux champs qui ondulaient sous la brise, Stepan remâchait sa rancœur. Certes, il était revenu à La Salamandre, mais il ne pardonnerait jamais à sa mère et à sa sœur l'exil qui lui avait été infligé. Il avait été humilié, traité comme un gamin inconséquent… Comble de malchance, Kolthus avait retrouvé sa trace dans le haras où il avait été expédié et lui avait administré une correction qu'il n'était pas près d'oublier. Il détestait ce type qui lui avait prêté de l'argent pour mieux prendre l'avantage sur lui. Avec le recul, il avait compris que Kolthus avait manœuvré avec habileté et lui, stupidement, s'était laissé piéger.

Sa mère avait embauché un nouveau régisseur, un certain Davos, venu d'Autriche. Un homme capable, apparemment, même s'il lui serrait la bride. C'était cela que Stepan ne pouvait supporter, cette dépendance vis-à-vis d'un type qui n'était même pas originaire du Banat. Lui, appartenait au domaine de tout son être. L'autre restait un étranger. Il trouverait bien un moyen de le faire décamper. Il le fallait. La Salamandre devait rester aux Mayer.

Ils étaient allongés, nus tous deux, dans le grand lit de Jumelet, après l'amour. Elena savourait ce moment de grâce durant lequel, lui semblait-il, son corps flottait dans une délicieuse apesanteur. Elle commençait à s'attacher à lui, se dit-elle, tandis qu'une sourde angoisse lui mordait le cœur. Il l'attira contre lui, lui caressa les cheveux.

— Chérie, tu vas partir bientôt.

Elle tressaillit.

— Partir ?

— Oui. Il est temps. Pour toi, d'abord. Pour que tu deviennes une bonne journaliste. Pour que tu ne restes pas dans mon ombre. Et aussi parce que je suis trop vieux pour toi.

— Il fallait y penser avant ! jeta-t-elle, boudeuse.

Rien ne se passait comme elle l'aurait désiré. En toute logique, c'était elle qui aurait dû rompre, et non lui.

Elle se sentit stupide.

— Vous ne tenez donc pas à moi ! lui reprocha-t-elle.

Il esquissa un sourire teinté de mélancolie.

— Précisément. C'est parce que tu comptes pour moi que je refuse de te briser les ailes. Tu verras… tu comprendras plus tard.

— Je ne suis plus une enfant ! protesta-t-elle.

Elle se détestait de réagir ainsi mais elle se sentait rejetée et le supportait mal. Elle se redressa sur un coude, se couvrit du drap, maladroitement.

— Vous m'avez tant appris, souffla-t-elle.

Elle mesura après-coup qu'elle avait déjà entériné la fin de leur liaison. Elle n'était jamais parvenue à le tutoyer. Il l'impressionnait, et elle l'admirait.

Elle jeta un coup d'œil perdu au décor de sa chambre. Le lit, baroque, aux draps de satin et à la couverture de lynx, le bureau, surchargé de feuilles volantes et de documents, la bibliothèque encore plus importante que celle de son père, le cabinet Médicis en bois d'ébène. Ainsi qu'il le lui avait expliqué, chaque pièce du mobilier avait son histoire et il l'avait acquise après de longues recherches. Son côté esthète l'avait séduite. De nouveau, elle prit conscience de la place qu'il avait prise dans son existence et se sentit perdue.

— Où dois-je aller ? questionna-t-elle cependant.

Il lui sourit.

— A Vienne. C'est là que tout se passe. Tu as trop de talent pour végéter à Temesvar. Vienne constitue un fabuleux creuset qui te permettra de faire tes preuves.

Vienne ! Le souffle coupé, elle demeura interdite. Découvrir la ville avait constitué pour elle un véritable coup de cœur et elle restait bouche bée à la perspective de s'y installer.

Le sourire de Jumelet s'accentua.

— Chérie, c'est une chance à ne pas manquer.

— Ça me paraît… incroyable, articula-t-elle avec peine.

Elle avait presque peur, tout à coup. Comme si ce qu'il lui offrait était trop ambitieux pour elle. Comme si elle ne l'avait pas mérité.

— Serai-je à la hauteur ? s'interrogea-t-elle à voix haute.

Il lui caressa la joue.

— Je t'en crois tout à fait capable, chérie. Sinon… te ferais-je cette proposition ?

La gorge nouée, elle acquiesça. Elle avait hâte de faire ses preuves.

57

Elena – 1912

La première fois... j'éprouvai de l'excitation et de la crainte en arrivant dans la capitale impériale. J'avais gardé un souvenir ébloui de Vienne mais Jumelet, alors, m'accompagnait. Or, à présent, je me retrouvais seule, et savais que je devais très vite faire mes preuves. Originaire du Banat, je serais considérée comme une petite provinciale sans importance, et mon jeune âge jouerait contre moi.

Pourtant, Jumelet avait tout organisé. Je devais me présenter dès le lendemain au *Wiener Tagblatt*. Je logerais dans une pension de famille située Piaristengasse, tout près de la Colonne de la Peste. Cette adresse, dans un quartier renfermant églises et musées, avait été déterminante pour obtenir le consentement maternel.

Au fond, je crois que Valeria ne se serait jamais

opposée à mon départ. Elle était bien trop fière qu'on m'offre ce poste à Vienne. Même si nos relations avaient longtemps été pratiquement inexistantes, je savais pouvoir compter sur ma mère.

Valeria m'avait aidée à choisir ma garde-robe. Des tailleurs « pour faire sérieux », des blouses en soie de couleur claire, deux robes habillées et tout un assortiment de lingerie en soie et de chapeaux.

Notre complicité s'était accentuée tandis que j'achevais mes préparatifs. Valeria m'avait proposé de choisir parmi les bijoux d'Alma, et j'avais jeté mon dévolu sur un collier de perles.

J'avais peu de souvenirs de ma grand-mère maternelle, que j'admirais. Les cheveux blancs tirés en chignon haut, le regard perçant, elle ne nous laissait passer, à Stepan et moi, aucun manquement aux bonnes manières. Je lui devais de me tenir bien droite en toutes circonstances.

Je regardai autour de moi, ravie de retrouver l'animation viennoise. J'avais le sentiment de vivre, enfin ! Et La Salamandre me paraissait être située à des années-lumière.

Je trouvai assez facilement le chemin de la pension tenue par Frau Werther.

Une servante en tablier et bonnet blancs m'ouvrit la porte. Elle me conduisit à un petit salon tendu de velours grenat. Une dame aux cheveux argentés, assise sur une bergère recouverte de satin gris pâle, serrait contre elle un caniche qui me montrait les dents. Je réprimai un sourire. Cicéron, le molosse qui gardait les écuries de La Salamandre, n'en aurait fait qu'une bouchée !

Elle se porta à ma rencontre sans lâcher son chien de manchon, me tendit la main.

« Soyez la bienvenue, mademoiselle Mayer. »

Suivit un discours évoquant plutôt un sermon, sur mes obligations (de droits, il ne fut guère question !). Je m'efforçai d'adopter une attitude empreinte de sérieux sans pour autant prêter grande attention à ses propos. De toute manière, ma mère et moi avions étudié avec soin le règlement intérieur avant de nous décider. Le fait de devoir rentrer à la pension avant neuf heures le soir et de ne pas recevoir d'autres personnes que des membres de ma famille ne me dérangeait pas. Je n'avais pas l'intention de mener « une vie de patachon », comme aurait dit ma grand-mère Alma. C'était tout à fait le genre d'expression qui nous faisait rire autrefois, Stepan et moi.

Son absence comme son silence me déchiraient le cœur, même si je savais que la rupture entre nous était définitive. Tous deux nés sous le signe des Gémeaux, nous affichions une certaine légèreté mais étions intransigeants pour ce qui concernait notre relation privilégiée.

J'assurai à mon hôtesse que je me montrerais une pensionnaire exemplaire et elle eut l'amabilité de me croire.

La jeune servante me conduisit à ma chambre, un écrin jaune et blanc aux meubles de style Biedermeier[1].

L'espace d'un instant, j'éprouvai une bouffée de nostalgie en évoquant La Salamandre mais, très vite, d'un regard lancé par la fenêtre, j'aperçus les arbres du parc Schönborn. Je sus alors que j'allais être heureuse à Vienne.

Le bâtiment qui abritait les locaux du *Wiener Tagblatt*, situé Schwarzenbergplatz, m'impressionna d'emblée. Etait-ce bien moi, Elena Mayer, qui m'apprêtais à fouler le sol de marbre du hall ?

L'employé de la réception me dirigea vers le bureau d'un certain Max Jünger, au premier étage. J'étais terrorisée tout en m'efforçant de ne rien montrer.

Monsieur Jünger, quadragénaire à la silhouette imposante, ne ressemblait en rien à Jumelet, ce qui était préférable. Nous nous étions dit adieu dans sa chambre et j'avais éprouvé un pincement au cœur. Il paraissait si maître de lui que je m'étais demandé si je n'avais pas imaginé notre liaison. Il ne m'avait pas appelée « Chérie », ni serrée contre lui. A croire que je ne comptais déjà plus pour lui, avais-je pensé. Comment savoir ? Il avait toujours

1. Meubles créés à Vienne au début du XIXe siècle, inspirés du mobilier anglais. Fonctionnels et confortables.

été dans la retenue, excepté lorsque nous faisions l'amour. Il pouvait alors m'enlacer avec emportement jusqu'à ce que je crie de jouissance. Ce n'était pas de l'amour, non. Seulement une histoire de désir, d'attirance charnelle. « Une affaire de peau », aurait dit Valeria, qui n'avait jamais eu peur des mots.

Je songeais à tout cela en soutenant le regard aiguisé de monsieur Jünger.

Il tourna quelques pages sur son bureau.

« Mon ami Carl Jumelet m'a envoyé quelques-uns de vos articles, déclara-t-il d'une voix nonchalante. C'est vrai que vous avez un certain style, étonnant chez une jeune fille. Vous attaquez bille en tête et ne vous perdez pas en digressions. C'est pour cette raison que j'ai décidé de vous laisser faire vos preuves. A vous de nous démontrer que nous avons misé sur le bon cheval. »

Son expression me défendait de sourire de sa formule. Je me tenais toujours debout face à lui, car il ne m'avait pas invitée à m'asseoir.

« Ce n'est pas un gentleman », aurait laissé tomber Valeria avec une pointe de dédain.

C'était certainement la vérité. Jumelet, malgré son caractère bourru, était d'une autre trempe. Avec Jünger, je ne savais pas quelle attitude adopter. Il me jaugeait, c'était certain, et cela ne me faisait pas peur. Je me demandais simplement si je serais à la hauteur.

Il tapota sur son bureau.

« Je vais vous envoyer en reportage, reprit-il enfin. Pas loin… »

Il se pencha vers moi.

« Connaissez-vous Gustav Klimt ? »

Je balbutiai :

« Euh… oui, je crois. Enfin… ses œuvres les plus célèbres. »

Je me serais giflée !

Un sourire narquois retroussa les lèvres de mon interlocuteur.

« Ma chère, il va falloir vous montrer un peu plus pugnace ! L'artiste a la réputation de ne guère apprécier les journalistes. Cependant, vous bénéficiez d'un atout : vous êtes une jolie femme. Savez-vous qu'il a au moins quatorze enfants ? Nés de mères différentes, cela va de soi. J'exige de vous un article détaillé. Ses pensées, ses rêves, ses projets… »

Sonnée, je le considérai avec inquiétude.

« Vous pensez vraiment que j'en suis capable ? »

A ma grande honte, il éclata de rire.

« Cela vaudrait mieux pour vous, ma chère ! Sinon, j'ai bien peur de devoir me passer de vos services. »

Il me fixait d'un air méchant. Il ne voulait pas de moi dans son équipe de rédaction. A cet instant, je devinai qu'il avait certainement un service à rendre à Jumelet et que ce dernier avait insisté pour me caser. Quelle humiliation ! Cependant, je refusais de jeter l'éponge. Même si je revenais avec un reportage catastrophique, j'aurais tenté ma chance.

Je soutins le regard de Jünger.

« Quelle est l'adresse de monsieur Klimt ? »

58

Elena – 1912

« Monsieur Klimt ne reçoit pas de journalistes », me répondit-on lorsque j'appelai chez lui.

L'artiste habitait Feldmühlgasse dans le quartier de Hietzing.

Je résolus donc de rôder aux abords de son domicile dans l'espoir de l'apercevoir. Le défi à relever m'excitait. J'avais consulté aux archives du journal tous les articles qui lui étaient consacrés. Je connaissais son passé, sa formation à l'Ecole des Arts appliqués de Vienne, ses débuts de décorateur en 1879, sa création d'un atelier collectif avec son frère Ernst et Franz Matsch.

Je savais qu'après avoir décoré la villa Hermès, et le théâtre de Carlsbad, il avait peint l'escalier du Burgtheater avant de se séparer de son frère et de Franz Matsch. En 1890, il avait rompu avec l'académisme puis créé en 1897 le groupe des Sécessionnistes avec des artistes comme Carl Moll, Josef Hoffmann ou Josef Engelhart. Il avait aussi participé à la fondation de la Sécession viennoise, en réaction à l'académisme viennois.

Le peintre était à la fois admiré et critiqué. D'abord chef de file de la Sécession viennoise, il avait été ensuite sévèrement décrié au début du nouveau siècle. *La Philosophie,* notamment, commandée pour décorer le hall d'entrée de l'Université de Vienne, avait fait l'objet de nombreuses réprobations. Cette toile avait été considérée comme une atteinte aux bonnes mœurs et l'on avait accusé Klimt de chercher à pervertir la jeunesse.

La perspective de le rencontrer m'inquiétait, bien sûr, mais je devais forcer sa porte pour m'entretenir avec lui. J'avais lu tout ce qui avait été écrit à son sujet sans pour autant parvenir à le cerner. J'admirais l'artiste. Je désirais mieux connaître l'homme. Or, pour ce faire, il fallait à tout prix le rencontrer.

La chance finit par me servir alors que je guettais sa maison depuis plus d'une semaine. Il sortit de son refuge dans un cabriolet tiré par un cheval bai.

Je reconnus son front haut, son crâne en partie dégarni, ses cheveux sombres un peu trop longs, et ce regard perçant qui me fascinait sur les photographies de lui parues dans la presse.

Sans plus de façons, je me lançai vers son cabriolet, me suspendis à la portière.

« Laissez-moi monter, monsieur Klimt, je vous en prie. Il s'agit d'une affaire de la plus haute importance. »

C'était ainsi que tout avait commencé.

« Bon sang ! Ne bougez pas autant, mon petit ! Gardez la tête bien droite et adoptez un air lointain. Voilà, c'est parfait. »

Je n'avais aucune prédisposition à devenir un bon modèle mais je n'avais pas eu le courage de l'avouer à monsieur Klimt. C'était ainsi que je l'appelais – « monsieur Klimt » –, et il n'avait pas protesté. Lui me nommait « Elenchen », « petite Elena », et je ne savais pas encore qu'il demeurerait le seul à user de ce diminutif.

Lorsque j'avais osé arrêter son cabriolet, il ne m'avait pas laissé le temps de me présenter ni de lui expliquer ce que je désirais. Il m'avait regardée avec insistance et lancé : « Je veux que vous posiez pour moi. »

« Je veux » et non pas « je souhaiterais » ou « je désirerais ». J'allais vite comprendre qu'on ne discutait pas avec monsieur Klimt. On s'exécutait.

Il m'avait entraînée dans son atelier. Pièces lumineuses, parquets clairs, deux chevalets, couleurs et palettes posées sur une malle-coffre, lit de repos composaient un décor étonnamment moderne.

Klimt avait tourné autour de moi.

« Ce tailleur… c'est un véritable éteignoir ! Je sais ce qu'il vous faut. »

Dans son atelier, lui-même portait une espèce de tunique qui lui tombait jusqu'aux pieds. Avec ses cheveux mi-longs et son regard acéré, il me faisait penser à une sorte de moine grec, mâtiné d'un satyre. Cette idée m'avait fait sourire. Il avait rugi. « Pas de sourire ! Je veux une pause hiératique. »

Il m'impressionnait, sans pour autant me troubler. Je ne voyais en lui que le peintre, pas l'homme.

Pourtant, c'était l'homme que Jünger désirait mieux connaître.

Je tentai donc de le faire parler, alors qu'il vérifiait le tombé de la robe de style byzantin qu'il avait sortie d'un coffre.

Le peintre était un génie. L'homme, une énigme. J'évoquai pour lui ma mère peintre. Il me confia n'avoir jamais entendu son nom et je n'en fus pas réellement surprise. Temesvar n'était pas Vienne. Il voulut connaître mes préférences en peinture.

Les noms de Monet et de Hokusai lui firent froncer les sourcils.

« Hokusai… voici qui est intéressant, commenta-t-il. Après tout, peu de gens connaissent son œuvre. »

J'eus une pensée reconnaissante pour ma mère, qui s'était chargée de mon éducation artistique. Quelle aurait été sa réaction si elle m'avait vue poser pour Klimt ? Je crois qu'elle se serait écriée : « Ma chérie, tu ne mesures pas ta chance ! »

De la chance, oui, j'en avais, d'avoir une mère anticonformiste !

Je m'efforçais de rester impassible tandis que monsieur Klimt esquissait mon portrait. Chaque fois que je tentais d'ouvrir la bouche, il m'intimait le silence.

Il s'amadoua, cependant, au bout de plusieurs séances, me confia son amour des chats ainsi que la dévotion portée à sa mère. N'était-elle pas, selon lui, la seule femme capable de le supporter ?

Sous ses dehors bourrus, l'homme avait du charme. Il maniait ses pinceaux avec une précision diabolique et j'avais le sentiment que rien ni personne ne pourrait le faire dévier de son but.

Peu à peu, je m'enhardis à lui poser des questions, sur sa vision personnelle de l'art, sur ses projets, sur la façon dont il avait reçu les critiques.

Sa réponse à ce sujet me fit sourire. Il n'avait que faire de l'avis des béotiens. Il refusait tout parti pris d'académisme et en était fier.

J'engrangeais ces informations tout en continuant de poser pour lui. Le soir, à mon retour à la pension de Frau Werther, je retranscrivais tout avec soin.

Au terme de mes séances de pose, j'avais rédigé mon article. Je l'apportai à monsieur Klimt avant de le déposer sur le bureau de Jünger. Il n'était pas question en effet pour moi d'agir dans le dos de l'artiste.

Il lut rapidement mon texte tout en caressant son chat noir et blanc.

« Vous avez du talent, jeune fille », ce fut son seul commentaire. L'opinion de Jünger m'importait peu. J'avais eu l'aval de monsieur Klimt, et cela me suffisait.

59

Elena – 1912

Mon article fut accueilli diversement. Monsieur Klimt et Jünger l'avaient apprécié ; tant pis pour les autres !

Mue par une impulsion que je jugeai par la suite stupide, j'en envoyai un exemplaire à Valeria. Contrairement à ce que j'avais espéré, elle ne m'en parla pas dans ses lettres et je me dis que je l'avais bien cherché. Que croyais-je donc ? Que j'allais révolutionner le monde du journalisme ?

A sa façon, ma mère me faisait comprendre que je débutais. C'était un rappel fort utile, alors que je me colletais avec une équipe de rédaction qui ne cachait pas sa défiance.

Nous étions seulement deux femmes à travailler au *Wiener Tagblatt*, et ma collègue, Greta, cherchait de toute évidence à m'évincer. Il n'était pas question de compter sur la solidarité féminine. Je décidai que cela n'avait pas d'importance. Oskar me soutenait.

Agé d'une trentaine d'années, le nez chaussé de petites lunettes rondes, il était correcteur et, comme tel, occupait une place stratégique dans la hiérarchie du journal.

Nous avions sympathisé et il me proposa très vite de m'emmener à l'opéra. C'était pour moi comme un rêve. Ce soir-là, je demandai une autorisation exceptionnelle à Frau Werther. Ses yeux brillèrent lorsque je lui parlai de *La Flûte enchantée.*

« Quelle chance vous avez, mon petit ! » s'écria-t-elle.

La soirée fut un enchantement. Je vibrai sous le charme de la musique du divin Mozart. Le grand air de la Reine de la Nuit me transporta. Oskar me lançait de temps à autre un coup d'œil amusé. Lorsqu'il me raccompagna, je le fredonnais encore.

« Vous aimez la musique à ce point ? »

Je hochai la tête avec force.

« Ma grand-mère était une bonne pianiste. J'ai appris le violon il y a… longtemps. Et cela me donne envie de le reprendre. A condition d'en avoir le temps, bien sûr ! »

La vie à Vienne était si chronophage, nous le savions tous deux.

Mon article consacré au spectacle fut dithyrambique. Beaucoup trop au goût de Jünger, qui prit plaisir à le sabrer. Cela me rappelait Jumelet.

Que devenait-il ? J'avais été si occupée depuis

mon arrivée à Vienne qu'il ne m'avait pas vraiment manqué. Cette constatation m'emplit de confusion. Je me consolai en me disant que lui aussi aurait pu m'écrire mais c'était là une piètre excuse. Mon installation à Vienne avait acté notre rupture. C'était peut-être mieux ainsi ?

J'en fus convaincue le jour où je rencontrai Simon.

1965

Songeuse, Esther referma le carnet de moleskine recouvert de l'écriture d'Elena. Elle n'avait pas envie de poursuivre sa lecture pour l'instant, juste au moment où sa mère évoquait sa rencontre avec son père. N'était-ce pas par trop indiscret ?

Cette incursion dans les notes d'Elena, alors que celle-ci était une très jeune fille, lui laissait un curieux sentiment d'inachevé. Certains détails lui paraissaient familiers : l'amour de sa mère pour la musique, son goût pour l'écriture et l'art. Elena lui avait transmis tout cela et plus encore... La conscience qu'être une femme ne devait en aucun cas constituer un handicap. Elle était émue à l'idée que cette conscience-là lui venait de Valeria, sa grand-mère maternelle, et se sentait inscrite dans une lignée de femmes.

Pourquoi Elena ne s'était-elle pas montrée plus prolixe à propos de son enfance ? Esther avait souvent l'impression que sa mère ne tenait pas à voir se fissurer l'image d'une famille idéale, qu'elle-même avait contribué à édifier.

Elle rangea le carnet de moleskine dans le tiroir de son chevet, regarda furtivement son reflet dans le miroir encadré de bois doré. Ressemblait-elle à Elena ou à Simon ? Elle avait les cheveux fauves de sa mère et les yeux sombres de son père. « Un regard de Gitane », s'amusait Simon avant d'entonner l'air de Carmen, *Sous les remparts de Séville.*

Esther vouait une admiration sans bornes à son père. Cultivé, élégant, il promenait sa nonchalance dans le monde tout en accumulant dans sa tête anecdotes et témoignages. Esther l'aimait.

Elle se détourna du miroir en poussant un léger soupir. A quarante-sept ans, elle avait basculé sur l'autre versant de l'existence. Elle imaginait Elena hurler si elle l'avait entendue tenir pareil discours.

D'ailleurs, depuis qu'elle avait atterri à Marseille, Esther se sentait rajeunie.

Elle passa une veste, noua une écharpe en cachemire autour de son cou, et sortit de sa chambre. Même si le temps avait changé, la température était assez douce pour susciter l'envie d'aller marcher. Elle appréciait plus particulièrement la promenade en bord de Sorgue menant à la résurgence. Les touristes étaient beaucoup moins nombreux et elle apprécia le calme ambiant, seulement troublé par la cascade de la rivière. Pastor lui avait raconté que la Sorgue, réputée pour ses eaux claires, était particulièrement recherchée jadis par les garanciers, les teinturiers et les papetiers.

Elle-même songeait, en la longeant, aux *Jeux d'eau de la villa d'Este*, de Liszt.

Elena les avait emmenés, Simon, Nathan et elle, assister à un concert symphonique à Covent Garden. Elle revoyait encore l'expression fascinée de sa mère. Elle écoutait, vibrait en mesure. Elle était si… vivante avant que ce maudit cancer n'ait raison d'elle.

Les mains dans les poches, elle fredonna l'air de la Reine de la Nuit, comme pour se rapprocher encore d'Elena.

Décidément, elle aimait ce pays !

60

1913

Valeria, émue, admira la beauté de sa fille. Revenue quelques jours à Temesvar pour célébrer l'anniversaire de sa mère, la jeune fille avait changé, « et en mieux ! », songea-t-elle. Belle, elle l'était toujours, avec quelque chose en plus. Une assurance innée, une présence solaire. Elle n'avait pas caché sa joie de revoir sa mère, d'autant que Franz s'était absenté deux semaines pour se rendre dans sa famille, en Transylvanie. Elena n'avait pas fait de commentaire.

— Je suppose que tu désires te rendre à La Salamandre, suggéra Valeria au cours du dîner.

Sa fille inclina la tête.

— Il y a longtemps… Tu as des nouvelles de mon frère ?

« Mon frère », et non pas « Stepan ». Les jumeaux n'étaient pas près de se réconcilier. Valeria n'en était pas mécontente. Stepan était si différent d'Elena !

Elle n'avait pas la moindre affinité avec son fils. Si elle en avait souffert les premiers temps, elle avait fini par se résigner. Son fils et elle étaient aux antipodes l'un de l'autre. Heureusement, Davos, le régisseur qui avait remplacé Kolthus, était une personne de confiance.

Valeria secoua la tête.

— Stepan ne me donne jamais de ses nouvelles, répondit-elle d'une voix unie. Il n'est pas très famille.

— Nous formons une famille un peu bizarre, nous, les Mayer, déclara Elena.

Elle aurait aimé avoir encore son père auprès d'elle, lui confier sa rencontre avec Simon. Peut-être aurait-il été jaloux ? Il n'y aurait rien de tel avec Valeria. Pourtant, Elena estimait qu'il était encore trop tôt. Elle ne savait même pas où cette rencontre la mènerait.

— Nous irons demain, si tu veux, reprit Valeria.

Elena soutint son regard.

— Mère… je préférerais y aller seule. Si cela ne te dérange pas, bien sûr.

Valeria esquissa un geste désinvolte de la main. Ses bracelets cliquetèrent.

— Cela n'a pas d'importance, Liebchen. Si tu préfères qu'il en soit ainsi, je m'incline volontiers.

C'était mieux ainsi, se dit Elena. Elle désirait

être seule pour revoir le domaine. Et, peut-être, y croiser l'ombre de son père.

Son cœur manqua un battement en apercevant la galerie couverte. Sa jument encensa. Elena la flatta, de la main et de la parole. A cet instant, elle eut la certitude que, quoi qu'il arrive, La Salamandre était et demeurerait sa maison. Elle revit son père assis sous la galerie, et les larmes nouèrent sa gorge.

La silhouette d'une femme s'avança. Elena faillit s'écrier « Bronia ! » avant de se raviser. Bronia était morte deux ans auparavant d'une mauvaise grippe. Elle restait pour Elena celle qui les avait élevés, son frère et elle.

La femme avait une trentaine d'années. Son visage était fermé.

— C'est pour quoi ? s'enquit-elle, sans amabilité excessive.

— Bonjour. Je suis Elena Mayer.

Elle n'appréciait guère de devoir se présenter dans sa propre maison.

La femme ne se dérida pas pour autant.

— Ah ! fit-elle avant de tourner les talons.

Mortifiée, Elena sauta à terre, attacha sa jument à la balustrade en bois et se retourna, cherchant du regard un valet d'écurie.

— De retour au bercail ? lança une voix ironique dans son dos.

Elle n'avait pas besoin de faire demi-tour pour savoir qu'il s'agissait de Stepan. Et Stepan usait d'un ton révélant qu'il n'avait pas l'intention de se réconcilier avec elle.

— La grande dame de Vienne daigne revenir sur ses terres ?

Elena fusilla son jumeau du regard. Tous deux déjeunaient en compagnie de Davos, le régisseur.

Jutta, la femme qui avait accueilli Elena, servait les sarmale, des feuilles de chou farcies de riz, viande, champignons, herbes et légumes. Elle ne s'était pas départie de son air maussade.

— Je suis née ici, comme toi, rappela la jeune femme.

— Mais tu as pris le parti de notre mère.

Stepan lui décocha un coup d'œil mauvais. Les cheveux un peu trop longs, mal rasé, portant des vêtements élimés, il n'attachait aucune importance à son apparence. De nouveau, Elena se demanda s'ils avaient encore quelques affinités. Leur enfance partagée lui paraissait si loin !

Brusquement, Elena comprit qu'elle n'avait pas à se justifier auprès de son frère. Ils n'avaient pas les mêmes aspirations, leurs caractères avaient évolué. Elle posa ses coudes sur la table.

— Le temps a passé, on dirait. Comment envisages-tu l'avenir ?

Il fronça les sourcils. Il paraissait soudain très âgé.

— L'avenir ? Pour moi, il n'y en a pas en dehors de La Salamandre. C'est ma terre, là où je suis né et où je désire être enterré.

— Là où nous sommes nés, toi et moi, corrigea doucement Elena.

Il releva vivement la tête.

— Tu réclames ta part, c'est ça ?

Choquée par son ton belliqueux, elle sentit ses joues s'empourprer.

— Je n'y ai même pas songé, répondit-elle froidement. Et, ajouta-t-elle, je ne crois pas que cette conversation intéresse monsieur Davos.

Stepan haussa les épaules.

— Monsieur Davos, comme tu dis, se moque bien de nos soucis familiaux !

Comme pour corroborer ses dires, le régisseur repoussa son assiette et se leva de table.

Le cœur serré, Elena constata que, décidément, aucun rapprochement avec son frère n'était possible.

Le repas terminé, elle alla se recueillir sur la tombe de son père et celles de leurs ancêtres.

Une mélancolie prégnante la submergea. Son père lui manquait tant. Sa complicité d'antan avec son jumeau avait bel et bien disparu et elle avait comme le sentiment d'être amputée. Avait-elle réellement changé ? Etait-elle devenue une « grande dame », comme il disait avec ironie ?

Elle repartit sans même prendre la peine d'en informer son frère. Elle se sentait étrangère, pire, indésirable. Et, si elle en éprouvait de la peine, elle savait qu'elle surmonterait sa déception. Grâce à Simon.

61

1965

— Je devrais être repartie depuis longtemps, remarqua Esther en effleurant du bout de l'index le chapeau cabossé d'un rabassier, un homme cherchant des truffes.

Il s'agissait de l'une des dernières productions d'Alexandra. C'était le préféré d'Esther, avec le cueilleur de tilleul, et sa cousine s'en amusa.

— Attends de découvrir ma Margarido !

Et d'expliquer :

— C'est un personnage traditionnel de la crèche. Une bourgeoise, qui se rend à la crèche assise en amazone sur son âne et non à pied. Bien vêtue, elle porte une robe brune, un tablier jaune, un fichu vert et un chapeau noir à large bord, un chapeau de bastidane.

Esther hocha la tête, d'un air un peu distrait.

— Tout va bien ? s'enquit Alexandra.

— Oui. Enfin… j'ai commencé à lire le carnet de

ma mère, que Nathan a trouvé, et je m'interroge. Ton père, Stepan. Elena et lui étaient brouillés, n'est-ce pas ?

Alexandra baissa les yeux.

— Stepan avait un foutu caractère, déclara-t-elle d'une voix lointaine, exactement comme si elle souhaitait établir une certaine distance entre la situation et ses paroles. Il avait coupé les ponts avec Elena, précisa-t-elle. Il refusait même qu'on prononce son prénom devant lui. Pour lui, elle ne faisait plus partie de la famille.

— Voilà qui explique les mots de ma mère sous la photographie représentant les jumeaux ! s'écria Esther. « Avant le drame »... pour elle, cette rupture avec son jumeau constituait une terrible épreuve.

De nouveau, Alexandra inclina la tête.

— C'est certain, mais je crois qu'il y a eu autre chose. Quand on s'est aimés très fort, après une rupture, la haine peut devenir elle aussi excessive.

— Peut-être, admit Esther.

Elle allait devoir reprendre le carnet d'Elena, malgré ses réticences. Cependant, elle tenait à en avoir le cœur net. Quoi qu'il puisse lui en coûter.

Elena – 1913

Lentement, j'ai dû me résigner à l'irrémédiable. Les liens avec Stepan étaient coupés, et je n'étais pas certaine que nous pourrions un jour les renouer.

Il ne m'avait pas pardonné d'avoir refusé d'épouser Kolthus. Cependant, je ne regrettais rien. Il n'espérait tout de même pas que j'allais me sacrifier pour l'aider à payer ses dettes ? D'ailleurs, celles-ci ne dépendaient que de sa propension à jouer des nuits entières. Déjà, enfant, Stepan avait pris le pli de rejeter la responsabilité de ses actes sur les autres. Notre père l'avait plusieurs fois sermonné à ce sujet, en vain. Cependant, je ne pouvais m'empêcher d'éprouver de la peine. Une page était tournée, plus rien ne serait pareil. Je tenais à garder intacts mes souvenirs d'enfance, sans pour autant continuer à venir là où je n'étais plus chez moi. De nouveau, je me demandai ce qui se serait passé si mon père avait toujours été en vie.

A mon retour en ville, je tus ma déception mais ma mère était assez fine pour deviner que ma visite ne s'était pas déroulée au mieux. Elle ne posa pas de questions, m'annonça qu'elle avait invité mon amie Sophie.

Nous nous retrouvâmes comme si nous nous étions quittées la veille, et cela me fit du bien. Elle avait rencontré un jeune avocat au Prater et me parla de lui avec gourmandise. Ils se donnaient rendez-vous à la pâtisserie Demel en fin d'après-midi. Il effleurait le bout de ses doigts gantés, ce qui était pour elle le comble de la licence. Mieux valait ne pas lui confier mes ébats avec Jumelet.

J'étais une femme libre, me répétais-je, comme ma mère, et c'était pour moi une certitude grisante.

J'aurais détesté, en effet, achever la constitution de mon trousseau, me rendre à l'église chaque dimanche et attendre qu'on me demande en mariage.

Très vite, je m'ennuyai de Simon. Et de Vienne. La ville impériale m'avait séduite, ensorcelée, même.

Ma mère sourit lorsque je lui annonçai mon départ.

« C'est dans l'ordre des choses, me dit-elle. J'ai toujours su que tu prendrais vite ton envol. Ecris-moi de temps à autre, ma grande. »

Valeria ne ressemblait pas à la mère de Sophie qui exerçait sur elle un véritable chantage. Si elle ne se conformait pas à ses diktats, mon amie allait rendre sa mère malade. Lorsqu'elle me le raconta, je me dis que j'avais beaucoup de chance. Valeria n'avait jamais été envahissante.

Simon m'attendait à la gare, un bouquet de violettes à la main. Il avait reçu mon télégramme à temps. Je m'élançai vers lui, au mépris des usages.

A trente ans, Simon Leavers était grand, mince, avait une crinière châtain un peu trop longue, un visage ouvert. De petites lunettes rondes dissimulaient l'éclat de ses yeux sombres. Lui et moi nous étions rencontrés dans une librairie, Albertinaplatz. Nous cherchions tous deux un ouvrage de littérature anglaise et nous avions échangé nos impressions à ce sujet. Le libraire, un homme aux cheveux blancs, au sourire débonnaire, nous observait discrètement, comme s'il s'était attendu à ce que nous nous écharpions. Tout cela parce que nous lisions des auteurs britanniques ? Il m'avait gratifiée d'un signe de tête pour prendre congé, et j'avais pensé que nous ne nous reverrions sans doute jamais. J'avais apprécié cette conversation à bâtons rompus.

« Je promène mon chien tous les jours en fin d'après-midi dans le Volksgarten », me dit-il tout à trac.

Je réprimai une envie de rire. Sa manière détournée de me donner rendez-vous m'amusait. Il était si éloigné des jeunes hommes que j'avais l'habitude de côtoyer ! Il ne débitait pas de fadaises, ne m'invitait pas à aller boire un café chez Landtmann. Non, il se contentait de deviser littérature, ce qui me convenait fort bien.

Je laissai passer plusieurs jours avant d'aller me promener, en fin d'après-midi, du côté du quartier de la Hofburg. Un petit vent frisquet me fit remonter le col de ma veste. Je me demandai quelle était la race de son chien avant de l'apercevoir, tenant en laisse un épagneul roux et blanc.

Le chien me fit fête dès que je m'arrêtai à hauteur de son maître. Nous avions eu de gros chiens à La Salamandre, des chiens de berger ainsi que des molosses, et je m'étais toujours bien entendue avec eux. L'épagneul s'appelait Praline, m'apprit Simon car il était très gourmand de cette friandise.

Nous reprîmes notre conversation comme si nous ne nous étions pas quittés. Cependant, le vent fraîchissait de plus en plus et il proposa que nous rentrions nous mettre au chaud. Il n'habitait pas loin,

Naglergasse, une rue bordée de superbes façades baroques. C'est ainsi que je découvris ce qu'il nommait son « antre de célibataire », situé sous les toits.

Partout, des livres, en allemand, en anglais, en français. J'en avais le tournis, et j'aurais aimé m'installer sur le canapé Chesterfield pour en ouvrir quelques-uns.

Il me sourit.

« Vous aimez lire, vous aussi ?

— C'est ma passion. Avec la musique. »

Je lui parlai alors de Bach, qui me transportait, de Mozart bien sûr, dont je cherchais le souvenir à Vienne, et de Liszt. Je lui racontai que mon aïeule Anna m'avait légué un fabuleux violon, fabriqué par son époux luthier, et que j'avais appris à en jouer très jeune.

Il regarda mes mains, s'inclina.

« Je donnerais tout pour être un bon musicien. »

Lui était écrivain. Il ajouta qu'il n'avait jamais su faire autre chose, et cela m'émut.

Lorsque je rentrai chez Frau Werther, je savais que j'étais amoureuse.

62

1913

Dès le premier jour, Elena avait eu la certitude que Simon Leavers était l'homme avec qui elle désirait vivre, et avoir des enfants. Cela n'avait rien à voir avec ce qu'elle avait pu éprouver pour Jumelet. D'abord, elle était plus âgée, et connaissait un peu mieux la vie, même si Jünger lui répétait qu'elle était bien trop candide pour devenir une grande journaliste.

Elle doutait d'elle-même en permanence et savait que, malgré tous ses efforts, elle paierait toujours le fait d'être « une simple femme », comme on le lui avait déjà reproché.

Pourtant, avec Simon, c'était différent. Ils étaient tous deux sur un pied d'égalité. Il ne lui avait pas fait de grandes déclarations, il n'en avait pas eu besoin. Entre eux, tout allait de soi. Et la première nuit qu'elle passa chez lui fut pour eux un engagement. Elle ne voulait pas de mariage en blanc, ni de grande cérémonie à l'église. Cela tombait plutôt bien ! Car Simon, bien que s'affirmant non-pratiquant, était de confession juive.

Elena s'en amusa d'abord. Elle n'avait jamais partagé les préjugés de son frère. Cependant, au fil des semaines, Simon lui apprit qu'être juif dans la Vienne de 1913 n'était pas forcément chose aisée.

Bien que l'Empereur François-Joseph ait accordé aux Juifs l'égalité des droits en 1867, deux mouvements antisémites s'étaient développés à compter de 1870. Il y avait le Christlich Soziale Partei, le parti chrétien-social et aussi le Alldeutscher Verband, la Ligue pangermaniste.

Simon avait expliqué à Elena que ce mouvement créé à Berlin en 1891 et nommé à l'origine le « Allgemeine Deutsche Verband », désirait sensibiliser le gouvernement à l'esprit de son programme. Les buts principaux étant de ranimer la conscience allemande, de soutenir les intérêts allemands à l'étranger et d'exiger une politique en faveur de ces mêmes intérêts marquée par des actes.

— Comme souvent, on ne tardera pas à faire porter aux Juifs le poids de tous les malheurs du monde, conclut Simon.

Il paraissait las, tout à coup, et Elena devina qu'il vivait mal sa propre impuissance.

— Je ne pratique pas, reprit-il, je ne sais même pas si je crois, mais il s'agit de la religion de mes ancêtres, et j'y suis attaché. D'ailleurs, c'est pour moi une question d'équité. Pourquoi être stigmatisés, alors que nous n'avons commis aucun crime ? Déjà, au Moyen Age, les Juifs, pendant les épidémies de peste, étaient accusés d'avoir empoisonné l'eau des puits. Comment pouvait-on les persécuter ainsi ?

— Par peur, peut-être, risqua Elena.

Il esquissa une moue dubitative.

— Certainement aussi pour s'emparer de leurs richesses. N'oubliez pas que l'Eglise interdisait le prêt à intérêt. De ce fait, les Juifs étaient les seuls à pouvoir faire travailler l'argent.

— Je n'y avais jamais pensé, avoua Elena.

Avec lui, elle pouvait tout se permettre, se montrer telle qu'elle était, avec ses failles et ses incertitudes. Ils savaient déjà tout l'un de l'autre. Un soir, à sa demande, elle sortit le violon d'Anna de son étui et commença à jouer. Elle n'avait pas connu sa grand-tante, morte au début des années 1870, mais son père lui avait souvent parlé d'elle.

Les yeux mi-clos, elle interpréta *Airs bohémiens* de Pablo de Sarasate et se retrouva transportée des années en arrière, à La Salamandre. Son père pouvait l'écouter jouer des heures durant, ce qui exaspérait Stepan. Dans ces moments-là, il filait aux écuries et affirmait que le violon énervait ses chevaux.

Son cœur se serra. Les chemins des jumeaux étaient séparés, sans grand espoir de se rejoindre à nouveau.

Elle l'avait expliqué à Simon, qui avait soupiré.

Fils unique, il ne pouvait qu'imaginer ce qu'elle ressentait. Son père, professeur d'Université, était mort cinq ans auparavant, et sa mère lui avait survécu à peine deux années.

« Je n'ai plus de famille », avait-il confié à Elena.

Etait-ce pour cette raison qu'il la pressait de l'épouser ? Il rêvait d'avoir des enfants, ne le lui avait pas caché.

— J'ai envie de fonder une famille avec toi, lui dit-il ce soir-là.

Il la tutoyait pour la première fois, et cela lui plaisait bien.

Cependant, elle n'avait pas envie de brûler les étapes.

— Tu vas devoir faire la connaissance de ma mère, déclara-t-elle d'un air contrit.

Simon sourit.

— Je suis certain que nous nous entendrons très bien.

Ce fut exactement ce qui se passa. Sensible au charme de l'écrivain, Valeria se montra particulièrement aimable. Franz s'était absenté, il travaillait du côté de Bucarest, ce qui arrangeait Elena. Elle avait toujours beaucoup de peine, en effet, à communiquer avec l'architecte. Rendait-il Valeria heureuse ? Elle préférait ne pas trop s'interroger à ce sujet, d'autant qu'elle respectait la vie privée de sa mère. Celle-ci lui avait transmis son caractère indépendant.

On parla mariage ce jour-là. Par honnêteté, Simon évoqua ses origines juives, et Valeria sourit.

— Cela n'a pas vraiment d'importance pour moi, déclara-t-elle, et je pense qu'il en va de même pour Elena.

Comment aurait-il pu en aller autrement ? Les Mayer n'avaient pas oublié qu'ils étaient des exilés. Excepté peut-être Stepan.

Elena en eut la confirmation quelques jours plus tard, alors qu'elle était venue avec Simon et Valeria à La Salamandre.

— Tu ne vas pas épouser ce… Juif ? jeta Stepan au visage de sa sœur.

Elle se contint pour ne pas le gifler et fit demi-tour tandis que Valeria admonestait son fils.

Elle éprouvait honte et colère mêlées et entraîna un Simon impavide vers le fleuve.

— Je ne sais que dire, souffla-t-elle. Je ne comprends pas. Stepan est devenu méchant et stupide.

Simon haussa les épaules.

— Oserai-je dire que j'ai l'habitude ? Cette attitude a hélas une fâcheuse tendance à se répandre.

Son regard se durcit.

— Réfléchis bien, Elena, avant de t'engager avec moi. Même si je ne crois pas, je tiens à mon identité juive, elle fait partie de moi. Et j'ai bien peur que les antisémites ne s'arrêtent pas en si mauvais chemin.

— Nous serons deux, lui promit-elle, lui pressant la main.

Ils firent une halte dans le petit cimetière et

Elena, comme toujours, se sentit mieux après s'être recueillie sur les tombes de Thaddée et de Lothar. Simon respecta son émotion. Elle l'entraîna ensuite vers le fleuve et, après avoir cueilli quelques jacinthes, les jeta dans l'eau.

Tout le long, Simon garda le silence.

Ils retournèrent à la maison des Mayer. Valeria s'impatientait sous la galerie couverte.

— Je vous prie de bien vouloir excuser l'attitude inqualifiable du rustre qu'est mon fils, monsieur Leavers, attaqua-t-elle d'emblée. Je lui ai exprimé ma façon de penser, sans grand succès, j'en ai peur. Pouvons-nous rentrer en ville ?

Simon possédait une Adler de couleur noire. Il aida galamment Valeria à grimper à l'intérieur tandis qu'Elena se glissait à l'arrière. Elle ne se retourna pas quand l'automobile franchit le portail. Le cœur serré, elle savait qu'elle ne reviendrait pas à La Salamandre.

Stepan avait tout gâché.

63

1965

Chaque nuit, ou presque, le même rêve venait le poursuivre. Il se retrouvait à la Kolyma, dans cet enfer blanc où la vie d'un homme avait perdu toute valeur. Il dévorait, vite, le plus vite possible, sa ration quotidienne de trois cents grammes de pain de peur que les « droits communs » ne la lui volent. Le lendemain, il voyait les cadavres de ses camarades morts durant la nuit déposés sur des branches de sapin et tirés jusqu'à une tranchée comblée par les tracteurs.

Il avait touché le fond, joué avec l'idée de se donner la mort pour échapper à son sort. L'instinct de vie avait été le plus fort. N'avait-il pas déjà assez souffert durant la guerre ? Et puis, il y avait Doria. Il rêvait de la rejoindre, de lui faire l'amour, de la tenir serrée contre lui.

Il se raccrochait à cette idée pour ne pas sombrer.

Lorsqu'il avait enfin quitté l'enfer de la Kolyma, grâce à il ne savait quelle erreur de la machine à broyer soviétique, il n'avait eu qu'une hâte, revenir au Banat. Il avait mis plus de six mois pour rentrer au pays. Un périple durant lequel il avait apprécié une certaine solidarité dans les pays traversés. Il rapportait dans sa besace les poèmes écrits dans sa tête au Goulag, qu'il recopiait patiemment chaque soir.

Amaigri, blême, Christopher ne ressemblait plus au fringant jeune homme qui avait séduit Doria. Pourtant, son amour était intact.

Il n'oublierait jamais ce matin d'été 48, la chaleur du soleil sur son visage, alors qu'il revenait de l'enfer blanc. La veille, il avait été accueilli dans une ferme où il avait pu dormir dans un vrai lit au matelas de plumes, où il avait pu se laver et se raser. Lentement, il reprenait possession de son corps, avait l'impression de redevenir un être humain.

L'émotion le submergeait au fur et à mesure qu'il approchait de La Salamandre. Comment allait-il trouver sa maison ? Certaines nuits, il rêvait d'un retour hypothétique et se réveillait transi de froid, battant des bras pour tenter désespérément de se réchauffer. Parfois, il redoutait le moment où il basculerait dans le sommeil car il n'avait pas le courage de replonger dans son rêve et d'être ensuite confronté à la réalité.

Il se souvenait du « congélateur », ce cachot de la mort lente, une cellule de quinze mètres carrés dans laquelle une vingtaine d'hommes s'entassaient. Pour toute ration, deux cents grammes de pain et deux cents millilitres d'eau par jour. Impossible de parler, sous peine de voir la glace du plafond tomber sur eux dans un craquement sinistre. D'ailleurs, de quoi auraient-ils pu parler ? Deux fois par semaine, les gardiens venaient récupérer les corps. L'horreur pure…

Il se rappelait ce jour terrible où son ami Kolia était mort, au terme de deux semaines passées dans le « congélateur ».

Ce jour-là, Christopher s'était promis de tout mettre en œuvre pour survivre. C'était sa façon de rendre hommage au courage de Kolia. S'il s'en sortait, il fallait que sa vie ait du sens. Afin que Kolia ne soit pas mort pour rien.

Il posa son regard sur le cahier à spirale ouvert sur son bureau.

« Quand te décideras-tu à faire éditer tes poèmes ? » lui répétait sa sœur.

Depuis qu'il avait participé à la restauration du village, il travaillait chez un ébéniste et avait envie de créer son entreprise, mais il y renonçait au dernier moment. Il entendait encore son père hurler : « Tu n'as aucun talent, tu finiras à casser des cailloux sur la route. Regarde ton frère… lui, au moins, a de l'ambition pour deux ! »

Stepan était ainsi fait, méprisant avec ses deux plus jeunes enfants. L'aîné seul comptait. Parce qu'il était dur, cassant, raciste comme leur père.

Christopher et Alexandra avaient hérité la douceur de leur mère, son empathie. Il se rappelait sa gaieté, sa joie de vivre, lorsqu'il était petit.

Stepan avait fini par gagner. Albina s'était peu à peu éteinte, était devenue une pauvre chose effacée, terrorisée par les éclats de voix. Christopher l'avait défendue tant qu'il avait pu, quitte à prendre des raclées. Jusqu'au jour où il avait dû endosser l'uniforme honni de la Wehrmacht et partir combattre un ennemi qu'il ne reconnaissait pas comme tel.

Pourquoi, se demandait-il amèrement plusieurs années plus tard, n'avait-il pas suivi l'exemple de plusieurs de ses amis et basculé dans la clandestinité ? Parce qu'il n'avait pas eu la force de s'opposer à son père, partisan de la collaboration avec le Troisième Reich. Parce qu'il pensait encore Stepan tout-puissant.

Quelle folie ! Alexandra, plus jeune, et aussi plus rebelle, avait su fuir La Salamandre et s'engager dans la Résistance. Christopher, lui, avait payé au prix fort son respect filial.

Il s'appuya à la fenêtre de sa chambre. Sa maison de village, sur trois niveaux, offrait une vue saisissante sur la plaine. Il aimait à contempler dès le réveil les fuseaux des cyprès évoquant la campagne toscane.

Il songea à du Bellay, « vivre ici le reste de son âge », et esquissa un sourire teinté de nostalgie.

Il avait mis tant d'espoir en Doria ! Pour apprendre à son retour qu'elle avait épousé un riche éleveur trois mois après son départ. Elle n'aurait pu mieux lui faire comprendre qu'il ne comptait pas pour elle…

Sur le moment, cette nouvelle l'avait certes bouleversé mais la découverte du domaine en ruine l'avait laminé. Il n'y avait plus de maison, plus de galerie couverte, plus d'écuries, rien que des décombres noircis, des murs à demi effondrés, des objets de sellerie calcinés…

Anéanti, il avait éclaté en sanglots irrépressibles.

Plus tard, il s'était rendu chez les Mosse. Balthazar, le père de Roman, lui avait expliqué que les partisans avaient incendié la maison de celui qu'ils considéraient comme un collaborateur.

Quels avaient été les crimes commis par son père durant la guerre ? Christopher, semble-t-il, l'ignorerait toujours.

Une douce chaleur régnait dans la salle des Mosse. Annabelle, l'épouse de Balthazar, servait le potage, et lui proposa de se joindre à eux. Il y avait un couchage prêt dans le grenier à foin, lui déclara-t-elle. Depuis près de trois années, depuis la mort de Stepan, les Mosse guettaient le retour de Christopher.

Il ne demanda pas tout de suite ce qui était arrivé à son père. Peut-être redoutait-il de connaître la vérité. Balthazar et Annabelle lui apprirent qu'Alexandra était partie, avec d'autres Banatais, et avait échoué dans un camp de réfugiés en Autriche.

Il en avait été à la fois soulagé et déçu. Parce

qu'il n'y avait que lui pour décider du devenir du domaine.

Et maintenant ? se dit-il, toujours accoudé à la fenêtre.

Le ciel se drapait de mauve et de bleu turquoise. Des teintes insolites au début de l'automne. Il admira la course des nuages, l'obscurité qui gagnait, d'abord lentement, puis de plus en plus vite, s'imprégna des parfums de saison, humus, champignons, bois brûlé mêlés…

A l'exemple de sa sœur, il se sentait chez lui en Vaucluse.

Une nouvelle vie, se dit-il.

Doria et La Salamandre étaient loin.

64

1914

Une neige lourde recouvrait tout Vienne depuis le matin, conférant un aspect fantomatique à la capitale.

Elena laissa retomber le rideau, et se demanda brusquement le temps qu'il faisait à La Salamandre. Il lui venait parfois de brusques accès de mélancolie, qu'elle surmontait dès qu'elle se blottissait contre Simon.

Elle respectait le silence dont il avait besoin pour écrire. Leur appartement, situé Spittelberggasse, évoquait pour elle une coquille d'escargot avec ses pièces imbriquées les unes dans les autres.

Le salon et la salle à manger, proches de l'office, donnaient sur le bureau de Simon et la bibliothèque, où Elena travaillait de son côté. Ils disposaient d'une grande chambre, flanquée d'une salle de bains qui jouxtait un cellier. L'étage supérieur abritait une chambre de bonne occupée par Millie, leur petite servante. Elena tenait à cuisiner elle-même les provisions qu'elle achetait sur le marché ou chez quelques fournisseurs triés sur le volet.

Elle qui n'avait jamais fait la cuisine avant de se marier avait acheté livres de recettes et ustensiles modernes. Simon souriait, affirmant qu'il adorait l'idée de servir de cobaye. De son propre aveu, il ne savait rien faire dans une maison et, d'ailleurs, lorsqu'il écrivait, il perdait toute notion du temps.

Elena éprouvait un respect quasi religieux pour l'activité de son mari. Ses romans avaient été salués par la critique et avaient rencontré un large succès. Elle avait aussi particulièrement apprécié son essai traitant de l'art à Vienne.

Simon fréquentait aussi bien le musée d'Histoire de l'art où il pouvait admirer durant des heures les *Chasseurs dans la neige* de Bruegel l'Ancien que les cafés où les artistes se retrouvaient le soir.

Grâce à lui, elle avait revu monsieur Klimt. Il lui avait offert le portrait qu'il avait fait d'elle, près de deux ans auparavant. Simon, même s'il affirmait préférer l'original, l'avait accroché dans son bureau.

Si, de son côté, Elena continuait de travailler pour le *Wiener Tagblatt*, elle se rendait bien compte qu'il lui serait difficile de poursuivre son activité après la naissance du bébé.

Elle posa une main hésitante sur son ventre. La vie était là, qui palpitait. La première fois qu'elle l'avait senti bouger sous la peau tendue de son abdomen, elle avait éprouvé une telle émotion que ses yeux s'étaient mouillés de larmes. Elle avait voulu partager ce qu'elle ressentait avec Simon. Leurs doigts entrelacés symbolisaient leur amour. A cet instant, elle ne redoutait rien, pas même l'épreuve de l'accouchement. Leur amour les rendait invulnérables.

De retour à La Salamandre après être allé au marché aux chevaux, Stepan sauta à terre et ordonna à Timor, le valet, de s'occuper de sa monture. Celle-ci encensait, la robe baignée de sueur.

La servante, s'avança à sa rencontre.

— Sers-moi une bière, vite ! lui jeta-t-il.

Elle inclina la tête. Il s'installa sous la galerie, attendit qu'elle lui apporte un verre bien frais et le savoura lentement.

Il revenait insatisfait : ses chevaux n'avaient pas eu le succès escompté. A croire que les acquéreurs étaient incapables de reconnaître des bêtes en pleine santé ! Même si l'élevage Mayer était renommé, Stepan savait qu'il suffisait de peu de chose pour le mettre en difficulté. Des chevaux souffrant de coliques, une saison humide… De plus, le développement de l'automobile – ces horribles véhicules à moteur qui effrayaient bêtes et gens – commençait à dérégler le marché. En ville, on recherchait de plus en plus des autos.

La chaleur était pesante en ce mois de juin.

Stepan avait toujours préféré les saisons intermédiaires.

Il songea brusquement à sa jumelle, qui s'était mariée avec ce maudit écrivain juif. Comment avait-elle pu ? Stepan abhorrait les Juifs. Dès qu'il en avait eu connaissance, il avait tout de suite adhéré aux idées pangermanistes d'Otto Richard Tannenberg[1].

L'Empire allemand lui paraissait être un exemple à suivre. François-Joseph était désormais un vieil homme las, accablé par trop de malheurs, et son neveu François-Ferdinand, destiné à lui succéder, manquait singulièrement de charisme. Grand chasseur devant l'Eternel, il semblait plus préoccupé de sa famille formée avec Sophie, son épouse morganatique, que de l'avenir de l'Empire. D'abord, il était déjà un peu trop âgé au goût de Stepan. A cinquante ans, c'était un homme plus que mûr !

Quel politique pourrait assurer la défense du Banat ? se demanda une nouvelle fois Stepan. Il aimait son pays et, plus que tout, son domaine mais avait conscience du fait que le Banat se trouvait à une position charnière entre Roumanie, Hongrie et Serbie.

Stepan pressentait tout ce qui gênerait le développement de sa région natale et en souffrait.

Il estimait toujours qu'Elena les avait privés d'une chance en se mariant et en allant s'instal-

1. Auteur du *Rêve allemand*.

ler à Vienne. A deux, ils auraient pu réaliser des merveilles.

Il crispa les mâchoires. Elena l'avait abandonné, rompant le pacte qu'ils avaient scellé une quinzaine d'années auparavant en s'entaillant le poignet et mêlant leurs sangs. Ils s'étaient alors juré d'être toujours là l'un pour l'autre.

Elena avait failli, et la haine de Stepan s'en trouvait décuplée. Il ne pouvait plus compter que sur lui-même, et cette certitude l'emplissait d'amertume.

Il rappela la servante d'un claquement de doigts.

— Encore une bière ! lui jeta-t-il.

Il était devenu un sale type, grossier et aigri.

La faute à qui ? se dit-il.

A Elena et, plus encore, à leur mère.

65

1914

La nouvelle se répandait dans toute l'Europe.

« On a tué l'héritier du trône ! »

En ce 28 juin 1914, l'atmosphère avait pourtant été sereine. Une belle journée ensoleillée, qui avait incité Elena à se rendre au Volksgarten. Elle marchait à présent avec difficulté, alourdie par sa grossesse. Le docteur Klein estimait qu'elle entamait son neuvième mois. Elle avait confiance en lui. Agé d'une bonne cinquantaine d'années, il avait des mains longues et minces, une silhouette bedonnante, un sourire paternel.

« Tout se passera bien », lui avait-il affirmé lors de son premier examen, et elle l'avait cru.

Elle se promenait à pas lents lorsqu'elle perçut un bruit de fond qui enfla comme une vague. Elle tendit l'oreille, entendit l'annonce d'un attentat survenu à Sarajevo, en Bosnie-Herzégovine. Les jambes coupées, elle se laissa tomber sur un banc. De tout temps, la violence brute l'avait effrayée, lui faisant perdre ses moyens.

Autour d'elle, on courait, on s'apostrophait en échangeant des informations contradictoires.

Elle s'efforça de reprendre son souffle. Elle n'allait tout de même pas accoucher prématurément à cause d'un attentat !

Quand elle se sentit assez remise pour rentrer chez eux, elle ne put résister à la tentation de faire un détour par le journal. Elle héla un fiacre pour s'y rendre. La rédaction était en ébullition.

— L'archiduc et son épouse sont morts ! lui annonça d'emblée son ami Otto, correspondant à l'étranger.

Elena pâlit.

— Sa femme aussi ? Mais... que pouvait-on lui reprocher ?

— D'être l'épouse de l'héritier. Cette pauvre femme n'avait certainement jamais commis une seule mauvaise action. C'est bien là le drame des attentats : ils ont toujours des effets collatéraux.

— Parce que l'attentat contre l'héritier du trône est justifié ?

— Je n'ai pas dit ça, se défendit son ami. Même si François-Ferdinand était un conservateur slavophobe.

— Tu t'entraînes pour rédiger son oraison funèbre ? ironisa Elena.

Comme elle, Otto ne vouait pas un respect

aveugle à la dynastie des Habsbourg. Il ne se gênait pas pour critiquer le vieil empereur qui n'avait pas su voir l'évolution de la société. Cependant, il pressentait confusément que cet attentat risquait fort de faire basculer l'équilibre précaire du monde dans lequel ils vivaient.

— Nous allons vers des lendemains qui déchantent, déclara-t-il avec gravité, et un frisson courut le long de la colonne vertébrale d'Elena.

— Je rentre chez moi, annonça-t-elle. Je reviendrai demain.

Il enveloppa sa silhouette alourdie d'un regard soucieux.

— Ne commets pas d'imprudence, surtout.

De nouveau, elle éprouva la prescience d'une menace vague flottant autour d'eux et s'en irrita. Elle imaginait déjà ce que Simon lui répondrait si elle se confiait à lui. « Inutile de te tourmenter à l'avance, ma chérie. Le pire reste toujours à venir. »

Il l'attendait à leur appartement et la serra contre lui.

— Je m'inquiétais, Elena. Je redoutais quelque malaise.

Elle sourit.

— D'habitude, c'est moi qui m'angoisse. J'étais au Volksgarten quand j'ai appris la nouvelle. Je suis passée au journal.

— Et alors ?

Une soudaine lassitude la submergea.

— Otto Schwarz est assez pessimiste.

— Moi aussi.

Elle considéra son époux d'un air stupéfait.

— Toi, Simon ? Alors que tu as la politique en horreur ?

Il secoua la tête.

— Nous sommes irrésistiblement entraînés vers quelque chose qui nous dépasse. Nous, les personnes de bonne volonté. Le jeu des alliances risque fort de semer le chaos en Europe.

Elle le pressentait aussi, naturellement. Cependant, bien au chaud dans la bulle constituée autour de son enfant, elle avait voulu se convaincre qu'il n'arriverait rien de grave. Pas à eux, en tout cas.

Les craintes d'Otto et de Simon la ramenaient à une douloureuse réalité.

Elle posa la main sur son ventre dans un geste instinctif de protection.

— Gardons espoir, suggéra-t-elle.

Malgré tout.

Six jours après l'attentat de Sarajevo, Elena perdit les eaux.

Elle était sortie acheter du pain et de la viande, et se sentit horriblement gênée. Elle n'avait rien vu venir et, victime d'un vertige, se raccrocha au comptoir de la boucherie. Compatissante, la commerçante appela son mari au téléphone. Simon accourut la chercher alors que, très pâle, la jeune femme était assise sur une chaise.

La grande aventure a commencé ! se réjouit Simon, les yeux brillants.

Dès que le docteur Klein eut pénétré dans l'appartement, Elena se sentit réconfortée. Le médecin avait une voix rassurante. La jeune femme se laissa examiner, respira comme il le lui conseillait, poussa suivant ses instructions.

Simon faisait les cent pas dans le couloir. Elena lui avait fait promettre de ne pas assister à sa délivrance. Elle refusait qu'il la voie gémissant et criant.

Au bout de dix heures de travail, cependant, elle aurait donné n'importe quoi pour que ses souffrances cessent.

Le médecin était sorti discrètement de la chambre pour s'entretenir avec Simon. Il était soucieux. Elena, épuisée, n'avait plus de forces.

— Laissez-moi venir auprès de ma femme, pria Simon.

Le docteur Klein acquiesça.

— Si vous pensez que cela puisse aider… mais écartez-vous dès que je vous l'ordonnerai.

Il était inquiet et s'efforçait de n'en rien laisser voir. La jeune femme, pourtant vaillante, ne luttait plus. L'enfant prenait son temps.

Elena poussa un hurlement quand Simon, penché au-dessus de son lit, lui prit la main. Elle s'y raccrocha.

— Reste près de moi, pria-t-elle.

Elle n'était plus que souffrance.

Le docteur Klein se pencha lui aussi au-dessus d'elle. Il essuya délicatement son visage trempé de sueur.

— Tout ira bien, madame, déclara-t-il. Essayez simplement de pousser un peu plus fort. La tête de l'enfant est là, prête à sortir. Encore un effort.

Elena enfonça ses ongles dans la paume de Simon qui resta impassible. Elle poussa un cri déchirant avant d'éclater en sanglots convulsifs. Simon tenait toujours sa main.

— Nous y sommes ! fit le médecin.

Il recueillit le bébé recouvert de mucus sanguinolent, se demandant si Elena l'avait entendu. Les yeux révulsés, elle venait de s'évanouir.

66

1965

Ce soir, Borodine, et rien d'autre, pensa Esther, s'asseyant au piano de l'hôtel.

Elle aimait jouer des extraits du *Prince Igor*, parce que sa mère lui avait dit un jour éprouver un faible pour cet opéra.

Lentement, les pièces du puzzle s'assemblaient et elle avait le sentiment dérangeant de ne pas avoir connu la véritable Elena. Sa mère, en effet, ne leur avait pas laissé voir sa nostalgie du Banat. A moins – et Esther le souhaitait – que sa famille ne l'ait comblée. Elle avait emporté son violon – le « violon d'Anna » – à Londres et il lui arrivait de jouer durant un long moment, devant la fenêtre ouvrant sur le jardin, comme à la recherche d'un ailleurs.

Esther se souvenait de son enthousiasme contagieux lorsque Elena attaquait les premières mesures des *Rhapsodies hongroises* de Liszt. Elle eut un pincement au cœur en songeant qu'Elena n'était jamais retournée à La Salamandre. Et elle, Esther, ne connaîtrait vraisemblablement jamais le domaine.

Elle aurait voulu pouvoir se confier, en sachant que son ex-époux ou son agent ne la comprendraient pas. Ils étaient si… britanniques !

Elle se sentait à la croisée des chemins, entre deux mondes.

Elle savait qu'elle ne pourrait différer indéfiniment son retour en Grande-Bretagne, qu'elle devrait reprendre le cours des représentations et quitter son refuge de Fontaine-de-Vaucluse. Pourtant, elle ne parvenait pas à s'y résoudre.

Monsieur Elzéar s'approcha d'elle.

— Nous devrions organiser un récital, suggéra-t-il, le regard pétillant.

Esther sourit.

— Je joue chez vous pour le plaisir.

— Et je vous en suis profondément reconnaissant.

Elle secoua la tête.

— Je vous en prie. Cela me fait plaisir, vraiment.

Il la retint alors qu'elle se dirigeait vers la salle du restaurant.

— Mon personnel et moi sommes très flattés de vous compter parmi nos fidèles clients mais je ne puis m'empêcher de me poser une question : qu'est-ce qui vous incite à rester ici alors que vous pourriez résider dans un établissement plus luxueux ?

Esther n'hésita pas.

— Je me sens bien chez vous. De plus, je suis tout près de mes cousins installés à La Roque-sur-Pernes.

Elle songea que, depuis la mort de ses parents, elle n'avait plus que Nathan.

Un frère secret et peu expansif mais qui comptait pour elle. Ils ne s'étaient jamais éloignés l'un de l'autre, et ils avaient vécu l'exil ensemble. En s'efforçant d'éviter d'évoquer leur vie d'avant, à Vienne.

Elle réprima un soupir. Eux aussi avaient enfoui leurs failles. Etait-ce une constante, chez les Mayer du Banat ?

Elena – 1914

Mon fils. Mon premier-né. Je ne me lasse pas de le contempler. A sa naissance, j'ai compté et recompté ses doigts minuscules mais parfaitement formés ainsi que ses petits orteils. Il était si beau, mon fils ! Et, deux heures après ma délivrance, il ne portait déjà plus trace de l'épreuve pénible de l'accouchement.

Moi, j'avais tout oublié. Même la douleur intolérable. Mon fils valait tous les sacrifices.

Simon tenait toujours ma main. Son visage reflétait notre bonheur. A cet instant, je n'avais plus peur de rien, ni de personne.

Comme je me trompais !

Otto et Simon avaient vu juste. Le 28 juillet, nous entrions en guerre contre la Serbie.

A trente et un ans, Simon était mobilisable, nous le savions tous les deux, même si l'homme que j'aimais était plus assuré avec un stylo-plume qu'avec un fusil.

Le jour de son départ, je fus tentée de le supplier de rester avec nous. Je m'abstins, heureusement. Je n'avais pas le droit de rendre la situation encore plus difficile.

Je ne l'accompagnai pas à la gare. C'était au-dessus de mes forces et, de toute manière, j'avais toujours détesté les adieux. Notre fils dans les bras, Praline à mes pieds, je restai sur le balcon jusqu'à ce que la silhouette de Simon disparaisse. J'avais le cœur serré. Toute cette agitation martiale ne convenait pas à la Vienne que j'aimais.

Nathan et moi nous retrouvions seuls, sans famille, à Vienne.

Qu'y pouvais-je ? La guerre, la violence me faisaient horreur. Je désirais seulement le retour de Simon.

Je compris rapidement que l'Autriche-Hongrie n'était pas prête à supporter l'effort de guerre. L'industrie mobilisait les hommes et les femmes, il fallait toujours produire plus d'armement. Les prix des denrées alimentaires se mirent à grimper. A l'approche de l'hiver, ceux du charbon et du bois aussi. Par chance, je nourrissais Nathan, qui poussait dru dans une Vienne qui avait perdu ses couleurs.

Je n'avais pas de nouvelles de ma mère, le courrier fonctionnant mal avec Temesvar.

Simon m'écrivait chaque jour, de longues lettres auxquelles je répondais la nuit, quand le silence de notre appartement m'était insupportable. Ses missives étaient soumises à la censure, qui noircissait certaines phrases ou certains mots, ce qui les rendait illisibles.

Je souffrais de ne pas savoir ce qu'il pensait réellement car, de toute évidence, il retenait sa plume. J'attendais impatiemment son retour à l'occasion d'une permission qui tardait à venir. L'écriture lui manquait. Il avait emporté dans son sac un seul petit carnet et des crayons de papier, moins fragiles que son cher stylo-plume. Lorsque le besoin de lui se faisait trop insupportable, je me glissais dans son bureau, m'asseyais à sa table comme pour me rapprocher de lui. J'avais tant besoin de sa présence, de ses bras autour de moi, de la force de son amour. Sans lui, j'étais amputée de ma meilleure part.

Je me rendais encore de temps à autre au siège du journal. Millie gardait Nathan. Jünger me confiait des chroniques littéraires. Cela me permettait de me sentir un peu moins inutile.

Banataise d'origine française, je vivais à Vienne, capitale de l'Empire austro-hongrois, ennemi de la Triple Entente. Pourquoi diable l'archiduc François-

Ferdinand était-il allé se faire tuer à Sarajevo ? Lorsque je passais à proximité de la Hofburg, où le vieil empereur continuait de travailler sans relâche, je songeais que je n'étais pas l'un de ses sujets.

J'aurais aimé posséder la foi du charbonnier. Ce n'était pas le cas et, d'ailleurs, de par mon mariage avec un Juif, je n'étais plus admise dans la communauté catholique. Cela ne m'empêchait pas de me rendre parfois à la Stephansdom, non pour prier mais pour me trouver dans un lieu de recueillement. Je demandais à je ne savais quelle autorité suprême de mettre fin à cette guerre stupide. Au fond de moi, j'avais la certitude que ma requête avait peu de chances d'aboutir mais je m'obstinais tout de même.

Parce que j'étais ainsi faite : j'ai toujours cherché le côté ensoleillé de la vie.

67

Elena – 1916

« Nous gagnerons », affirment les journaux comme les états-majors.

Pour dire le vrai, tout ce qui m'importe est de revoir Simon. Nous avons eu droit à deux petites permissions en deux ans. Une aumône ! La deuxième fois, je l'ai trouvé si désabusé qu'il m'est apparu comme un étranger. Il était… différent, sursautant au moindre bruit, gémissant dans son sommeil, lointain. Au moment de partir, il m'a fait ce terrible aveu.

« Si je baisse ma garde, je n'aurai pas la force d'y retourner. Elena, ma chérie, si tu savais… C'est une horrible boucherie. Toutes ces morts, chaque jour, pour quelques mètres de terrain, reperdus une semaine plus tard. Nos chefs de guerre se moquent bien des pertes humaines, ils travaillent seulement pour leur propre gloire. »

J'ai frissonné. Simon m'ouvrait son âme alors qu'il repartait pour le front, et j'étais impuissante à le retenir, comme à l'aider.

Pour ne pas devenir folle, j'ai commencé à écrire des contes. A deux ans, Nathan, qui a mal vécu la perte de notre épagneul Praline, me réclame des histoires. Le soir, dans sa chambre, je raconte à notre fils les aventures inventées dans la journée. Il y a ainsi un poney nommé Ivar et une poule rousse, Cockie. Je puise dans mes souvenirs d'enfance afin de recréer un monde imaginaire pour mon petit citadin. J'aurais tant aimé lui faire connaître La Salamandre !

La vie quotidienne à Vienne devient de plus en plus difficile. Nous serions morts de faim si ma mère ne réussissait pas à nous faire parvenir des colis de provisions par le biais d'un réseau aussi compliqué qu'efficace. Elle nous envoie des conserves, des pots de confiture, des fruits secs, du sucre et de la farine ainsi que des tablettes de chocolat. C'est la première fois que Nathan goûte au chocolat, et il adore ça.

Les lettres de Valeria, jointes à ses colis, m'aident à tenir. Elle décrit son quotidien à Temesvar, glisse quelques mots à propos de Stepan, qui se terre à La Salamandre, garde un silence prudent au sujet de Franz. J'en viens à souhaiter qu'il ait quitté ma mère, tout en me disant que ce n'est guère charitable de ma part. Elle tient à lui.

Dans ses lettres, elle est telle que je l'ai toujours connue, gaie, refusant de se plaindre, se moquant d'elle-même. Rebelle par nature. Elle est impatiente de faire la connaissance de Nathan, et je me surprends parfois à penser qu'elle ferait une grand-mère intéressante. Pas conventionnelle, certes, mais du genre à commettre des bêtises avec son petit-fils.

Elena – 1917

L'orage gronde. Nathan pleure dans son sommeil. Je me lève, je vais lui caresser le front, doucement, afin de ne pas le réveiller. A trois ans, notre fils est déjà indépendant. Excepté avec Mitzi. Il s'agit d'une petite chatte tigrée recueillie l'an passé. Elle se cachait dans la cave et il m'a fallu près d'une semaine pour la rassurer, puis l'apprivoiser. Depuis, elle joue les pots de colle et ne nous quitte pas, Nathan et moi. Notre fils fait d'elle ce qu'il veut, et parvient même à l'affubler de déguisements. Elle soupire, me jette un regard résigné tandis qu'il s'esclaffe. Je m'attendris lorsque je les découvre endormis sur le tapis du salon, jambes, bras et pattes mêlés. Avec Mitzi, Nathan rit beaucoup. Elle joue les odalisques avec moi, regard d'or, poses alanguies, et se fait infatigable compagne de jeu avec le petit. Mitzi nous aide à supporter la disette : je noue une serviette autour de son cou, Nathan rit et oublie de protester contre les éternelles pommes de terre bouillies que je lui sers. J'ai eu beau vendre quelques bijoux, je ne parviens pas à suivre l'inflation effrayante qui frappe les biens de première nécessité. Tout augmente, à une vitesse folle !

Je manque d'argent car je ne perçois pas les droits d'auteur de Simon versés par les maisons d'édition française et britannique, où les livres de mon époux sont fort appréciés. Il s'en inquiète régulièrement.

Je mens, pour le rassurer. Tout va bien, nous nous en sortons. Il ignore que je me suis mise à coudre, moi, l'intellectuelle. Comme je ne suis pas experte, je me contente de confectionner les ourlets de pièces d'uniforme pour une usine de Leopoldstadt. C'est un travail fastidieux et mal payé mais je n'ai rien trouvé d'autre.

Jünger me prend parfois une nouvelle qu'il me paie largement. Je me sens redevable envers lui, mais je veux sauver mon fils, si bien que je feins d'ignorer qu'il a pitié de moi.

Que nous est-il arrivé ? Où est passée ma fierté ? Il faut survivre.

Je ne reçois plus de colis ni de lettres de ma mère, ce qui ne laisse pas de m'inquiéter. Pourvu qu'elle ne soit pas souffrante ! J'ai écrit à Stepan, en vain. Pas de réponse.

Les soirs où je suis trop angoissée, je prends mon violon et joue en sourdine. Brahms, la *Barcarolle*, la

Symphonie espagnole de Lalo… Jouer m'apaise, me permet de revivre les jours heureux.

Les lettres de Simon me parviennent de manière sporadique. Nathan réclame souvent son père. Il se met en colère, trépigne. Les pantomimes de Mitzi ramènent vite le calme mais, une fois réfugiée dans ma chambre, je pleure longuement. Simon me manque tant ! Et j'ai si peur pour lui. Jour et nuit, sa pensée m'obsède.

Elena – 1918

Quatre jours. Nous avons eu quatre jours pour nous trois, début janvier. La neige avait transformé la ville en décor de Noël. Plus de grands sapins au coin des rues, devant les magasins ou même à l'intérieur des maisons. Nous avions trop besoin de bois pour nous chauffer. Simon était hâve, épuisé et souffrait d'une mauvaise toux. Il a esquissé un sourire triste quand je lui ai proposé de le cacher.

« Le devoir, chérie, m'a-t-il rappelé. Ce fichu devoir qui fait de nous de braves petits soldats. Même si je suis pacifiste, je n'imagine pas déserter. Ce serait… indigne. »

Je le comprenais, bien sûr, même si, face à la réalité, mes grands principes étaient mis à mal.

Simon a tenu à prendre un bain avant toute chose. Je l'ai savonné longuement, l'ai rasé, avec des gestes précautionneux. Il riait. « Une vraie vie de pacha ! »

Moi, je ne disais rien. J'étais trop heureuse de l'avoir auprès de moi, enfin !

Il fallait voir Nathan tournant autour de son père, lui présentant Mitzi, courant dans le grand couloir et criant à tue-tête : « Papa ! Mon papa est revenu ! » Nous étions de nouveau une famille.

La nuit, nous nous aimions avec fièvre. Je n'oublierai jamais cet instant où Simon s'accrocha à mes épaules. « Je ne veux pas te perdre », gémissait-il. C'était la première fois qu'il abaissait sa garde et j'en fus bouleversée. Le lendemain, lui et moi nous comportâmes comme si rien ne s'était passé. Nous devions tenir.

Cette fois, je l'accompagnai à la gare, Nathan dans mes bras. Je voulais le voir, le toucher, l'embrasser, encore une fois.

Je m'effondrai après son départ.

Pourtant, je n'en avais pas le droit. Nathan avait besoin de moi. J'ignorais encore jusqu'à quel point.

1965

Esther, agacée, tourna les pages du carnet de moleskine. Sa mère avait cessé de tenir son journal. Comme ça, en janvier 18, l'année de sa naissance ?

Elle se sentait horriblement frustrée.

A force de compulser le carnet, elle se rendit compte que des pages avaient été découpées avec soin, certainement à l'aide d'un cutter. Qui avait fait cela ? Dans quel but ?

De nouveau, elle eut la conviction qu'Elena taisait un secret.

68

1918

— Poussez, madame, l'exhortait le docteur Klein, accouru dès les premières contractions.

Il connaissait son secret. Il était le seul. Il avait bien fallu qu'elle se confie à quelqu'un. N'était-il pas tenu au secret professionnel ?

Se confier, pour ne pas mourir.

Parce qu'elle ne voulait pas détruire Simon.

Et elle ? se disait-elle parfois. Avait-elle songé à elle ?

Sur le moment, elle avait dû parer à l'urgence. Le plus important était de sauver Nathan. Elle tremblait encore, plusieurs mois après, lorsqu'elle revoyait son petit garçon cherchant désespérément à respirer. Affolée, elle l'avait laissé à la garde de Millie et, une cape jetée sur ses épaules, avait couru dans les rues à peine éclairées à cause du couvre-feu. Le docteur Klein habitait à dix minutes mais la neige gelée ralentissait sa course. Elena avait trébuché contre une borne et s'était affalée dans la neige. Elle en aurait pleuré de dépit. Elle n'avait pas un instant à perdre ! C'était alors qu'elle l'avait vu. Un homme certainement à demi ivre, qui se dirigeait droit vers elle. Elle se redressa, gauchement. Depuis plusieurs jours, Vienne était en ébullition entre les ouvriers en grève et les forces de l'ordre chargées de rétablir le calme. Elena et Millie sortaient le moins possible de l'appartement de crainte de croiser leur chemin. Cette nuit-là, cependant, seul Nathan importait.

Elle ne mesura pas tout de suite le danger. Elle s'était relevée, elle n'avait plus qu'à reprendre sa course. Mais il lui avait fait un croc-en-jambe et elle était à nouveau retombée. Il était déjà sur elle, pesant sur son corps. Elle s'était débattue, avait hurlé, jusqu'à ce qu'il la bâillonne en menaçant de la tuer si elle continuait à le repousser.

Nathan avait besoin d'elle.

Vaincue, elle s'était tue. Lorsqu'il en avait eu fini, elle s'était enfuie vers la maison du docteur Klein. Elle ne pouvait pas pleurer. Pas encore.

Par la suite, il était trop tard.

Le médecin avait bien voulu l'accompagner, sans paraître étonné de la voir surgir chez lui décoiffée, les vêtements mouillés. Seul comptait Nathan, se répétait-elle.

Son fils était atteint du croup. Il respirait de plus en plus difficilement.

Eperdue, elle avait assisté le docteur Klein qui

avait procédé à une trachéotomie. L'urgence de la situation lui avait permis de ne pas penser. Se laver les mains et les avant-bras, suivre les gestes du médecin, prier pour qu'il sauve son petit garçon, éponger le sang à l'aide de compresses, prier, encore et toujours…

Nathan s'était remis avec une rapidité déconcertante, à son grand soulagement. Il n'avait même pas fait de cauchemars ! Alors qu'Elena, chaque nuit, cherchait en vain le sommeil.

Jusqu'au jour où elle s'était résolue à parler au docteur Klein. Il l'avait écoutée avec attention, avant de lui déclarer :

« Chère madame, avez-vous désiré ce qui est arrivé ? Non, n'est-ce pas. Vous vous êtes défendue. Dites-vous bien que vous n'êtes en aucun cas responsable. Au contraire, vous avez réussi à sauver votre petit garçon. »

Il avait ajouté : « Vous n'êtes pas non plus une victime, mais une combattante. »

Elle avait aimé ses propos. Et résolu de ne plus y penser même si ce n'était pas facile.

Simon et Nathan avaient besoin de sa force. Elle n'avait pas le droit de s'effondrer.

Elle avait failli le faire, pourtant, au début de sa grossesse. Elle était restée un moment dans le déni, avant de se rendre à l'évidence : elle avait déjà vécu ces nausées, cette fatigue intense, cette tension des seins.

Le docteur Klein le lui avait annoncé sans

ambages : « Mon petit, Nathan va bientôt avoir un frère ou une sœur. »

Ils s'étaient regardés. Elena savait qu'il s'interrogeait comme elle. Qui était le père ? Simon ? Ou bien son agresseur de janvier ?

Elle n'avait pas moyen de le savoir, et c'était peut-être mieux ainsi. Cet enfant à naître avait besoin de tout son amour.

Elle avait décidé de ne plus se poser de questions, sinon la situation serait intenable. Le médecin avait raison, l'enfant avait les mêmes droits que Nathan. Pas de souvenirs, pas de différence. Etait-ce aussi simple ?

Elle avait mené sa grossesse à terme. Exprimé sa joie à Simon dans ses lettres. Tout préparé pour la naissance.

Mais, à présent, alors que l'enfant manifestait sa volonté de naître, elle avait peur. Peur de ne pas l'aimer autant que Nathan. Peur des souvenirs de l'agression.

Le docteur Klein lui tapota la main.

— Tout ira bien, d'accord ?

Sa voisine, Frau Bäckerts, une adorable vieille dame, gardait Nathan. Elena pouvait crier à son aise mais elle se retint.

Rien ne se passait comme pour la naissance de Nathan. Elle avait l'impression de suivre la progression de l'enfant et fut délivrée en moins d'une heure.

Le médecin le posa sur son ventre.

— Une belle petite fille, lui annonça-t-il. Le choix du roi.

Elle fit oui de la tête. Les larmes nouaient sa gorge. A cet instant, elle pensa à Simon. Il espérait une fille. Tout était bien.

La guerre était finie, enfin ! Mais Simon n'était pas rentré.

Chaque jour, Elena, tenant la petite Esther bien emmitouflée dans ses bras, Nathan à ses côtés, se rendait à la gare. Elle n'avait pas reçu de lettre de son époux depuis plus de cinq semaines et se rongeait d'inquiétude. Il régnait un tel chaos en Europe qu'il n'y avait pas moyen d'obtenir quelque information.

Désespérée, Elena ne savait plus que faire. Elle avait de nouveau écrit à sa mère, sans obtenir de réponse. Elle n'osait pas quitter Vienne puisque c'était là que Simon viendrait. L'argent manquait, l'hiver était là. Elle n'avait plus de quoi acheter du bois de chauffage, et se rendait au marché à la fin de la matinée, afin d'acquérir des légumes à bas prix.

Vienne tout entière souffrait de la faim et du froid. On n'avait pas fêté la fin de la guerre, la défaite était amère mais les soldats de retour du front étaient considérés avec respect et sollicitude. N'avaient-ils pas souffert plus encore que les civils ?

Elena commençait à désespérer quand, à la mi-décembre, on frappa à la porte. Nathan, s'étant précipité pour aller ouvrir, poussa un grand cri.

— C'est papa !

Elena, transportée, faillit s'évanouir. C'était bel et bien Simon qui se tenait sur le seuil. Un Simon amaigri, blême, qui paraissait extrêmement faible.

Elle se précipita vers lui, l'entraîna à l'intérieur de l'appartement, riant et pleurant en même temps.

Leur famille était réunie, enfin.

69

1919

Régulièrement, Elena se répétait qu'elle avait beaucoup de chance. Après avoir surmonté les quatre années de guerre et la maladie de Simon, leur famille apercevait enfin le bout du tunnel.

Dès le retour de son époux, Elena s'était inquiétée de son état de santé. Le docteur Klein, appelé en hâte, avait diagnostiqué un début de tuberculose et préconisé le séjour dans un sanatorium. Une véritable catastrophe pour le couple si heureux de se retrouver.

Le temps que Simon relance ses éditeurs étrangers et qu'ils organisent son installation en Suisse, à Davos, Elena avait enfin reçu des nouvelles de sa mère. Elle avait été victime d'une attaque et avait dicté sa lettre à sa dame de compagnie. Elle se languissait d'eux, aurait souhaité les voir. Elena en avait pleuré. Une attaque… Bien entendu, Valeria ne se plaignait pas. Sa fille n'osait l'imaginer diminuée ou, pire encore, paralysée.

Une fois Simon installé à Davos avec ramettes de papier, stylo-plume et encre, Elena et les enfants avaient pris le chemin de Temesvar. Ce voyage leur apportait une diversion bienvenue après toutes ces années à Vienne.

Le printemps, en chemin, estompait les traces de la guerre. Esther était d'une sagesse exemplaire tandis que Nathan jouait les aventuriers comme n'importe quel petit garçon de bientôt cinq ans.

Elena éprouva une sensation bizarre en descendant du train à Temesvar, exactement comme si les années de guerre s'étaient effacées d'un coup. Si seulement ! se dit-elle. Elle ne voulait pas trop s'angoisser à propos de la maladie de Simon.

Le docteur Klein lui avait certifié que nombre de soldats présentaient ce genre d'affection après avoir souffert du froid et de l'humidité dans les tranchées, et surtout après avoir été gazés. Le médecin se montrait optimiste car, avant la guerre, Simon était un homme sportif et en bonne forme physique.

Avant la guerre… Dans une autre vie.

Temesvar, comme Vienne, n'avait pas subi de destructions. Nathan regardait partout, remarquant les façades colorées des maisons baroques, les rues pavées, la statue de la Sainte Trinité ou encore les berges du canal.

Le grand appartement hérité d'Alma Pinters

était tel que dans le souvenir d'Elena. Pas Valeria, devenue une silhouette fragile recroquevillée sur un fauteuil roulant.

Elena se tira un sourire, s'avança, bras tendus, vers elle.

— Maman !

Si la bouche était légèrement de travers, le regard clair n'avait pas changé. Valeria effleura de la main les cheveux de sa fille.

— Le temps m'a paru si long… souffla-t-elle.

Elle tint à serrer la petite Esther contre elle, respecta sans broncher le mouvement de recul de Nathan.

— Nous ferons mieux connaissance plus tard, mon garçon, lui promit-elle.

Rosa, la personne qui s'occupait d'elle en permanence, était souriante et gaie. Tout ce dont Valeria avait besoin. Il n'y avait pas trace de Franz dans l'appartement et Elena se garda bien de poser une seule question.

En revanche, elle demanda des nouvelles de son jumeau. Valeria, qui leur avait fait servir un goûter des plus copieux auxquels ils n'étaient plus habitués, fit la grimace.

— J'ai peur que ton frère n'ait perdu la raison. Ses précieux chevaux ont été réquisitionnés. Comme il a voulu s'y opposer, il a été emprisonné. Encore heureux qu'on ne l'ait pas exécuté ! Ce maudit domaine le rendra fou.

Le cœur serré, Elena songea que Stepan n'avait guère de chance avec La Salamandre.

Sa mère soupira.

— Je n'ai plus de nouvelles depuis 1915. Et, vu mon état, je ne pouvais décemment me rendre au Banat. Si le cœur t'en dit...

Elle devrait y aller, naturellement. D'abord pour se recueillir sur la tombe de son père. Ensuite... pour tenter une énième fois de se rapprocher avec son jumeau.

Elle attendit une bonne semaine, le temps de retrouver ses repères dans l'appartement de Valeria, de reprendre les échanges avec sa mère, de s'assurer que ses enfants ne souffraient pas trop du dépaysement...

Esther s'habitua avec une rapidité remarquable au lait de chèvre livré chaque matin à domicile. Elena avait vu son lait se tarir en l'espace de quelques jours et elle était soulagée que sa petite fille supporte le lait de chèvre.

Valeria elle-même incita sa fille à reprendre la route. Elle avait une amie qui se rendait elle aussi au Banat. Pourquoi ne loueraient-elles pas une voiture avec chauffeur ? Devant l'air dubitatif d'Elena, elle lança :

— J'ai encore suffisamment d'argent pour te faire ce cadeau ! De plus, tu dois aller te rendre compte de l'état du domaine.

Simon l'aurait-il approuvée ? Elle préférait ne pas

se poser la question. Sa solitude durant la guerre l'avait accoutumée à décider seule.

Edith, l'amie de sa mère, se révéla une personne sympathique dotée d'un humour bienvenu. Elle avait de la famille à Charleville, un village d'origine messine éloigné de quelques lieues de Saint-Michel.

Leur chauffeur déposa d'abord Elena à La Salamandre. Les deux femmes se séparèrent après s'être donné rendez-vous le lendemain. Nathan accompagnait sa mère. Il ouvrit de grands yeux en découvrant le domaine. Deux molosses s'avancèrent vers eux en grondant. Nathan, effrayé, recula. Elena lui serra fermement la main.

— N'aie pas peur, mon chéri. Il y a toujours eu des chiens dans cette maison.

Quel accueil Stepan allait-il leur réserver ? Elle esquissa un sourire en entendant des hennissements en provenance des écuries. Au moins, son frère avait de nouveau des chevaux !

Serrant toujours la main de son fils, elle s'avança vers la galerie couverte.

Rien n'avait vraiment changé. La maison paraissait même mieux entretenue que lors de sa dernière visite. Avant la guerre…

Une jeune femme sortit sous le porche. Elle était grande, bien faite. Ses cheveux blonds étaient tressés en couronne. Elle tenait un enfant âgé d'environ deux ans dans ses bras.

— Bonjour, déclara-t-elle en roumain.

Elle ajouta :

— Vous devez être Elena. Vous avez un air de famille avec Stepan.

— Albina est bien la meilleure chose qui pouvait t'arriver, déclara Elena à son jumeau.

Assis à la table de la salle, il la considérait d'un air boudeur. Son épouse s'affairait devant une cuisinière en fonte.

— Asseyez-vous, Albina, pria Elena, gênée.

Stepan lui décocha un coup d'œil acéré.

— Tu te crois encore chez toi ici ? C'est vrai, tu as le droit à la moitié du domaine.

Ulcérée, elle sentit la colère bouillonner en elle.

— Je te prie de ne pas te montrer désagréable ! rétorqua-t-elle sèchement.

Elle avait eu la surprise de découvrir que son frère était marié, et père de deux garçons, Werner et Christopher. Elle comprit mieux lorsqu'elle apprit que le père d'Albina était un marchand de chevaux réputé. S'agissait-il d'un véritable mariage d'inclination ou bien d'une simple transaction ? En tout cas, grâce à son beau-père, Stepan avait pu reconstituer ses écuries.

Albina était souriante et vaillante – « Ma femme est robuste ! » commentait Stepan avec une fierté ambiguë – et avait réservé bon accueil à sa belle-sœur.

Cependant, Elena s'interrogeait à son sujet.

Comment Stepan et elle s'étaient-ils rencontrés ? Son jumeau était-il capable de rendre une femme heureuse ? Werner, âgé de quatre ans, était plus introverti que Nathan. Christopher, doux et câlin, ne quittait pas sa mère, ce qui exaspérait visiblement Stepan.

— Tu as besoin de te remplumer, on dirait, constata-t-il.

Elle haussa les épaules.

— Nous étions privés de tout à Vienne.

— La faute à qui ? Quelle idée d'aller vivre là-bas ! Chez nous, nous avons toujours mangé à notre faim.

— J'en suis heureuse pour vous. Tu as su, pour maman ?

— Elle est paralysée, m'a-t-on dit, laissa tomber Stepan avec indifférence. C'est malheureux mais... tu sais que nous ne nous sommes jamais entendus, elle et moi.

— Il n'empêche qu'elle a beaucoup vieilli. Je n'aurais jamais imaginé...

— Parce que tu la croyais douée de la jeunesse éternelle, peut-être ? ironisa-t-il. Elle approche tout de même des cinquante-cinq ans !

Elena secoua la tête.

— C'est notre mère et je tiens à elle.

— A ta guise ! lança-t-il.

Il avait jusqu'à présent ignoré Nathan et évité de demander des nouvelles de Simon. Ce n'était pas un hasard, Elena le savait. Volontairement, elle choisit la provocation.

— J'ai deux enfants moi aussi, annonça-t-elle. Nathan, que tu vois là, et Esther qui va sur ses six mois. Elle est restée à Temesvar avec maman. Simon, mon époux, se remet en Suisse.

Elle avait appris à ne pas prononcer les mots « tuberculose » ou « sanatorium ». C'était préférable.

— Il a bien de la chance de ne pas avoir besoin de travailler ! Ici, nous ne pouvons nous le permettre.

— Tu n'as pas combattu, glissa Elena.

Les jumeaux s'affrontèrent du regard. Le premier, Stepan rompit le silence.

— Nous ne nous trouvions pas dans le même camp.

Elena dormit mal cette nuit-là. Elle avait retrouvé son ancienne chambre, située sous les toits. Curieusement, personne ne se l'était appropriée. Elle se glissa sous le duvet en poussant un soupir d'aise. Nathan dormait dans son ancien lit d'enfant, à quelques mètres d'elle. Elle avait toujours aimé veiller sur le sommeil de son fils. Cette nuit-là, pourtant, elle se tourna et se retourna. Trop de souvenirs venaient la hanter. Ceux concernant son père, d'abord.

Une chouette hulula. Nathan gémit dans son petit lit. Elena se releva, alla lui caresser le front. Ses pensées filèrent vers Simon. Il fallait qu'il guérisse.

Elle s'endormit vers quatre heures en ayant l'impression de plonger dans un puits sans fond.

Elle venait de comprendre qu'elle n'avait plus sa place à La Salamandre et qu'il serait désormais inutile d'y revenir. Elle s'obstinait en vain. Stepan l'avait bel et bien reniée.

70

1965

Assis à son bureau londonien, les mains posées bien à plat sur la garniture en cuir vert foncé, Nathan Leavers contemplait la photographie sur laquelle sa mère lui souriait.

Dix ans après sa mort, elle lui manquait toujours autant. Elena avait tenu une telle place dans sa vie ! Il se souvenait encore de la dernière année de guerre, à Vienne, alors qu'elle se privait de tout pour qu'il ait quelque chose à manger. Elle pleurait souvent, cette année-là, et cela le perturbait. Il avait été jaloux quand Esther était née. Jaloux aussi de Simon, lorsque celui-ci était rentré. Mais son père semblait si las, en si mauvaise santé, que Nathan avait vite éprouvé un intense sentiment de culpabilité.

Il avait accompagné Elena à La Salamandre, dans ce Banat dont elle lui avait souvent parlé. Il s'était senti encore plus proche d'elle alors. Il avait perçu son désarroi et sa peine alors qu'elle ne parvenait pas à rétablir le dialogue avec son frère. Elena était tout pour lui. Il aurait voulu se jeter sur le sol pour lui éviter de marcher sur les cailloux. Il l'aimait follement, avec démesure.

Il avait bien compris que leur bref séjour à La Salamandre avait profondément déçu sa mère. Sur le trajet du retour, elle avait gardé le visage fermé et répondu par monosyllabes à Edith, qui avait voyagé avec eux.

Nathan se rappelait avoir ôté sa casquette devant la tombe de grand-père Thaddée. Sa mère était très émue, et lui serrait la main, fort.

Elle lui avait raconté son enfance à La Salamandre, grand-père Thaddée, les poules rousses, le chien Pablo, et il avait eu le sentiment de les connaître.

« Tout a changé », avait ajouté Elena, écrasant une larme. Les renards avaient croqué les poules. Pablo était un chien gentil, à la différence des deux molosses qui montaient la garde dans la cour. Et, du temps de grand-père Thaddée, la vie à La Salamandre était différente.

Sa mère avait soupiré. « Je suppose qu'il en est de même partout », avait-elle commenté.

Elle s'efforçait de sourire, mais le sourire n'atteignait pas ses yeux. Elle était triste, Nathan le voyait bien.

Ils étaient restés un bon mois à Temesvar, le temps qu'Elena mette en place toute une organisation logistique pour veiller sur Valeria. Elle estimait en effet que sa dame de compagnie devait s'occuper d'elle exclusivement, et être déchargée des tâches domestiques les plus lourdes.

Valeria approuvait, tout en apprivoisant Nathan. Elle avait entrepris de lui apprendre à lire, ce qui le combla. Il décida de l'appeler « Vally », et elle applaudit. Elle était sous le charme de son petit-fils qui s'intéressait aussi bien à l'histoire de leur famille qu'à la course des étoiles dans le ciel.

Pendant ce temps, Elena démarchait les libraires afin de mieux promouvoir les écrits de Simon et se renseignait quant à un éventuel transfert de sa mère à Viennc. Sur ce point, Valeria demeurait intraitable : elle ne quitterait pas Temesvar. D'abord, les Autrichiens, qui avaient perdu la majeure partie de l'Empire, allaient se montrer exécrables.

« Vous feriez mieux de revenir, vous aussi », répétait-elle, mais Elena secouait la tête. Simon était viennois, il ne pourrait vivre dans une autre ville.

Avec le recul, Nathan s'étonnait encore d'avoir gardé intacts tous ces souvenirs. A croire que le fait de découvrir ces membres de la famille, ainsi qu'un nouveau décor, avait développé ses capacités mémorielles. Peu lui importait, en fait. C'était ainsi.

Ils étaient rentrés à Vienne par le train, après avoir solennellement promis à Valeria de revenir dès que possible. Elle avait répété à son petit-fils : « Tu te rappelles, Nathan : si tu mens, tu vas en enfer ! »

C'était pour lui une abstraction mystérieuse, personne ne s'étant chargé de son éducation religieuse.

Malgré tout, il aimait bien Vally. Elle lui avait montré, un jour où ils étaient seuls dans l'appartement, comment il fallait procéder pour siffler dans ses doigts. Cela l'avait beaucoup amusé.

A Vienne, il fallut aller à l'école, se conformer à des règlements, porter l'uniforme... Toutes choses qui ne lui plaisaient guère, hormis l'instruction. Boulimique de lecture, il ne pouvait se résoudre à perdre un temps précieux en dormant, si bien qu'il avait acquis une lampe torche qu'il utilisait le soir pour lire sous les draps. C'était vital pour lui.

Le retour de son père, encore fort mince mais déclaré guéri, avait entraîné un changement de vie. A Davos, Simon avait écrit un roman pacifiste, vite qualifié par la critique allemande de « brûlot répugnant ». L'appartement de la rue Spittelberggasse, agrandi par l'achat de trois pièces situées sur le palier voisin, fut fréquenté par des intellectuels et des artistes. Aux yeux de Nathan, ils lui volaient un peu de ses parents. Il se surprenait à regretter le temps de la guerre, lorsqu'il avait sa mère pour lui seul. Nathan souffrait, il rongeait ses ongles, dormait mal.

Un instituteur lui rendit le goût de vivre. Il incita ses élèves à réaliser des expériences, telles que la germination des haricots ou « l'électricité animale » sur des grenouilles.

Nathan se passionna alors pour l'entomologie et les sciences.

Il devint un visiteur assidu du Muséum d'Histoire Naturelle, situé Maria-Theresien-Platz. Son père l'y emmenait à intervalles réguliers.

Jusqu'à ce que la situation se gâte une nouvelle fois... Nathan finissait par en avoir l'habitude.

Dans leur famille, on ne pratiquait pas, mais Simon leur avait expliqué quand ils étaient très jeunes que leurs ancêtres, côté Leavers, étaient juifs. Ce qui ne leur posait pas de problème. A l'école, ils avaient des camarades juifs.

Les Juifs n'avaient-ils pas toujours été bien intégrés à Vienne ? Leurs parents leur avaient cité les noms de Sigmund Freud, Gustav Malher, Stefan Zweig ou Arthur Schnitzler. Dans un premier temps, Nathan était resté indifférent. En grandissant, cependant, il s'était intéressé à ses racines. Intérêt accru au début des années 30, quand les théories nazies antisémites avaient commencé à se répandre. Nathan et Esther avaient ainsi appris que, pour les tenants de la race pure aryenne, ils étaient des « Mischling », des sang-mêlé, nés d'un père juif et d'une mère athée.

Quelle importance ? pensait Esther, du haut de ses treize ans. Nathan, lui, s'interrogeait. Il n'avait pas envie de se faire étiqueter, ni stigmatiser, sans pour autant renier ses origines.

Nathan se leva, marcha jusqu'à la fenêtre. Le jardin était noyé de brume. Il songea à ses dernières conversations avec Esther, qui lui vantait l'été indien en Provence.

Sa sœur lui manquait, même s'il ne le lui aurait jamais avoué.

Ils avaient été heureux tous les quatre, même après l'exil. La vie en Grande-Bretagne convenait au caractère pragmatique de Nathan.

Pourtant, après la disparition de leurs parents, rien n'avait plus été pareil. Simon et Elena constituaient le ciment de leur famille.

Désormais, Esther et lui étaient livrés à eux-mêmes.

Deux âmes solitaires.

71

1934

Ce n'est plus possible ! pensa Simon, remontant le col de son manteau.

Manifestations et grèves se succédaient sans répit. L'expression du mécontentement ouvrier ne le dérangeait pas, au contraire. Le coût de la vie n'avait cessé d'augmenter depuis le début de la guerre. Non, ce qu'il ne supportait pas, c'était la répression aveugle des grévistes. On avait recouru à l'artillerie dans les quartiers ouvriers de Vienne pour mettre fin à l'insurrection armée déclenchée par le Schutzbund, la milice ouvrière du parti social-démocrate autrichien. Mille deux cents ouvriers viennois avaient été tués, plus de cinq mille blessés.

Elena partageait ses craintes, et prédisait une montée de l'antisémitisme, latent à Vienne. La faute à Hitler et à son parti d'illuminés, obsédés par la pureté de la race.

Elena vivait dans l'angoisse. Leurs enfants ne seraient jamais considérés comme de purs aryens parce que leur père était porteur d'une tache originelle, ses origines juives. Cette idée révoltait la jeune femme. « Le monde marche sur la tête ! » s'énervait-elle. Nathan et Esther affirmaient ne pas se sentir concernés mais ce n'était pas vrai, naturellement. On évoquait à mots couverts l'idée d'un quota dans les universités, afin de se débarrasser de « la racaille juive ». Des « Mischling » avaient été pris à partie dans les couloirs et tabassés. Au Conservatoire, où étudiait Esther, on commençait à mettre à l'index les compositeurs juifs comme Meyerbeer ou Waldteufel.

Ce qui n'empêchait pas Elena de jouer au violon la célèbre *Valse des patineurs*. Simon s'inclinait alors devant sa fille : « M'accorderez-vous cette valse, mademoiselle ? », et tous souriaient, même Nathan, qui refusait obstinément de danser.

Ces moments de grâce étaient précieux dans un climat anxiogène. Simon et Elena évoquaient de plus en plus souvent leur départ de Vienne. Ils ne s'exileraient pas sans leurs enfants. Or, Nathan poursuivait ses études à l'université de médecine, une vénérable institution depuis le XIIIe siècle.

Quelle était la meilleure solution ? se demandaient ses parents.

Le régime austro-fasciste du chancelier Dollfuss ne leur inspirait pas confiance. De plus, les livres de Simon avaient fait l'objet d'un autodafé l'année précédente en Allemagne. C'était dramatiquement logique : depuis la parution des *Orages menaçants*, son ouvrage consacré à la guerre, Simon Leavers était considéré comme un auteur décadent. Son succès à l'étranger n'avait pas arrangé la situation. Des pressions avaient été exercées à l'encontre de son éditeur. Pour le moment, celui-ci le soutenait. Pour combien de temps encore ? s'interrogeait Elena, lucide.

Ils recevaient des lettres infâmes, menaces, incitations à l'exil, accusations immondes… Toute cette atmosphère délétère pesait sur Elena. Elle ne travaillait plus pour le *Wiener Tagblatt* depuis plusieurs années. Le successeur de Jünger lui avait signifié ne pas avoir besoin des services de l'épouse d'un auteur juif. Brimade classique, à laquelle elle avait répondu : « Vous ne savez pas ce que vous perdez ! »

Dans ce contexte, comment ne pas envisager l'exil ? Même si Simon renâclait, faisant valoir qu'il était viennois et avait autant de droits qu'un soi-disant aryen. Des souvenirs revenaient hanter Elena, à commencer par celui de cette horrible nuit de janvier 1918, qu'elle s'était pourtant juré d'oublier. Mais les grèves, la répression recréaient des circonstances similaires, et elle ne parvenait pas à maîtriser ses craintes. Pour autant, elle ne s'était jamais confiée à son époux. Pour le protéger, assurément, et aussi pour éviter toute question dérangeante. Elle avait décidé que Simon était le père d'Esther. D'ailleurs, le père et la fille ne se ressemblaient-ils pas de façon troublante ? Elena avait beau cadenasser sa mémoire, rien n'y faisait. Elle avait peur de voir resurgir le passé.

Elle ne pouvait se réfugier auprès de Valeria. Sa mère était morte en 30, d'un infarctus foudroyant. Elena s'était rendue aussitôt à Temesvar et Nathan l'avait accompagnée.

L'enterrement dans la cathédrale, les condoléances interminables, l'inhumation dans le cimetière avaient constitué autant d'épreuves.

Stepan, lui, n'avait pas fait le déplacement. Ce jour-là, Elena s'était promis de ne plus chercher à contacter son frère. La rupture entre eux était bel et bien consommée.

Elle ne connaissait plus grand monde à Temesvar, et elle s'était sentie exilée dans son propre pays.

Cependant, des témoignages d'amis de Valeria l'avaient bouleversée, tout comme ensuite la lecture de son testament chez le notaire. Leur mère léguait La Salamandre à Stepan, à charge pour lui de verser une rente annuelle à sa sœur. Elena recevait le grand appartement de Temesvar, les meubles, les bijoux et les tableaux. Sur l'instant, elle s'était sentie accablée et vaguement déçue. Sa mère ne la jugeait donc pas capable de s'occuper elle aussi de La Salamandre ?

Lorsqu'elle s'était confiée à Simon, il lui avait fait voir la situation sous un autre jour.

« Réfléchis… Valeria t'a donné une belle preuve de confiance, ainsi que ta liberté. Stepan ne t'aurait jamais laissée t'occuper de La Salamandre, qui aurait constitué un éternel sujet de conflit. Notre vie est ailleurs qu'au Banat. Si tu le désires, tu peux vendre l'appartement de Temesvar. »

Il avait raison, naturellement, et ils avaient besoin d'argent pour quitter Vienne.

« Notre vie est ailleurs qu'au Banat », avait affirmé Simon.

Nathan et Elena avaient trié, classé, meubles, papiers, objets. C'était une opération douloureuse mais nécessaire. Un antiquaire s'était déplacé pour choisir les pièces du mobilier susceptibles de l'intéresser. Alma était collectionneuse dans l'âme, et Valeria avait conservé l'essentiel du mobilier. Elena avait accepté le prix correct proposé. De toute manière, elle se voyait mal rapatrier le tout à Vienne. Lorsqu'elle avait refermé la porte cochère, elle avait tout de même éprouvé un sentiment de déchirement. Valeria et elle avaient toujours su qu'elles pouvaient compter l'une sur l'autre. Elena pressentait qu'elle ne reviendrait pas au Banat.

Une page se tournait. Sa place était auprès de son époux et de leurs enfants.

Le soir où Nathan rentra le visage tuméfié, les vêtements boueux, Simon et Elena comprirent qu'ils avaient déjà trop attendu.

Leur fils, pourtant un grand gaillard, avait été roué de coups à la sortie de l'université, simplement parce que ses agresseurs lui reprochaient d'être juif.

Ils réunirent un conseil de famille ce soir-là.

Elena suggéra d'aller s'installer en France. Simon rétorqua que le pays, qui venait de connaître des émeutes en février, était trop tenté par l'extrême droite pour leur convenir. Lui préconisait la Grande-Bretagne, où ses livres étaient appréciés. Cette solution semblait être la plus logique. De toute manière, ils n'avaient plus de famille, hormis Stepan et ses enfants. Mais Stepan ne désirait pas revoir sa jumelle mariée à un Juif.

C'était ainsi, et Elena n'avait plus envie de chercher à le revoir elle non plus.

72

1935

La main posée sur ses reins douloureux, Albina se redressa lentement. A quarante ans, elle se sentait vieille, usée. Pas seulement physiquement, d'ailleurs. La vie n'avait pas tenu ses promesses. A qui la faute ? se dit-elle avec une amertume qui ne lui ressemblait pas.

Elle avait grandi heureuse sur le domaine de ses parents. Unique fille née après deux frères, elle était la préférée de son père. Jan Berbecaru, marchand de chevaux aisé, avait désiré le meilleur pour Albina. Elle avait reçu les cours d'une préceptrice, avait appris le latin, l'anglais et le français – son père, francophile, y tenait –, le piano. Elle désirait poursuivre des études de littérature, jusqu'au jour où elle avait rencontré Stepan. Elle venait de terminer la lecture des *Hauts de Hurlevent*, et elle avait aussitôt pensé à Heathcliff en le voyant. Grand, noir de poil, le regard sombre… cet homme l'attirait irrésistiblement.

Les chevaux le passionnaient. Albina, elle, voulait Stepan. Dès le début, les dés étaient pipés dans leur relation.

Son père avait tenté de la mettre en garde. « Prudence, ma fille, je crains qu'il ne soit surtout intéressé par mes chevaux. »

Elle avait refusé de l'écouter. Peut-être parce qu'au fond d'elle-même, elle savait déjà qu'il avait raison.

Elle avait voulu forcer le destin en se donnant à lui. L'étreinte, furtive, rapide, l'avait déçue mais elle s'était persuadée que cela s'arrangerait. Ne l'aimait-elle pas pour deux ?

Engrossée, Albina avait dû l'annoncer à Stepan. Sans grand enthousiasme, il lui avait proposé le mariage. Une union vite expédiée, vu les circonstances. C'était la guerre, n'est-ce pas ?

Elle avait enfin eu Stepan. Il avait obtenu les meilleurs chevaux de son père. Le marché était-il équitable ? Elle n'osait plus se poser la question.

Dieu merci, elle avait ses enfants. Werner, le premier-né, à qui elle devait, en quelque sorte, son mariage avec Stepan. Christopher, le plus tendre, le plus fragile, si proche d'elle, si différent de son aîné. Et enfin Alexandra, la benjamine, rebelle et téméraire. Tous trois différents, ils constituaient sa raison de vivre. Elle les avait élevés, leur avait tout sacrifié pour compenser l'indifférence de leur père. Stepan s'était intéressé à Werner à partir du moment où ce dernier avait appris à monter. Enfin... appris était un bien grand mot. Son père lui avait montré comment seller sa monture, passer le mors. Une fois Werner hissé en selle, Stepan avait administré une grande claque sur le flanc de la jument. Elle s'était élancée, tandis que le gamin se cramponnait tant bien que mal aux rênes tout en s'efforçant de ne pas crier.

L'expérience s'était soldée par une chute. Stepan avait insisté pour que Werner remonte aussitôt. L'enfant avait obéi. On ne discutait pas aisément les ordres de Stepan.

Albina le savait bien. Il ne l'avait jamais battue, non, mais sa façon de faire était d'une perversité redoutable. Il trouvait à redire à la plupart de ses actes. Elle était toujours « trop » ou « pas assez ». Trop proche des enfants, trop encline à leur passer leurs caprices. Pas assez bonne cuisinière, médiocre femme d'intérieur, trop attachée à ses livres. Il soupirait avec ostentation quand – c'était rare ! – il la surprenait en train de lire.

« Tu n'as donc rien d'autre à faire ? » bougonnait-il.

Une domestique l'aidait pour les gros travaux. Une véritable bête de somme, mutique, abattant le travail sans rechigner. Albina n'avait même pas la consolation de pouvoir deviser avec elle : Greta ne s'intéressait à rien, en dehors des vertus comparées du savon noir et de l'huile de lin. Albina n'était pas sûre qu'elle sache lire. Le soir, Greta se retirait dans sa chambre sous les toits sitôt le repas desservi et dormait jusqu'à six heures.

Albina se demandait si elle devait l'envier ou la plaindre. Au moins, Greta ne paraissait pas souffrir d'états d'âme ! De son côté, elle avait une fâcheuse tendance à refaire le monde. Si elle n'avait pas épousé Stepan… Si elle avait poursuivi ses études…

Le statut de maîtresse de La Salamandre était particulièrement lourd, et la jeune femme souffrait de l'absence de contacts. Elle aurait volontiers sympathisé avec Elena, sa belle-sœur. Dommage qu'elle soit retournée aussi vite à Temesvar… Une nouvelle fois, la faute à qui ? Stepan était tout bonnement incapable d'entretenir des relations normales avec ses proches.

Qu'entendait-elle par « normales » ? aurait-il répliqué si elle lui en avait parlé. Il était très calé en dialectique et Albina, dépourvue de répartie, ne parvenait jamais à avoir le dernier mot avec lui.

« Ma pauvre fille, ce que tu peux être obtuse, parfois ! » lui avait-il lancé au visage la semaine passée, et elle avait lu comme une satisfaction mauvaise dans le regard de Werner. Blessée, elle avait détourné la tête pour ne pas montrer ses larmes.

Elle commençait à voir clair dans le jeu de son époux : il incitait leurs enfants à la mépriser. C'était horrible, et malsain. Mais elle n'attendait plus rien de bon de sa part.

Avancer, toujours, ne pas penser, se dit-elle avec une pointe d'ironie.

Finalement, c'était peut-être Greta qui avait raison !

A l'affût, Werner saisit son fusil d'une main ferme, régla le viseur avant d'appuyer sur la détente. Touché en plein cœur, le cerf s'abattit sur le sol couvert de feuilles mortes. Un oiseau s'envola dans un froissement d'ailes avant que le calme ne retombe sur la clairière.

Werner se redressa, un lent sourire au coin des lèvres. Il traquait l'animal depuis une bonne semaine, et savourait sa victoire. Son père serait fier de lui. Christopher était incapable de réaliser ce genre d'exploit, et cette certitude le comblait.

Depuis la naissance de son frère, Werner le considérait comme son rival et n'avait de cesse de le rabaisser. C'était chose aisée car Christopher n'avait pas l'esprit de compétition. Pauvre garçon, toujours plongé dans ses livres ! Il ne remarquait même pas que leur père le méprisait. Werner ne supportait pas les faibles. Christopher tenait de leur mère, qui évoluait dans la maison l'air absent, toujours épuisée. Alexandra, elle, savait se défendre. Elle montait, tirait, se battait comme un homme. Werner ne l'avait jamais vue pleurer.

Il siffla son chien avant d'entreprendre de dépecer le cerf. Sa vie à La Salamandre lui donnait entière satisfaction. Son père ne le harcelait pas, du moment qu'il effectuait les tâches dont il était chargé. Werner avait toute latitude de se rendre en ville en fin de semaine où il retrouvait des camarades professant les mêmes idées que lui. Tous vouaient une admiration sans bornes à Corneliu Codreanu[1] et à la Garde de Fer, mouvement qu'il avait fondé en 1927. Ils professaient la haine de la corruption et répétaient à l'envi qu'ils constituaient « l'essence de la nation ». La monarchie cherchant à les museler, ils avaient basculé dans la violence.

Fin décembre 33, les légionnaires de la Garde de Fer avaient assassiné le premier ministre libéral Ion Duca qui venait d'interdire leur mouvement. Cette escalade ne faisait pas peur à Werner. Comme nombre de ses camarades, il estimait que les « Roumains de souche » devaient être favorisés par rapport aux minorités. Sans même réaliser qu'en fait, il était le descendant d'émigrés… Peu lui importait. Il était chez lui à La Salamandre.

---

1. Homme politique roumain (1899-1938) fondateur de la « Légion de l'archange Michel », organisation nationaliste, antisémite, anticommuniste et homophobe.

73

1936

« Il y a quelques heures, j'ai rempli mon dernier devoir de roi et d'empereur, et maintenant que mon frère, le duc d'York, me succède, mes premiers mots sont pour lui déclarer mon allégeance. Il m'est apparu impossible de supporter le lourd fardeau des responsabilités et de remplir les obligations qui m'incombent en tant que roi, comme j'aurais aimé le faire, sans l'aide et le soutien de la femme que j'aime. »

Stupéfaite, Esther lança un coup d'œil perplexe à sa mère, qui venait d'écouter avec elle l'allocution radiodiffusée du roi Edouard VIII.

— Seigneur ! s'écria-t-elle. Qui va être roi, désormais ?

— Son frère cadet, répondit Elena. Albert, Bertie pour sa famille.

— Ah oui ! celui qui bégaie.

— C'est un peu réducteur, ma chérie, tu ne trouves pas ? Cet homme a certainement de belles qualités.

— Il n'empêche qu'il va souffrir lorsqu'il devra prononcer des discours ! Oh ! Flûte ! Je ne pensais pas qu'un roi pouvait démissionner comme ça...

— Il le fait par amour, glissa Elena d'un ton indéfinissable.

Sa fille esquissa une moue.

— Pour la fameuse Mrs Simpson ? Celle qui est atrocement maigre ? Quelle curieuse histoire ! Ils ont un peu passé l'âge, tu ne crois pas ?

La candeur de sa fille de dix-huit ans attendrit Elena.

— L'amour est souvent compliqué, reprit-elle. Tu demanderas à ton père mais cette abdication brutale est certainement motivée par d'autres raisons. On chuchote depuis déjà un certain temps qu'Edouard VIII aurait des sympathies... fascistes.

Elle avait hésité avant de prononcer ces derniers mots. Leur famille n'avait-elle pas quitté Vienne deux ans auparavant à cause de la montée alarmante du fascisme en Autriche ? Même s'ils s'étaient assez bien acclimatés à la vie britannique, ils avaient vite compris que, de l'autre côté de la Manche, nombreux étaient ceux qui partageaient les théories d'un certain Hitler. Il y avait trop d'étrangers en Grande-Bretagne.

Ces phrases toutes faites faisaient bouillir Esther d'indignation. Dieu merci, elle ne croisait pas ce genre de personnes à la Royal Academy of Music. En quittant Vienne, elle avait craint de ne pas pouvoir poursuivre ses études musicales. Après quelques jours de flottement, elle avait vite retrouvé ses marques à Londres.

La musique gommait les différences. D'abord en retrait, Esther s'était peu à peu enhardie. Elle avait quelques camarades, Fiona, une ravissante Ecossaise de son âge, Julian, un peu plus âgé, et Matthew, un Irlandais ombrageux. Ils se réunissaient souvent chez les Leavers, autour de la divine tarte aux pommes d'Elena, accompagnée d'un chocolat viennois. Ses amis adoraient Elena. Comment ne pas les comprendre ? Sa mère était chaleureuse, gaie, lumineuse. Solaire.

Esther se trouvait insignifiante comparée à elle.

« Normal, l'avait rassurée son père lorsqu'elle s'était confiée à lui. A dix-huit ans, tu es encore au stade de l'ébauche. Tu verras… tu seras une femme merveilleuse. »

C'était réconfortant, même s'il fallait encore attendre. A croire que les adultes n'avaient que ce mot à la bouche !

Esther, elle, était impatiente de grandir. Pour s'attaquer à Purcell. Son professeur le lui avait promis.

« Encore un peu de patience et vous aurez la maturité nécessaire pour jouer Purcell. »

La patience, toujours !

Esther se détourna du poste de TSF. Le roi

– l'ex-roi – était-il amoureux fou de Wallis Simpson ou bien avait-il eu peur des responsabilités ? Cette question n'avait pas fini de la tarauder. Elle se demandait bien pourquoi, d'ailleurs.

Sa mère lui sourit.

— Souviens-toi du dernier vers de *La Divine Comédie* : « L'amour qui meut le soleil et les autres étoiles. » C'est peut-être aussi simple.

Tout paraissait simple avec Elena. Même si elle avait souffert de devoir quitter son pays d'adoption, elle n'en avait rien laissé voir. Au terme d'un exode épique – elle avait préféré emporter ses caisses de livres plutôt que des vêtements –, ils avaient vécu plusieurs semaines à l'hôtel avant de dénicher « la maison ».

Située à Hampstead, elle avait de l'allure avec sa façade ivoire rechampie de blanc et ses bow-windows fleuris. Des buissons de roses et un grand cèdre lui conféraient beaucoup de charme, accentué par une tonnelle à l'ombre d'une glycine.

Simon avait installé son bureau au rez-de-chaussée, près du salon, « pour ne pas être isolé ». Il en sortait de temps à autre, se promenait dans le jardin en compagnie de Parsifal, l'épagneul roux et blanc, avant de rentrer boire un thé. Elena travaillait dans une petite pièce qu'elle appelait son placard, attenante à leur chambre. Elle y écrivait des nouvelles qu'elle signait du nom de Mayer, afin de ne pas entretenir de confusion avec les ouvrages de Simon. Ces nouvelles étaient publiées par Faber and Faber, une maison d'édition spécialisée dans la poésie.

Ils n'avaient pas de grand salon destiné aux réceptions. Ils vivaient entre eux, sans avoir pour autant restitué l'atmosphère de Vienne.

Ils avaient vendu leurs meubles avant de quitter l'Autriche, n'emportant que quelques souvenirs auxquels ils tenaient plus particulièrement. Et le piano, bien sûr, le piano d'Esther, qui occupait la meilleure place, entre la cheminée et la porte-fenêtre.

La chambre de Nathan, à l'étage, était un véritable capharnaüm. Lui seul était capable de s'y retrouver, entre des piles de livres, un écorché, des tubes à essai et une souris blanche dans sa cage. A cause de Lumir, la souris, Nathan faisait lui-même le ménage dans son antre, Becky, la servante, refusant catégoriquement de s'en charger. Ce qui faisait beaucoup rire Elena et Esther, qui n'avaient jamais vu leur fils et leur frère effectuer une seule tâche ménagère.

Becky, une robuste quadragénaire de Whitechapel, n'avait peur de rien, sauf des souris. Les premiers temps, elle était venue travailler « à l'essai » pour les Leavers, en déclarant qu'elle ne faisait pas confiance aux Allemands.

Elena lui avait patiemment expliqué qu'ils venaient de Vienne, en Autriche, et qu'eux non plus n'aimaient pas les Allemands. Un mois avait suffi à Becky pour comprendre que cette famille-là n'était pas comme les autres et qu'elle s'y plaisait, bien qu'ils soient totalement différents des Britanniques qu'elle fréquentait habituellement. Les Leavers étaient gais et chaleureux. Un peu trop continentaux, certes, mais si sympathiques. Becky se sentait bien chez eux.

Pour sa part, elle estimait qu'Edouard VIII avait eu raison d'abdiquer. Fréquenter une femme deux fois divorcée… Seigneur ! Il était fou à lier ! Et son frère, avec ses deux fillettes, lui paraissait être plus à même de diriger le pays.

Elle retourna s'essuyer les mains dans sa cuisine, située à l'entresol.

Décidément, ils avaient bien des préoccupations de riches, à Buckingham.

74

1965

La pluie, tombée durant la nuit, avait lavé le paysage de Fontaine-de-Vaucluse. Les couleurs étaient plus vives, constata Esther en poussant les volets de sa chambre. Une légère odeur d'humus flottait dans l'air. Elle lui rappela celle du jardin de Londres, et son cœur se serra. Emotion, nostalgie ? Elle n'aurait su le dire.

Vite, elle prit une douche, bien chaude, comme elle l'aimait, passa une robe en laine marron glacé, se coiffa et se maquilla.

En bas, un copieux petit déjeuner continental l'attendait. Et la promesse d'une nouvelle journée.

Elle tourna la tête vers le piano de l'hôtel. Elle n'avait pas joué depuis trois jours. Cela lui manquait, bien sûr, mais pas tant que cela. Comme si, tout à coup, elle avait réalisé qu'il y avait autre chose à vivre.

Elle secoua la tête, goûta son café. Lassée de boire un thé toujours trop infusé, elle commandait désormais un café bien serré, à l'italienne.

Elle sourit.

Oui, décidément, elle avait changé.

Cependant, elle se demandait toujours qui avait si proprement arraché les pages du carnet d'Elena. Que cachaient celles-ci ?

Elle revit sa mère secouant sa crinière fauve, lui répétant sa phrase préférée : « L'amour qui meut le soleil et les autres étoiles ».

Oh ! Maman… pensa-t-elle.

Elle ne devait pas se laisser submerger par l'émotion.

Dehors, la pluie cessa tout à coup. L'humidité imprégnait l'air.

Comme en Angleterre, se dit-elle.

Mais rien n'était pareil et elle le savait bien. Devait-elle rentrer ? Cela, elle l'ignorait. Elle se dirigea à pas lents vers le piano, qui l'attirait irrésistiblement.

Elle s'assit sur le tabouret, détendit ses doigts.

Résolument, elle attaqua les premières mesures de *Winter Song* de Purcell.

— C'est peut-être ma préférée », fit Esther, effleurant du bout de l'index la « bugadiero », la lavandière, qu'Alexandra s'apprêtait à emballer dans du papier bulle.

Sa cousine sourit.

— J'ai l'impression que tu as beaucoup de préférés ! se moqua-t-elle gentiment. Cela dit, je l'aime bien, moi aussi, ma bugadiero. C'était un personnage important, dans le village. Il fallait lui faire confiance pour lui donner son linge. C'est que ça raconte des choses, le linge d'une famille ! Ma mère le répétait, elle aussi.

Le regard clair d'Alexandra se rembrunit.

— Elle trimait, ma mère, si tu savais... il y avait tant d'ouvrage à La Salamandre... alors, ma bugadiero, je l'ai créée en pensant à elle. Avec des vêtements provençaux, bien sûr.

La silhouette féminine du santon était agenouillée dans sa caisse, tenant à la main son battoir, au-dessus de la planche sur laquelle étaient posées la pièce de linge et la pierre de savon de Marseille. Elle portait un corsage et une jupe en imprimé ramoneur, un grand tablier blanc et une coiffe à la grecque pour la protéger du soleil.

— Regarde, ajouta Alexandra, sous son fichu, j'ai glissé une pointe de coton blanc, le susareu, comme on l'appelait, destiné à pomper la sueur, pour protéger le fichu.

— Quelle richesse dans les détails ! admira Esther. Tu fais presque un travail d'ethnologue !

Sa cousine rougit de plaisir.

— N'exagère pas ! Je cherche simplement à rester le plus proche possible de la réalité d'autrefois. Ça te dit de m'accompagner à Aix ? Je dois montrer quelques échantillons de ma production au responsable du syndicat d'initiative. Si tu veux, ça me ferait une sorte de vitrine.

— Ça me dit, acquiesça Esther.

Elle l'aida à porter le carton contenant les précieux santons. Ceux-ci étaient devenus très importants pour elle.

Sur la route, alors qu'elles venaient de traverser Lambesc, Esther osa poser la question qui la taraudait depuis un moment :

— Ton père, Stepan... de quoi est-il mort ?

Le visage de sa cousine se ferma.

— Il est mort, c'est tout ce qui compte ! jeta-t-elle, les lèvres serrées.

Mal à l'aise, Alexandra regretta d'avoir répondu aussi brutalement à Esther. Celle-ci avait vécu une enfance heureuse et ne pouvait imaginer quel homme était Stepan. Christopher aurait de quoi raconter, lui aussi. Alexandra et lui étaient des survivants alors que leur mère n'avait pas eu cette chance.

Alexandra la revoyait, de plus en plus pâle, de plus en plus épuisée, elle entendait les sarcasmes dont son époux l'accablait. Elle avait le sentiment qu'il cherchait à la détruire et Albina aussi le savait.

Alexandra l'avait haï de toutes ses forces. Il avait détruit la vie de Christopher et celle de leur mère. Il avait cherché à détruire la sienne aussi, mais elle avait résisté. Tenait-elle sa force de lui ? Cette idée était particulièrement dérangeante. Son départ, en 1941, l'avait sauvée. Dès que la Roumanie avait apporté son soutien à l'Allemagne contre la Yougoslavie et l'URSS, elle n'avait pu le supporter. Ses amis et elle, très impliqués dans la réflexion politique, étaient farouchement opposés à l'« annexion ».

Alexandra se demandait toujours si elle serait partie si elle avait su ce qui allait se passer. Elle avait à peine dix-sept ans et ne supportait pas l'idée que son pays soit inféodé aux nazis tout comme elle tenait à conquérir son indépendance.

Son père avait tempêté, menacé, en vain.

Elle était partie par une nuit de pleine lune, après avoir serré sa mère contre son cœur. Elle soutenait sa décision, ce qui était important pour Alexandra. Elle ignorait qu'elle ne la reverrait pas. Serait-elle partie, sinon ? Vingt-quatre ans après, elle ne le savait toujours pas.

75

1939

Le bâtiment ovale mesurait quatre-vingt-trois mètres sur soixante-douze. Le dôme était haut de quarante et un mètres, se dit Esther pour tenter de maîtriser son trac. Elle n'était même pas capable de convertir les mètres en pieds. Elle n'en avait jamais été capable.

Tu n'es pas là pour ça ! pensa-t-elle.

Il ne fallait pas que ses mains soient moites. Surtout pas.

Elle mourait de peur. Et, en même temps, elle était terriblement excitée.

Ses parents et Nathan se trouvaient dans la salle, cette sublime salle du Royal Albert Hall. Pour elle.

Elle prit une longue inspiration.

Quand elle avait appris qu'elle participerait au concert du festival des Proms, elle avait pensé qu'elle pouvait mourir, là, sur-le-champ. Pour se dire aussitôt après que ce serait particulièrement stupide. Ne tenait-elle pas sa chance ?

Ses professeurs croyaient en elle, sa famille aussi. Elle était la seule à douter de son talent, à se remettre sans cesse en question. Nathan, facétieux, lui avait rappelé un bon mot de Sarah Bernhardt à propos du trac. Elle avait fait ses exercices respiratoires pour se détendre.

— Esther, à toi ! lança Smith, responsable de l'organisation du spectacle.

Elle se retrouva assise au piano sans avoir conscience d'avoir traversé une partie de la scène. Son cœur battait à grands coups précipités. Elle avait chaud, puis froid.

Elle plaqua un premier accord et, sans même respirer, attaqua les premières mesures de *La Moldau*.

Dès cet instant, la musique l'enveloppa. Elle n'avait plus peur. Seulement le désir de faire vibrer la salle au rythme de Smetana. « N'oubliez pas, Esther, lui répétait son professeur au conservatoire de Vienne, la Moldau est plus une rivière qu'un fleuve. Vos auditeurs doivent le percevoir. »

— Bonsoir. Je me nomme Henry Barry et je vais vous épouser.

Elle rit, pour dissimuler son trouble.

— Quelle entrée en matière ! Que suis-je censée vous répondre ? Que nous ne nous connaissons pas ?

Il avait surgi dans la loge qu'elle partageait avec ses camarades, un bouquet de pivoines rouges à la main. Elle avait toujours eu un faible pour les pivoines rouges. Cependant, ce n'était pas une raison suffisante pour lui tomber dans les bras !

— Merci, dit-elle.

Elle sentit que ses joues s'empourpraient.

« C'est si... attendrissant », lui disait Elena quand Esther se plaignait de sa fâcheuse tendance à rougir.

Attendrissant peut-être, mais aussi embarrassant.

A sa droite, Lily, une camarade, était tout ouïe.

— Je vous emmène dîner, insista son admirateur.

Elle secoua la tête.

— Je suis avec ma famille.

Il se pencha sans façon sur la table de maquillage. Il était tellement à l'aise, se dit-elle. A croire qu'il n'était pas britannique !

— Laissez-moi me joindre à vous, reprit-il.

Au cours du dîner, délicieux, elle apprit qu'il était d'origine australienne et qu'il avait hérité d'un oncle un domaine dans le Yorkshire.

Il s'était mêlé sans problème aux siens, avait raconté des anecdotes sur sa vie dans le bush.

« Un numéro d'anthologie », avait commenté Elena dans le taxi les ramenant à leur maison d'Hampstead, et Esther ne sut dire si sa mère l'approuvait ou non.

Elle-même ne pensait pas revoir Henry Barry.

Il revint à chacun de ses concerts, et se présenta

plusieurs fois à leur porte, toujours précédé de deux bouquets, l'un destiné à Elena, l'autre à Esther.

« Il cherche à t'acheter », se récriait Esther.

Mais Henry la faisait rire, et elle sentait qu'elle s'attachait à lui. Comment aurait-il pu en être autrement ? A vingt et un ans, elle n'avait jamais été courtisée. Elle avait tout donné à sa passion pour la musique. Henry lui apportait une bouffée de jeunesse, même s'il était son aîné de dix bonnes années.

Sa mère et son père l'appréciaient. Nathan seul manifestait quelques réticences. Le jour où Henry lui demanda sa main, il fit remarquer à sa sœur : « Esther… tu es sûre qu'Henry est amoureux de toi et pas de la pianiste ? »

Elle balaya vite cette question d'un haussement d'épaules, parce qu'elle lui paraissait stupide. Par la suite, elle pensa : « dérangeante ». Mais il était déjà trop tard.

Elle l'épousa à cause de la guerre. Il était urgent de faire quelque chose pour se prouver que la vie continuait, malgré tout. De plus, elle avait envie de vivre, une vraie vie, pas seulement par le biais des partitions.

Envie, aussi, d'avoir des enfants.

Elle était trop jeune. Ils ne se connaissaient pas vraiment. Mobilisé, Henry partit. Esther s'investit de nouveau totalement dans la musique. A la fin de la guerre, elle savait que leur mariage constituait un échec. Mais lui ne l'avait pas encore compris. Elle était devenue la célèbre Esther Leavers, était allée jouer dans Paris libéré, à Berlin parmi les ruines comme au Caire et à New York. Elle n'était plus la petite immigrée autrichienne mais une pianiste mondialement connue.

Les deux époux qui avaient si peu vécu ensemble n'avaient pratiquement plus rien à se dire.

Et quand Esther tenta de vivre à la Grange, le domaine d'Henry, elle eut l'impression d'être prisonnière.

Du brouillard, des moutons, la lande à perte de vue… c'était un véritable cauchemar ! Lui, heureux d'être démobilisé, arpentait ses terres, retrouvait les fermiers tandis qu'elle se morfondait dans une demeure humide et mal chauffée, n'ayant même plus le goût de jouer.

— Je crois que tu devrais faire des recherches sur le syndrome Brontë ! lança-t-elle un jour à Nathan au téléphone.

— Rentre à Londres, lui conseilla-t-il.

Dix-huit ans après, Henry lui tenait encore rigueur de sa désertion. Pourtant, il s'était remarié avec une charmante Polly, fille de hobereaux du Yorkshire, qui lui avait donné trois filles. Cela ne l'empêchait pas de lui écrire encore des lettres tendres.

Esther secoua la tête. Elle avait toujours beaucoup d'affection pour Henry, même si leur mariage avait été une erreur.

Depuis leur divorce, elle avait tiré un trait sur sa vie sentimentale. Trop risqué. Trop compliqué. Même si Elena lui répétait : « Quelqu'un t'attend quelque part. Il faut y croire, ma chérie. »

Dans ces moments-là, elle avait envie de jouer « Un bel di, vedremo », de *Madame Butterfly*[1]. Tout un programme...

Elle s'essuya les yeux alors qu'elle n'avait pas senti les larmes couler. Elena lui manquait toujours.

Sa mère avait-elle été heureuse à Londres ? Elle l'espérait tant, tout en sachant qu'Elena était assez douée pour brouiller les pistes.

De nouveau, elle se demanda ce qu'elle avait écrit dans son carnet.

Ses pensées déviérent vers Nathan. Pourquoi n'avait-il pas, lui non plus, rencontré l'âme sœur ? A croire que tous deux éprouvaient encore la nostalgie de leur enfance...

---

1. « Un beau jour, nous verrons », extrait de l'opéra de Giacomo Puccini.

76

Alexandra – 1943

Certaines nuits, je me demande combien de temps encore je parviendrai à tenir. Et puis, je songe que là n'est pas le problème. Combien de temps vais-je survivre ? Nous en rions souvent le soir, avec les camarades. Nous nous réchauffons autour d'un feu, et tirons sur nos cigarettes. Il y a encore deux ans, je n'aurais jamais imaginé mener cette existence.

Certes, j'ai toujours eu un côté garçon manqué. Je savais monter à cru, j'étais bien meilleure chasseuse que Christopher, et je crapahutais à pied dans nos collines, mais je n'avais jamais poussé aussi loin ma résistance physique.

Je ne suis pas partie seule rejoindre ceux qui ont choisi de résister. Roman Mosse, mon ami d'enfance, m'a accompagnée. Il a promis à ma mère de veiller sur moi, et elle lui fait confiance.

Naturellement, cela m'a agacée mais je n'ai rien dit pour ne pas la blesser.

Durant les deux dernières années, Roman et moi ne sommes pas revenus au hameau. Nous avons appris, cependant, que mon père a continué à collaborer avec l'occupant nazi et j'en suis malade. Comment ma mère peut-elle supporter pareille situation ? Je m'inquiète pour elle. Mais il m'est impossible d'aller la voir.

Nous patrouillons dans les bois et sur les crêtes, sans répit. Nous attaquons les troupes régulières portant l'uniforme détesté et levons le camp dès que nous sommes en infériorité numérique. Nous appliquons la tactique de la guérilla.

J'ai appris à faire abstraction de certains sentiments. Cela vaut mieux, n'est-ce pas ? Nous sommes le gibier et ambitionnons de devenir des chasseurs. Notre cause est juste. Nous n'avons pas le droit de perdre.

Chaque nuit, nous remettons notre vie en jeu, et nous redoutons un mauvais coup du destin.

Nous sommes plusieurs filles parmi les rangs des partisans : Ursula, Jovanka, Lidia et moi, que tout le monde appelle « Alex ». J'aime bien ce diminutif, qui me renvoie à l'enfance, à mon côté garçon manqué. Je gomme mon apparence féminine, porte des pantalons « empruntés » à Christopher, une canadienne multipoches et un gros chandail. Les cheveux noués sous un bonnet de laine, je ne ressemble plus à celle que j'étais jadis.

Mon père m'a reniée parce que je refusais de façon viscérale ses choix. Peu m'importe ! Seule compte pour moi l'opinion de ma mère. J'ai ma conscience pour moi : je ne me couche pas et reste une femme debout.

J'aimerais avoir des nouvelles de mon frère. Pas Werner, mais Christopher. Celui dont j'ai toujours été proche.

Roman s'approche de moi à pas de loup.

— Alex… tu es prête ?

Tous deux nous sommes portés volontaires pour une mission particulièrement dangereuse.

On nous considère comme les têtes brûlées de notre groupe. Je n'en tire pas fierté. A la différence de Jovanka, je n'ai pas d'enfant en bas âge. Moi, je n'ai que ma mère et Christopher. Personne d'autre.

La balle ne m'a pas ratée. Pile dans la cuisse, alors que je regagnais le couvert après avoir lancé plusieurs grenades contre un dépôt d'armes. J'ai été fauchée sous le choc. Sans Roman, je n'aurais pu m'enfuir. Il m'a portée à demi jusqu'à la camionnette qui nous attendait, tous feux éteints, à environ cinq cents mètres. Qu'est-ce qu'ils ont pu me paraître longs ces cinq cents mètres ! Interminables. J'ai eu le temps de m'imaginer interceptée, puis torturée. J'ai souvent réclamé une capsule de cyanure à Mihail, notre chef de groupe. A chaque fois, il m'a répondu : « Il faut toujours garder l'espoir. »

Mihail est ainsi fait, il refuse d'envisager le pire. Malgré tout, il nous arrive parfois de frôler le drame. De plus en plus souvent, d'ailleurs.

L'ennemi donne l'impression d'être omniprésent. A moins que nous ne le surestimions ? Des règlements iniques font régner la terreur. Cent habitants abattus pour un Allemand tué. Cinquante pour un Allemand blessé.

Nous collaborons avec les Russes, qui sont des combattants hors pair. Du moment qu'ils ont assez de vodka, ils ne se plaignent jamais.

A l'arrière de la camionnette, je reprends mon souffle en m'efforçant de ne pas grimacer de douleur. Roman m'a fait un garrot.

« Heureusement, c'est l'hiver », a-t-il commenté.

J'ai traduit : « Il y aura moins de risques d'infection. » Je lui fais confiance : dans une autre vie, il a été infirmier. De toute manière, je n'ai pas d'autre choix.

Plus tard, une fois revenus à notre camp de base, il ôte la balle de ma cuisse après m'avoir fait boire cul sec deux gobelets de vodka. Je peux hurler tant que je veux, l'endroit est désert, mais je mets un point d'honneur à ne pas crier. Et puis, Roman fait vite et la vodka a rempli son office. Il a à peine le temps de me recoudre que je sombre dans un demi-sommeil, assommée.

Le lendemain, bien sûr, je brûle de fièvre. Roman

et Lidia se relaient à mon chevet et me soignent comme un bébé. Je perds toute notion du temps. Je ne suis même pas certaine de désirer continuer à vivre. Je me sens si fatiguée ! Et j'ai atrocement mal à la jambe. Je dors par à-coups et, le reste du temps, je suis plongée dans un état léthargique. Je n'ai pas vingt ans, et je ne connais presque rien de la vie, hormis la guérilla.

A la génération précédente, j'aurais déjà été mariée et nantie d'un enfant. Je n'ai pas voulu de ce destin. Il n'était pas pour moi.

J'ai refusé deux prétendants adoubés par mon père. Des mariages de raison, naturellement, histoire de rassembler les terres… Il a marché sur moi, menaçant, a levé la main. Je n'ai pas bougé. C'est maman qui a poussé un cri déchirant, et l'a supplié de me laisser tranquille. La gifle s'est abattue sur elle, avec une force telle qu'elle est tombée en arrière.

J'ai insulté mon père avant de courir aider ma mère à se relever. J'agissais dans un état second.

Je n'aurais jamais dû la laisser derrière moi.

Qui sait de quoi il est capable ?

77

1965

Christopher esquissa de la main une sorte de cercle.

— Regarde, Esther… on s'est battu ici et, pis encore, on y a massacré des hommes. Le roi de France, en 1545, commanda une croisade contre les Vaudois de Provence. Antoine Escalin des Aimars, général des galères, et ses troupes, fortes de deux mille hommes, quittèrent Marseille la même année afin d'éliminer les protestants de l'Eglise évangélique vaudoise.

« Leurs villages furent pillés, les hommes massacrés, brûlés ou envoyés aux galères, les femmes violées puis tuées. On confisqua leurs terres comme leurs biens.

« Vingt-trois villages vaudois, dont Mérindol mais aussi Cabrières, Nyons ou Lourmarin, furent détruits.

« Les guerres de Religion, déjà, et l'intolérance. L'histoire est éternelle.

Sa voix reflétait une souffrance indicible. Spontanément, Esther posa la main sur son bras.

— Tu sais, en Grande-Bretagne, les Cavaliers et les Têtes rondes se sont sauvagement entretués eux aussi, ce qui a laissé des traces.

— A l'intérieur d'une même famille ?

Sa question abrupte ne la surprit pas.

— C'est arrivé, en effet.

Elle sentait Christopher tendu. Il était venu la chercher à son hôtel à neuf heures. La veille, il lui avait proposé une excursion à Mérindol, au sud du Luberon, qu'elle avait acceptée avec enthousiasme. Elle aimait sa façon toujours sensible de lui faire découvrir sa région d'adoption.

— La Provence est une terre d'accueil, reprit-il. C'est pour cette raison que je m'y plais.

— Tu n'as jamais eu envie de retourner au Banat ?

Il secoua la tête avec vigueur.

— Jamais ! J'y ai trop de mauvais souvenirs.

— Ma mère nous en a fort peu parlé. Mais, à la différence de toi, elle avait quitté La Salamandre à l'aube du XXe siècle. Elle n'a pas connu les déchirements liés à la Seconde Guerre mondiale.

Le visage de Christopher se ferma.

— J'aimerais tant tout oublier, si tu savais…

Esther s'enhardit.

— J'ai le sentiment que le passé vous empoisonne, Alexandra et toi. Sans que vous puissiez y remédier.

Il soupira.

— C'est difficile à expliquer. Le poids de notre enfance, nos relations difficiles avec notre père, son caractère, le désespoir de notre mère… Jour après jour, je l'ai vue perdre pied. Cependant, elle tenait bon et je me disais qu'elle était assez forte pour lui résister. Je me trompais. Elle a tenu pour nous mais, quand nous sommes partis, elle s'est retrouvée seule avec lui. Je ne me le suis pas pardonné, avoua-t-il dans un souffle

— Stepan… c'était vraiment un tyran domestique ?

— Pire que ça ! Nous devions tous nous plier à sa loi, quoi que nous en pensions. Excepté Werner, le fils préféré.

Plus de vingt ans après, Esther percevait encore la révolte et la peine dans la voix de Christopher.

Stepan avait bien travaillé : il avait détruit la vie de ses enfants.

De nouveau, elle lui tendit la main.

— Crois-moi, Christopher, il vaut mieux tourner la page. C'est ta seule chance de salut. Et le moyen de prouver à ton père qu'il n'a pas gagné.

Il lui adressa un sourire teinté de lassitude.

— Je sais, Estée.

C'était la première fois qu'on l'appelait ainsi, et elle en fut touchée. Il comptait de plus en plus pour elle. Ça paraissait incroyable car, quelques mois auparavant, elle ignorait tout de son existence.

Elle avait évolué. Elle ne savait pas bien dans quelle mesure, mais plus rien n'était pareil. A quarante-sept ans, elle pouvait encore changer de vie. Billevesées ! songea-t-elle. Qui était-elle donc pour croire que tout était encore possible à son âge ? D'ailleurs... qu'est-ce qui était encore possible ? Elle n'en avait pas la moindre idée.

Elle le lui dit, et il sourit à nouveau.

— Là-bas, à la Kolyma, je me raccrochais à tout ce que j'avais lu. Je me récitais des passages entiers de poèmes de Pouchkine et de Victor Hugo. Par exemple *Cent mille hommes* d'Hugo.

Cent mille hommes, criblés d'obus et de mitraille,
Cent mille hommes, couchés sur un champ de bataille, [...]
Sont pour l'humanité, qui sur le vrai se fonde,
Une calamité moins haute et moins profonde,
Un coup moins lamentable et moins infortuné,
Qu'un innocent, – Un seul innocent condamné, –
Dont le sang, ruisselant sous un infâme glaive,
Fume entre les pavés de la place de Grève [...].

Esther hocha la tête.

— Les livres ont toujours été si importants pour moi. Presque autant que la musique. Mes parents nous ont élevés ainsi, avec des livres partout autour de nous.

— Tout comme ma mère. Mais à La Salamandre, nous devions nous cacher pour lire.

Il y eut un silence. Bouleversée, Esther se racla la gorge.

— J'aimerais tant être moins maladroite, souffla-t-elle. Je n'ai jamais été à l'aise pour exprimer mes sentiments. A cause de toutes ces années passées en Angleterre, certainement. Je voudrais te dire combien je t'admire d'avoir survécu à cette détention horrible et injustifiée mais je suis incapable de trouver les mots.

— Je sais, acquiesça-t-il. Dès le premier jour, j'ai eu la certitude de tout savoir de toi, Estée.

Ils échangèrent un sourire. Le soleil d'octobre réchauffait la terrasse de laquelle ils avaient vue sur le château.

— Oh ! Etre lézard dans une autre vie ! s'écria Esther en riant.

Christopher haussa un sourcil.

— Tu parles beaucoup d'une autre vie ! Qu'aimerais-tu donc faire ?

Elle resta muette quelques instants.

— Mon Dieu… je ne me suis jamais posé la question, parce que la musique a toujours occupé toute la place ! Cependant, à présent que tu me le demandes, je crois que j'aurais aimé ne pas être seulement une interprète, mais composer aussi.

Elle se mordit la lèvre, comme si elle se reprochait déjà d'avoir fait cet aveu. Mais Christopher ne lui laissa pas le temps de s'appesantir sur ses regrets.

— Génial ! s'exclama-t-il. Je crois comprendre ce que tu veux dire. Tu as envie de créer, toi aussi.

— Oui.

Elle imaginait assez bien… une sonate. Pas un opéra, non, elle n'avait pas cette ambition, songea-t-elle en riant. D'ailleurs, il y avait plus qu'un pas entre le désir de créer et sa concrétisation.

— Et… tu as trouvé ton thème ? reprit-il d'une voix hésitante.

Il a déjà deviné, comprit Esther.

C'était extrêmement troublant, cette harmonie entre eux, et cette façon de penser la même chose en même temps.

Elle sourit.

— Je connais le titre. *Ceux de la Kolyma.*

Pour la première fois, Christopher ne parvint pas à dissimuler ses larmes.

— Bon sang, Estée ! Tu ne vas quand même pas me faire pleurer !

Elle l'attira contre elle.

— Pleure, si ça te fait du bien. Il est grand temps.

Elle avait déjà les premières notes en tête. Et elle savait qu'elle mènerait à bien la composition de sa sonate. C'était pour elle une certitude.

Comme le sentiment qu'elle éprouvait pour Christopher.

78

Alexandra – 1944

Les bras de Roman autour de moi, les mains de Roman parcourant mon corps, ses lèvres sur mes lèvres, aspirant mon souffle. Réfugiés sous un grand sapin sur un tapis de feuilles mortes raidies par le gel, nous nous aimons avec fièvre, pour oublier que demain, nous serons peut-être morts.

« Sûrement morts », me corrige Roman.

Accrochée à ses épaules, je me laisse emporter par la vague déferlante de notre étreinte. Il s'abat sur moi et murmure quelque chose que je ne comprends pas. Peu importe ! Le sang circule plus vite dans mes veines, et je me sens merveilleusement vivante !

D'un geste très doux, il écarte une mèche de mes cheveux.

— J'aime voir tes yeux quand tu chavires, me glisse-t-il.

Moi, j'aime bien ce mot : « chavirer ». Il résume assez bien ce que nous éprouvons l'un pour l'autre. Le désir, l'amour nous sont tombés dessus après ma blessure à la cuisse. Roman a été très présent. Nous nous sommes encore rapprochés. Au fil des jours, notre amitié s'est transformée. Est-ce de l'amour ? Ou bien le désir de vivre, malgré tout ?

Nos camarades, sans faire de commentaires, s'arrangent pour nous laisser des moments de solitude. Nous sommes dorénavant des amoureux, qu'il faut protéger.

Egoïstement, nous en profitons, sans plus nous poser de questions. C'est notre embellie dans un quotidien assombri par la traque. L'ennemi nous pourchasse sans répit. La misère et la famine sont devenues endémiques en Roumanie, le Reich pillant les vivres, le fourrage comme le bétail, sans les payer. Une situation dramatique pour les agriculteurs.

J'espère que mon père finira par comprendre enfin que le régime nazi ne vise que l'exploitation des peuples, sans trop m'illusionner à ce sujet.

Stepan est si entêté qu'il ne reconnaîtra jamais ses torts.

Je m'écarte légèrement de Roman, qui me caresse la joue.

— Tu n'as pas trop froid ?

Je secoue la tête.

— Je suis une fille du Banat, comme toi. Dure au mal, dure à la peine.

— Tu es une guerrière, reprend-il. Tu n'imagines pas à quel point je t'admire.

Je ris pour masquer ma gêne.

— Ne me fais pas trop de compliments, Roman ! Je vais finir par croire que tu prépares un mauvais coup !

Il prend aussitôt un air si innocent que je ris de plus belle.

Je me relève.

— Viens, on doit nous chercher au campement.

Il me décoche un regard chargé de désir.

— Je pense plutôt qu'ils savent fort bien à quelle occupation nous nous adonnons ! répond-il, hilare.

Je rougis : pourquoi ne puis-je pas être plus à l'aise avec Roman ? Est-ce à cause de mon éducation rigoriste ? Pour mon père, le moindre acte est prétexte à critique. Il m'a rabâché une foule d'interdits. Ne pas monter à cru, ne pas m'éloigner dans les bois en compagnie d'un garçon, ne pas laisser voir mes jambes, aller à la messe le dimanche, ne pas m'habiller en garçon, ne parler que si on me demande mon avis… J'étouffais dans ce cadre sévèrement réglementé ! Aussi, même si je flirte chaque jour avec le danger, je savoure mon sentiment de liberté.

Personne, même Roman, ne peut comprendre ce que j'éprouve. Mon père exerce une telle emprise sur les siens que ceux-ci doivent filer droit, sans contestation possible. Une nausée me tord l'estomac. Il ne faut pas que je pense à mon père. Surtout pas.

Je ne l'ai pas revue. Albina, ma mère, que j'ai toujours tendrement aimée. J'ai appris sa mort par une lettre envoyée à Roman. J'ai tout de suite su qu'il se passait quelque chose de grave lorsque j'ai vu son visage blêmir. Il n'a pas triché, cela ne lui ressemblait pas.

Il s'est tourné vers moi et a dit : « Alexandra… ta mère est morte. »

Ce jour-là, j'aurais voulu mourir, moi aussi.

Ça a été pire lorsque nous avons appris les circonstances de sa mort. Elle avait mis fin à ses jours. Elle s'était pendue, dans les écuries. Depuis, son image ne cesse de me hanter, et la culpabilité me pèse. Si j'étais revenue à La Salamandre. Si je ne l'avais pas abandonnée… Aurais-je pu empêcher son passage à l'acte ? Je n'en suis pas certaine mais je souffre, atrocement, et seul Roman peut me comprendre. Lui a connu Albina.

Elle est déjà enterrée, en terre non consacrée, car elle s'est suicidée, et mon cœur pleure. Pourquoi ? Pourquoi ne pas avoir attendu notre retour, à Christopher et à moi ? J'ai peur qu'elle n'ait perdu tout espoir.

Et, bien sûr, Stepan ne l'a pas soutenue, ni réconfortée. Peut-être a-t-elle estimé qu'elle n'avait plus la force de se battre ? Je ne le saurai jamais, et cette certitude me ronge.

Heureusement, il y a Roman, qui s'évertue à ne pas « me laisser penser », comme il dit. Sa formule m'arrache un sourire. Roman est très fort à ce petit jeu. Je crois bien que je l'aime, même si je préférerais m'arracher la langue plutôt que de l'avouer.

De toute manière, il n'y a pas de place pour l'amour dans notre groupe. Demain, nous partons crapahuter dans la montagne afin de tendre une embuscade. C'est là où nous excellons : pratiquer la guérilla, sur un terrain escarpé que nous connaissons bien. Mihail est en contact avec un émissaire de l'Armée rouge. Je l'ai aperçu une fois se glissant sous la tente de notre chef de groupe. Une silhouette grise, pas d'arme en évidence, une tête d'apparatchik, avec sa coupe en brosse et ses petites lunettes rondes. Il a posé son regard sur moi et, même si je n'ai pas détourné la tête, je n'ai pu réprimer un frisson. Comme si cet étranger avait le pouvoir de nous porter malheur…

Roman sourit de ce qu'il appelle mes « intuitions de sorcière ».

Il a retrouvé dans les archives de sa famille un document évoquant le statut de guérisseuse de mon aïeule, Loretta Mayer. Il se moque de moi en affirmant qu'il y a peu de différence entre la guérisseuse et la sorcière. Ce qui, bien sûr, me met hors de moi.

Je préfère songer à Loretta. Je me rappelle avoir lu son nom inscrit sur une tombe dans le cimetière du hameau. « Loretta Mayer, épouse bien-aimée de Frédéric Mayer ». Déjà à l'époque, cette inscription m'avait laissée rêveuse. Je n'imaginais pas, en effet, mon père choisissant ces mots. Comme Loretta, Albina est morte avant son époux. A mon avis, la ressemblance s'arrête là !

Je vais chercher de l'eau au ruisseau, me lave, vite, en grelottant. Les bras de Roman me manquent. Il a rejoint Mihail, notre chef, sous la tente. L'opération de demain n'est pas sans danger, nous le savons tous.

Si seulement j'avais la foi ! Je ne crois qu'en l'homme, et encore… à la condition qu'il ne ressemble pas à mon père ni à mon frère aîné !

Je m'endors blottie sous une couverture trop mince, et je rêve de ma mère.

79

1965

L'amour avec Christopher évoquait pour Esther un air de Tchaïkovski, « Danse russe », extrait de *Casse-Noisette.*

Le bonheur à l'état pur…

Le corps délicieusement engourdi, elle s'étira. La place à côté d'elle était encore tiède. Où était-il passé ?

Ils étaient rentrés ensemble à l'hôtel d'Esther après avoir dîné à L'Isle-sur-la-Sorgue. Ils ne pouvaient pas se quitter, pas après cette merveilleuse journée.

Ils avaient bu un gin tonic dans le petit salon avant qu'Esther ne s'asseye au piano et joue *Summertime.* Les yeux mi-clos, Christopher lui avait alors soufflé : « Je n'ai pas envie de te quitter. »

Et elle de répondre sans rougir : « Tu n'y es pas obligé. »

Ils avaient gravi les marches de l'escalier enlacés. Dans sa chambre, elle n'avait allumé que la lampe de chevet, qui diffusait une lumière rosée. Il l'avait embrassée, avec une délicieuse lenteur, avant de l'attirer contre lui.

« Estée... je crois bien ne jamais avoir éprouvé un sentiment aussi profond. Comme si tu faisais déjà partie de moi. »

Déjà... le choix de l'adverbe de temps l'avait fait sourire. Car tous deux savaient qu'ils passeraient la nuit ensemble.

En l'enlaçant, Christopher l'avait interrogée : « Tu es bien sûre ? »

Et elle de sourire : « Nous sommes cousins... et après ? »

Leur étreinte avait été à la fois intense et extrêmement douce, comme s'ils avaient été, de toute éternité, destinés l'un à l'autre. Elle avait gémi sous ses caresses. Il avait plongé dans son regard, et tous deux avaient réalisé qu'ils ne pouvaient plus fuir.

Après l'amour, il l'avait serrée, fort, contre lui, en chuchotant : « Bon sang, Estée, tu es la meilleure chose qui me soit arrivée », et elle avait souri sans répondre.

Elle se sentait merveilleusement vivante, consciente de chaque partie de son corps. Elle ne s'était pas interrogée quant à la fermeté de sa chair ou à la tenue de ses seins. Elle s'était abandonnée comme elle ne l'avait pas fait à vingt ans, tant elle était immergée alors dans la musique.

Elle savait qu'il était son âme sœur, et qu'elle n'avait rien à craindre de lui. La nuit qu'ils avaient partagée l'avait confortée dans cette certitude. Cependant, elle s'inquiétait déjà de savoir où il se trouvait.

Elle se drapa dans son kimono, se leva et partit à sa recherche. Il s'était rhabillé et se tenait sur le balcon. Frissonnante, elle le rejoignit, l'attira contre elle.

Ils rentrèrent dans la chambre. Son visage tourmenté effraya Esther. Elle le caressa de la main.

— Christopher… que se passe-t-il ? Tu regrettes ? ajouta-t-elle sur la pointe de la voix.

Il secoua la tête, lentement.

— Oh ! Estée, comment peux-tu penser ça ? Non, c'est juste que tout ce bonheur qui me submerge d'un coup, cela me fait presque peur. Comme si je ne le méritais pas.

Se haussant sur la pointe des pieds, elle lui planta un baiser sur les lèvres.

— Christopher Mayer, tu vas me faire le plaisir de croire au bonheur, à présent ! lança-t-elle.

Ils sourirent tous deux, partagés entre un sentiment de gêne et de plénitude.

— Je n'ai pas l'habitude, confia-t-il.

Il passa la main écartée dans ses cheveux et une bouffée d'amour submergea Esther.

— Je n'aurais jamais osé espérer vivre ce que nous vivons ! avoua-t-elle. A mon âge !

Le sourire de Christopher s'accentua.

— Quel âge as-tu donc ? Tu es née en 18, c'est bien ça ? Tu as… quarante-sept ans. Et moi presque cinquante. Et alors ? Nous sommes merveilleusement jeunes !

Oui, elle s'était sentie jeune, et vivante, dans ses bras. A présent, se dit-elle avec un léger pincement au cœur, le problème était de savoir si cet état de grâce allait perdurer. Elle n'avait pas envie de s'interroger à ce propos, mais plutôt de savourer l'instant présent. Carpe diem…

Elle pressentait cependant que Christopher ne se contenterait pas de cette résolution. Il désirait plus, parce qu'il était longtemps resté incapable d'aimer.

Il l'embrassa, un long baiser empreint de tendresse et de sensualité, et s'éclipsa.

— Je reviens te chercher dans une heure.

Elle acquiesça, lui adressa un baiser du bout des doigts avant de filer sous la douche.

Elle s'habilla avec un soin particulier. Jupe en velours couleur rouille, chandail en cachemire noir, bottes cavalières camel et manteau noir. Dans le miroir, elle sourit à son reflet. Ses cheveux, brossés longuement, brillaient. Ses yeux maquillés avec soin paraissaient plus grands et son teint était lumineux. Allons, elle n'était pas trop décatie pour ses quarante-sept ans ! se dit-elle, amusée. Cependant, elle savait qu'elle s'interrogerait encore longtemps. L'aimait-il ? Avaient-ils un avenir commun possible ? Autant de questions destinées à demeurer sans réponse !

Il n'était pas revenu lorsqu'elle descendit, et elle allait prendre une tasse de thé quand monsieur Elzéar vint la trouver. On l'appelait au téléphone, c'était urgent. Elle prit la communication à la réception et reconnut la voix de James, son agent. Il était surexcité.

— Esther, je ne pense pas que tu puisses imaginer ce qui nous arrive ! Tu es invitée à jouer au Musikverein de Vienne ! Ta ville natale ! Une revanche sur le passé ! Dans la Salle dorée, naturellement, là où est donné le traditionnel concert du Nouvel An. Pour toi, c'est plus qu'une consécration.

Elle connaissait cette fameuse Salle dorée, bien sûr. Ses parents l'y avaient emmenée à plusieurs reprises. Elle revoyait Elena, les yeux mi-clos, littéralement parcourue par la musique, et Simon, bras croisés, un léger sourire au coin des lèvres. Oh ! Comme elle aurait aimé leur présenter Christopher !

Elle secoua la tête.

— C'est impossible, James, déclara-t-elle. Je ne pourrai pas me libérer.

Elle écarta le combiné de son oreille. Il hurlait qu'elle avait perdu la raison, qu'elle sabotait sa carrière… et elle continuait de sourire. Sa décision était prise, elle ne reviendrait pas en arrière.

— N'insiste pas, poursuivit-elle froidement. C'est non, James. Je n'ai pas l'intention de rentrer pour le moment ni surtout de quitter la Provence.

— Tu es folle ! se récria James.

Il criait si fort que le réceptionniste, gêné, recula de quelques pas. Esther aperçut Christopher qui pénétrait dans le hall et lui adressa un petit signe.

Elle poursuivit, d'un ton définitif :

— Oublie-moi, James. Je n'irai pas jouer à Vienne. De toute manière, ce serait beaucoup trop douloureux pour moi d'y retourner.

Elle se résolut à mettre fin à la communication parce qu'il continuait de chercher à la convaincre. Lorsqu'elle se retourna vers Christopher, ce dernier avait disparu.

— Sapristi ! jura Alexandra, tapant du poing sur la table.

Elle rattrapa de justesse un santon qui allait tomber sur les tomettes, le cala au bout de la longue table avant de s'adresser à son frère.

— Ça t'amuse de gâcher ta vie et, accessoirement, celle d'Esther ? reprit-elle, furieuse. Il est évident que vous êtes faits l'un pour l'autre. Deux artistes, un brin écorchés vifs… Si tu la laisses repartir, tu es un sombre idiot.

— Trop aimable !

Depuis l'enfance, tous deux avaient l'habitude de se parler sans précautions excessives. Ç'avait été leur force, face à leur père et à leur frère aîné.

Christopher secoua la tête.

— Je l'aime, oui, mais je ne veux pas gâcher sa carrière. Rends-toi compte : hier, elle s'est querellée avec son agent à propos d'un concert au Musikverein de Vienne. Elle a fini par lui raccrocher au nez ! Et moi… je suis parti. Je ne supporte pas l'idée d'être le responsable de ce gâchis.

— Tu ne peux pas décider à la place d'Esther. Ce faisant, tu attentes à sa liberté. Cela ne te ressemble pas, Christo.

L'emploi du diminutif de son enfance le troubla, tout comme cette allusion à la liberté. N'était-ce pas pour lui un droit fondamental ?

— Réfléchis, je t'en conjure, insista Alexandra. Ne te sacrifie pas encore une fois. Nous ne sommes plus au Banat, tu as droit au bonheur.

Il soutint le regard de sa sœur.

— Tout comme toi.

Elle secoua la tête.

— Moi, je n'ai pas rencontré l'âme sœur. C'est différent.

Elle soutint son regard.

Ne pas penser à Roman, se répéta-t-elle.

De toute manière, il était trop tard.

80

Alexandra – 1944

Il s'agissait d'une simple mission de reconnaissance comme nous en effectuions plusieurs fois par semaine en sortant de notre refuge pour faire un état des lieux. J'aurais dû accompagner Roman mais il était parti à la première heure, pressé par Mihail qui s'impatientait. De mon côté, après une nuit blanche, je m'étais rendormie et Roman ne m'avait pas réveillée.

A son retour, je ne manquerais pas de lui exprimer ma façon de penser : ne formions-nous pas une équipe, lui et moi ?

Les heures s'étiraient. J'essayais de tromper mon impatience en m'acquittant des tâches quotidiennes : aller chercher de l'eau à la rivière, préparer un ragoût concocté avec les moyens du bord, laver quelques pièces de linge, que je retrouverais le lendemain raidies par le froid, couper du bois...

Je m'étais éloignée du campement pour ne pas avoir à parler. Je trouvais que Roman tardait à rentrer.

A la tombée de la nuit, je dus me rendre à l'évidence : il aurait dû m'avoir rejointe depuis longtemps. Je courus jusqu'à la tente de Mihail. Il conversait avec un étranger et, sèchement, m'intima l'ordre de revenir plus tard.

« Où est Roman ? » lui lançai-je d'un ton accusateur.

Il me tourna le dos sans daigner me répondre. Je l'aurais volontiers assommé !

Lorsque enfin il me reçut, environ une heure plus tard, son visage était grave.

« Ce n'est pas normal, m'annonça-t-il d'emblée. Je n'ai pas de nouvelles de Roman. »

Je serrai les dents pour ne pas m'effondrer devant lui. S'il avait toléré notre liaison en fermant les yeux, il méprisait toute manifestation de « sensiblerie », comme il disait.

— Il a pu se mettre à l'abri pour échapper à une patrouille, reprit-il, visiblement soucieux de me réconforter.

Je hochai la tête. Je n'avais pas de réels amis au campement, seulement des camarades. Roman et moi avions tendance à nous isoler dans une sorte de bulle. J'en payais le prix ce soir-là.

Les jours et les nuits s'étirèrent, sans que Roman me revienne. Je me laissais sombrer. J'étais certaine qu'il m'aurait rejointe s'il avait été encore en vie. Que lui était-il arrivé ? Gisait-il dans un ravin ? Avait-il souffert ? Autant de questions qui me hantaient.

On s'empressait autour de moi, en me répétant qu'il fallait accepter, tourner la page, aller de l'avant... Des mots creux, qui m'exaspéraient plus qu'ils ne me soutenaient. Je connaissais la règle, pourtant : pas d'attaches, afin de ne pas nous limiter dans notre action. Il convenait de faire face, de ne rien laisser voir.

Les battues auxquelles j'avais participé n'avaient donné aucun résultat. Roman avait disparu, s'était évaporé. La nuit, je cherchais son corps, sa chaleur. Je me réveillais en larmes, que j'étouffais. Il me manquait tant ! Roman était autant mon amant que mon meilleur ami. Avec lui, c'était toute une partie de mon enfance qui disparaissait. Roman m'avait protégée à plusieurs reprises des coups de colère de mon père. Il m'était arrivé de me réfugier chez ses parents qui m'avaient toujours réservé le meilleur accueil. Je connaissais l'histoire de la création du hameau et l'amitié régnant entre nos deux ancêtres, Frédéric Mayer et Pierre Mosse. Tant de liens nous unissaient, Roman et moi.

Je crois que, si Mihail n'avait pas veillé à ma sécurité, je ne serais jamais revenue de ces années de guerre. Je cherchais, obstinément, à me faire tuer. Nos camarades formaient autour de moi comme un cordon de protection, ce qui m'exaspérait. Je refusais de parler à quiconque. Repliée sur mon chagrin, je n'avais plus qu'un souhait, tuer un maximum d'ennemis.

J'écrivis aux parents de Roman. Une missive décousue, que je préférai ne pas relire. Eux seuls pouvaient me comprendre, ainsi que Christopher. Mais je n'avais pas de moyen de joindre mon frère. Ma mère me manquait doublement. Oh ! Albina, pourquoi avais-tu décidé de mettre fin à tes jours ?

La nuit, je pleurais sans discontinuer. J'aurais voulu mourir, moi aussi, mais un fichu instinct de vie m'interdisait de me tuer. Je me portai volontaire pour une opération suicide. Mihail hésita avant de me la confier.

« Je n'ai plus rien à perdre ! » lui lançai-je crânement.

Je bénéficiai d'une chance insolente et parvins à rejoindre Pavel, qui faisait le guet sur une moto récupérée deux jours auparavant dans la cour d'une ferme. Derrière nous, les bâtiments explosaient avec un bruit assourdissant. Je me cramponnai au dos de Pavel en éprouvant une sensation de griserie. Très vite, cependant, celle-ci retomba, et je me retrouvai comme éteinte, sans but.

Il en fut ainsi durant la suite de notre combat. J'avais besoin de ma décharge d'adrénaline pour ne pas sombrer, ce qui fit de moi une sorte de machine de guerre. Mihail avait fini par me confier les missions les plus dangereuses. Pavel et moi formions un duo redoutable. Lui avait perdu sa femme et son fils, victimes de représailles nazies. L'un comme l'autre ne redoutions plus rien, n'avions plus rien à perdre.

L'hiver 44-45 fut horrible. Partout, toujours, le froid, la boue, la crasse. Nous ressemblions à des charbonniers et souffrions de grippes et d'angines à répétition.

« Des bobos de planqués », pestait Mihail entre deux éternuements.

Nous suivions grâce à notre poste émetteur-récepteur la progression de l'Armée rouge, que nous considérions comme notre libératrice.

Depuis le 23 août, un armistice entre le nouveau gouvernement roumain du roi Michel, l'URSS, les Etats-Unis et la Grande-Bretagne avait été signé. Nous étions désormais officiellement en guerre aux côtés des Alliés. Mais cela n'avait pas changé grand-chose à notre situation : nous combattions toujours les forces nazies.

Et, si nous étions pris, nous serions abattus sur-le-champ.

Lorsque nous rentrâmes enfin chez nous, je n'étais pas impatiente de revoir mon père. Je m'arrêtai au cimetière et déposai un bouquet de lilas sur la tombe de ma mère. Je pleurai, longuement, me reprochant toujours de l'avoir abandonnée.

La Salamandre paraissait inhabitée. Les écuries étaient vides, ce qui constituait déjà un grave manquement aux règles édictées par notre père. Je trouvai celui-ci sous la galerie, tenant un verre de vodka et soliloquant.

« Ah ! fit-il en me voyant. Voilà la glorieuse combattante de retour ! Pas encore morte ? »

J'aurais espéré un accueil plus chaleureux, sans toutefois me bercer d'illusions. Il ne changerait plus, désormais.

Je le saluai d'un bref signe de tête.

Il me considéra d'un air moqueur.

— Ma pauvre fille ! Tu n'as plus rien d'une femme. Et maigre, avec ça ! Va prendre un bon bain pour retrouver figure humaine !

Lui-même avait mal vieilli. Le corps empâté, le visage bouffi, de profonds cernes sous les yeux, il maîtrisait mal le tremblement de ses mains. Une épave. Certainement à cause de l'alcool.

Je le regardai froidement.

— Je peux te retourner le compliment. Toi-même n'es pas resplendissant. Peu importe ! Je veux seulement savoir ce qui a poussé maman à commettre cet acte.

Il haussa les épaules.

— Ta mère avait perdu la raison. Elle s'est mis en tête que j'avais une maîtresse. La pauvre folle ! Comme si j'avais eu du temps et de l'argent à perdre avec la bagatelle. Non, ce qui comptait pour moi, c'était de sauver La Salamandre.

— C'est ce qui a toujours compté pour toi ! rectifiai-je avec colère. Maman, nous… tout devait passer après La Salamandre et tes satanés chevaux. Tu as gâché nos vies !

Il se leva, marcha vers moi d'un pas lourd et, posément, me gifla.

Je soutins son regard jusqu'à ce qu'il le détourne et fis demi-tour.

— Adieu, lançai-je. Tu ne me reverras pas.

J'éprouvai un sentiment de soulagement intense en franchissant le seuil de La Salamandre. Je savais que c'était la dernière fois.

81

1965

La maison de Christopher, située en contrebas de l'église, offrait un remarquable appareillage de pierres sèches. Elle savait par Alexandra qu'il l'avait restaurée de ses mains, alors qu'elle était en ruine, comme la plupart des bâtiments du village. Les Banatais avaient accompli de la belle ouvrage !

La porte n'était pas fermée à clé, c'était la règle au village. Tout le monde se connaissait, et avait confiance. En grimpant les marches qui menaient à l'atelier de Christopher, Esther songeait à la vie à Londres, où l'on devait se protéger des cambriolages. A cet instant, elle mesura combien cette vie-là ne lui convenait plus. Elle avait conscience de se trouver à la croisée des chemins. Elle prit une longue inspiration avant de frapper à la porte.

Christopher vint lui ouvrir. Il était pieds nus, en jean, et portait une chemise écossaise bleue et grise.

Elle enregistra machinalement ces détails, tout en lui offrant un large sourire. Ses joues s'enflammèrent au souvenir de leur nuit.

Son visage était impénétrable. Elle eut peur, soudain. Et s'il ne voulait pas d'elle ? Et si leurs chemins allaient se séparer ?

Ses mains étaient couvertes de glaise. Il les essuya sur un grand tablier de coton bleu

— Tu ne me fais pas rentrer ? s'enquit-elle, en ayant la détestable impression de quémander.

Il s'effaça pour la laisser passer.

— Si, bien sûr. Excuse-moi, quand je suis en train de sculpter, je deviens un véritable ours. Enfin… c'est Alexandra qui l'affirme !

Ils rirent tous deux et, l'espace d'un instant, retrouvèrent leur complicité. Il régnait un désordre sympathique dans l'atelier entre le tour, le four, et une longue table sur laquelle étaient posées différentes créations en terre cuite.

Elle posa la main sur son bras.

— Chris… je crois avoir compris pourquoi tu es parti si vite. Ce n'est pas à cause de toi que j'ai refusé ce concert à Vienne, mais pour nous. Je… vois-tu, je crois bien que je t'aime, et je ne veux pas laisser passer notre chance d'être heureux. A moins que… à moins que tu ne partages pas mes sentiments.

Il fallait qu'elle le lui dise. Elle n'avait plus de temps à perdre. Lui non plus. Mais peut-être avait-il joué avec elle ?

Son visage s'anima enfin.

— Bien sûr que je t'aime ! s'écria-t-il. Mais... tu es brillante, célèbre. Moi, je n'ai rien à t'offrir, excepté un lourd passé.

Esther secoua la tête.

— Le passé... il est grand temps de nous en affranchir, nous, les Mayer ! lança-t-elle.

Elle le pensait.

De nouveau, il esquissa ce sourire teinté de mélancolie qu'elle avait appris à redouter.

— En aurai-je la force ? souffla-t-il. Le bonheur me fait peur, Esther.

— A moi aussi, pendant longtemps, avoua-t-elle d'une voix détimbrée. Mais nos retrouvailles à tous les trois, le récit de ce que vous avez vécu, Alexandra et toi, mon séjour en Provence, les souvenirs de mes parents, notre exil de Vienne m'ont fait prendre conscience du fait qu'il m'avait toujours manqué quelque chose.

— Moi ? ironisa-t-il.

Elle se sentait fondre lorsqu'il la considérait avec cet air rieur, la tête légèrement penchée de côté.

Elle posa la main sur son poignet, ne put réprimer un frisson.

— Toi, par exemple et, plus encore, le couple que nous pourrions former. Nous ne sommes pas si âgés, après tout !

Il ne dégagea pas son bras. Ne fit pas le moindre geste vers elle non plus.

Elle continuait de le regarder, le cœur battant à se rompre. La tension entre eux était palpable.

— Et que penses-tu faire ? s'enquit-il enfin. Venir t'installer ici et te mettre au tricot ? Tu ne tiendrais pas huit jours !

Elle rejeta les épaules en arrière.

— J'ai envie de composer, je te l'ai déjà dit. De plus, sans reprendre le rythme infernal des tournées interminables, je peux très bien donner quelques concerts dans l'année. Une ou deux master class, aussi, à l'école Juilliard de New York. Ils m'ont déjà contactée il y a deux ans.

— Une master class ? répéta-t-il, intrigué.

Elle sourit.

— Des cours donnés à quelques jeunes virtuoses. Deux, trois, pas plus. Ainsi, j'écoute chacun jouer son morceau et je corrige ce qui ne va pas. C'est un exercice très constructif.

— Tu m'impressionnes.

Elle sourit.

— Ça n'en vaut pas la peine. Dis-toi bien que je n'aurais jamais su reconstruire un village ni réaliser des sculptures. Alors... crois-moi, nous sommes quittes !

Elle lui adressa un regard chargé d'espoir. Lorsque enfin il lui tendit les bras, elle s'élança vers lui avec l'ardeur de la jeunesse. Après tout, à quarante-sept ans, la vie commençait à peine !

Plongée dans ses pensées, Alexandra contemplait le panorama depuis sa terrasse sans vraiment le voir. Ses souvenirs la submergeaient. Elle n'était pas retournée à La Salamandre, même quand Annabelle Mosse lui avait appris, quelques semaines plus tard, la mort de son père. La maison avait été incendiée. On avait retrouvé le corps de Stepan dans les décombres. On l'avait frappé à la tête, avant de l'abandonner dans la demeure en flammes. Vengeance, règlement de comptes dû à son attitude durant la guerre… l'époque était propice à ce genre de représailles.

Le climat d'insécurité générale garantissait une certaine impunité aux responsables.

Elle avait dû, malgré tout, se charger des obsèques. Les parents de Roman, toujours bienveillants pour elle, l'y avaient aidée. Elle s'était réfugiée chez eux après sa dernière altercation avec son père. Ils l'avaient accueillie avec ce sens de l'hospitalité propre au Banat. Pour eux, elle était la fiancée de leur fils et ils souffraient comme elle de la disparition de Roman. Elle aidait Annabelle aux travaux de la ferme, et sa cuisine, délicieuse autant que roborative, lui avait permis de reprendre du poids.

Cependant, elle vivait comme entre parenthèses. La différence avec ses années de combat était trop importante, elle souffrait de cauchemars, et il lui avait fallu plusieurs semaines avant de pouvoir dormir dans un « vrai » lit. Annabelle et Balthazar

Mosse la considéraient comme leur propre fille, ce qui la réconfortait et la désespérait à la fois, parce que Roman ne reviendrait jamais.

Grâce à eux, elle ne quittait pas le Banat même si elle savait que cette situation ne pourrait durer éternellement. Elle était tiraillée entre le passé et le présent, sans savoir de quoi serait fait son avenir. Cela ne l'intéressait guère, d'ailleurs. Elle souffrait toujours de la disparition de Roman.

La situation politique et économique était catastrophique. Le Banat, ses terres riches, conquises grâce au travail acharné de plusieurs générations de colons, n'était plus que ruines. Le retour à une vie dite « normale » était difficile pour elle qui n'avait plus de points de repère. Elle avait craqué en apprenant que Christopher était prisonnier des Soviétiques. Son frère, le poète, l'artiste, avait été emporté dans le tourbillon de la guerre alors qu'il n'avait jamais été sympathisant des thèses fascistes, bien au contraire. Cette idée la rendait folle d'angoisse. Christopher et elle avaient toujours été très proches, presque des jumeaux. Les moutons noirs pour leur père, qui ne supportait pas leur passion pour l'art.

Personne ne savait ce que Werner était devenu. Elle se souvenait de lui, bombant le torse dans son uniforme honni, le jour de son enrôlement. Leur père était particulièrement fier tandis que leur mère pleurait.

Il y avait peu de monde le jour des obsèques de

son père. Il pleuvait, comme si le ciel avait voulu donner l'impression que des larmes coulaient sur son visage. Mais elle n'avait plus de larmes.

Roman et sa mère avaient tout emporté avec eux.

La cérémonie fut brève. « Bâclée », estima Annabelle Mosse avec son franc-parler habituel. L'amitié entre les familles Mosse et Mayer, vieille de près de deux cents ans, s'était délitée avec la génération de Stepan. Roman et Alexandra avaient renoué les liens distendus. Mais Roman n'était plus là.

Elle avait exigé une tombe éloignée de celle de sa mère. Le fossoyeur l'avait regardée pensivement avant d'incliner la tête.

« Tu as peut-être raison », lui dit-il finalement.

Tout le monde savait, ou avait deviné, le calvaire subi par la douce Albina. Sans que quiconque soit intervenu.

Cependant, qui était-elle pour porter un quelconque jugement ?

Elle aussi, elle était partie.

82

1965

Christopher contempla la sculpture qu'il venait d'achever. Elle représentait un olivier au feuillage en couronne.

Une colombe, ailes déployées, le traversait.

Il recula de deux pas. D'ordinaire très critique vis-à-vis de lui-même, il s'estimait pour une fois presque satisfait.

Esther avait souri lorsqu'il lui avait fait cette confidence.

Presque… cela voulait tout dire !

« Décidément, nous nous ressemblons beaucoup, toi et moi ! » avait-elle lancé.

Il l'aimait. C'était pour lui une délicieuse certitude. Il était parvenu à surmonter ses réticences comme ses angoisses. De toute manière, avait-il pensé avec une pointe d'autodérision, leur mariage entre cousins germains ne risquait pas d'avoir de conséquences désagréables puisqu'à leur âge ils n'auraient pas d'enfants.

Il le lui avait fait remarquer sur le ton de la plaisanterie mais le regard d'Esther s'était brouillé de larmes.

— Je ne puis avoir d'enfants, lui avait-elle déclaré. Et, oui, en effet, pour moi, c'est trop tard. Cette fameuse horloge biologique dont on parle aux Etats-Unis... mais cela n'a plus d'importance. Vraiment. Puisque nous nous aimons, toi et moi.

Pendant qu'ils s'embrassaient, Esther remontait le cours du temps. Elle se rappelait ses déceptions chaque mois, la pression exercée par Henry qui espérait un fils, un héritier. Elle se souvenait d'avoir fini par se confier à Elena qui, comme à son habitude, avait dédramatisé la situation.

« Chérie, n'oublie pas, ce qui doit être sera. Il est inutile de culpabiliser ou de te rendre malade. D'ailleurs... qui dit que cela ne vient pas d'Henry ? »

Esther avait souri. Grâce à Elena, tout lui apparaissait sous un autre jour. Même si la blessure n'avait pas disparu. Lovée dans les bras de Christopher, elle avait pensé qu'il était plus que temps de tourner la page. Le passé était bel et bien révolu. Pour eux deux. Christopher devait oublier la Kolyma et elle l'échec de son mariage.

— Tu es bien sûre de toi ? avait-il insisté, déposant un baiser léger sur le bout de son nez.

Elle avait noué les bras autour de son cou.

— Et comment !

Elle refusait d'avoir peur. N'étaient-ils pas deux ?

Encore un article sur nous, pensa Alexandra, penchée sur l'extrait du journal qu'Annabelle Mosse venait de lui adresser.

Le journaliste racontait l'intégration des Banatais à La Roque-sur-Pernes et la façon dont ils avaient contribué à la reconstruction du village.

« C'est une grande fierté pour nous tous », écrivait Annabelle, toujours aussi fidèle en amitié. Elle ajoutait : « Ici, rien ne change vraiment », ce qui signifiait que la situation ne s'était pas améliorée, tant s'en fallait. Considérés comme de riches agriculteurs, les Banatais survivants au pays avaient été dépouillés de leurs biens et contraints à la collectivisation des terres.

Alexandra se redressa. La lettre d'Annabelle ravivait les souvenirs douloureux, le manque de Roman.

Pourtant, depuis quelque temps, elle avait l'impression que son visage se diluait dans un flou aux contours de plus en plus imprécis. Vingt ans avaient passé… vingt ans durant lesquels elle s'était refusé le droit de tomber amoureuse, de séduire.

Une vraie vie de nonne, s'amusa-t-elle, elle qui n'était pas croyante.

A quarante et un ans, il n'était peut-être pas trop tard, se surprit-elle à penser.

Peut-être…

C'était une journée automnale comme Nathan les aimait. Il avait fermé son cabinet plus tôt que d'ordinaire, profitant d'un après-midi peu chargé en rendez-vous, et était parti marcher à Hyde Park. Il aimait le craquement des feuilles mortes sous ses pas, les couleurs flamboyantes du feuillage, le parfum d'humus et de champignons flottant dans l'air. L'automne était sa saison.

En marchant, il songeait à cet appel d'Esther.

« Il faut que tu viennes faire la connaissance d'Alexandra et de Christopher », lui avait-elle lancé avec un enthousiasme communicatif.

« Christopher et moi nous nous aimons, avait-elle repris. Oui, je sais, c'est… inattendu, comme tu dis, mais maman n'affirmait-elle pas : “L'amour, ça ne se discute pas” ? »

Sa voix était joyeuse. Il était heureux pour elle, tout en espérant qu'elle ne se soit pas emballée trop vite. Esther était ainsi faite… sage durant des années, avant de se lancer dans une entreprise un peu folle. Cependant, il avait remarqué depuis plusieurs années que sa frénésie de concerts dissimulait certainement un mal de vivre. Il tenait à son bonheur.

Un enfant traversa l'allée devant lui, à la poursuite de son ballon rouge.

Un regret le traversa aussitôt.

Le nom de Leavers s'éteindrait avec eux, comme celui de Mayer.

Brusquement, cela n'avait plus réellement d'importance.

Il songea qu'il ferait mieux de brûler les pages arrachées au carnet bleu d'Elena. Esther ne devait pas avoir connaissance du secret entourant sa naissance. Jamais. Elle était trop fragile, trop sensible, elle ne le supporterait pas.

Lui, avait partagé ce secret avec leur mère, sans même qu'elle ait besoin de le lui confier. Après tout, c'était sa faute si, cette nuit froide de janvier, Elena était sortie seule. Il était malade. Et Elena aurait fait n'importe quoi pour le sauver. Comme lui pour elle.

Il esquissa un sourire un peu tremblé. C'était peut-être le moment de proposer à Philip de l'accompagner en France. Depuis quinze ans qu'ils s'aimaient… Esther comprendrait. Il aurait dû lui parler de Philip plus tôt.

Et tant pis si les cousins du Banat faisaient la moue ! Ne formaient-ils pas une famille, malgré les aléas de la guerre ?

Dans une vraie famille, on se disait tout. Et on acceptait l'autre, quelles que soient ses différences.

C'était la leçon de tolérance transmise par leurs parents. Nathan était bien décidé à la mettre en pratique. Oui, décidément, il allait se rendre en France. Avec Philip.

83

1971

Le transistor diffusait une chanson de Gérard Palaprat, « Fais-moi un signe ». Comme un clin d'œil, songea Esther, le sourire aux lèvres. Elle s'affairait dans sa cuisine, sous le regard énigmatique de Pumpkin, son chat roux, recueilli un matin de neige.

Elle l'avait constaté par elle-même, les hivers provençaux pouvaient être rigoureux. L'année de son installation à La Roque, par exemple. La maison qu'ils avaient choisie, Christopher et elle, si elle jouissait d'une position dominante, était dépourvue de confort et la cheminée de la salle ne parvenait pas à chauffer les différentes pièces. Christopher et elle avaient passé des nuits à rire et à s'aimer sous un amoncellement de couvertures et de couettes. Merveilleux souvenir…

Leur vie à tous deux était faite d'amour et d'harmonie.

Après avoir retapé leur maison de ses propres mains – il y tenait –, Christopher avait repris son activité d'ébéniste et de sculpteur. Son talent lui avait attiré une clientèle soucieuse de meubler ses résidences secondaires dans le respect des traditions. Le Luberon tout proche avait le vent en poupe.

« Tu as découvert une région d'avenir, nous avons bien fait d'y investir », lui avait dit Nathan quelques mois auparavant.

Philip et lui avaient acquis une maison à L'Isle-sur-la-Sorgue où ils se rendaient plusieurs fois par an. Le jour où Nathan lui avait présenté Philip, elle avait éprouvé un élan de sympathie pour ce quinquagénaire au sourire contagieux. Artiste peintre, Philip avait un côté bohème qui avait séduit les cousins du Banat.

Sous le charme de la lumière de Provence, il peignait des tableaux colorés qui rencontraient un certain succès. Il lui arrivait assez souvent de se rendre seul à L'Isle-sur-la-Sorgue pour y travailler sur le motif.

Ils se retrouvaient tous ce soir chez Christopher et Esther, à l'occasion de la fête de la Saint-Jean.

Alexandra et Esther étaient en cuisine depuis la veille. Elles avaient préparé un grand aïoli, des pissaladières, des salades composées et des tartes aux framboises.

A présent, Esther n'avait plus qu'à décorer la grande table installée sur la terrasse dominant le village.

Elle était heureuse, songea-t-elle avec une pointe d'étonnement. Certes, Christopher et elle avaient des caractères assez forts pour ne pas toujours tomber d'accord, mais l'amour qui les liait leur permettait de dépasser leurs différends.

De plus, leurs activités professionnelles les satisfaisaient. Esther avait composé sa symphonie pour la Kolyma, ce qui avait permis de dénoncer dans les médias la tragédie du Goulag soviétique.

Cette symphonie qu'elle avait signée de ses deux noms – Leavers-Mayer – avait été jouée aussi bien à New York qu'à Londres, Paris et Stockholm. Elle donnait aussi des master class à New York, deux fois l'an. Le reste du temps, elle composait des variations sur la Sorgue et savourait un certain art de vivre.

Plus tard, si elle y parvenait, elle désirait raconter l'histoire de leurs ancêtres pionniers. Par écrit ou en musique, elle ne le savait pas encore. Christopher l'encourageait en ce sens.

Et puis, elle s'occupait souvent de Frédéric, son adorable neveu de cinq ans.

Frédéric était le fils d'Alexandra et de Flavien, jardinier-paysagiste à Pernes-les-Fontaines.

Alexandra n'avait jamais raconté à sa cousine à quelle occasion elle avait rencontré Flavien mais ils avaient décidé très vite de se marier et d'avoir un enfant.

« A mon âge, je n'ai plus de temps à perdre », avait seulement dit Alexandra le jour où elle avait demandé à Esther d'être son témoin.

Celle-ci, qui redoutait comme Christopher qu'Alexandra ne cherche à faire une fin, avait vite compris qu'il n'en était rien. Flavien et elle avaient éprouvé un véritable coup de foudre, et la naissance de Frédéric les avait comblés.

Ils habitaient désormais Pernes, même si Alexandra continuait de fabriquer ses santons dans son atelier de La Roque-sur-Pernes.

« Le lieu est inspiré, il confère une âme à mes santoun », affirmait-elle.

L'amour retrouvé faisait briller ses yeux. Flavien était un homme solide, rassurant. Sans lui faire oublier Roman, il avait rendu le goût de vivre à l'exilée.

Dans la soirée, attablée avec famille et amis, Esther et Christopher échangèrent un regard complice.

Malgré les tragédies du passé, ils avaient réussi à reconstituer une famille sous le soleil de Provence.

Leur famille, celle des Mayer du Banat.

Remerciements

C'est mon amie Patricia, complice de tant de Salons du Livre et de séances de dédicace, qui m'a fait découvrir l'histoire des Banatais.

C'était en mai 2019, à Banon, devant la mythique librairie Le Bleuet et, de ce jour, j'ai su que j'allais chercher à retracer cette incroyable aventure.

Ce ne fut pas toujours chose facile ! D'autant qu'un méchant virus est venu compliquer mes déplacements comme ma recherche de témoignages.

Cependant, l'enthousiasme de Clarisse Enaudeau, ma directrice littéraire et amie, dès que je lui ai raconté les grandes lignes de mon projet, m'a aidée à surmonter les obstacles.

Comme souvent, cela se passait à la terrasse du Colombet, à Nyons, devant un aïoli mémorable !

J'ai eu la chance de rencontrer des personnes adorables qui se sont démenées pour m'indiquer des pistes de recherche ou m'adresser des documents.

Ainsi, j'adresse mes remerciements les plus chaleureux à :

— mon ami Jean-Paul Chabaud, passionné par l'histoire du Comtat Venaissin, qui lui a consacré d'excellents ouvrages de référence ;

— Mme Ségolène Plyer, agrégée d'histoire, maîtresse de conférences à l'Université de Strasbourg ;

— Mme Leila Estellon, qui m'a fait visiter la Maison de l'histoire locale ainsi que le village de La Roque-sur-Pernes avec une passion contagieuse et m'a confié de précieux documents ;

— la bibliothèque de La Roque-sur-Pernes comme la médiathèque de L'Isle-sur-la-Sorgue pour leurs prêts généreux de documents ;

— Clarisse, Carole et Isabelle, des Presses de la Cité, pour la pertinence de leurs corrections et de leurs remarques ;

— René Friquet, qui m'a aidée à composer la playlist d'Esther ;

— ma fille, Caroline, qui est devenue pour mon plus grand plaisir ma documentaliste passionnée et particulièrement efficace ;

— mon mari, mon soutien de la première heure, irremplaçable chauffeur et secrétaire, qui supporte avec humour mes états d'âme comme mes angoisses et croit en moi, avec une belle constance.

Sans vous, je n'aurais pu mener à bien cette merveilleuse aventure.

Mille fois merci, de tout cœur.

DU MÊME AUTEUR (*suite*)

AUX ÉDITIONS CALMANN-LÉVY

Les roses sont éternelles, 2016
Le Maître du Castellar, 2017
Edition collector *En Provence*, 2018
Edition collector *Retour en Provence*, 2019
Le Secret de Belle Epine, 2019